KGB 스파이 유리

KB178757

KGB 스파이 유리

ⓒ 박현숙, 2023

초판 1쇄 발행 2023년 5월 1일

지은이   박현숙
펴낸이   이기봉
편집   좋은땅 편집팀
펴낸곳   도서출판 좋은땅
주소   서울특별시 마포구 양화로12길 26 지월드빌딩 (서교동 395-7)
전화   02)374-8616~7
팩스   02)374-8614
이메일   gworldbook@naver.com
홈페이지   www.g-world.co.kr

ISBN   979-11-388-1862-9 (03810)

KGB 스파이 유리

박현숙

동해안에서 실종된 중학생이
소련 KGB의 스파이로
변신된 이야기

좋은땅

서문

화약을 만들어 우산대에 채워 넣은 모형 로켓을 하늘로 쏘아 올렸던 어릴 때의 장난을 역사적 시공간 속으로 인입시켰다. 시대적 상황과 장소와 국가기관들과 사건들을 등장시키고 그 속에 역사적 실제 인물들과 가공의 인물들을 개입시키고 공개정보들과 상상을 뒤섞어 엮어 보았다. 온전히 픽션이다.

호칭과 용어는 등장 배경을 기준으로 기술했다.

상상을 펼치고 엮는 작업은 재미있었다. 그러나 다듬는 작업은 끝없는 미완의 수행 같았다. 출간을 하자니 두려움이 앞선다.

Covid-19로 외부 활동이 제한됐던 기간의 산물이다.

글을 쓰면서 일찍 돌아가신 부모님을 많이 생각했다.

2023. 3.

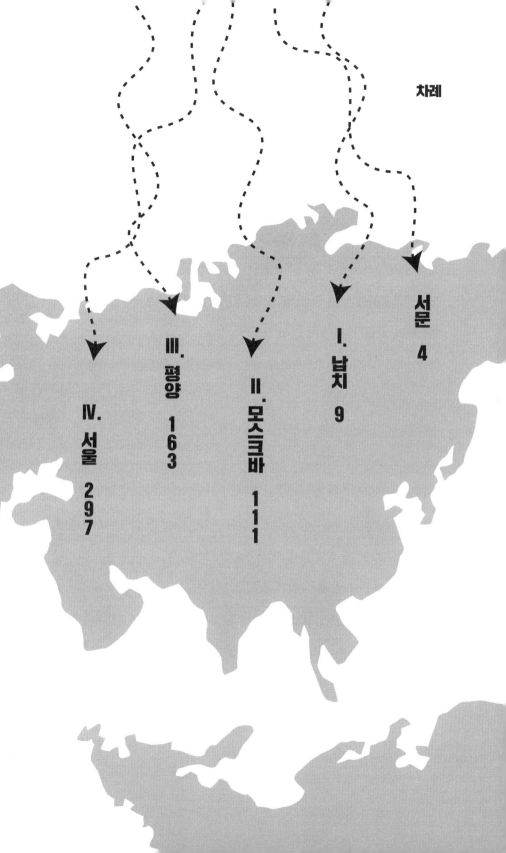

차례

주요 등장 인물

유리: 중학교 3학년이던 1968년 동해안에서 납치되어 1971년 KGB 요원이 됨

디마(드미트리): 소련군 소령, 군의관, 내과의사

예레나: 유리의 소련인 애인, 포츠담 고등학교 1년 선배

이반: 예레나의 남동생, 유리의 포츠담 고등학교 동기

게오르기 주코프: 소련 장군, KGB 고위 간부 예레나와 이반의 아버지

예카테리나: 예레나와 이반의 어머니

로라: KGB 여성 요원이며 유리의 애인, 스위스에서 활동하다가 서울로 와서
유리와 함께 활동

서혜령: 40대 북한 여성, 남편과는 불륜으로 만난 관계라 시댁에서 쫓겨나 모
스크바에서 거주

왕대장: 서혜령의 아들, 제네바에서 유학

서미령: 서혜령의 언니, 평양과 모스크바를 오가면서 왕대장과 서혜령을 돌봄

알버트: 유리의 고등학교 동기, KGB 부의장의 아들, 예레나의 남편

세바르쉰: KGB의 신화적 공작관, 유리의 공작교육 지도관

카르프, 카친스키, 한스, 파이시: 평양주재 동유럽국가들 대사관의 정무관들

최현: 김일성의 측근, 항일운동 경력, 로동당 정치위원회 위원, 인민무력부장,
최룡해(현 조선인민군 차수)의 부

현무광: 북한 국가안전보위부 반탐국 책임지도원, 유리의 공작협조자

김일성 김정일, 오진우(인민무력부장), 기타 북한 대남공작기관 인물 다수

최광: 청와대 사정비서실 요원

안태영 약학 박사, 김석준 검사, 박필성 안기부 요원, 고철봉 작가, 백기영 영화감독, 한영준 기자, 건설사 김팔용 부장, 룸살롱 강 마담 등 한국인 다수

주인공 유리의 이동 경로

대한민국 동해안→ 블라디보스톡(1968. 9.)→ 모스크바(1968. 12.)→ 포츠담(1969. 1.)→ 레닌그라드(1971. 8.)→ 포츠담(1973. 8.)→ 모스크바(1978. 8.)→ 평양(1979. 12.)→ 모스크바(1985. 1.)→ 안트베르펜(1985. 1.)→ 서울(1985. 12.~1991. 12.)

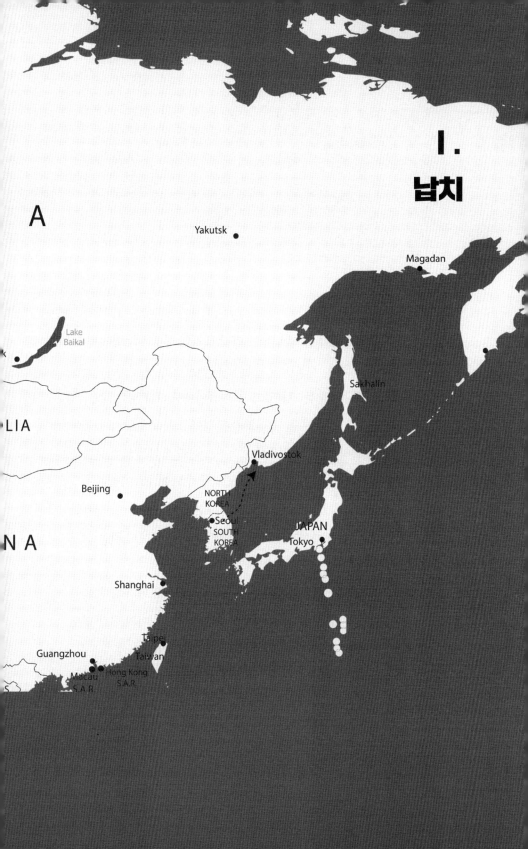

I.
납치

1.

1968년 1월 겨울방학, 중학교 3학년에 올라갈 유리는 학생과학 잡지를 보며 화약을 만들고 있었다. 전봇대에 돌을 던져 애자를 깨서 그 속의 유황을 모으고 갈아서 유황가루를 만들었고 또 아궁이에서 타다 남은 숯을 꺼내 숯가루를 만들었다. 두 가루를 질산칼륨과 섞어서 햇빛에 말리니 흑색화약이 되었다. 이 화약을 잘라 낸 우산대 파이프 속에 채워서 모형 로켓을 만들었고 또 노끈에 묻히고 창호지로 가늘게 말아서 도화선도 만들었다.

담장 밖에서 통나무에 로켓을 기대 세우고 도화선을 연결했다. 첫 도화선은 실패했지만 두 번째 도화선 불은 「지지직~~」 하더니 로켓이 검은 연기와 함께 「슈~ 슈~ 슛!」 하늘로 사라졌다.

그 로켓을 찾느라 날아간 방향으로 헤매다가 다음 날 수백 미터 바깥 들판의 얼어붙은 실개천 둑 밑에서 찾았다. 우산대 파이프는 길이의 절반이 찢어진 채 언 땅에 박혀 있었다. 첫 로켓은 일단 성공적이었다.

그러나 화약을 더 좋게 만들어 다시 발사하고 싶었고 방학은 빨리 지나가

고 있었다. 이번에는 읍내에서 좋은 유황과 참나무 숯을 구했고 아직 남은
질산칼륨과 섞어 다시 만들었다. 날씨가 추워졌고 눈까지 내려서 햇빛 아
래서는 마르지 않았다. 아랫목에 신문지를 펴고 하룻밤이 지났지만 축축
했다. 마음이 급했고 내일이나 모레는 어떻게든 발사를 하고 싶었다. 그
러자면 오늘밤에 완전히 말려야만 했다.

궁리 끝에 화약을 알루미늄 냄비에 담고 램프 등불 위에 올려서 말리기로
했다. 아주 신통한 방법인 것 같았다. 친구들과 골방에서 화약을 그렇게
말리기 시작했다. 처음에는 조금만 담고 냄비를 손에 든 채 조심스럽게 말
렸다. 몇 번 말려 내니 자신감이 생겼다. 램프 위에다 냄비를 아예 올려놓
고 말리게 되었다. 잘 진행되고 있었다. 그때.

「팡~! 픽~ 푸~! 펑~!」

폭발음과 함께 불꽃이 연이어 솟구치고 사방으로 튀면서 책상 위와 방바
닥에 펼쳐져 있던 흑색화약들이 일순간 다 타면서 시커먼 연기와 화약 냄
새가 집 안팎에 자욱했다. 책상 나무판도 화약에 타면서 시커먼 홈들이 파
였고 방바닥 장판은 곳곳이 시커멓게 탔고 천정에도 벽지에도 불꽃이 튀
어서 시커멓게 크고 작은 구멍들이 수없이 생겼다. 방 안은 폭탄을 맞은
꼴이었지만 다행히 다른 방이나 집은 온전했다.

하늘이 노래졌고 숨이 막혀서 주저앉은 채 화약연기 속에서 울고 있었다.
화약을 담은 그릇을 손으로 잡고 있던 친구들은 짧은 머리도 눈썹도 탔고
옷은 소매와 등이 타서 구멍들이 뿡뿡 생겼다. 팔뚝과 손등과 허벅지에 화
상도 입었다. 가득한 화약 냄새와 폭음에 놀란 이웃어른들이 쫓아왔다.
이젠 쫓겨날 수밖에 없다고, 어디로 가야 하나 걱정하며 절망과 무서움으

로 떨고 있었다. 혼만 내시고 쫓아내지 않아 주신다면 앞으로는 공부만 착실히 하고 말썽을 부리지 않겠다고 생각하고 있었다.

그러나 놀라 골방으로 달려오신 어머니는 연거푸 가슴을 쓸어내리시고 깊은 한숨만 내쉬시며 쳐다보시기만 했다. 눈물을 흘리셨지만 아무 야단도 안 치셨다. 어머니는 바로 다음 날 사람을 불러서 장판과 벽지와 천정까지 새로 말끔히 고쳐 놓으셨다. 아버님이 개학을 며칠 앞두고 먼 학교에 미리 가 계셨으므로 주말에 오시기 전에 서두르신 것이었다.

겨울방학의 로켓은 이렇게 중단되고 말았다. 며칠 후에 방학이 끝났고 다시 학교생활이 시작되었다. 그러나 화약을 더 좋게 만들고 싶은, 또 화력이 강한 무연화약도 만들고 싶은 마음만 가득했다. 학교를 오가면서 생각하고 또 생각했다.

좋은 재료를 서울에 가서 사 와야 될 것 같았다. 로켓 몸체는 우산대가 아니라 더 굵고 가볍고 긴 파이프라야 될 것 같았다. 그런 로켓을 만들자면 흑색화약과 무연화약을 얼마나 만들어야 할까? 그런 파이프를 어디서 구할까? 잠을 잘 때도 생각했다. 그렇게 한 학기가 지나고 여름방학이 되었다.

1968년 여름방학이 되자마자 어머니께 용돈을 타서 서울로 갔고, 화약 재료들을 많이 사 왔다. 또 항구에서 선박엔진을 수리하는 창근 아저씨 철공소에서 굵고 가벼운 로켓 몸체 파이프를 만들어 왔다.

「뭘 하려고 이렇게 만드냐?」 아저씨가 물었다.

「로켓인데요, 하늘로 쏘아 올려 보내려고 해요.」

「오! 그래? 재미있는 생각이구나!」

「가벼운 알루미늄 파이프로 해야 되겠네? 날개를 이렇게 만들어 붙여 달라고?」

아저씨는 유리의 로켓 그림대로 파이프 밑동 옆구리에 작은 날개 세 개를 용접했다. 필요한 모든 것을 갖추었다. 이번에는 친구의 도움도 없이, 폭발시켜 말썽을 일으키지 않고 조심하며 혼자서 만들기로 했다. 여름방학이 길므로 천천히 해도 될 일이었다.

피부에 화상을 입힐 만큼이나 뜨거운 햇빛으로 화약은 금방 건조되었다. 화약은 지난번보다 훨씬 부드러웠다. 도화선과 발화 심지는 불이 천천히 이어져 타 들어갔고 정확히 점화되었다. 시험적으로 우산대에 채우고 점화시켰더니 「펑~!」「슛~!」 소리와 함께 하늘로 치솟으며 사라졌다. 사라진 로켓이 얼마나 날아갔는지 어디쯤 떨어졌는지 찾아보았지만 찾을 수도 알 수도 없었다. 유리는 자신감이 생겼다.

정식으로 발사하기로 했다. 철공소에서 만들어 온 알루미늄 파이프 속에, 순간적으로 폭발하지 않고 연소시키려고 흑색화약과 무연화약을 반씩 배합해서 채웠다. 도화선도 전처럼 만들었다. 발화장치는 손전등 전구를 깨고 속의 필라멘트를 발화도화선에 접속시키고 전선과 배터리를 연결했다. 발사 때 로켓이 폭발하더라도 안전거리를 확보하려는 것이었다.

유리는 이것을 보자기에 싸들고 바닷가로 가서 발을 적시며 걸었다. 멀리 바다 속으로 뻗어 들어가며 물 위로 산맥처럼 늘어선 벼랑바위 줄기가 보였다. 절벽 맨 꼭대기는 풍수 김영감이 바다 속 물고기 떼의 움직임을 살피는 자연망루였다.

바위와 나무줄기를 잡으며 오르자니 머리가 쭈뼛쭈뼛하고 다리가 떨렸다. 꼭대기에 올라서니 발밑은 까마득히 어른거리는 절벽이었다. 사타구니가 찔끔하며 무서웠지만 경치는 놀라웠다. 눈부시게 희디흰 모래해변이 남북으로 수평선에 닿은 것 같았다. 멀리의 남쪽에도 북쪽에도 산줄기가 바다 위로 수평선을 향해 뻗어서 파란 수평선과 합치고 있었다. 벼랑 밑의 바다는 동쪽으로 끝없이 열려서 우주 속으로 펼쳐지고 있었다. 하늘은 구름 한 점 없이 파랗고 푸른 수평선은 지구가 둥글다는 것을 보여 주고 있었다. 수평선에서는 크고 작은 배들이 서로 마주보고 다가서며 부딪칠 것만 같더니 무사히 지나쳐서 어느새 서로 한참 멀어져 있었다. 백사장 남쪽 끝은 거친 수직벼랑이 용머리처럼 바다로 돌출하며 굽어진 포구가 있었다. 폭풍의 언덕이었다. 그 언덕은 키 작은 대나무군락이 뒤덮고 있어서 이름이 대숲가의 포구(竹邊港)였다.

몇 해 전에는 이 벼랑 앞바다에 미군함정이 머물고 있었다. 그때 청년들이 함정을 보러 가자며 백사장의 돛배를 내려 띄웠고 유리와 꼬마들이 배가 가라앉을 지경으로 가득 타고 그 함정을 한 바퀴를 돌았다. 수병들은 목선을 내려다보며 사진을 찍어대고 귤과 초콜릿을 던져 주기도 했다. 그 후 그 함정은 차츰 더 북쪽으로 올라가 보이지 않았다.

1968년 1월 유리가 로켓을 만들던 어느 날 미해군 정보수집함 푸에블로호가 원산 앞바다에서 북한에 납치됐다고 요란하게 보도되고 있었다. 유리가 구경했던 그 배라고 사람들이 말하고 있었다.

1968년 8월 하순. 유리가 로켓을 발사하려고 벼랑 위에 막 올라섰을 때 지난번의 푸에블로호 자리에 또 함정이 떠 있었다. 유리는 벼랑 위에 돌을 괴어 로켓을 기대 세우고 그 함정 쪽으로 방향을 맞추었다. 또 로켓과 도화선을 접속시키고, 발화장치 전선을 끌어서 바위 뒤로 연결하고 몸을 숨겼다. 그리고 하늘과 바다와 발밑 백사장을 휙 둘러보고 잘 발사되기를 기도하며 숨을 가다듬은 채 스위치를 눌렀다. 도화선이 타는 냄새가 바람을 타고 코에 닿는 순간 「슈~ 슈~ 슝~」 소리가 났고 로켓은 사라졌다.

로켓이 어디로 얼마나 날아갔는지 알 수 없었지만 일단 대성공이었다. 신이 나서 날아갈 것 같은 기분으로 노래를 흥얼대며 집으로 돌아왔다.

유리네 집 동편은 사구솔밭이었다. 유리의 아버지는 사구 위에다 항구 철공소에서 만들어 온 철탑을 소나무 숲보다도 더 높게 세우고 풍차와 선박용 발전기를 설치했다. 풍력발전기였다. 높은 철탑꼭대기는 바닷바람이 늘 불었으므로 풍차는 쉴 새 없이 돌아가면서 전기를 만들고 있었다. 전기사정이 안 좋아서 수시로 정전되고 있었으므로 그럴 때는 전기를 이웃집에까지도 보내 주고 있었다.

발사 다음 날 유리는 혼자 마루에서 작은 책상을 놓고 공부하고 있었다. 그때 백인 남자 하나와 동양인 남자 하나가 마당에 들어섰다. 풍차가 높이 돌아가는 기와집이라 구경을 오는 사람들이 가끔 있었으므로 유리는 「좀 구경하다가 가겠지.」 하며 개의치 않았다.

방학이 끝나갈 때라 방학숙제도 또 고등학교 입시공부도 해야 했다. 그들은 마당에 선 채로 유리가 툇마루에 신문지를 펼쳐 놓고 햇빛에 말리던 화약과 발사장치의 전선과 배터리와 우산대 파이프를 살펴보며 사진을 찍기도 했다. 북한식 악센트를 쓰는 동양인 남자가 말을 걸었다.

「학생, 이게 뭐야?」

「저가 로켓을 만들어서 발사시키고 남은 건데요!」

「학생이 만들었어? 혼자서?」

「예, 이거 만드느라 몇 달이나 걸렸어요! 화약을 만들 때는 폭발해서 이 집에 불이 날 뻔도 했어요!」 유리는 영문도 모른 채 어제 아주 멋지게 성공적으로 날아간 로켓을 생각하며 우쭐한 기분으로 얘기하고 있었다.

「그래? 이런 장치를 모두 학생이 혼자서 만들었다고?」

「예! 재료가 구하기 어려웠어요! 만드는 것은 어렵지도 않아요! 금방 만들 수 있어요!」

「그래? 참 재미있는 꼬마로구나!」

「방학이라 학교에도 안 가니까 심심해서 재미로 만들어 보는 건데요?」

그는 백인 남자에게 유리와 나눈 얘기들을 통역해 주고 있었다. 백인 남자가 통역자에게 뭘 더 물어보라고 말하는 것 같았다.

「어느 학교에 다니고 있니?」

「항구 중학교에요!」

「집에는 왜 혼자 있니?」

「아버지는 어머니랑 학교에 가 계셔요.」

「학교에는 왜?」

「아버지는 교장선생님이라 여름방학이 끝나 가니까 학교에 미리 가 계셔야 되니까요!」

「그러면 부모님은 언제 오시니?」

「토요일이 돼야 오시는데요!」

「그러면 그때까지 너 혼자서 밥도 해 먹고 지내는 거냐?」

「저기 옆에 있는 친척집이나 식당에 가면 밥을 주는데요!」

그들은 유리가 로켓을 만들었고 바로 어제 바닷가 벼랑 위에서 발사를 했고 또 부모님은 집을 비우고 주말에만 오신다는 사실을 확인하고 돌아갔다.

다음 날 오전이었다. 어제의 그 두 사람이 다시 찾아왔다.

「어린 중학생이 로켓을 아주 잘 만들었구나!」

「우리한테 어떻게 발사했는지 설명을 좀 해 줄래? 우리도 어떻게 했는지 직접 보면 아주 재미있을 것 같은데?」

「예, 좋아요! 오늘은 공부를 좀 쉬었다가 오후에 다시 해야겠어요!」

「그래, 여기 발사 장치들도 가지고 발사했던 장소에 가서 어떻게 발사했는지 직접 설명해 주면 아주 재미있겠다!」

「한번 좀 가 보자!」

「예, 좋아요!」

유리는 마침 공부가 재미없고 졸리던 참이라 앞장서서 그들을 데리고 솔밭과 사구와 해변을 따라 바위벼랑까지 가서 어제의 그 절벽 위에 올라갔다. 로켓을 괴어 발사했던 벼랑바위와, 타고 남아 있는 창호지도화선과, 바위에 남아 있는 발사화약 연소 자국과, 점화스위치 전선과, 귀를 막고 몸을 바위 뒤로 숨겼던 모습까지 자랑스럽게 설명했다. 그들은 설명을 들으며 흔적을 살피고 메모를 하고 사진도 찍었다. 설명을 마치고 내려오니 큰 갯바위들 틈에는 고무보트 한 대가 끼워져 있었고 한 남자가 지키고 있었다.

「저기 앞바다에 보이는 배를 좀 구경해 볼래?」 그들이 말했다.

「예! 좋아요! 가 보고 싶어요!」
「몇 년 전에도 큰 군함이 와서 구경을 했어요!」
「그때 배하고는 어떻게 다른지 보고 싶어요!」 유리는 신이 나서 즉시 먼저
보트에 올라탔다.

보트는 금방 함선에 다다랐고 육지에서 안 보이는 함선 옆에는 잠수함이
숨어 있었다. 보트가 잠수함 갑판에 붙어 섰고 유리는 그들을 따라 잠수함
에 올랐다.
「잠수함을 먼저 구경시켜 줄게! 같이 들어가 보자!」
「와~! 좋아요! 너무 멋져요!」
잠수함속으로 따라 들어간 유리는 배도 좀 고팠으므로 그들이 주는 음료
수와 빵을 받아먹었는데 슬며시 기운이 빠지며 졸려서 의자에 앉으며 잠
이 들었다.

얼마를 잤는지 알 수 없었지만 깨어 보니 야전침대에 누워 있었다. 순간
어제와 오늘의 일들이 떠올랐다. 유리는 말로만 들었던 납치를 당했고 바
다 밑 잠수함 속인 것을 알았다. 유리는 벌벌 떨며 숨이 막혔고 온몸이 캄
캄한 나락 속에 빠져 있는 것 같았다. 잠수함은 어디론가 움직이고 있음이
분명했다. 한국어를 하는 남자가 옆에 앉아 유리를 지켜보고 있었다.

외아들 유리는 걱정하실 부모님이 먼저 생각났다. 토요일에 집으로 오시
면 유리가 없어졌다는 것을 발견할 것이고 하늘로 사라졌는지 땅속으로
꺼졌는지 흔적도 못 찾을 것 같았다. 유리를 그토록 아끼시는 부모님이 얼

마나 속을 태우시고 얼마나 걱정을 하실까. 유리가 집을 나서서 바닷가로 가는 모습을 본 누가 있었을까? 오직 그것만이 바랄 수 있는 희망이었다. 마을 속 길로 바다로 나갔다면 사람들이 볼 수 있었을 터인데 집 동편의 소나무숲속 사구로 해변까지 나갔던 것이다.

앞으로 어떻게 될지 부모님을 다시 뵙게 될지 생각할수록 슬퍼졌다. 울음을 참았지만 흐느껴지며 눈물이 났다. 하라는 공부를 안 하고 말썽부리고 부모님의 속을 썩인 일들이 하나하나 떠올랐다. 잠수함 속 침침하고 비좁은 방에서 벽을 향해 돌아앉은 채 가슴이 꺼지듯 한없이 흐느껴졌다.

「네가 발사한 로켓이 날아와 우리 정보수집함의 브릿지 유리창을 뚫고 들어가고 폭발하면서 함장이 중상을 입었고 통신장교는 의식불명이다.」
「그래서 우리는 임무를 중단하고 블라디보스톡 사령부기지로 급히 돌아간다.」
「네가 적군도 아니고 아직 어린 학생으로서 재미로 벌인 일이지만 소련에 가서 일단 조사를 받아야 되겠다.」
「조사를 하고 나면 결과를 봐서 아마도 한국으로 돌려보내 줄 것이다.」

소련은 미 해군정보수집함 푸에블로호가 납치되고 동해에 정보수집의 공백상황이 생기자 즉시 블라디보스톡 기지의 소련해군 정보수집함과 잠수함을 미 해군함정으로 위장해서 내려 보내어 정보활동을 시작했다. 북한 간첩들이 쉽게 침투하고 활동하도록 해안 지형과 주민 생활 모습과 군부대와 경찰의 해안경계근무실태를 수집하여 북한에 지원해 주고 있었던 것이다.

유리가 발사한 로켓으로 함장과 통신장교가 중상을 당하고서 유리를 납치해 갔던 배는 바로 그 소련정보수집함이었다.

통역자의 말을 들으며 유리는 좀 두렵기도 했지만 별일이 아닐 것 같았고 어머니 아버지를 곧 만나게 될 것 같았다. 빨리 집으로 돌아가서 앞으로는 진학 공부를 열심히 하겠다고 마음먹고 있었다. 태연한 척하며 앉아 밤인지 낮인지 알 수 없는 시간을 보내고 있었고 졸다 깨다 하다 보니 시끄럽기만 하던 잠수함 엔진소리가 꺼졌다.

2.

그들은 유리를 데리고 열린 해치를 통해 밖으로 나갔다. 잠수함이 블라디보스톡만 속 깊숙이 있는 항구에 도착한 것이었다. 블라디보스톡의 소련 해군 태평양함대사령부 기지였다.

태양이 높아지고 있었으므로 아침 아홉 시쯤 되는 것 같았다. 반도 끝에 늘어선 여러 섬들이 태평양의 거친 파도와 바람을 막아 주고 있었다. 항구 안에도 방파제 바깥 만에도 크고 작은 군함들 잠수함들 화물선들이 낫과 망치 그림을 넣은 소련국기를 달고 떠 있었고 함선들이 뿜어내는 검은 연기와 매캐한 냄새도 심했다.

해치를 나와 잠수함 갑판에 올라서자 부두에 대기하고 있던 지프에다 유리를 태웠다. 지프는 함대부두에서 얼마 떨어지지 않은 함대사령부로 가더니 본부 건물 뒤편의 널따란 시멘트마당 구석의 2층 건물 앞에 섰다.

그들은 아무 말 없이 유리를 지하실로 데려갔고 두꺼운 철문을 열더니 침침한 방에다 넣었다. 문에는 방 안을 들여다보는 렌즈구멍이 있었다. 방에는 철 침대 하나가 벽에 붙어 있고 다른 벽에는 마주 붙인 책상 두 개가 붙어 있었다. 밝은 백열등이 책상 위와 천정 중앙에 붙어 있었고 벽과 천정은 조그만 구멍들이 뿅뿅 난 방음패널로 완전히 덮여 있었다. 천정의 두 코너에는 감시 카메라가 방 안을 살피고 있었다. 소련해군정보본부 태평양함대사령부 지하조사실이었다.

유리는 한여름 뙤약볕에 뜨거운 백사장으로 나설 때의 반바지와 반팔을 입어서 가을처럼 선뜻했다. 지하실은 무섭고 추웠으므로 부들부들 떨렸다. 벽에 붙어 있는 소련국기뿐, 다른 모든 것은 낯설었다. 여기가 어디인지 어떻게 될 것인지 알 수도 없었고 무서웠다. 머리는 멍하고 가슴은 답답했고 어머니 아버지께 말썽을 피우며 걱정 끼쳐 드렸던 일들만 생각났다. 이 일로 또 큰 걱정을 끼쳐 드린다는 것을 알았다. 슬픔이 복받치며 눈물이 나왔지만 울음소리는 참지 않아도 나오지도 않았다. 숨만 막히고 식은땀만 났다. 시간도 알 수 없었다. 몸에 닭살이 돋고 배가 고팠고 목마르고 무서운데도 졸음이 밀려왔다. 부모님과 이웃과 친구들과 경찰들 모두가 유리를 찾는 모습이 눈에 선했다. 그러다 꾸벅 졸고 있었다.

「끼익~ 철컹!」
쇠문 소리에 놀라며 깼다. 한 군인이 빵 우유 물과 옷과 담요를 가져왔고 화장실도 알려 주며 다니게 했다. 화장실은 복도 한중간의 계단 옆이었고, 계단 맞은편은 지하실을 지키는 경비실인데 화장실 내부를 들여다보고 있었다. 그 경비실 내벽에는 수많은 모니터들이 지하실 곳곳을 살피고 있었다.

방으로 돌아온 유리는 옷을 입었다. 유리 몸에는 너무 큰 군복이었다. 옷을 입은 게 아니라 옷 속에 들어간 것이었다. 빵을 먹어 배가 부르고 옷으로 몸이 따뜻해지니 졸음이 쏟아졌다.

이튿날 아침에는 백인 남자 하나와 북한식 말을 하는 남자 하나가 가방을 들고 들어왔고 가방 속에서 유리가 집에서 나올 때 가지고 왔던 발사장치 부품들과 화약과 벼랑 위에서 찍은 사진들을 꺼내 놓으며 신문을 시작했다.

「너의 출생지와 할아버지, 할머니, 아버지, 어머니와 형제자매에 대해서 다 말해 봐라!」
「네가 다니는 학교에 대해서 말해 봐라!」
「부모님의 이름과 나이와 학력과 직업은? 재산은?」
「동네 주민들 모두의 이름과 나이와 직업과 출신 학교는? 생활 정도는? 집 재산은?」
「친한 친구들과 선생님들의 이름과 학교에서 배우는 학과목들 내용은? 학교 바깥에서 별도로 배우고 활동을 해 본 것은?」
「여행을 다녀 본 곳들은? 알고 있는 것과 생각나는 것들은?」
「화약 만드는 방법은 어디서 배우고 화약재료들을 어디서 어떻게 구했나?」
「학생과학 잡지는 어떻게 구입했느냐? 몇 년도, 몇 월호냐?」
「우편으로 받아 보자면 며칠이 걸리나?」
「서울 청계천의 화약재료 가게는 어디 있냐? 어떻게 알게 된 곳이냐? 어떤 관계이냐?」
「로켓을 어떻게 만들었나?」

「항구에서 로켓 몸체를 만든 아저씨는 누구냐? 철공소는 어떤 곳이냐?」
이런 질문을 몇 번이나 반복해서 물으며 유리가 앞서 진술한 내용들과 한 마디라도 다르지 않게 대답하는지 확인했다. 그러다가는 유리를 세워 놓고 손바닥, 주먹, 발로 인정사정도 없이 때리고 차기도 했다.
「누가 시키고 가르쳐 주고 도와주었는지를 다 밝혀라! 죽지 않으려면 다 말해라!」라고 소리를 질러댔다. 큰 손으로 얼굴을 맞아 코피가 쏟아졌고 발길에 차여 넘어져서 일어나지 못하기도 했다. 물구나무서기 엎드려뻗치기 바닥에 머리를 박고 엎드려 있기를 몇 시간씩이나 시켰다. 엎드려뻗쳐 놓고 발로 엉덩이를 허벅지를 차고 밟기도 했다. 잔인했다.
종일 그러다 간 후로는 아무 일도 없이 앉아 있었다. 한 달이나 지나서야 그들이 다시 왔다.
「네가 진술한 내용들을 우리가 한국에 가서 사실인지를 다 확인하느라 한 달이나 걸렸다.」
「한국에서 직접 조사해 온 것으로 너를 다시 조사한다!」
「한마디도 틀리면 너를 살려 놓지 않는다! 직접 조사해서 다 알고 확인하는 것이다!」

질문을 할 때는 〈단 한마디라도 틀린 게 있는지 보겠다!〉라며 먼저 때리고 벌부터 주면서 시작하는 것이었다. 시멘트바닥에 꿇어앉혀 놓고 툭툭 차고 밟고 거꾸로 매달기도 하고, 욕조의 차가운 물속에다 머리를 박아 숨을 못 쉬게도 하면서 먼저의 질문을 반복했다. 지난번 대답과 대조하고 있었다. 종일 그렇게 진술서와 신문조서를 새로 작성하고 돌아갔다. 그 후부터는 세끼 식사를 가져다줄 뿐 아무 일도 없었다.

며칠 후 한 남자가 들어왔다.

「모스크바 본부에 너에 대한 조사결과를 보고하고 너를 어떻게 할지 지시를 받아야 된다.

몇 달이 더 걸릴지도 모른다. 그때까지 너는 여기서 기다려야 된다.

이제부터는 밤에도 낮에도 방문을 활짝 열어 놓고 있어라!

맘대로 화장실도 다니고 샤워도 하고 낮잠도 자라! 대신 바깥으로 못 나간다는 것만 알아라!」라고 했다. 그리고 경비실에서 모니터로 지켜볼 뿐 아무 말도 안 했다. 식사 후 졸리면 누워 잤고 책을 가져다주면 보기도 했다. 두 달 반이 이렇게 지나고 있었다. 하얀 벽 지하조사실 전등불 밑에서는 식사를 가져다주면 시간을 짐작할 수 있었다. 우두커니 부모님과 고향 집만 생각했다. 꿈에서도 그랬다.

* * *

유리는 깜빡 잠이 들면서 대여섯 살 때 햇빛 아래 집 툇마루에서 낮잠 자는 꿈을 꾸고 있었다. 따스하고 포근한 햇빛이 얼굴에 비치며 속눈썹 그림자가 눈꺼풀에 어른거리고 있었고 눈동자 속에도 실 먼지 그림자 같은 작은 무엇이 천천히 떠다니며 아른거렸다. 신기해서 확인하려고 눈을 떠 보면 없었지만 눈을 감으면 다시 나타났다. 따스한 햇빛 아래 부드러운 바람이 얼굴을 간지럽히고 있었고 눈 속에 있는 실 먼지 그림자 찾기를 하다가 깊이 잠이 들었다.

「유리야, 점심 먹자!」어머니가 부르셨다.

「꽁치구이가 있어요? 없으면 안 먹을래요!」

「어제 먹었잖아, 또 먹고 싶니?」

「예, 제일 맛있는 거니까요!」

「그래, 구울 테니 조금만 기다려라!」

유리는 꽁치구이가 없으면 밥을 먹지 않겠다고 떼를 썼다. 어머니께서 꽁치를 구우시는 동안 유리는 햇빛 아래 툇마루에 누운 채 측백나무 담장 너머로 건너다보이는 앞 들판과 그 들판을 병풍처럼 가두고 있는 낮은 산줄기를 바라보며 졸고 있었다. 동쪽으로 바다 위까지 뻗어 간 그 산줄기에서는 아담한 가지들이 갈라져 유리에게로 기어 오고 있었는데 늘 아른거리는 모습이라 유리가 누운 채 졸면서 세어 보면 일곱 개였다가 아홉 개였다가 셀 때마다 달랐다. 그래서 늘 세다가 그만두거나 잠이 들고 말았다. 그날도 그랬다.

「꽁치 구워 왔다, 밥 먹어라!」

「예!」 유리는 맨밥을 물에 말아서 꽁치구이만 먹고 있었다. 다른 반찬은 먹지도 않았다.

유리는 침대에서 꿈에 취해 입을 오물거리며 침을 삼켰다. 평화로웠던 아동 시절의 경치 속에 들어가 있었다.

3.

1968년 11월 중순. 지하조사실에서 두 달 반을 보냈다. 모스크바의 소련 해군정보본부는 블라디보스톡의 유리사건 조사결과를 받아 본 후 다시 소련 KGB(국가보안위원회) 본부에 보고했다.

KGB 의장 안드로포프는 해군정보본부에서 올라온 〈중요사건 보고서〉에서 유리 사건을 읽다가 보고서 끝 판단 의견에 흥미를 느꼈다.

「적국 정부나 군이나 공작기관의 배후관계 혐의는 일체 없는 것으로 판단됨. 중학생의 순수한 장난으로 발생된 특이하고도 비중 있는 사건임.」이라는 사건 평가가 그것이었다.

「하, 하! 아주 특이한 놈이구나! KGB에서 잘 키우면 공작요원으로 써먹을 수 있겠는데!」라며 「※ 이 아이를 데려와서 철저히 조사해 보고 불순혐의가 없음이 명백하면 KGB 양성요원으로 키울 것!」라는 친필지시를 적고 서명을 했다.

이 지시는 모스크바의 KGB 본부로부터 해군정보본부를 거쳐 블라디보스톡 태평양함대사령부로, 또 KGB 본부에서 블라디보스톡의 KGB 지부로도 이중으로 하달되었다. 그에 따라 블라디보스톡 KGB 지부요원이 유리를 인수하여 모스크바 본부로 이송키로 결정되었다.

처음에는 시베리아 횡단열차를 이용하려 했으나 장거리라 너무 오래 걸린다는 점, 또 아직 어린 중학생 아이를 긴 기간과 수많은 역을 거치는 장거리를 이동하면서 감시를 하는 데 한계가 있다는 점이 문제로 제기되었다. 그래서 모스크바 KGB 본부와 블라디보스톡 지부 간에 다시 협의한 결과 「KGB 의장님이 친필 지시하시고 관심을 가지신 중요사안인 만큼 신속하고 안전한 항공편으로 이송할 것!」라고 결정되었다.

벌써 11월 말이었고 블라디보스톡 날씨는 유리에게는 이미 한겨울 추위였다. 겨울 군복을 받아 입고 있었는데 제일 작은 사이즈라지만 걸쳐지도 않고 저절로 빙빙 돌아 몸을 담아 놓은 것처럼 너무 큰 군복이었다. 소매도 바지가랑이도 몇 번이나 접어야 했다. KGB 블라디보스톡지부 요원한 명이 그런 유리를 데리고 시내 북쪽 해안의 비행장에서 프로펠러 군수송기에 태우고 이르쿠츠크까지 갔다.

이르쿠츠크 공항에서는 노보시비르스크로 가는 군수송기가 연결되지 않아 이틀 밤을 보내고 나서 사흘째 날에 화물기에 탔다. 화물기는 기체가 요란하게 진동하며 툴툴대고 흔들렸으며 난방이 되지 않아 영하로 엄청 추워서 모포를 둘둘 둘러싸고도 벌벌 떨었다. 노보시비르스크공항에 도착하니 군부대에서 또 하룻밤을 자야 했다. 군인들은 밤새 보드카를 마시면서 어린 유리를 깨워서 강제로 몇 잔을 마시게 했다.

「야! 너 이리로 와 봐!」유리는 또 때릴까 봐 겁을 잔뜩 먹고 그들 옆으로 다가갔다.

「이거 마셔!」

「예?」

「야, 이 새끼야! 그냥 빨리 벌렁 처먹으라고!」

「어! 이 자식이 잘 마시는데?」

「야! 이것도 마셔!」그들은 돌아가며 모두가 한 잔씩 먹이는 것이었다. 어느새 몇 잔을 마시고 말았다.

얼굴이 벌게지고 가슴이 답답해하는 유리를 보며 그들은 재밌어했다. 유리는 바닥이 출렁대고 건물은 공중으로 떠서 빙빙 도는 것을 견디고 있었다. 바로 설 수도 없었고 무서웠다. 정신 끈을 안 놓으려고 애썼다. 곧 잠이 들다 말고 토하기 시작했다. 노랗고 쓰디쓴 물을 밤새 토하다가 새벽에는 지쳐 잠에 빠졌다. 다음 날은 물 한 모금도 마실 수 없었다. 모스크바까지는 제트여객기를 탔지만 속이 울렁대서 화장실에 다니며 몇 번이나 토했다.

1968년 12월 8일 일요일 오후에 모스크바 공항에 도착하였고 즉시 우아즈지프에 태우더니 시내로 들어가 류반카(Lubyanka) 광장의 노란색 대형 건물 뒤편으로 가서 지하실 입구에 섰고, 유리는 곧바로 지하 2층으로 따라 들어갔다. KGB 본부 지하조사실이었다.

지하는 H형 복도로 돼 있었는데 복도 양 옆은 다 조사실이었다. 규모는 블라디보스톡보다 엄청 더 컸고 시설이 좋았지만 조사실 내부는 똑같은 구조였고 음침한 느낌이었다. 도착 후 이틀 밤낮을 우두커니 있었는데 셋째 날 아침에는 북한식으로 말을 하는 통역자와 조사관이 들어와 신문을 시작했다.

「로켓을 어떻게 만들었냐? 네가 다 만들었냐? 설명해 봐라!」

「선박엔진을 정비하는 아저씨는 어떤 사람이냐? 철공소는 어디 있고 뭘 하는 곳이냐?」

「학생과학 잡지를 구독하면서 그 책에 실린 화약제조법을 따라 만들었다는 것이냐?」

「그 잡지는 몇 년도 몇 월호였냐?」

「화약재료를 어떻게 구했냐? 재료를 산 가게는 어디 있냐?」

「전구와 실과 창호지와 전선으로 점화장치와 발사장치를 만들었다고? 그림으로 설명해 봐라!」

「멀리 바다에 떠 있는 함정의 함교유리창을 어떻게 정확히 명중시켰냐?」

「군사무기를 구해서 사용한 것은 아니냐?」

「너 혼자서 다 만들었단 말이냐? 누가 도와주었는지 말해라!」

「부모님과 이웃사람들과 친구들과 학교선생님들은 어떤 사람들이냐? 학력과 재산과 사는 곳을 말해라!」

「너를 도와준 무기기술자가 있었지? 누구인지 말해라!」

「학교에서 배우는 과목들은 뭐냐?」

「네가 잘하는 것은 뭐냐? 너는 장래 무엇이 되려고 하냐?」

등등 잡다하고도 사소한 것들을 조목조목 또 묻고 거듭 확인하면서 신문조서를 작성했다.

블라디보스톡에서 이미 조사했던 항목들을 대조해 가면서 더 상세히 다시 하는 것이었다.

「모든 것을 숨기지 말고 세밀하게 사실대로 말하라! 거짓말이 단 하나라도 있으면 너를 살려 놓지 못한다!」

그들은 무자비하게 괴롭히며 재미있어 했다. 벌컥 큰소리를 질러대고 억센 큰 손발로 때리고 차고 밟고, 발을 묶어 거꾸로 매달기도 했고, 벌거벗긴 채 욕조의 물속에 머리를 집어넣거나 수건을 얼굴에 씌워 놓고 호스로 찬물을 틀어 숨을 못 쉬게도 했다. 벨트로 때려서 벌거벗은 온몸은 멍들었다. 파랗게 질린 채 오한으로 떨다가 까무러치기도 했다.

「감추지 말고 사실대로 다 말하라!」며 수십 번 소리를 질렀다.

유리는 그들이 휘둘러대는 삽처럼 큰 손바닥과 유리의 다리보다 굵고 긴 팔이 무쇠공룡처럼 악어처럼 무서웠다. 한 번 맞으면 그대로 바닥에 나자빠졌다. 공포감에 아픔을 느낄 여유도 없었다. 몸서리만 치고 있었다. 그들은 아침부터 밤까지 종일 그러다가 방을 나갔다. 그다음 날부터는 두 주일 동안 나타나지도 않았고 아무 일도 없이 우두커니 지냈다.

12월 하순이 되자 다시 왔는데, 유리가 읽었던, 화약제조법이 실린 학생과학 잡지를 한국에서 구해 왔고, 항구의 철공소 사진과 화약재료를 샀던 서울 청계천의 가게 사진도 찍어 왔다. 또 한국에서 유리가 집에서 나올 때 가져왔던 발사장치와 화약재료와 벼랑에 함께 올라가서 찍은 발사 현장 흔적 사진들도 가져왔다. 모두를 펼쳐 놓고 먼저 조사했던 모든 내용들과 하나하나 대조하며 다시 조사를 하고서 나갔다. 그러나 이번에는 때리지도 않는 것이 이상했다.

다음 날부터는 가져다주는 음식만 먹으며 멍해 있었다. 1969년 1월 초 주말부터 1월 중순까지는 소련식 크리스마스 연휴였다. 조용하고 지루했다. 이번에는 군복이 아닌 두꺼운 코트와 털모자까지 새것으로 갖다 주기도 했다.

「이젠 조사가 다 끝난 것일까? 집으로 가게 될까?」 유리는 간절히 바라고 있었고, 경비실 앞 H형 복도중앙의 화장실에 가면 어디선가 악을 쓰는 소리가 다시 들리기 시작했다. 조사관이 화내는 소리이거나 조사받는 사람의 고통 소리였다. 그때는 누던 오줌이 멈추면서 머리끝이 곤두섰다. 온몸이 떨리고 식은땀이 났고 숨도 막혔다. KGB 지하조사실은 치가 떨리는, 잔인 무자비하고 야만적인 곳이었다.

1969년 1월 중순이 되었다. 다른 조사실에서는 악을 쓰는 신음소리가 들렸지만 유리는 그저 편했다. 때맞춰 가져다주는 음식을 먹으며 졸다가 고향집과 부모님을 생각하다가 다시 졸고 있었다. 블라디보스톡처럼 방문을 활짝 열어 놓게 했고 책을 주며 공부하라고 했다. 경비실의 사람들은 12시간씩 2교대를 했는데 유리를 따뜻하게 대해 주며 뭐라도 도움을 주려하는 좋은 사람도 있었다. 몇 명은 과일과 초콜릿과 속옷을 갖다 주기도 했고 다정스럽게 대했다.

「KGB 의장님께 너에 대한 조사결과를 보고해야 된다.

보고서에 결재를 받으면 어떤 지시가 내려올 것이다.

좋은 소식이 내려올지도 모르니 그때까지 기다려라!」 며칠 후 한 사람이 와서 알려주었다.

유리는 지루한 시간을 보내고 있었다. 가져다준 책을 보다가 졸다가 비몽사몽에 집 생각을 하기 시작했다.

* * *

마을 동쪽 산은 키 큰 솔숲이었는데 중턱까지 모래가 올라와 있었고 여기저기 황토가 드러나 있었다. 해풍에 날려 오는 모래가 그 산을 점점 덮으며 올라오고 있었다. 숲에는 아주 조그만 모래무덤이 몇 개 있었는데 아무도 모르는 비밀무덤이었다. 한여름의 해수욕 철에 생기는 것 같았다. 꼬마들은 무덤이 무서워서 힘센 어른과 함께 아니면 가까이로 지나가지도 않았고, 「산골마을에서 수영하러 왔다가 물에 빠져죽은 누구의 무덤일 것이다.」
「동네 누구네 엄마가 낳은 간난 아기가 죽은 무덤이다.」라고도 저마다 말했는데 서로가 정확히 알려고 하지는 않았다.
백사장의 모래둔덕은 순비기나무 군락이 뒤덮고 있었는데 소금물해풍에 날려 오는 모래들을 붙잡아 모으면서 해가 갈수록 더 높아지고 있었다. 모랫둑에도 파도가 올라오는 파도경계선까지의 백사장에도 이름 모를 모래 풀들이 자랐는데 태양이 더 뜨거워지고 소금바람이 더 강해질수록 더 싱싱해졌다. 모래 풀들 속에는 어디든지 해방풍이 있었다. 해방풍은 두어 뼘 깊이만 파헤치면 깔끔하게 뽑혀졌는데 엄지손가락보다 몇 배 더 굵고 몇 뼘이나 긴 것도 많았다. 한여름 모래땅은 불판처럼 뜨거워서 신발 속은 화근거리며 땀으로 젖고 모래가 들어찼으므로 운동화는 신을 수가 없었다. 모래가 묻지도 않고 바닷물에 씻어도 금방 마르는 고무신이 제일 좋았다. 또 맨발에 모래느낌이 좋아서 고무신을 벗어 들고 뜨거운 맨 모래를 피해 모래 풀을 밟느라 껑충껑충 뛰다 보면 새끼 무만 한 해방풍을 저절로 찾았다. 해방풍은 맨발바닥에 까칠했으므로 안 보고도 찾고 크기도 알 수 있었다. 유리는 해방풍 향기를 좋아해서 여름마다 많이 먹고 있었다.

물가에서는 반바지를 사타구니까지 올린 채 밀려오는 파도에 엉덩이를 적시며 벼랑 아래 그늘까지 걸었다. 검푸른 물가로 혼자 가자면 무서웠다. 갯바위 하나 없이 긴 해변은 까마득했고, 바다 밑 모래바닥은 바람과 계절과 조류에 따라 깊어졌다 높아졌다 하면서 물 위로 드러나기도 했다. 그러나 온전히 평탄치가 않았고 깊은 홈들이 곳곳에 숨어 있었다. 이런 비밀을 모르는 산골사람들은 한여름에 해수욕을 오면 그곳까지 나갔고 그래서 익사자가 생기기도 했다. 유리는 익사한 아이를 건져내어 옷으로 덮어 놓은 광경을 본 적이 몇 번 있었다.

「그 물속에는 아이를 잡아먹는 귀신들이 많다.」라고 어른들은 말하고 있었다.

그 해변은 음산했고 두려웠다. 익사한 아이를 눕혔던 자리는 바라보기도 싫었다. 아이들은 혼자는 그 근처에 가지도 않았고 힘센 청년들을 따라 지나갈 때도 발을 바닷물에 담그지도 않았다. 바다 속은 변화무쌍했고 백사장은 단 며칠도 같은 모습이 아니었으며 항상 변화했고 그런 모래사장은 그지없이 부드럽기만 했다. 유리는 고향생각을 하다가 잠에 빠지고 말았다.

4.

1969년 1월 20일 월요일 아침이었다.

「가자!」한 요원이 방에 오더니 아무 설명도 없이 고갯짓에 한마디를 하면서 유리를 데리고 나갔고 지프에 태워 출발했다. 도착한 곳은 모스크바 도모제도보공항이었다. 유리는 이제는 집으로 보내 주기를 간절히 바라고 있었다. 공항 군용터미널에서 한참 기다리다가 군수송기가 나타나자 인솔요원과 올라탄 후에 착륙한 곳은 동 베를린의 쇠네펠트공항이었다.

쇠네펠트공항은 민간비행기는 몇 대밖에 안 보이고 제트전투기 프로펠러 수송기 헬리콥터 등 군용기들 천지였다. 활주로 옆으로는 격납고들이 몇 줄로 서 있었다. 수송기에서 내리고 나서 멀리 보이는 군용출입구 쪽 버스까지 걸어가느라 추위 속에 땀을 흘렸다. 버스에 오르니 앉아 있던 군인들과 양복을 입은 사람들이 초췌한 소년 유리를 의아해하며 쳐다보고 있었다.

버스는 유리가 올라타자마자 출발했고 베를린의 동부 칼스호스트의 츠비셀러 슈트라세에 있는 KGB 동독본부의 널따란 공터에 들어섰다. 모두 다

내렸고 운전기사와 유리 둘만 남아 있었다. 화장실도 참고 기다리면서 따스한 햇빛이 드는 버스 창에 기댄 채 잠을 자고 있었다.

「삐~걱~」

따스한 잠은 버스 문 열리는 소리에 놀라 깼다. 호송요원은 군복군인들과 양복차림 사람들과 함께 다시 올라왔고 버스는 다시 움직였다. 도시를 나와 얕은 구릉을 덮은 숲과 숲 아래 넓은 경작지를 끼고 달리더니 호수위의 도시가 보였다. 브란덴부르크 주도 포츠담이었다. 유리를 한국으로 보내주지 않는 것이 확실했다. 물어볼 수도 없으므로 정신을 이동코스와 호송자에게 집중하고 있었다. 어디로 가는지 길과 지명이라도 기억하려 했다. 걸핏하면 말보다도 주먹질부터 하는 거친 그들을 자극시키지 않으려 했다.

버스는 포츠담 시내를 통과해서 바벨스베르크 구역의 하펠강 다리를 건너더니 노이에 가르텐 숲속으로 철조망을 올린 시멘트담 따라 천천히 가다가 게이트로 들어갔다. KGB 7번 기지 지부였다. 버스가 중앙의 큰 건물 앞에 섰다.

유리가 후에 알게 된 것은, 이 건물은 원래 여자 기숙학교였는데 동서독이 분리되면서 KGB가 차지했고 KGB의 제3총국(군사정보방첩), 국경경비총국, 제2총국(보안방첩총국), 제4국(통신 및 수송시설보안국) 등이 들어 있는 KGB 동독본부가 되었다. 바로 옆에 있는 KGB 재판소는 기숙학교의 채플이었던 곳이다.

버스는 본부에 사람들을 내려 주고 다시 출발했는데 몇 초도 안 가서 담장 가까이 건물 앞에다 유리와 호송원을 내려 주었다. KGB 수사국(Investigative department)이었다.

KGB 수사국 앞에는 높은 시멘트 벽 위로 철조망을 올려놓은 기지외곽 담장이 "ㄱ"자로 꺾어진 곳에 음산한 2층 건물이 있었는데 악명 높은 라이스티코브 슈트라세 일 번지(Leistikowstraße 1) KGB 감옥이었다. 이 감옥은 그 시멘트 담장 안에서도 둘레에 또 다른 높은 철조망이 이중으로 둘러싸고 있었다. 7번 기지 안에서도 다른 구역과는 차단되고 있었다.

기다리고 있던 수사국요원은 유리를 데리고 감옥 속 계단으로 올라가서 2층의 수사관휴게실 옆 작은 방에 유리를 넣어 주었다. 계단은 두 사람이 마주 지나치기도 좁았고 철망이 난간을 가리고 있었다. 방에는 침대가 아닌 나무판자 마루와 책상이 양 벽으로 붙어 있고 군용담요 몇 장과 세면도구가 있었다.

「오늘부터 네 방이다. 너 혼자서만 지내는 방이다!」

유리는 이날부터 나온 날까지 이 방에서 혼자 지냈는데 KGB 수사관들이 부를 때마다 수시로 조사실들을 드나들며 잔심부름과 몇 가지 일을 했다.

* * *

유리가 밖을 보니 기지 바깥은 울창한 숲이었다. 영내에는 숲속에 크고 작은 건물들이 보였는데 KGB 7번 기지 지부 사무실들과 KGB 직원들의 숙소들과 매점 등 부대시설들이었다. 담장 바깥의 건물들은 이곳을 지키는 방어부대였다.

감옥 건물도 "ㄱ"자형이었다. 2층에는 수사관회의실 겸 휴게실과 식당이 코너에 있었고 유리의 방은 휴게실 앞 복도의 첫째 방이었다. 2층 복도의 양쪽 방들은 미국인 영국인과 소련인의 거물 간첩들과 중요 피의자를 조사하는 VIP 조사실 겸 감방이었다. 이 방들에는 하펠강의 글리니케 다리(Glienicker Brücke)에서 교환할 포로를 대기시켜 놓기도 했다. 1층은 서유럽 출신 등 일반 간첩을 수용하고 조사하는 조사실들과 화장실 샤워실이 있었다. 반지하 1층과 지하 2층은 공동 화장실 및 샤워장과 독일인 동유럽인 등의 일반인 피의자들을 조사하고 가두어 두는 곳으로서 전문적 고문실이었다. 또 이곳 KGB 7번 기지 재판소에서 재판받는 피고인들의 감옥이었다.

유리는 지하실에는 가 볼 수 없었지만 1층과 2층의 조사실에는 간첩이나 피의자를 조사하는 수사관들이 잡다한 심부름을 시킬 때마다 계단을 오르내리며 드나들었다. 물, 종이, 펜, 약품도 가져다주고 때로는 그들이 잠시 방을 비울 때는 피의자가 자해를 못하도록 감시를 시키기도 했다. 또 지하 1, 2층 방은 직접 들어갈 수는 없어도 복도에서는 화장실과 샤워장을 오가는 청년, 노인, 여자수감자 모습을 잠깐 볼 수 있었다. 고문을 받는 신음소리가 들리기도 했다. 그러나 유리는 2층의 자기 방에서 8월까지 일곱 달을 잘 지낼 수 있었다.

「너는 앞으로 러시아어와 독일어와 영어를 잘해야 된다!
일단 너 혼자서 문법과 간단한 문장부터 먼저 익혀 봐라!
앞으로 독해와 회화를 가르칠 것이다! 그러나 네가 혼자서 기초를 익혀야 된다!」 KGB 감옥의 2층 방에 들어간 다음 날 오전에 KGB 수사요원이 러시아어와 독일어 어학교재들을 가져다주며 말했다. 또 그날 오후부터는 바깥으로 데리고 나가더니 7번 기지 영내코스나 바깥의 방어부대연병장을 몇 시간씩 뛰는 운동도 시켰다.

KGB 7번 기지는 폭이 좁고 길쭉했다. 기지 내부는 KGB 구역과 민간 구역으로 나눠져서 사이에 낮은 철망이 있었다. 외곽 담에는 높은 망루가 12개나 솟아 있고 망루에는 기관총으로 무장한 군인 두 명의 한 조가 발밑의 철조망 안팎을 감시하고 있었다. 기지 밖에는 방어부대가 별도로 자리 잡고 있었다.

기지에는 건물이 70개쯤 되었는데 KGB 지부건물 외에도 지부장관사와 간부관사, 장교 하사관 숙소 및 식당, 감옥, 법원, 체육실, 기지 관리실, 슈퍼, 도서관, 영화관, 사우나, 클럽, 호텔, 주유소, 보급소, 탄약고, 난방연료창고, 변전소 등 도시 수준의 각종 편의시설들을 다 갖추고 있었다. 또 외곽방어부대에도 장교하사관용 숙소와 식당, 사병막사, 사병식당이 따로 있었다. 기지의 매점과 바 등 편의시설은 KGB 요원의 가족들뿐 아니라 외곽방어부대 장교가족들까지도 이용했다. 그러므로 구역 사이에는 철망문이 있었지만 조깅하는 장교, KGB 요원, 민간인들이 항상 드나들고 있었다. 유리도 그들처럼 구역을 넘나들며 코스들을 뛰었다.

유리는 수시로 심부름을 하면서 공부를 해야 했다. 어학공부가 재미있었다. 운동을 하면서도 부모님도 고향도 친구들도 생각하지 않으려 했다. 운동은 몸이 힘들어도 정신 집중에는 도움이 되었다. 특히 바쁜 생활은 불안과 걱정을 덜어 주었으며 앞날에 막연한 희망도 갖게 해 주었다. 매일 저녁 어두워지면 지쳤지만 내일이 빨리 오기를 기다리게 되었다.

2월 중순은 며칠간 조사실에 피의자가 하나도 없이 비어 있어서 유리에게 자유시간이 많았다. 방에서 잠을 자든가 운동을 하든가 담장내부 숲길을 걷든가 뛰든가 마음대로 하게 했다. 처음에는 매일 일과를 보고하게 했지만 며칠 계속하자 관심도 보이지 않았다. 그러자 유리는 탈출해 볼 궁리를 했다. 영내를 돌아다니며 둘레담장을 살폈고 KGB 구역의 구조와 담벽, 둘러싸고 있는 외곽철조망과 망루군인들의 근무 모습, 도망칠 때 몸을 숨길 숲과 구조물들을 곰곰이 살폈다. 모든 위험한 요소와 가능한 방법을 생각했다. 철조망 바깥 지형과 숲도 파악하였다. 성공은 의심할 것도 없이 쉬워 보였다. 또 민간인들이 외출할 때 사용하는 자가용 차량이나 군용 셔틀버스가 매일 드나들고 있었는데 유리가 그 차량에 탈 수만 있다면 무사히 도망칠 수 있을 것 같았다.

포츠담 시내로 나가는 셔틀버스가 가장 복잡한 날은 수요일과 토요일의 오후였고 일요일 아침이었다. 몇 차례 오가는 셔틀버스는 주부들, 학생들, 아이들로 가득 찰 때도 있었고 승용차들도 많이 드나들었다.

가랑비가 조금 내리는 수요일 오후에 탈출하려고 나섰다. 모두 우산을 썼거나 우의를 입어서 누가 누구인지 잘 파악되지 않아 좋은 상황이었다. 가까이 가 보니 그런 때문인지 버스승차장에서도 정문에서도 그날은 여러 명이 이중으로 다른 날보다 더 철저하게 체크하는 것이었다. 버스로 다가가다 말고 유리는 가짜신분증도 가방도 갈아입을 옷도 돈도 지도도 여권도 비행기표도 아무 것도 없는 알몸이라는 것을 그때야 깨닫고 놀랐다. 설령 버스에 올라타서 담장 바깥으로 나가더라도 외부 세상을 전혀 모르는 데다 꼼짝도 할 수 없는 맨몸이었다. 잡히면 다시 이 감옥으로 끌려올 것이고 그때는 어떤 일을 겪을 것인지는 이미 매일 수감자들이 조사받으며 고문당하느라 부르짖는 소리를 들어볼 때 뻔한 것이었다. 포기해야 되겠다는 생각이 번쩍 들었다. 유리는 영내 KGB 구역을 한 바퀴 빙 돌아서 방으로 들어오고 말았다. 창밖의 담장너머로 비 내리는 숲을 바라보며 유리는 한숨을 내쉬며 눈물을 삼켰다.

1969년 2월 28일. 금요일. 2월의 마지막 날이 되었다. 한국에 있는 모든 친구들은 다음 주에 고등학교에 입학할 준비를 하고 있을 터인데, 유리는 자신의 상황을 도무지 알 수가 없었다. 그간 품었던 꿈이 완전히 사라진 것 같았다. 오직 살아서 집으로 돌아가는 것만이 희망으로 남았다. 천 길 깊은 우물 속에, 동굴 속에 갇힌 처지였다. 유리가 몇 달 전까지 고향집에서 공부할 때 꿈꾸던, 좋은 고등학교에 가고 또 좋은 대학교에 가겠다던 희망은 이젠 생각도 못할 일이 되었다. 캄캄한 절망 속이었다.

부모님은 유리에게 매를 단 한 번도 들지 않으셨다. 그러나 그동안 온몸에 얻어맞고 숨도 못 쉬는 고통을 겪으면서 그들의 얼굴을 기억했다. 언젠가는 꼭 고통을 돌려주겠다고 되새기고 있었다. 블라디보스톡 조사실에도 모스크바 조사실에도 이곳 7번 기지 감옥에도 인격이나 생명 존중은 없었다. 인격을 무자비 잔인하게 다루면서 아무렇지도 않게 여기는 비인도적 야만성을 실감했다. 여태껏 부모님의 따뜻한 사랑도 고마움도 몰랐고 내 고향집과 내 방이 가장 편안한 좋고 안락한 곳이라는 것도 몰랐던 보통의 중학생이었는데, 단순히 재미와 호기심으로 장난을 쳤던 것인데 이렇게 되었다. 고문으로 신음하는 소리가 지하와 1층에서 들리고 있다.

이젠 고향집을 생각할 수 있는 것만도 여유였고 호사로 여겨지고 고마웠다. 부모님을 만나는 것, 고향집으로 가는 것은 유리에게는 간절하지만 너무 큰 꿈인 것 같았다. 유리는 천 길 깊은 우물 속에 있었고 집으로 돌아가는 데 도움 안 되는 것들은 먼 별나라 일이고 생각할 필요도 없었다.

포츠담의 KGB 7번 기지 대지에는 노랗게 말라죽었던 풀뿌리에서 연녹색 생명이 비쳐 올라오고 있었다. 시커먼 검불처럼 메말랐던 나뭇가지들도 물기를 담으며 연둣빛의 생기가 살아나고 있었다. 어떤 봄꽃은 앞을 다투는 듯 새순보다 먼저 피어나고 있었다. 봄기운은 동쪽 숲 아래 하일리거 제(Heiliger See: 신성한 호수)와 티퍼 제(Tiefer See: 깊은 호수) 가에서 올라오고 있었다. 철조망 안은 땅바닥에서부터 하늘 위로 점점 따스해지고 있었다. 겨울 동안 우중충하고 을씨년스럽던 철조망 바깥의 하늘도 파란 빙하 빛으로 높아지고 있었다. 산과 호숫가와 영내에는 목련 벚꽃 개나리 등 봄꽃들이 피어나며 신록으로 채색되고 있었다.

1969년 4월 1일 월요일이었다. KGB 요원이 유리의 방에 들어와 봄 날씨처럼 따뜻한 태도를 보이며 말했다.
「지낼 만하니? 힘들지 않니?
그동안 너, 유리의 행동을 잘 살펴보았다……. 너를 믿을 만한 착한 학생이라고 판단했다.
앞으로 모든 일을 지금처럼 성실히 잘하고 운동과 공부를 열심히 한다면 너를 상상도 못할 훌륭한 사람으로 키워 줄 것이야!」라고 했다.

이게 무슨 뜻일까? 어떻게 해 준다는 것일까? 유리는 곰곰이 생각했지만 알 수가 없는 말이었다.

「매일 아침 여덟 시부터 이 건물 1층, 2층의 복도와 샤워장과 화장실을 청소해야 한다! 그러나 지하실에는 내려가지 마라!」 그는 앞으로 유리가 매일 할 일과도 정해 주었다.

지하조사실에서는 사람을 잔인하게 고문하다가 사망자가 나오기도 했다. 그러나 지상 1, 2층 조사실은 비중 있는 인물이나 서구와 교환할 포로를 조사하고 있어서 분위기가 조금 달랐다. 특히 2층은 KGB 수사관들의 사무실 휴게실 수면실이 절반쯤을 차지하고 있었고 유리의 방도 있었고 또 VIP 조사실이 있었기 때문이다.

「제일 먼저 2층의 화장실과 샤워장을 빗자루와 봉걸레로 청소해라! 그다음에는 1, 2층의 복도 바닥을 빗자루로 쓸고 봉걸레로 닦아라! 또 복도 철문의 쇠창살, 복도 좌우의 조사실과 감방의 출입문과 급식구들을 청소하면 된다!」라고 했다.

청소는 오전 8시부터 빨리 끝나면 10시 반까지 늦어지면 11시가 넘기도 했다. 무척 고되고 따분한 일이었다. 밤을 샌 수사관들이 도와주기도 했지만 거의 혼자서 했다. 그나마 지하층을 청소하지 않는다는 것은 큰 다행이었다. 그렇지만 샤워장과 화장실은 더럽고 지저분하여 역겨웠다. 피의자가 한꺼번에 여럿이 잡혀 들어왔을 때는 샤워장에서조차도 고문을 하느라 피나 오물을 묻혀 놓고 토해 놓기도 했던 것이다. 그럴 때는 피의자에게 시키거나 KGB 수사관이 대충 일차로 청소해 놓기도 했다. 지하조사실은 유리가 들어갈 수도 없었으므로 신경 쓸 일이 아니었다.

청소를 마치면 운동과 공부를 시켰다. 러시아어 독일어 공부는 종일 피의자감시 모니터들을 쳐다보며 한가하게 지내는 요원들이 와서 가르쳤으므로 몇 달 만에 유리는 실력이 꽤 좋아져 있었다. 그리고 매일 오후 6시에는 1, 2층의 복도에 내놓는 폐문서와 휴지와 쓰레기들을 모두 담아 감옥 건물 옆에 설치된 소각장에서 태워야 했다. 이 일은 힘들지가 않았고 어릴 때 하던 불장난 같기도 해서 재미있었다. 조사실에서 피의자들을 신문한 신문조서들, 피의자의 진술서들, 타이핑해 놓은 서류들, 버리는 증거자료들이었다. 때로는 피가 묻어 있는 종이나 헝겊들, 먹다 남긴 음식들, 고문하는 데 쓰던 낡은 가죽벨트, 부러진 각목몽둥이도 섞여 있었다.

1969년 4월 초부터 8월까지, 매일 오전에는 이렇게 청소를 하고 낮에는 운동과 공부를 하고 저녁에는 소각을 하고 밤에는 공부를 하는 똑같은 일과를 보냈다. 집도 부모님도 친척도 친구들도 선생님들도 생각하지 않으려고 더 열심히 했다.

5.

1969년 8월 24일 일요일이었다. 늦은 폭우가 쏟아지고 나서 몹시 무더운 저녁이었다. 유리가 운동을 하고 땀에 흠뻑 젖은 채 방으로 들어가는데 2층 복도 입구에는 여행자용 박스가방이 유리를 기다리고 있었다. 집을 나선 이후 그간 못 보았던 산뜻한 여름옷 봄가을옷 겨울옷들과 세면도구와 속옷 등 여러 물품들이 가방 두 개에 들어 있었다.

「유리! 너는 내일 이곳을 나가서 다른 데로 옮겨 가야 된다!」 입구의 근무자가 말했다.

또 알 수도 없는 새로운 곳으로 가는구나, 이번에는 어디로 가는 것일까 생각해 봤다. 이제는 편했고 익숙해진 KGB 감옥이었다. 며칠 전에도 지하에서 고통의 신음소리가 들렸고, 고문으로 망가진 몸을 부축 받으며 화장실 샤워장을 오가는 수감자들을 보았고, 피 묻은 옷으로 들것에 실려 어디론가 나가는 청년도 봤지만 유리는 같은 건물 속에서 지내면서도 그들과는 생활이 완전히 달랐기 때문이다.

「준비하라!」는 한마디 외에는 기침소리도 없었지만 궁금하지도 두렵지도 않았다. 편하고 익숙해져서 떠나기 싫었지만 다시 어디론가 가는 것은 무엇인가 좀 더 좋아질 것 같은 예감이었고 그들에게 그대로 맡겨도 될 것 같았다. 안 그렇다 해도 달리 방법도 없고 걱정해 봤자 자신을 그만큼 더 힘들게 만드는 것뿐임을 유리는 알고 있었다. 지금까지 그렇게 겪어 왔고 앞으로도 그럴 것이었다. 어떤 상황도 운명에 맡기는 것이 최선이라는 것을 깨닫고 있었다. 한국의 집으로 돌아간다는 희망은 아직 없지만 언젠가 희망이 보일지도 모른다고 생각했다.

8월은 마지막 한 주일이 남아 있었다. 한국에서는 학생들은 누구나가 여름방학이 끝나 가며 등교 준비로 긴장하고 있을 때였다. 유리는 1년 전의 8월 26일에 로켓이 멋지게 발사되며 하늘로 치솟을 때「슈~슈~슛~!」하던 아주 짧고도 강한 소리가 아직도 귀에 선명히 맴돌고 있었다. 또 그 이틀 후인 8월 28일에 잠수함 속에서 무서워 떨던 기억도 생생했다.

1969년 8월 25일 월요일 아침, 우아즈 지프에 가방을 들고 올라타고 KGB 감옥 둘레 철조망 문을 나왔다. 어린 유리는 이젠 아무것도 두렵지 않았다. 어디로든지 갈 것이고 또 갈 자신이 있었다. 이동하는 차 속에서도 어디서도 긴 시간이든 짧은 시간이든 금방 편히 잠을 청할 수도 있었다. 어떤 속박과 제한 속에서라도 마음먹으면 무엇이든 쉽게 태연할 수가 있었다. 몸은 구속되어 있어도 마음은 최대한 자유로울 수가 있었다.

지프는 KGB 감옥을 나오고서 몇 백 미터밖에 안 갔는데 아직 같은 영내인데 금방 멈춰 섰다.「멀리 가는 줄 알았는데 좀 가고 싶었는데……」유리는 너무 실망했다. KGB의 하급요원과 군부대 장교들이 사용하는 독신자숙소였다.

숙소 앞은 가슴 높이 철망이 숙소 구역과 부대 구역을 갈라놓고 있었고 철망 너머에는 휴게실 겸 매점과 클럽과 바가 있었다. 숙소 옆으로는 경사진 도랑이 있는데 지붕 처마는 도랑 위로 길게 나와 있어서 지붕 빗물이 떨어지게 되어 있었다. 여름폭우가 쏟아지면 기지 서쪽의 낮고 완만하게 펼쳐진 야산 숲에서 내려오는 물이 이 도랑을 따라 신성한 호수로 흘러 들어가는 것이었다.

이 도랑은 평소에는 물이 흐를까 말까 젖어 있는 정도였는데 주말이면 휴게실과 바에서 술 취한 사람들이 먼 화장실까지 가지 않고 오줌을 갈겨대고 있었다. 흐린 날이면 냄새가 요란했다. 비가 내리면 오줌도 냄새도 씻겨서 신성한 호수의 거울처럼 맑고 깨끗한 물속으로 흘러 들어가면서 공기가 상쾌해지고 있었다. 클럽을 드나드는 사람들은 냄새가 날 때마다 비가 혹시 내릴까 하늘을 쳐다보곤 했다.

한편 휴게실 건물 길 건너편에는 군병원이 있었고 병원 뒤 경사지 숲속에는 흙바닥의 미르바흐발트 연병장이 있었다. 또 연병장으로부터는 전술도로가 바깥으로 멀리까지 이어져 있었다. 산과 구릉지의 숲속과 하펠 강줄기의 드넓은 호숫가와 경작지들 속에 숨어 있는 진지들로 연결되는 도로였다.

기지 동쪽 신성한 호수 하일리거제를 건너면 하펠 강인데, 강 위로 글리니케 다리(Glienicker Brücke)가 있었고 다리에는 체크포인트가 있었다. 이 다리는 서베를린의 미군관할구역과 동독의 포츠담 북부를 연결하는 것이었다. 그러므로 하펠 강은 국경선이라 다리의 절반 동쪽은 서베를린이었다. 이 다리에서는 동독, 소련과 연합국 간에 또 동서독 간에 스파이 및 포로를 맞교환하고 있었다. 서베를린에서 송환되어 오는 포로들은 다리를 건너오면 곧장 이 KGB 감옥으로 와서 몇 달씩 KGB의 조사를 받았는데, 동독 슈타지와의 합동신문을 받기도 했다.

또한 서베를린으로 가는 포로들도 출발할 때까지 몇 달을 감옥 1, 2층 방에서 신문받으며 대기했다. VIP 피의자들이었다. 그들은 신문을 받는 동안 방에 갇혀 지냈지만 좋은 식사와 인격적 대우로 회유를 받으며 심리공작을 충분히 당하고서야 글뤼니케 다리의 체크포인트로 출발하고 있었다.

* * *

차에서 내린 유리가 가방 두 개를 들고 들어간 곳은 시멘트 담장 옆 도랑을 끼고 있는 독신자숙소 1층의 구석방이었다. 2층 건물의 1층의 복도 끝 구석에 붙어 있는 골방이었다. 벽에는 구멍 같은 조그만 창이 있었다. 바닥은 뭉쳐진 먼지덩어리들이, 벽과 천정에는 거미줄이 걸려 있어서 창고 같았다. 벽에 난 구멍으로 연결시킨 녹슨 연통의 무쇠난로가 구석에 서 있고 난로 밑에는 시커먼 갈탄덩어리 몇 개 흩어져 있었다.

대청소를 해야 했다. 몇 시간이나 걸려 청소를 하고 바깥에 준비돼 있던 철제 책걸상과 야전용 침대를 들여 놓았다. 짐을 들여놓고 물걸레질로 다시 한번 닦았다. 옷장은 없었으므로 가방을 옷장 겸 사용해야 했다. 모포와 베게도 받았다. 빈 책상 위에는 올려놓을 책도 펜도 없었으므로 대신 세면도구를 올려놓았다. 침대에 누워 보니 창이 없어 어두웠지만 구멍 같은 환기창으로 빛이 조금 비치니 오히려 편하게 느껴졌다.

나중에 보니 숙소의 1층은 방이 5개인데 다른 방들은 규모가 컸고 화장실도 샤워장도 각각 갖추고 있었다. 숙소 옆에 있는 KGB 겸용 군병원의 군의관 네 명이 들어 있었다. 군의관들은 12시간씩 교대로 근무했으므로 낮에도 어떤 방은 비근무자가 쉬면서 음악을 틀어 놓기도 했다. 밤에는 사람이 없는 빈방이 늘 있었다. 유리의 방은 화장실도 샤워장도 없었으므로 좀 먼 바깥의 공용 화장실과 샤워장까지 한밤중이라도 다녀와야만 했다. 식당건물도 좀 멀었다. 이 방에서 지내는 2년 동안 물과 화장실을 사용하기가 제일 불편했다. 나중에는 쇠 바케스를 구해서 난로 위에다 물을 올려놓고 사용하니 한결 편했다. 2층은 출입구가 1층과 별도로 바깥 계단으로 나 있었다. 1층과 2층 간의 계단을 막아서 바깥 계단으로만 다니는 구조였다. 그러니 2층 사람들과는 마주치지 않아서 서로 알 수도 없었다.

점심은 이날 숙소를 옮겨 주었던 요원과 독신간부식당에서 배식을 받았다. 점심 식사 후 그는 유리를 숙소 앞의 매점 겸 휴게실로 데려갔다. 유리는 이 나라의 돈이 어떻게 생겼는지 아직 구경도 못했고 한국 돈조차도 한 푼도 없어 매점은 눈 구경만 했다. 전에 모스크바로 오던 중 노보시비르스크 공항의 공군부대숙소에서 군인들이 마구 먹여서 혼이 났던 술 보드카가 철망 속 매장 한쪽 벽을 꽉 채워 진열되어 있었다.
「먹고 싶은 것이 있나?」 그 요원은 유리에게 물어보더니 초콜릿과 우유와 사탕을 사 주었다. 유리는 오랜만에 먹어 보는 초콜릿이 맛있어서 그가 무척 고마웠다.

「나는 바센카 중사이다.

앞으로 내가 너 유리를 맡아서 도와줄 것이다.

어려운 것 꼭 필요한 것이 있으면 나에게 말하면 된다!」라며 그는 유리가 앞으로 해 나갈 생활에 대해서 설명했다.

「너는 9월 1일 이곳 7번 기지 근처에 있는 소련인 고등학교에 입학하게 된다. 앞으로는 독일어와 러시아어를 잘 익힐수록 네가 잘 커 나갈 수 있다. 영어도 잘해야 하고 운동으로 체력을 키워야 된다.

9월 1일에는 아침에 학교로 데리고 가 주겠으니 준비하고 있어라!」라고도 했다.

방으로 온 유리는 소리 없이 책상에 엎드린 채 훌쩍이다가 잠이 들었고 시간 가는 줄도 모르고 꿈을 꾸고 있었다. 꿈을 깨어 보니 이미 어두웠다. 복도 문을 열어 보니 바깥은 깜깜한 밤이었다. 저녁 식사도 놓친 것이었다. 배가 고팠지만 먹을 것도 없었고 마실 물도 없었다. 불빛 속으로 바깥 먼 화장실을 다녀왔다.

숙소 맞은편 휴게실에는 양복차림 KGB 요원들과 군복차림 장교들 하사관들이 보드카를 마시며 떠들고 있었다. 휴게실에 들어가 벽시계를 보니 아직 8월 28일 목요일 밤이었다. 코너에 있는 수도꼭지에서 물을 마셔서 배를 채우고 방으로 들어왔고 침대에 누웠지만 잠은 오지 않았다. 한국으로 소식을 어떻게 하면 전할 수가 있을까 하고 방법을 곰곰이 생각하다가 잠이 들었다.

* * *

9월 1일 월요일 아침에 바센카 중사가 지프를 몰고 와서 유리를 태우고 학교로 갔고 수업이 끝날 때는 차를 두고 와서 앞으로 유리가 매일 다닐 길을 함께 걸어가며 알려 주었다. 학교는 하펠 강 북쪽 러시아인구역(러시안 콜로니) 옆에 있었고, 학교와 러시안 콜로니농장 사이로 난 도로가 둘을 갈라놓고 있었다. 7번 기지 정문을 나서서 자동차 길로 따라가면 2km가 넘지만 기지 안의 보행로를 따라 지름길로 걸으니 1km 남짓했다. 기지 남문을 나가면 푸시킨거리, 그 거리를 건너면 프러시아의 프리드리히 빌헬름 3세 왕이 러시아인 합창단원들에게 마련해 준 러시안 콜로니 농장이었는데, 농장 속을 가로질러 가면 바로 학교였던 것이다.

학교 남쪽에는 독일인 전문학교가 있었고 서쪽 경사지에는 러시아정교회가 있었다. 이렇게 첫날 오후에 학교에서 숙소로 돌아오는 것을 파악한 유리는 매일 혼자서 이 지름길을 걸어서 학교를 다니게 되었다.

유리는 슈콜라 씸 (школа 7: 7번 학교) 10학년에 입학한 것이었다. 동독 땅에서 완전 소련식으로 운영되는 소련인 학교였다. 책상에는 번호가 붙어 있었고 책상 위에는 새 책가방이 놓여 있었고 안에는 교과서들 러시아어사전, 영어사전, 독일어사전, 커다란 필통도 들어 있었다. 필통에는 볼펜, 연필, 색연필, 지우개, 자, 가위, 칼, 콤파스, 테이프 등이 가득 채워져 있었다.

번호대로 줄을 서서 관리실로 가니 7번 학교의 로고 〈школа 7〉이 새겨진 자루가방과 각 학생의 치수에 맞는 봄가을용과 겨울용의 교복과 운동복과 운동화와 운동 양말 모자까지 주었다. 비상약품과 컵과 물통과 운동양말과 비누와 치약칫솔 수건과 실내화와 슬리퍼와 우산과 우의와 겨울부츠까지 자루가방이 꽉 찼다. 학교식당에서 점심 식사 때 사용할 숟가락 포크 나이프까지 담아서 주었다. 이 모든 지급품을 교실의 개인 락커에 보관하든가 숙소에도 가져갈 수도 있었다. 유리의 소련 학교 첫 학기가 시작되었다.

학생들 중에는 유치원부터 지난 9년을 이 학교에서 함께 올라온 학생들도 있었다. 러시아어가 미숙한 유리는 학교제도와 선생님들과 학생들과 수업 내용까지도 모두가 낯설고 어색하여 잘 알아듣지도 못했으므로 가슴이 답답했고 앉아 있는 것도 힘들었다. 블라디보스톡 태평양함대사령부 지하조사실에 처음으로 갇혔을 때처럼 불편했고 숨이 막힐 듯 답답하다가 수업이 끝난 후에 학교를 나와 걸어서 돌아올 때는 가슴이 탁 트여서 살 것만 같았다. 그저 잘 참아 내야만 했다.

유리의 반은 남학생들만 30명이었는데 여학생반이 따로 있었다. 학년마다 네 개 반이었으므로 각 학년은 모두가 120명쯤이었다. 백인이 아닌 유리처럼 동아시아계 타민족 학생도 있었다. 이 학교는 포츠담의 하나뿐인 소련 학교인데 포츠담 7번 기지에 근무하는 KGB 요원들과 군장교, 브란덴부르크와 뷘스도르프 등 포츠담 주변지역의 소련인 군장교 공무원 사업가의 자녀들이 다니고 있었다. 다음 날 아침 기지식당에서 아침 식사를 하고 어제 오후에 걸어 왔던 영내의 길을 따라서 학교에 도착했다. 유리가 제일 일찍 나온 것이었다. 책가방을 책상 위에 놓고 학교를 돌아보았다.

초등과정과 중등과정은 별도 건물에 있는데 남학생과 여학생을 분리시키지 않은 혼성 반이었다.

* * *

유리의 소련식 2년 고등학교 과정은 대학 진학을 준비하는 10학년, 11학년이었는데 남학생 교실과 여학생 교실이 따로 있었다. 식당은 실내체육관과 샤워장과 같은 건물에 있었고 강당건물에 도서관과 음악실이 들어있었다.

교실 자리에 앉아서 예습을 하고 있으니 학생들이 하나둘 들어왔고 몇 학생은 빈손으로 들어오는데 건장한 청년이 책가방을 들고 따라와서 책상에 올려놓아 주고 나갔다. 어떤 학생은 책가방 외에 별도 가방을 하나 더 가져오기도 했다. 7번 기지 고위 간부의 자녀들은 경호원이나 운전기사들이 자동차로 학교에 태워다 주면서 책가방을 교실까지 들어다 주는 것이 통례였고 돈이 많은 사업가의 자식들은 맛있는 간식을 싸 와서 교실 급우들과 나눠먹는 것이었다.

KGB 7번 기지 지부장인 셰닌 소장의 아들 알버트가 있었다. 7번 기지 속 지부장관사에서 살고 있었는데 성격이 거침없이 자유롭고 자신감이 넘쳤으며 여유가 있었다. 다른 학생이 말도 못 꺼내는 문제들은 그가 나서서 선생님들에게 요구하면 해결되기도 하여 반 학생들 모두 그를 좋아했다. 그 학생은 나중에 유리와도 친해져 학교를 오갈 때 함께 걸어 다니기도 했다. 그는 학기 중간이나 학기 말에 시험을 보면 시험지를 채우다가 중도에

팽개치듯 나가 버렸지만 지부장인 아버지의 힘 때문인지 선생님들은 아무도 시비하지 않았다.

학교에서 배우는 많은 교과목들 중에서 가장 비중이 크면서도 모든 학생들이 어려워하는 것은 수학이었다. 수학선생님은 잘 가르친다고 소문나 있었는데 돈 많은 집 학생들에게 학교 근처에 있는 자기 집으로 찾아오게 해서 과외지도를 해 주면서 돈을 잘 벌었다. 과외지도를 받는 학생들은 수학성적이 좋아졌으므로 받으려는 학생들이 몇 달씩 순서를 기다려야 했다. 과외지도를 받지 못하는 대부분의 가난한 학생들과 유리는 그것을 무척 부러워했다. 학교교실 수업시간에 배울 것을 같은 선생님에게서 똑같이 미리 개별지도를 받는 데다 잘 가르쳐 주니 과외를 받으면 모두 성적이 좋아질 수밖에 없었다.

음악수업은 따로 있는 강당 건물의 음악실에서 했다. 음악선생님은 첫 시간에 피아노로 반주를 몇 구절씩 하면서 학생들이 차례로 하나씩 나와서 리듬을 따라 부르게 하면서 합창반원이 될 만한 학생을 골라냈는데 유리도 그에 포함되었다. 그런 후 매 수요일과 금요일에는 수업이 끝난 후 음악실로 모이게 했는데 남자중학생 여자중학생 여자고등학생까지 네 개의 합창반이 합동으로 연습을 했다. 시험 때와 방학기간이라도 선생님은 자신이 여행을 가시는 때를 제외하고는 부모를 따라 여행을 가지 않고 학교에 나올 수 있는 학생들을 단 몇 명이라도 데리고 연습을 했다.

음악선생님은 러시아정교회 성가대의 지휘자였다. 또 학교 합창반은 러시아정교회 미사에 나가 성가를 부르는 정교회 학생부 성가대이기도 했다. 이렇게 유리는 1969년 9월부터 매주 토요일 오후와 일요일 오전에는 포츠담 소련 구역의 러시아정교회 학생부미사에 나가며 성가대 활동을 하게 되었다.

합창반 고등부는 10학년 11학년 각 학년이 남자 4명 여자 4명으로 총 16명이었다. 연습곡은 토요일과 일요일의 미사에서 부를 성가들이었는데 9월부터는 특히 크리스마스 성탄미사에서 합창할 악보들을 한두 곡씩 점진적으로 조금씩 익혀 가고 겨울방학부터는 부활절 미사곡들을 그런 식으로 익혀 가고 있었다. 악곡은 그레고리안 성가에서부터 고전음악 편곡과 현대음악까지 다양했다. 유리는 10학년과 11학년의 2년간 교회성가대에서 활동하면서 숙소에서도 학교를 오갈 때나 외롭거나 지루할 때는 혼자서 허밍으로 노래를 즐겨 부르고 있었고 합창반 중 몇 명과는 친해져서 친구가 되었다. 또 일요일에는 미사가 끝나면 그들의 집에도 따라 가서 식사도 함께 하고 놀다오기도 했다.

성가대 친구들의 아버지들은 KGB 간부나 주둔군 장교들이나 사업가였는데 유리의 사정을 알고 관심을 가지고 도움을 주려고도 했다. 그들의 따뜻한 관심과 도움은 낯설고 외로운 환경에서 혼자 지내는 유리에게는 큰 위로가 되고 있었다.

유리는 매일 아침 식사를 7번 기지의 독신 KGB 요원과 장교 용 간부식당에서 먹고 학교로 걸어가 점심은 학교에서 먹었고 저녁은 또 7번 기지 간부식당에서 먹었다. 부대의 아침 식사는 이른 시간이었으므로 유리는 다른 학생들보다 한 시간 넘게 일찍 교실에 도착하여 학교가 시작되는 8시까지는 혼자 예습공부를 할 수 있었다.

학교생활에 점차 적응되자 아침 식사를 하고 곧바로 학교로 가지 않고 방에서 잠깐 지체하다가 수업시간에 맞추어 학교로 가게 되었는데 이럴 때나 학교가 끝나 숙소로 돌아올 때는 7번 기지 관사에서 다니는 학생들과 점차 어울리게 되었다. 그들 중에는 7번 기지 지부장 셰닌 장군의 아들 알버트와 다른 KGB 간부 자식들도 있었다. 유리를 유독 좋아하면서 감수성이 예민하여 문제가 되고 있었던 이반도 있었는데 7번 기지 관리국장 게오르기 주코프 준장의 아들이었다. 또 이반에게는 한 살 많은 누나 예레나가 있었고 1년이 빠른 11학년이었지만 나이는 유리와 동갑이었으며 학교 합창반과 정교회에서 성가대를 함께하고 있었다.

한편 유리가 다니던 소련인 학교 옆에는 동독의 기술전문학교가 있었다. 고등학교 과정을 마친 대학 과정인 만큼 전문학교 학생들은 나이도 많아 체격도 소련 학교 학생들보다 컸다. 그들은 모두가 포츠담 시내나 주변의 도시들에서 학교까지 대중교통을 이용하여 다녔으므로 기술전문학교 옆에 붙어 있는 유리의 소련인 학교 주변 도로를 늘 지나다니고 있었다. 소련인 학교의 10학년과 11학년들은 이틀마다 한 시간씩 체육시간이 있었고 그때마다 밖으로 달리기를 나가서 서쪽의 발트파르크 숲공원(Waldpark)과 핑스트베르크(Pfingstberg) 산 숲길로 전망대 성(Belvedere Castle) 둘레를 한 바퀴 돌아서 전문학교 앞을 지나며 교내 운동장으로 돌아오고 있었다. 하루는 11학년 남학생들이 전문학교 정문 앞을 지날 때 동독인 학생과 어깨가 부딪히자 싸움이 일어났다.

그러자 동독인 학생들 십여 명이 소련 학생들을 혼내 주겠다며 교내 운동장으로 들어와서 남학생들과 싸우며 소란을 잠시 피우고 있었다. 그때 어떻게 알았는지 금방 7번 기지 방어부대 무장군인들이 트럭 몇 대로 싸이

렌을 울리며 들이닥쳐서 동독학생들을 모조리 잡아서 태워 갔고, 유리가 몇 달을 지냈던 7번 기지 감옥에다 가두었다. 잡혀 간 학생들 중 주동자 몇 명은 며칠간 죽을 고생을 당하고 풀려났던 것이다. 그 후부터는 전문학교 동독인 학생들은 소련인 학생이 보이면 아예 멀찍이 피해서 다니게 되었는데, 그러자 11학년들 일부는 독일인 대학생이 보이면 괜히 불러서 담배를 뺏어 피우고 돈도 빼앗았다. 이 사건을 계기로 소련 학생들의 행패가 심해지고 있었다.

가을은 빨리 지나면서 해도 짧아져 어느새 추워지고 있었다. 비가 추적추적 내리는 데다 호수들로 둘러싸인 섬 같은 지역이라 습도가 높았다. 호숫가 저지대가 진하고도 차가운 물안개로 덮일 때는 난방이 없는 유리의 방은 한기로 빙하 속처럼 더 살을 에는 추위를 느끼게 했다. 바람이 불면 바깥은 차가운 습기의 오한이 뼛속까지 느껴졌고 체온 상실로 금방 피로해졌다.

학교와 숙소의 장교 방은 스팀난방을 갖추고 있었으나 유리의 방은 무쇠 난로에 갈탄을 피워야 했다. 갈탄은 가까이 있는 난방연료창고에서 바케스로 마음대로 담아 와서 필요한 만큼 태울 수 있었는데 11월부터는 매일 비가 추적추적 내리면서 밤의 습하고 냉한 추위가 익숙지 않아 점점 힘들었으므로 습기도 제거하며 불을 쬐려고 난로를 피우게 되었다.
며칠 후 아침에 일어나는데 머리가 빙 돌며 현기증이 났다. 어지럽고 구역질도 나서 제대로 걸을 수가 없었다. 벽을 짚으며 방을 나가는데 복도에서 마침 야근을 마치고 방으로 들어오던 맞은편 방의 군의관이 유리를 보고서, 즉시 업고 옆의 병원으로 가서 수액주사를 놓아 주었다. 얼마 후 유리는 괜찮아졌지만 그날 학교에 결석하고 말았다. 가스에 중독이 된 것이었다.

이날부터 유리는 난로를 피우는 겨울 내내 매일 밤이 되면 비가 올지 안개가 덮을지 하늘을 살폈다. 비가 내리거나 안개가 짙은 밤이면 절망적인 심정으로 목숨을 운에다 맡긴다고 생각했다. 매일 밤마다 잠이 들 때부터 다음 날 아침 눈을 뜨고 일어나서 움직이면서 자신이 아무 탈 없이 정상인 것을 확인하고 안도할 때까지 유리에게는 매일 밤이 절박한 시간이었다. 비가 오거나 안개가 덮는 밤에는 환기창과 복도방문을 조금 열어서 공기보다 무거운 가스가 방 안에 쌓이지 않고 바깥으로 흘러갈 수 있게 해놓고 잠을 자야만 덜 불안했다. 그러다가 본격적인 겨울에는 바람이 부는 날이 많아졌으므로 환기창을 열어 두면 별 문제가 없었다.

이 사건으로 맞은편 방의 군의관은 유리와 친해지게 되었다. 그는 내과의사 드미트리 소령이었는데 디마라고 불렀고 모스크바 출신이었다. 그는 숙소에 있을 때는 늘 클래식음악을 크게 틀어 놓고 지내면서 잠을 잘 때도 틀어 놓았으므로 복도 맞은편이었던 유리의 골방에서도 밤새 내내 들을 수가 있었다. 그는 방을 나갈 때만 음악을 껐으므로 음악소리가 난다면 방에 있는 것이었다.

방에 있을 때는 가끔 유리를 불러서 과일과 음료수를 주면서 모스크바에서 중고등학교와 의과대학에 다닐 때 공부는 안 하고 농땡이 치며 술을 마시고 놀던 일, 할아버지는 어떤 분이고 아버지는 모스크바 크렘린의 누구라고 자랑하기도 했다.

또 유리가 좋아하는 곡들은 몇 번이고 다시 틀어 주며 그 작곡가와 곡에 대해서 책을 찾아가며 설명해 주기도 하였는데, 디마도 유리도 특히 베토벤의 피아노소나타 21번 〈발트슈타인〉을 좋아했다. 곡의 에너지, 명쾌한 박진감, 부드러움을 좋아했다. 그런 디마는 유리가 포츠담까지 오게 된 사정을 듣고서는 안타까워하면서 무슨 일이든 어떻게든 조금이라도 도와주려고 했고 매점에서 좀 사 먹으라며 용돈까지 주었다. 그는 유리보다도 나이가 열 살 넘게 더 많았지만 친구가 되어 주었던 것이다.

1969년 12월이 지나고 1970년 1월 첫날부터는 두 주일의 겨울방학이었는데 지루했다. 하루 세 끼 식사를 영내식당에서 먹으면서 군의관 디마가 빌려 주는 소설을 읽고 공부도 하고 영내의 코스와 미르바하발드 연병장과 학교 체육시간에 뛰는 코스를 혼자서 몇 시간씩 뛰기도 했지만 규칙적인 시간표가 없으니 하루가 길어 빨리 개학이 오기만을 기다렸다. 학교 합창반 연습과 정교회성가대에 나가는 것이 유리에게는 제일 행복한 시간이었다.

합창반에는 11학년의 이반의 누나인 아름다운 예레나가 있었기 때문이었다. 매일 유리는 이 시간이 오기를, 매번 제일 먼저 도착해서 예레나가 나타나기를 기다렸다. 또 학교와 교회를 오갈 때는 예레나와 가까이 걸을 수도 있는 것이 좋았다.

예레나는 유리의 속가슴을 몰랐다. 가까이 기댈 사람도 없이 외롭고 그 누구의 사랑도 관심도 못 받는 가련하기만 했던 유리의 사정을 몰랐다. 그런 유리로서는 예레나를 바라볼 때는 자기 마음을 스스로 무참하게 무너뜨리며 자포자기해야 했다. 예레나를 볼 때마다 스스로 좌절하며 번민하고 절망해야 했다.

유리의 마음은 예레나 앞에 설 때마다 산산이 부서지고 있었다. 근접할 수조차 없는 예레나를 흠모하는 마음은 그녀를 앞에서 경배하듯 좌절을 느껴야만 했다. 그녀를 바라볼 때는 숨은 질식되고 심장은 바로 마비될 것만 같았다. 그녀의 커다란 두 눈은 높고도 투명한 가을하늘처럼 파랗고 깊었다. 금발에 발그레한 피부는 햇빛을 통과시키며 우윳빛으로 투명했다. 말소리는 부드럽고 조용했으며 동작은 언제나 정지된 것처럼 평온하면서 차분하여 여러 사람들 속에 섞이면 예쁜 용모를 감추면서 존재를 잘 드러내지 않았다.

늘 그런 모습이던 그녀가 무슨 얘기를 할 때는 갑자기 눈에서 광채를 보이며 목소리가 단호해지는 것이었다. 그때는 누구든지 맞대응하거나 거절할 마음이 사라지면서 기쁘게 복종했다. 마음이 녹아내리며 무너져서 안 따를 수가 없어졌기 때문이었다. 그녀가 자기 의견을 드러낼 때의 모습이었다. 예레나가 그런 불가항력 같은 열정을 내심 숨기고 있는 모습을 보고 유리는 전율하듯 놀라며 탄복하고 있었다.

그런 유리는 마음속으로만 그녀를 흠모하고 있었다. 소련인 학생들 속에서는 단 한마디 말도 행동도 표현하지 못하면서 속내를 감추고 있었다. 그들이 하는 대로 분위기와 행동을 따르며 보고만 있었던 것이다. 그녀의 현기증 나도록 예쁜 미모가 눈앞에서 그 부드러운 목소리로 조용조용 얘기하고 미소를 보이고 웃음소리를 낼 때는 유리는 혼절하듯 온몸과 정신까지 아찔했다. 그럴 때마다 유리는 절망적 좌절을 느꼈고 좌절은 점점 더 깊어지고만 있었다. 신화 속에서 넘볼 수도 없는 미의 여신을 사랑하는 하찮은 인간이 느끼는 그런 잔혹한 좌절감이었다.

겨울방학이 끝나고 새 학기가 시작되었다. 아직 언어가 부족했던 유리는 어학공부에 더 집중하고 있었다.

1970년 5월 말에는 예레나가 7번 기지 고등학교의 11학년을 졸업했고 포츠담 대학교음악대학에 피아노 전공으로 합격하여 9월의 입학을 앞두고 있었다. 그런 예레나는 정교회의 미사에 계속 나오면서 학생미사에서 피아노반주를 맡고 있었다.

유리의 숙소 바로 앞에 있는 매점 겸 휴게실과 그 뒤편에 있는 바에서는 수요일이나 주말이면 KGB 요원들과 방어부대 장교들과 가족인 민간인들까지 어울려서 술을 마셨으므로 밤늦게까지 시끄러웠다. 특히 주말 밤에는 처음에는 조용하다가도 마신 보드카 빈병들이 쌓여 가면 서로 경쟁하듯 모두가 노래를 부르고 어깨를 비벼대며 춤을 추느라 쿵쿵거리며 소란스러웠다. 그러다가 화장실이 멀다고 건물 옆 도랑에다 오줌들을 쌌고 그래서 주말이 지나면 늘 오줌냄새가 진동하고 있었다.

그들은 술을 마셔댈 때면 차례로 한 사람씩 맨 앞에 나가서 장황한 권주사를 하고 있었는데 계급이 높은 사람들은 항상 「적당히 마셔라!」라는 말을 똑같이 하고 있었다. 그러나 그 말을 「그만 마셔라!」, 「절제하라!」, 「더는 취하면 안 된다!」라는 지시로 받아들이는 부하는 아무도 없는 것 같았고, 그 말을 하는 본인도 그런 의미는 아닌 것 같았다. 휴게실의 보드카를 모두 다 마셔서 모자라면 뒤쪽 바에 있는 술까지 다 가져오게 했다. 그리고 나서도 술에 취한 하급자에게 지프로 포츠담 시내로 나가 술을 사 오게 해서 끝없이 마셨다. 그러면서도 그들은 모두가 서로에게 「적당히 마셔라!」

라는 소리만 반복하고 있었다.

* * *

여름방학 중인 8월 중순 토요일 밤 9시쯤이었다. 유리가 한국에서 납치되어 온 지 만 2년 다 된 때였다. 9월에는 11학년이 되므로 공부할 과목들을 예습하며 부모님 생각을 하고 있었다.

「유리~!」

군의관 디마의 목소리였다. 복도로 나가니 그는 숙소의 현관 계단에 걸터앉아 몸도 못 가누며 완전히 취해 있었다. 휴가철인 데다 주말이라 군의관 네 명 중에서 한 명은 병원에서 야간 당직근무 중이었고 두 명은 소련으로 여름휴가를 떠나고 없었다. 디마는 퇴근 후 휴게실 뒤편의 바에서 병원직원들과 일반장교들과 보드카를 몇 병이나 마셨던 것이다. 같이 마시던 몇 명은 술 테이블에 엎어져 의식 없이 자고 있었고 모두가 엉망인 상태였다.

병원 앞에 우아즈지프가 기다리고 있었고 의무병 한 명이 디마를 부축해서 앰뷸런스에 태웠는데 디마는 유리에게 같이 가자며 함께 타라는 것이었다. 유리가 영문도 모른 채 올라탄 지프는 어둠 속으로 7번 기지 정문을 나가더니 융페른제(Jungfernsee: 순결한 호수) 북쪽 끝단에서 바이서 제 (Weißer See: 하얀 호수)로 가는 운하 입구의 방어부대 참호에 도착했다. 총기사고가 난 것이었다. 가랑비가 내리던 호숫가 밤안개 속에서 흰색운동복 차림으로 가슴에 책을 껴안은 채 산책을 하던 독일인 여자고등학생 두 명을 초병이 잘못 보고서 겁에 질려 AK소총을 몇 발 발사했고 총알 하나가 가슴에 책을 올려든 소녀의 팔목을 관통하여 젖가슴을 뚫고 몸속을 파헤치며 들어간 것이었다.

소녀는 땅바닥에 누운 채 숨은 멎은 듯 약했고 심장은 약하게 뛰고 있었다. 함께 간 위생병은 술에 취해 비틀거리며 뒤로 물러섰다. 그러자 디마는 요령을 설명하며 유리로 하여금 소녀의 입으로 마우스 투 마우스로 숨을 불어넣게 하면서 자신은 흉부를 압박하는 인공호흡을 했다. 그러자 잠시 소녀는 숨이 살아나면서 맥박도 강해졌는데 심장압박이 계속 되자 숨을 불어넣는 소녀의 목 속에서 피가 솟아올라 왔다. 피는 유리의 입속으로 물컥 들어왔는데 느끼하면서 뜨끈하고 비릿한 느낌이었다.

「우~웩~!」 그 순간 유리는 구토를 했다. 구토는 그게 시작이었고 끝이 없었다.

화장실로 쫓아가서 수돗물로 입 안과 목구멍 속 깊이까지 수십 차례나 헹구고 토해 냈지만 그 느낌과 냄새는 유리의 입안과 목 속에서 조금도 지워지지 않았고 잊어버리려 해도 잊어지지도 않았으며 그 후로도 아주 오랫동안 생생하기만 했다. 그러고 난 후에도 유리는 현장에 있었던 민간인 증인이라는 이유로 빠져나오지도 못하고 다음 날 동독경찰과 슈타지와 KGB 감찰관들이 와서 하는 조사를 도와주어야 했다. 또 앰뷸런스에 소녀의 시신을 담은 관을 싣고 함께 화장터까지 갔고 화장된 소녀의 분골을 들고 가족들에게 넘겨주기까지 해야만 했다. 화장터로 가는 중에는 앰뷸런스 속에서는 무더운 한여름이라 시신이 부패하는 냄새가 나고 있었다.

고등학생이었던 유리는 본의 아니게 이렇게 황당한 일을 겪어야 했다. 그날부터 거의 한 달 동안 유리는 속이 역겨워서 식사를 제대로 할 수도 없었으며 밤이 되면 누워서 안 오는 잠을 기다리기가 무서웠다. 또 자다가 꿈속에서 소스라쳐 놀라며 깨기도 했다. 그러자 디마는 유리에게 잠잘 때 먹을 안정제를 주기도 했다. 이 사건으로 인해 디마와 유리는 더욱 가까워졌다. 그러나 유리는 이런 일에 또 불려가게 될까 봐 디마에 대한 경계심을 갖고 늘 상황을 살피며 지내게 되었던 것이다.

디마가 준 안정제를 먹자 유리는 며칠 만에야 잠을 잘 수 있었다. 그렇지만 잠에 빠지는 순간까지 유리는 그 소녀가 눈앞에 떠올라서 괴로워했다. 그러다 잠이 든 것이었다. 다음 날 일어나니 유리는 머리도 맑았고 기분도 좋아졌으므로 디마가 고마웠다. 이런 저런 일들을 겪으며 유리와 디마는 더욱 가까운 친구가 되고 있었다. 이 일로 디마는 포츠담 외곽 부대의 안팎과 진지들에서 일어나는 갖가지 사건사고들을 푸념 삼아 얘기하기도 했다.

「소련군은 동독의 전역에 걸쳐 1,060여 개의 부대에 총 38만여 병력을 주둔시키고 있다. 그밖에 가족 군속 등 민간인이 18만여 명이나 더 나와 있다.
모두 56만 명이나 되는 소련인이 동독에 나와 있는 것이다.
브란덴부르크 주도인 이곳 포츠담 시에만도 3만여 명의 병력이 주둔하고 있어.
또 여기서 5km 남쪽 뷘스도르프에도 7만5천여 명의 소련군과 민간인이 있단 말이다!
포츠담의 소련군은 베를린 가토비행장과 테겔비행장 서쪽으로 펼쳐져 있고 또 브란덴부르크와 뷘스도르프 일대에도 10만여 명이 진주하고 있어!

이런 부대들마다 크고 작은 군병원이 있지만 사건 사고가 거의 매일 일어나고 있는 거야!

특히 주말 밤의 사고는 보드카에 취해서 벌어지는데, 〈적당히 마셔라!〉라며 끝없이 권하는 음주행태 때문이야!」라고 했다.

디마는 그해 말까지 유리를 친동생처럼 따뜻하게 대해 주고 보살피면서 지냈다. 그러다 제대하게 되어 모스크바로 돌아갔다. 디마는 유리를 가까이서 돌봐주지 못하게 되는 것을 아쉬워하면서 작별했다. 유리는 이렇게 친했던 디마와 그 후 여러 해가 지나고 나서 다시 만나는 일이 있었다. 디마가 군복무를 마치고나서 모스크바의 당 간부용 최고급 병원에서 의사 생활을 하고 있을 때였는데 유리는 우연히 환자가 되어 그를 다시 만나게 되었다.

1970년 9월 1일 화요일. 학교는 다시 개학을 했고 유리는 11학년이 되었다. 이날 아침에도 알버트는 사복 경호원이 책가방을 들고서 교실까지 따라 들어와 자리에 놓고 나갔고 학교가 끝나자 다시 와서 책가방을 받아들고 알버트를 우아즈 지프에 태우고 갔다. 그때 KGB 지부장이던 알버트의 아버지 세닌 소장의 관사는 7번 기지의 동편 호숫가에 펼쳐 있는 노이에 가르텐에 가까웠는데 학교까지는 영내통로를 통과하면 2키로가 안 되는 거리였지만 알버트는 새 학기 초에는 차를 타고 다니다가 얼마 후부터는 친구들과 걸어 다니기도 했다.

그는 공부에는 도무지 관심이 없어 보였는데 책상은 늘 맨 뒷자리를 차지했으며 수업시간에는 선생님의 설명을 듣는 것 같지도 않았고 졸기도 하다가 공부가 싫은지 수업 중에도 어딘가로 나가 버렸다가 그날 교실로 돌아올 때도 있었지만 다음 날에야 다시 나타나기도 했다. 선생님도 같은 반 학생들도 아무도 왜 그랬는지를 밖에서 무엇을 하느라 그러는지를 물어보려고도 하지 않았지만 그도 이유를 말하지 않았다. 학기 중간에 있는 쪽지시험이나 기말시험을 보다가도 시험지를 놓고 한동안 앉아 있다가 백지를 들고나가서 선생님께 돌려주고는 사라져 버리기도 했다. 선생님들은 백지를 받아들면서도 고개를 끄덕거릴 뿐 아무 말씀도 하지 않았다. 누구도 따지거나 건드리거나 뭘 시비할 수가 없었기 때문이었다.

유리와 알버트와도 같은 반이었던 KGB 7번 기지 관리국장 게오르기 주코프 준장의 아들 이반은 10학년 개학 처음부터 매일 걸어서 학교를 다녔는데, 아침에 7번 기지에서 나올 때나 오후에 학교가 끝나서 돌아갈 때는 늘 유리와 함께 다니기를 좋아했다. 그는 내성적이었고 늘 생각에 잠긴 듯 보였고 운동이나 신체활동을 귀찮아했으며 친구들과 어울리는 것에도 소극적이었다.

이반은 헤르만 헤세와 니체의 책을 좋아했는데 특히 헤세의 데미안에는 심취해서 자신이 싱클레어라는 가상에 빠져 있었다. 이반은 감수성 깊은 문학책들을 늘 읽으면서 학교에서 가르치는 교과목들에 대해서는 왜 공부를 해야만 하는지 모르겠다며 불평하고 소홀해지더니 우울증이 심해져서 병원에 다니게 되었고 약을 복용하기 시작했다.

1970년 12월 말이었다. 게오르기 주코프 장군은 1월에 시작될 겨울방학을 며칠 앞두고서 숙소에서 공부하던 유리를 부관장교를 시켜서 자기 관사로 불렀다. 장군은 관사에 들어간 유리를 앞에 앉혀 놓고 「내 아들 이반이 방학 중이라 학교에도 안 나가고 집 안에만 계속 있으니 우울증이 심해지고 있구나!

유리야, 너도 잘 알다시피 이반이 너를 좋아하는 구나! 그렇다면서 너하고 함께 지내며 실컷 얘기도 나누고 싶다고 한다.

그러니 네가 여기로 자주 와서 몇 시간씩이라도 함께 좀 지내며 공부도 함께 하고 같이 놀아 주면 좋겠다.

너는 어떻게 생각하니?」라고 했다.

장군의 대화스타일이나 말투는 친구를 다정하게 대하듯 부드럽고도 친절한 말투였고 누구도 거절할 수 없게 하는 것이었다. 웃는 얼굴로 말하고 있었지만 유리로서는 요청이 아닌 명령이었다. 유리는 그날부터 이반의 집을 매일 찾아가서 지내다가 숙소로 돌아왔는데 그 집에서는 이반과 때로는 장군도 함께 또는 이반의 어머니와도 함께 TV나 책을 보기도 하였고 당구도 치다가 점심이나 저녁 식사를 했다.

「가지 마!」라며 이반이 붙들면 며칠이든 같이 잠을 자기도 했다. 또 이반이 병원으로 진료를 받으러 갈 때는 장군 부부와 함께 포츠담 시내 전문병원까지 함께 갔다 오기도 했다.

이반의 방에서 잠을 자게 되면 장군은 어김없이 정확하게 아침 여섯 시에 기상을 시켰다. 또 세면을 마치면 여섯 시 반쯤에는 이반과 유리를 데리고 7번 기지 바깥 노이에가르텐의 숲길로 하일리거제 호숫가와 융페른제 호숫가로 체칠리엔호프 성도 지나치며 한 바퀴를 돌고 오는 것이었다. 얼음이 꽁꽁 두껍게 얼고 귀를 에는 찬바람 불 때에는 특히 얼음호수에 눈이 하얗게 덮여 있을 때에는 꼭 호숫가로 나가서 걸었다. 또 핑스트베르크 언덕이나 더 멀리 상수시 궁전까지 걸어갔다가 오기도 했는데 장군은 스케줄이 허용되면 빠짐없이 찬비가 내리거나 북풍이 강하게 불 때에도 강행하며 이반을 꼭 데리고 나갔다. 이반은 아버지를 무척 어려워하면서 억지로 따르느라 표현도 못하며 힘들어하고 있었다. 이반에게는 큰 스트레스였다.

「기분 전환을 시켜 우울증을 해소시키는 데 운동은 큰 도움이 된단다. 땀을 흘리는 운동과 규칙적 활동이 정신적 육체적으로 좋은 컨디션을 유지하고 일의 효율을 높이는 최고의 보약이다.

너희들도 이것을 생활화해서 체질로 만들어야 된다. 그러면 앞으로 살면서 여러 가지 어려운 일을 겪을 때 극복해 나가는 데 심리적으로 큰 도움이 될 것이다!

단 하루도 운동을 안 하면 몸이 불편하고 사지가 무겁다는 느낌이 들도록 체질을 만들어야 된다!」 장군은 이반을 단련시키려는 욕심 때문인지 새벽마다 이런 말을 하고 있었다.

주코프 장군은 짙은 콧수염을 짧게 기르고 있었고 눈에서는 빛이 났으며 관사에서는 틈만 나면 책을 읽는 지식인이었다. 머리가 좋은 데다 예감과 육감이 뛰어났고 상황을 직접 눈으로 확인하지 않고도 직감적으로 인지하고 정확히 판단했다. 선견지명이 대단했던 것이다. 가끔 커피를 놓고 대화를 나누며 들어 보면 장군은 통찰력과 지혜로 세상일을 놀랍게 예견

하고 또 맞추고 있었다. 유리는 존경심으로 차서 장군을 경외하게 되었고 또 장군도 그런 유리의 마음을 알고 있었다. 장군은 이반뿐만 아니라 유리의 생각과 속마음을 마음의 변화까지도 그대로 아는 것 같았다. 그래서 유리는 장군이 자기 눈앞에 보이지 않더라도 근처에만 있어도 정직해지려고 했으며 잠시 다른 생각을 하려고 했다가는 온몸이 얼어붙는 듯해졌다. 그래서 항상 조심스러웠으며 화장실에 들어가 있을 때면 장군이 언제라도 노크를 할까 봐 오랫동안 편히 앉아 볼일을 볼 수도 없었다.

장군의 방과 같은 2층인 이반의 방에서 잠을 자게 되는 유리는 장군을 피해서 화장실을 사용하려고 참았다가 밤늦게 들어가곤 했는데 장군은 평소 일찍 누웠다가 잠이 들지 않으면 꼬냑 한두 잔을 마시고서 다시 화장실을 들어가기도 했으므로 유리와 마주치는 때도 있었다. 이럴 때면 유리는 어쩔 줄 몰라 하며 당황할 수밖에 없었다. 이랬던 유리로서는 그 집에서는 잠시도 조금도 마음이 편치 않아서 싫었지만 그렇다고 오지 않겠다고 말할 수도 없었다.

「유리야, 내일 낮에는 우리 가족이 어딜 다녀올 테니 네가 좀 쉬어도 되겠다.」

어쩌다가 가족들과 동 베를린이나 브란덴부르크나 포츠담 시내로 다녀오게 될 때는 장군이나 부인이 하는 말이었다. 이때 유리는 마음도 몸도 온전히 편안한 하루가 되었다. 유리는 2주간 겨울방학 동안 매일 장군의 관사에서 점심과 저녁을 먹고 있었다. 잠을 자는 날에는 아침까지 세끼를 다 먹었다.

한편으로 장군 관사에 가면 고등학교를 이미 졸업했고 대학에 다니면서 방학 중이라 집에서 지내고 있는, 유리에게는 마음속의 〈여신〉이었던 예레나를 가까이서 보는 것이 너무도 꿈속 같이 행복한 일이었다. 장군은 주말에도 출근하였고 술을 마시거나 밤늦게 들어올 날도 가끔 있었으므로 이반의 어머니인 예카테리나와 예레나는 그럴 때는 이반과 유리와 함께 가정부가 차려 주는 식사를 하고 커피를 마시거나 TV를 보고 있었다.

예레나는 이미 포츠담 대학교 음악대 학생이었으므로 러시아정교회에서도 청년성가대의 파이프오르간반주를 맡고 있었다. 미사시간도 달랐으므로 유리는 이반의 집에서가 아니면 예레나를 보기가 쉽지 않았던 것이다. 이반과 부모님의 방은 2층에 같이 있었고 1층에는 거실과 TV와 식당과 예레나의 방과 식당 속 안쪽으로 가정부의 방이 있었다. 반지하인 아래층에는 예레나의 피아노연습실과 와인창고가 있고 마루에는 당구대가 있었다. 이반과 유리는 여기서 예레나의 피아노소리를 들으면서 당구를 치기도 했다.

「그걸 무슨 재미로 자꾸 하는 거야?」 예레나는 당구에 전혀 관심이 없었으므로 가끔 핀잔을 주기도 했다.

1971년 1월 중순에는 두 주간의 정교회크리스마스 연휴와 겨울방학이 끝나고 다시 규칙적인 학교생활로 돌아갔다. 유리는 이반을 매일 학교에서 만났으므로 장군 집으로 가지 않아도 되었다.

1971년 3월. 짧은 봄방학이 금방 끝나자 11학년의 마지막 학기가 되었다. 진학을 준비하는 학생들은 6월의 대학입시를 앞두고 힘든 시간을 보내고 있었다. 학생들 자신도 부모들도 대학 진학 문제에 매달린 지가 오래였다. 학생들의 아버지는 KGB나 군의 간부이거나 사업가들로서 소련사회에서 힘도 돈도 있는 엘리트층이었으므로 자식들을 좋은 대학에 진학시키는 데는 어려움이 없기도 했다. 이미 대학을 지정해 놓고 그에 맞추어 공부하는 학생도 있었다. KGB 7번 기지의 지부장인 세닌 소장의 아들 알버트가 그랬다. 그는 학교를 거의 무시하면서 자기 집에서 별도로 개인수업을 받아왔던 것이다.

유리는 그런 일에 무관심하려 했다. 외면해야 했다. 집을 나온 3년째이고 열아홉 살이었지만 의지할 곳도 앞날에 대한 희망도 없었다. 유리가 가진 것이란 학교에서 지급받은 책들과 옷과 신발과 세면도구가 전부였다. 용돈도 없었다. 권리도 없고 어떤 주장이나 요구도 할 수 없는 그림자 같은 가련한 존재였다. 폭우로 불어난 강물에 휩쓸려가는 한 포기 잡초였다. 그러나 벌써 3년째 진행되어 온 KGB의 〈납치요원양성 장기프로그램〉에 따라 자기도 모르게 본격적으로 KGB 요원 교육훈련을 받아야 할 단계에 와 있었다. 유리는 벌써부터 KGB 요원으로 키워지고 있었던 것이다.

1971년 5월 말에는 7번 기지 고등학교를 졸업했다. 유리와 졸업생 모두가 소련의 대학입학자격시험 EGE에 합격해 있었다. 졸업생 대부분은 소련의 국내대학에 진학할 예정이었지만 동독 대학이나 스위스 등의 중립국 대학에 신청한 학생도 있었다. 이반은 포츠담 대학교 역사학과에 신청해 놓고 있었다.
유리는 러시아어와 독일어는 문제가 없었고 학교성적도 괜찮았고 환경에 잘 적응하고 있었다. 성장기에 운동을 많이 했으므로 체격도 좋아져 있었다. 정해 주고 시키는 대로 충실히 따르는 것이 최선이며 다른 선택의 여지가 없다는 것을 깨닫고 있었다. 앞으로 어떻게 될 것인지는 운명에 맡기자고 생각하게 되었다.

7번 기지 고등학교의 졸업식 날 오후였다. 유리가 숙소로 가니 방문에 쪽지가 붙어 있었다. KGB 본부 사무실로 즉시 오라는 내용이었다. 찾아가서 만난 사람은 2년 전에 유리를 고등학교에 데리고 가서 입학시켜 주었던 바센카였다.

「나는 7번 기지 KGB의 인력관리담당관이다.」 그가 처음으로 자기 직책을 밝히면서 전화번호도 적어 주었다.

「네가 졸업을 하고 6, 7월 두 달 동안은 숙소에서 책도 읽으며 쉬고 있으면 7월 말에는 정식으로 KGB에 입대를 하게 된다.

레닌그라드(샹트 페테르부르크)의 KGB 학교로 가서 앞으로 2년간 기초과정교육을 받고 나면 다시 이곳 7번 기지로 돌아오게 될 것이다.」라고 설명했다.

6.

1971년 7월 31일 토요일이었다. 바센카는 유리를 다시 KGB 사무실로 불렀고 지하실의 강당으로 데리고 가서 서류를 자필로 작성케 하고 서명도 하게 했다.

「나, 유리는 지금까지 겪고 알게 된 모든 일과 또 앞으로 겪고 알게 될 모든 것을 절대비밀로 유지할 것임을 엄숙히 서약합니다.」라는 보안서약서와, 또 「나, 유리는 앞으로 KGB의 명령에 절대복종하며 목숨을 바쳐 책무를 완수할 것임을 맹세, 서약합니다.」라는 충성서약서였다.

그리고 각 서약서를 하나씩 손에 들고 큰소리로 선서를 시키며 전문 사진사가 사진도 찍었다.

〈KGB 입대식〉이었다. 그리고 KGB 신분증을 주었는데 유리는 KGB 소위 후보 예비요원 교육생이었다.

또 바센카는 유리에게 출장비 돈, 열차표, 항공권, 지도와 KGB 요원용 출장가방을 주면서 레닌그라드(* 1991년 상트 페테르부르크로 개명됨)의 오크다(Okhta)에 있는 초급요원 교육을 전문으로 하는 〈401 KGB 학교〉를 찾아가는 길도 설명해 주었다.

8월 1일 일요일에 유리는 바센카에게서 지시받은 대로 이른 아침 7번 기지에서 출발하는 셔틀버스로 동 베를린에 가서 비행기를 타고 레닌그라드에 내리자마자 곧바로 곁눈도 팔지 않고 시내를 돌아다니지도 않고 오크다 401 KGB 학교의 군사정보방첩과정에 들어갔다.

도착하니 먼저 훈련생숙소의 개인 방을 배정해 주었고 양복 구두 평상복 운동복 내의 운동화 군복 군화 철모 모자 고글 우의 우산 세면도구 책가방 필기구 등을 지급받았다. 개인 방에는 침대와 군용침구와 옷장과 책상이 깔끔하게 갖추어져 있었다. 온수가 콸콸 나오는 화장실과 샤워장이 복도에 공용으로 있었고 매일 청소부가 건물 전체를 청소해 주고 있었다. 이날 저녁까지 소련서부지역과 동유럽 국가들에서 물색되고 선발된 예비 KGB 요원들이 속속 들어오며 방을 배정받고 있었다.

8월 2일 월요일 아침에는 입교식을 했다. 교육생은 남자 50명과 여자 20명 등 70명이었다. 여자교육생 숙소는 담장을 사이에 두고 남자교육생 숙소와는 등을 지며 떨어져 있었고 다민족국가인 소련이라 여러 인종이 있었다. 입교식에서는 교육생 모두 똑같은 양식의 보안서약서와 충성서약서를 또다시 작성하여 서명하고 선서를 하고 제출했다.

「이 자리에 있는 몇몇 요원들은 먼 길을 혼자 오면서 한눈도 팔지 않았고 이탈도 하지 않으며 충실히 찾아오는 것을 보고 크게 신뢰하게 되었다.」
학교장과 교육훈련감독관이 훈시에서 거듭 말했다.
「그들이 여기까지 오는 모습을 세세하게 다 지켜보았다.」

감시요원들이 미행을 하며 따라왔다는 것이었다. 이 말을 듣는 유리는 깜짝 놀랐고 또 안도를 했다. 만일 유리가 도망을 치려고 했었다면 그 자리에서 잡히고 말았을 것이고 한눈을 팔면서 지체했다면 동향이 기록되어 앞으로 인사에 영향을 줄 것이었다. 유리는 앞으로 KGB의 방침과 지시에 절대적으로 철저하고 충실하게 따르기로 혼자 다짐했다.

둘째 날부터 401 KGB 학교의 군사정보방첩과정 교육이 시작되었다. 낮에는 공산주의 이론, 첩보수집과 정보분석 및 보고서작성법을 배웠다. 영국 미국 서독 프랑스 스페인 정보기관들의 첩보수집 공작활동 기법과 특징과 그들의 對소련 활동목표에 대해서도 공부했다. 군사방첩 및 민간방첩, 방첩공작, 외국어공부, 사상교육도 고강도로 했다.

체력단련 시간은 매일 새벽과 취침 전에도 있었다. 구보, 마루체조, 기계체조, 격투기 삼보를 중심으로 유도 합기도까지 했는데 강도가 세서 저녁을 먹고 나면 쓰러져 잠에 빠졌다.
또 정보 방첩활동을 위한 미행감시훈련과 드보크(* 간첩장비 비밀매설 장소) 운영의 이론과 사례도 배우고 실습했다. 특히 미행감시와 탈미술 훈련, 위장 변장술 훈련, 가옥침투(House Intrusions) 및 사무실과 호텔 침투 훈련(Break-ins), 감청장비 은닉설치 및 감청(Buggings) 훈련, 극소형 위장카메라 및 녹음기 활용 훈련, 수면제 최음제 독약 등 공작약품 활용실습 등 세상에 있는 모든 공작기술을 몸에 익혔다.

겨울에는 멀리 북쪽의 군부대로 가서 군사훈련을 본격 시작하여 설원침투훈련까지 했다. 토요일 오후까지 했고 일요일만 휴식이었다. 숨가쁜 생활이었다. 봄에는 공수부대에서 10주간 공수훈련도 받았다. 주간 야간 무장점프와 행군과 산악훈련, 온갖 무기들을 다루는 훈련, 저격훈련도 받았다. 그 후 수송교육부대로 옮겨서 3주일 동안 대형트럭과 버스와 오토바이와 장갑차까지 운전을 익혔다.

둘째 해 10월부터는 레닌그라드 앞 코틀린 섬에 있는 해병 수중폭파부대로 가서 2개월 동안 갖가지의 수영과 스킨스쿠버와 수중폭파 및 침투상륙훈련을 받았다. 거의 매일 비가 내리는 날씨에 개펄과 육지의 진흙탕에서 상륙용 고무보트를 남녀요원 여섯 명 한 팀이 머리 위에 올려 메고 뛰고 걷고 기기도 했는데 심지어 그 위에 훈련조교가 올라앉기까지 했다. 중화기와 탄약과 장비들을 가득 실은 고무보트로 개펄에 빠지고 기면서 상륙했고 적에게 발각되어 탈출하는 훈련도 했다. 개펄훈련은 실로 말로 표현할 수 없는 지옥이었다.

이 훈련의 최종합격은 수중으로 핀란드의 내륙 목표지점까지 침투했다가 다시 돌아오는 것이었다. 핀란드 만 소련해상의 함정에서 반잠수 고무보트로 내륙호수로 들어가서 보트를 공기를 빼내서 호숫가 숲의 물속에 감추어 놓고, 다시 수영으로 목표지점 드보크를 찾아서 은닉물품을 회수하고 돌아와 숨겨 놓은 고무보트에 공기를 넣어 타고 함정에 무사히 귀환하는 것이었다. 이 훈련도 대원 70명 다 통과했다. 발트해 차가운 바닷물 속 훈련이 끝나자 1972년 12월 1일에는 70명 전원이 중위로 진급되었다.

긴장되고 힘들어도 재미있었다. 공작원접선과 드보크운영은 초기에는

KGB 교관들을 대상으로 변두리의 농촌과 숲길에서 했지만 요원들의 수준이 높아지자 레닌그라드 시내의 서유럽인들 유대인들 외국상사원들과 폴란드 체코슬로바키아 루마니아 터키 리비아 이란 등 우방국 기관들까지도 대상으로 실시하였다.

특히 알바니아와 유고슬라비아는 그때 소련과 적대적인 중국과 밀접했으므로 영사관뿐 아니라 공관원들 상사원들의 숙소까지 실시했다. 이때 알바니아 사람들은 훈련요원들이 실수로 사무실이나 가옥에 어떤 흔적을 남겼는데도, 인지하지 못하는지 자주 생기는 일이라 의례적이라고 여기는지 아무런 반응도 안 보이는 것이 이상했다. 은닉시킨 감청장비로 그들의 반응을 체크했던 것이다. 아마도 그들은 가옥침투를 여러 번 당하다 보니 「이놈들이 또 침입했구나!」하고 마는 것 같기도 했다.

이러느라 2년이 언제 지나갔는지도 몰랐다. 고강도의 긴장 속에서 고된 생활이었다. 교본에 제시된 요령과 규칙들을 거의 기계적으로 암기하며 회피와 기동행동을 반복함으로써 몸에 익숙해지게 만들고 체질화시키는 습득훈련의 하루하루였다. 그러나 잠시라도 지루하거나 한눈팔거나 방심해 볼 여유가 없는 그야말로 생사가 걸린 실전의 시간들이었다.

1973년 7월 27일 금요일. 유리는 레닌그라드 오크다의 401 KGB 학교에서 군사정보방첩과정 2년 교육을 마치며 수료하였고 표창도 받았다. 유리는 이제 소련 KGB 요원 중위였고 즉시 포츠담 7번 기지 KGB 지부로 복귀하라는 명령도 받았다.

유리는 교육 2년간 받은 월급을 쓸 기회가 없었으므로 전액이 저금되어 있었다. 유리 스스로 모은 첫 재산이었고 나름으로는 전 재산으로서 소중한 큰돈이었다. 유리는 401 KGB 학교 행정관으로부터 이 돈이 든 통장을 받고 소련정부와 KGB에 큰 고마움을 느꼈다. 앞으로는 이번 교육을 함께 받은 동기를 누구보다도 더 충실히 근무하며 더 충성해야 되겠다고 생각했다.

7.

레닌그라드 KGB 학교에서 수료식을 마친 유리는 다음 날에는 숙소에서 지난 2년 간 사용했던 물건들을 버리고 정리하며 하루를 쉬었다. 7월 29일 일요일에는 동베를린 쇠네펠트 공항에 도착하여 KGB의 셔틀버스로 포츠담의 7번 기지로 돌아왔다.

유리는 제일 먼저 하급장교와 일반직원의 인사관리를 담당하고 있는 바센카에게 연락을 했고, 만나서 인사하며 식사를 대접했다. 바센카는 계급이 여전히 중사였다.

「바센카 중사님 덕분에 무사히 교육을 잘 받고 돌아왔습니다! 정말 감사합니다!」
「유리 씨! 이 년 동안 아주 힘든 교육을 잘 받아내느라 수고하셨습니다!」
「바센카 님, 덕분에 좋은 교육을 많이 잘 받았습니다!」
「유리 씨에 대한 평가가 좋습니다! 여기 7번 기지에서도 유리 씨의 교육이수 평가를 분기마다 통보받았지요. 유리 씨의 소속부서가 여기니까요.」

「아! 예!」

「교육성적도 좋았고 특히 교육이수 태도에 대한 평가가 좋았습니다.」

「저는 통보되는 줄 전혀 모르고 있었습니다!」

「교육이수 태도 평가는 바로 유리 씨에 대한 신뢰도 평가로서 인사기록자료에 그대로 등재되는 것입니다!」

「아, 예! 앞으로는 더 충실하게 해 나가겠습니다!」

「유리 씨는 아주 든든한 분이 돌봐주시니 좋겠습니다. 나도 참 부럽습니다!」

「예? 무슨 말씀이신지요?」

「모르고 있나요? 차츰 알게 될 테지요!」

「아! 저로서는 참 과분하고도 너무 감지덕지할 말씀입니다!」

「모른다면 그냥 모르는 대로 열심히 잘 해 나가시면 됩니다.」

「바센카 님! 저가 짐작되는 분이 있으시긴 합니다마는요! 저로서는 확실하게는 전혀 알 수가 없습니다! 앞으로는 더 충실하게 해 나가겠습니다!」

「그게 좋은 생각일 것 같군요!」

유리와 바센카는 이렇게 대화하며 식사를 마치고 헤어졌다.

7월 30일 월요일에는 복귀신고를 했다. 이번에는 바센카가 유리에게 독신 장교숙소의 깔끔한 방을 배정해 주었다. 1층과 2층의 복도에 공용화장실과 샤워장이 있었으며 각 층마다 방이 3개씩 있었다. 유리의 방은 숙소 1층의 현관 입구의 첫째 방이었다. 난방도 갖춘 널찍한 방이었다.

유리는 첫 근무가 시작된 8월 한 달은 7번 기지 KGB 군사정보방첩국 사무실에서 하루 종일 캐비넷 속에 있는 서류철들을 하나씩 꺼내어 과거의 업무들을 파악해 나가며 기록들을 읽었다. 사무실에서는 가장 나이가 어린 데다 신입요원이었으므로 KGB 감옥에서 지낼 때와 똑같이 매일 나오는 폐기할 서류들을 소각시키고, 여성 타자수가 타자한 보고서들을 복사실로 가서 복사해 오고 배포하고, 주말이면 사무실 바닥 청소를 하는 등 잡일들을 도맡아서 했다.

그러다가 채 한 달 만인 8월 말이 되자 유리는 또 교육에 입교하라는 명령을 받았다. 이번에는 포츠담 대학교 국제학부의 2학년에 위탁교육생으로 들어가 3년 동안 국제관계학을 공부하는 것이었다.

「KGB 요원 신분을 철저히 감추어야 하며, 단순히 소련군 육군중위 행정장교로 행세해야 한다! KGB 요원이라는 신분이 노출되면 그 즉시 학교를 그만두어야 되며 멀리 타 지부로 전출된다!」라는 조건이 부과되었다.

유리가 교육을 마치고 돌아온 지 한 달 만에 또 대학교에 정식과정으로 입학하게 되자 사무실에서는 모두가 의아해하며 질시하는 눈으로 바라보고 있었다.

「한 달 만에 또 교육을 들어간다고?」

「포츠담 대학교에 정식과정의 학생이라고?」

「우리는 십 년이 넘도록 교육을 한 번도 못 들어갔는데 너무 편중된 특혜 아니야?」라고 수군대는 것이었다.

그러자 바센카 씨가 군사방첩정보국장을 찾아와서 이에 대해 딱 한마디로 설명해 주고 돌아갔다는 소문이 있었는데, 그 후로 다시는 아무런 불평이나 비난이 들리지 않았다. 바센카 씨가 해 주고 갔던 말이 무엇이었지 그때는 군사방첩국장과 몇 명만 알았고 다른 사람들에게는 알려지지 않고 있었는데 몇 년 후 유리가 모스크바 본부로 전출을 갈 때 소문이 났다. 「유리는 모스크바 KGB 본부의 양성요원이다.」라는 것이었다.

1973년 9월 3일 월요일부터 매일 유리는 수업시간에 맞추어 7번 기지 사무실에서부터 상수시 궁전을 지나 신궁전(노이에스팔라이스) 옆의 포츠담 대학교 국제학부 캠퍼스까지 걸어서 왕복했다. 운동을 겸해서 걸음을 빨랐으므로 보통 사람들이 뛰는 속도에 가까웠고 가깝지 않은 거리인지라 땀을 흘렸지만 그것이 더 좋았다. 학교수업이 없는 날에는 사무실에서 업무를 도와야 했으므로 공부는 밤늦게까지 숙소에서 주로 했고 낮에도 사무실에서 틈틈이 했다. 눈코 뜰 새 없이 바쁜 나날을 보내고 있었다.

첫 주말에는 이반 집에 가서 예카테리나 부인에게 복귀인사를 했다. 게오르기 주코프 장군은 준장 계급 그대로였지만 7번 기지 KGB의 부지부장으로 승진되어 있었다. 이반은 포츠담 대학교 역사학과의 3학년이었다. 지난 2년 동안 못 보면서 꿈속에서도 애타게 그립던 예레나도 함께 만났다. 모두가 식사와 커피와 아이스크림도 함께 먹었다.

예레나는 유리를 환영하는 피아노연주를 해 주기도 했다. 예레나는 포츠담 대학교 음악대학에서 4학년이었는데 나이가 스물하나로 성숙해져서 미모는 광채까지 비치면서 위압적이고도 뇌쇄적이었다. 처음 보는 사람은 자기도 모르게 놀라서 벌떡 일어서며 경의를 표하게 만드는 고고한 품격이 넘치도록 가득 찬 용모였다. 목소리도 태도도 여전히 차분했지만 강력한 열정을 품고 있어서 가까이에서는 그녀의 격렬한 에너지를 쉽게 느낄 수 있었다.

그날부터는 주말이면 이반이 유리를 찾아와서 자기 집으로 데리고 가기도 했고 반 지하실에서 예레나의 피아노 연습 연주를 들으며 당구를 치기도 했다. 그때마다 예레나는 유리에게 과일과 커피와 사탕을 내주고 옆에서 지켜보다가 땀을 닦으라고 수건을 주기도 했고 또 방문을 열어 놓고서 유리를 위해 러시아민요곡들을 연주해 주기도 했다. 이반의 생일날이었던 10월 중순의 일요일에는 장군 부부께서 이반을 위로하기 위해 유리를 불러서 예레나와 함께 포츠담 시내의 이태리식당에 가서 와인을 시키며 근사하게 점심 식사를 했다.

1973년 11월 7일은 가을방학 막바지였고 사회주의혁명 국경일이었다. KGB도 휴일이라 유리는 숙소에서 학교공부를 하다가 이반을 만나고 싶어 그의 집으로 갔다.
노크하니 예레나가 문을 열어 주었다. 집안으로 들어갔는데 집안이 아주 고요했다. 마침 장군 부부는 이반을 데리고 동 베를린의 정신과 병원에 진료를 받으러 가고 없었다.

「유리, 어서 들어와! 잘 왔어!」
「왜 혼자 있는 거야? 그럼 난 돌아갈게!」
「왜 그래? 어서 들어와! 나 혼자 있으니 심심해서 싫어!」
「그래? 그럼 잠깐만 들어갈게…….」

「앉아! 텔레비전에 재밌는 영화가 나오는데 같이 좀 보자!」

「응……. 그럴까?」

처음에는 좀 어색하였으므로 예레나는 유리와 단둘이서 거실소파에 마주 앉아서 텔레비전을 보며 고등학교에서 성가대 활동을 할 때를 얘기하며 그때의 노래를 듀엣으로 부르기도 하였고 예레나 앞에서 수줍어했던 유리의 모습을 얘기하며 놀리기도 했다. 그러다가 예레나는 커피와 아이스크림을 가져와서 유리 옆에 나란히 앉았다. 텔레비전은 하펠 강 건너 서베를린 방송에서 대학생 애정드라마가 나오고 있었는데 러브신도 섞여 있었다. 애정드라마를 보면서 아이스크림을 먹는 예레나는 손을 유리의 무릎에 올렸고 커피를 마시며 몸을 기대기도 했다. 그러다가 장난으로 자기 손을 유리의 허벅지 사이의 깊은 안쪽을 한 번 툭 건드리고서 마구 크게 깔깔대는 것이었다.

「자, 먹어 봐!」

그러면서 예레나는 눈빛이 빛나더니 숟가락으로 아이스크림을 자기 입에 넣고서 유리 입으로 옮겨 주며 한 손으로는 유리의 허벅지 안쪽을 부드럽게 쓰다듬으면서 하는 말이었다.

「어떻게?」 유리는 당황하며 부끄러워했다.

「빨리 먹어! 바보야!」

예레나는 유리의 머리를 가슴에 감싸 안았고 유리는 두 팔로 예레나를 꼭 껴안았다. 저절로 키스가 되었고 열렬히 몸을 안으며 정신없이 첫 키스를 했다. 그녀는 뜨거웠고 격렬하게 유리를 끌어안았다. 그러다가 유리의 손을 잡고서 지하실의 피아노 방으로 데려갔다. 처음으로 들어가 본 그 방에는 싱글베드 하나가 벽에 붙어 있었다. 방에 들어서자 그녀는 강렬한 열기로 유리를 벽에 기대 놓은 채 온몸을 밀착해 안고 키스를 했고 침대에 앉더니 유리의 사타구니를 손으로 꽉 움켜쥐는 것이었다. 그녀의 호흡은 점점 거칠어지고 있었다. 어느새 예레나는 자신의 옷을 벗어 던지고 있었고 유리도 뒤질까 봐 자신도 모르게 옷을 벗고 있었다.

두 대학생들은 서로 포옹한 채 열렬히 키스를 하고 있었다. 그러다보니 서로 의도하지도 않게 뜨거운 아랫몸이 엉키면서 스르르 미끄러지는 것 같더니 자제할 틈도 없이 결합되어 버렸다. 그러자 둘 다 서로에게 온 힘과 열정과 호흡까지 쏟고 있었다. 그러던 유리는 자기도 모르게 뜨거운 격동이 전신을 전율시키면서 갑자기 몸이 풀렸다. 찌릿하고 깊고 달콤한 쾌감 속으로 한없이 빠져들며 침몰하는 것이었다.

「아!~~ 음! ~!」

「앗! 으~~ 앗!」 예레나도 소리를 지르며 온몸을 파르르 떨었다. 그런 채로 유리를 꽉 껴안고 풀어주지 않고 있었다. 예레나도 유리도 미지의 첫 경험이었고 쾌감이었다. 유리도 예레나도 자신이 모르는 사이에 걷잡을 수도 없이 열기를 서로에게 주면서 끝내고 말았다. 그러나 그것은 끝이 아니라 서로의 새로운 시작이었다. 두 몸은 다시 엉키며 서로에게 열정을 쏟아대고 있었다. 이번에는 그녀도 유리도 급하지 않았고 여유 있는 움직임이었다. 예레나는 유리를 통증처럼 강하고 아프게 꽉 안고 있었다. 아픈 느낌으로 유리는 발끝에서부터 머리끝까지를 골수로부터 피부 털까지 전신으로 전율하고 있었다. 그렇게 젊은 두 사람은 서로를 꼭 껴안은 채로 잠이 들어 있었다.

얼마나 시간이 지났는지도 몰랐다. 위층 거실에서 울리는 전화벨이 소리에 잠이 깼다. 시간이 많이 흐른 것 같았고 바깥은 벌써 어두워지고 있었다. 장군 부부와 이반과 가정부가 곧 들어온다는 전화인 것 같았다. 아쉬움으로 뜨겁게 긴 키스를 나누고 유리는 숙소로 돌아왔고 잠시 쉬다가 징교 식당으로 가서 저녁 식사를 했다. 그리고 다시 방에 들어와 누웠다. 온몸에는 골수에서도 머리털 끝부터 발톱 끝까지 온몸을 싸고 있는 피부 겉면까지 뜨겁고도 강력하고 나른한 첫 경험의 쾌감이 오랫동안 휘돌며 감싸고 있었다. 이날 하루는 모든 시간이 분명히 아직까지도 꿈속이었고 그 꿈은 깨이지 않을 것만 같았다.

다음 날 아침에는 유리의 몸은 가볍고 기뻤으며 신이 났고 행복했다. 일요일이 되자 예레나를 보러 정교회의 성가대에 나가고 싶었지만 이제는 자신의 신분이 탄로될 수 있는 곳은 철저히 피해야 했다. 그러면서 꿈속에서도 예레나의 뜨거운 호흡을 간직하며 품으려고 했다. 그러나 며칠 후에 영내의 코스에서 운동하느라 뛰면서 만난 예레나는 유리를 외면하며 지나는 것이었다. 그때 유리는 하늘이 무너지고 땅이 꺼지는 것만 같았고 숨이 막히며 털썩 주저앉을 것만 같았다. 유리는 방에 들어와 곰곰이 생각해 보았다. 7번 기지의 소련인들이 보는 앞에서는 유리가 먼저 예레나에게 말을 건네거나 인사를 하거나 가까이 접근해서는 안 된다는 것을 알았다. 그러니 앞으로는 유리를 외면하든가 다정히 대하든가 말이라도 걸든가 선택은 전적으로 그녀의 결정일 것 같았다.

* * *

유리는 사무실의 일도 도우면서 학교공부를 열성적으로 해 나가고 있었다. 무척 춥고 겨울바람 소리가 사나운 어느 밤이었다. 공부를 하고 있는 유리의 방 창에서 노크 같은 소리가 들렸다. 유리는 무슨 소리가 났나? 귀를 의심하며 창문을 조금 열고 바깥을 내다보았다. 어둠 속에 예레나가 서 있었다. 유리의 방은 현관 입구의 첫 방이었고 큰 나무들이 현관을 둘러싸서 가로등 불빛도 가려지고 어둡기만 했다. 그 그늘 어둠에 예레나가 움츠린 채 서 있었고 운동복에 운동화 차림이었다. 밤 운동을 나온 것이었다. 현관문과 방문을 열어 놓고 방 안의 불을 끄자 예레나는 어둠 속에서 순식간에 그림자처럼 바람처럼 소리 없이 들어왔다. 둘은 뜨거운 키스를 섞어가며 조용조용 대화를 하던 중 다시 길게 사랑을 나누게 되었다. 그런 후에는 유리가 현관문을 열어 두고 바깥에서 복도와 주변에 누가 있는지를 살피고서 방문을 열어 주자 예레나는 바람처럼 빠져나갔고 달리기를 조금 더 하다가 집으로 들어갔다.

1974년 1월 초순. 러시아정교회의 크리스마스와 연말연시의 연휴가 이어진 겨울방학이었다. 장군 부부는 이반을 데리고 치료도 받을 겸 모스크바자가로 갔다. 관사에는 예레나만 남았고 가정부도 이럴 때는 쉬어야 했으므로 휴가를 가고 없었다. 포츠담대학 겨울강좌는 계속되고 있었으므로 유리는 학교에 다니며 수업을 듣고 있었다. 7번 기지 KGB도 최소 인원으로 편성된 대기근무 조에 따라 몇 명씩 교대 근무를 나오고 있었고 대부분의 요원들이 본국으로나 어디로든 휴가를 가서 사무실도 숙소들도 텅 비어 있었다.

예레나는 장군 부부가 떠난 첫날밤 유리를 관사로 불렀다. 유리는 낮에는 대학에 가서 수업을 들었고 수업이 끝나면 숙소에서 공부를 하다가 어두워진 후 예레나가 집의 등을 꺼서 안팎을 어둡게 하고 현관에서 문을 열어놓은 채 기다리고 있으면 어둠 속으로 들어갔다. 둘은 그렇게 사랑을 나누고 있었다. 1월 중순 크리스마스 연휴가 끝나 장군 부부가 돌아온 후에는 예레나가 어둠을 이용하여 유리의 방으로 다시 오기도 했다.

1974년 5월 하순에 포츠담 대학교의 졸업을 앞두고 예레나는 〈차이콥스키 기념 국립 모스크바 음악원〉으로 진학이 결정되어 있었다. 두 사람은 곧 다가올 이별을 미리 아쉬워하며 사랑을 실컷 못 나누는 것에 서로가 애를 태우고 있었다. 그러나 게오르기 주코프 장군이 알게 된다면 예레나에게도 특히 유리에게는 무슨 사건이 벌어질지 모를 일이었으므로 둘 모두 조심하느라 만남을 자제해야만 했다. 또 예레나는 8월이 되면 모스크바의 부모님 집으로 가서 대학원에 다닐 준비를 해야만 했다. 예레나가 7번 기지 장군의 관사에 있을 시간은 8월 초까지 두 달 남짓 남아 있었다.

1974년 6월의 여름방학 중에 7번 기지의 KGB 부지부장이던 예레나의 아버지 게오르기 주코프 준장은 외부 교육기관에 위탁교육 중인 KGB 초급장교들이 학교공부에 전념할 수 있도록 여건을 만들어 주라고 지시했다. 이에 따라 3학년에 올라갈 유리를 포함한 몇 명의 외부 위탁교육생들은 7번 기지 KGB의 실무사무실을 나와서 외곽부대들에 보안장교로 파견되었다. 보안장교는 파견된 부대의 지휘관과 장교들 하사관들의 평소 근무동향과 사생활까지 파악하여 그들의 개인별 신원관리파일에 등재하였고 진급이나 보직을 할 때마다 인사자료로 활용하고 있었다. 또 부대 안에서나 군부대 바깥에서 일어나는 특이한 사건사고들을 파악하여 본부에 동향보고서를 올리고 있었다. 그렇지만 유리는 소속된 군사정보방첩국의 직접적 통제로부터는 벗어난 것이었고 스스로 필요에 따라 언제든지 사무실에 들어갈 수 있었다.

유리가 파견된 곳은 융페른제 호숫가의 체칠리엔호프 궁전 가까이 있는 그뤼네스 하우스였는데 그곳은 연대본부였다. 그 근처의 유적지 석조건물 무쉘그로테는 중무장 진지였다. 주변의 호수 둑에는 벙커들과 참호들이 이어져 있었다. 호수 건너의 서베를린을 포위하고 차단하며 유사시 진격하는 외곽 포위장벽이었던 것이다. 그렇지만 유리는 7번 기지 독신자숙소의 방을 그대로 사용하고 있었다.

체칠리엔호프 궁전은 몇 년 전 겨울에 게오르기 주코프 장군과 이반과 함께 새벽에 걸을 때 자주 왔던 곳이라 부대에는 유리를 알아보는 장교들과 하사관들이 있었고 그래서인지 그들은 처음부터 유리를 깍듯하게 대해 주었으므로 지내기가 편했다. 더구나 유리는 일선부대로 정식 파견된 KGB 장교요원이었기 때문에 그들은 모두가 슬금슬금 피하고 있었다.

8.

소련군 포츠담사령부의 작전구역은 베를린 서부 브란덴부르크 주를 포함 서독과의 경계선까지였다. 그 산하인 그뤼네스 하우스 연대는 서베를린 의 외곽경계선과 그 둘레지역을 담당하고 있었다.

KGB의 포츠담 7번 기지는 동베를린의 칼스호르스트 베를린본부와 양 축으로 동독에서의 조직과 업무기능이 분장되어 있는 동일한 지위였다. KGB 동독본부장이 베를린에 주재하고 있는 것이 차이점이었다. 둘 다 똑 같이 서유럽 등 자유진영 국가들에 대한 첩보공작 및 방첩활동을 전개하 고 있는 대서방 전진기지였다. 또 브란덴부르크주 등 동독 다섯 개 주에 주둔하는 소련군에 대한 보안업무도 함께 수행하고 있었던 것이다.

그뤼네스 하우스에서 7번 기지 옆 도로를 따라 교외로 나가면 농장들과 숲 사이로 작전도로가 농로처럼 이어지고 있었다. 그 도로 주변 구릉의 숲 속에는 어김없이 탱크 장갑차 대포들과, 방공포 탄약고 방공레이다 서치 라이트 미사일 방공포견인트럭들을 감춰 놓은 격납고들이 숨어 있었다. 그 격납고들의 지붕과 주변은 하늘을 뒤덮은 울창한 숲이거나 또는 숲처럼 목장건초더미처럼 만든 위장막이 덮여 있었다.

이 모든 전력의 목적은 바로 코앞 하펠 강 호숫가로 서베를린과의 국경에 인접하여 조그맣게 붙어 있는 영국공군 소유의 서베를린 가토(Gatow)공항과 근처의 테겔(Tegel)공항으로 드나드는 나토 항공기들을 필요시 즉시 격추하고 공항을 파괴하고 또 서베를린을 방어하는 나토 연합군들을 격멸하는 것이었다.

KGB 7번 기지 지부의 보안국요원들은 기본적으로는 소련군 장교와 하사관들을 감찰하고 지도 점검하는 임무를 수행했지만 때로는 동독 슈타지와 합동으로 동독군부대들까지 점검하기도 했다. 그러므로 KGB 요원들은 넓은 지역의 동독군 하급부대와 진지까지도 자유자재로 돌아다니고 있었다. 그래서 유리도 학교수업이 없을 때에는 그동안 친해진 몇몇 요원들과 함께 차량으로 이곳저곳 가 보고 싶은 데로 구경삼아 돌아다니면서 아무 부대나 들어가 돌아보기도 했다.

1974년 8월 4일 일요일은 예레나가 모스크바로 출발하기 직전 날이었다. 예레나는 유리에게 함께 자동차로 주변지역을 좀 여행하고 싶다고 했다. 유리는 그뤼네스하우스 부대의 우아즈 지프를 하루 사용하기로 했다. 이날 아침에 예레나는 과일과 샌드위치와 거피를 담은 가방을 들고 체칠리엔호프 궁전 근처의 숲으로 왔고, 큰 나무 아래에서 유리가 지프를 천천히 몰 때 재빨리 올라탔다.

유리는 서쪽으로 상수시 궁전을 지나고 브란덴부르크 시를 지나 북쪽으로 차를 몰며 작센안할트 경계선 숲으로 갔다. 둘은 서행하는 차 속에서 러시아민요 고백을 불렀다. 노랫말처럼 예레나는 마법으로 주문을 건 듯 더더욱 매혹적이고 사랑스러웠다. 그런 예레나도 유리도 가슴이 먹먹해져 노래를 몇 번 멈추기도 했다. 이별의 시간이 다가오는 두 사람은 이 순간이 그대로 영원해지기를 바라면서 마음속으로 기도하고 있었다.

언덕 위의 정경이 아름다운 숲가에 차를 세웠다. 두 사람에게는 아무 말도 필요하지 않았다. 경치를 바라보다가 서로를 포옹하고 있었고 그렇게 한참 포옹한 채로 있다가 서로가 모르게 키스를 하고 있었다. 유리에게 안긴 예레나의 몸은 너무나 가벼웠고 부드럽고 따뜻하여 선녀인가 의심되기도 했으며 입술은 더욱 달콤해져 있었다. 그러던 두 남녀는 격렬한 소용돌이로 휘말려들고 있었다. 쓰나미보다 토네이도보다 더 격렬한 격정 속에 휩쓸리며 주변의 상황도 이성도 잃고 자기 통제도 잃고 있었다. 두 사람이 함께 합일되어야만 마땅할 것이었다.

구릉 꼭대기에는 미사일과 방공포들과 레이다와 써치라이트의 진지가 있었고 아래로 비탈진 숲속에는 탄약고들이 숨어 있었다. 탄약고는 여름 겨울의 습기에 예민한 방공포탄과 미사일의 성능을 유지시키기 위해 습도와 온도를 일정하게 유지하는 에어컨을 가동시키고 있었다. 때로 바람이 불면서 쾌청하고 건조한 날씨일 때는 문을 열어 개방시켜 놓기도 했다.

유리는 차를 근처 숲속에 세워 두고 예레나와 시원한 탄약고 속에 들어갔다. 탄약박스 위에는 주말이라 세탁한 침대시트와 모포와 군복들을 에어

컨 바람에다 늘어놓고 건조시키고 있었다. 탄약고는 문이 열린 채 경계병
도 없었다. 엄격히 금지된, 처벌받을 단속대상의 행동들이지만 부대에서
상하 모두가 주말이면 묵인하며 일상적으로 번번이 하고 있는 행동이었
다. 어쨌든 숙소에 있는 유리의 좁은 철침대보다도 훨씬 더 널찍한 데다
시원하고 좋았다.

둘은 무섭게 뜨거운 사랑으로 서로 융합하려고 온힘으로 끌어안고 있었
다. 예레나는 유리를 도저히 놓아주지 않을 듯했다. 그런 상태로 둘은 잠
시 잠이 들었다가 다시 융합하고 있었다. 두 몸은 뼛속 골수를 격렬하게
흐르며 동시에 전신피부 위를 적시듯 쓰다듬듯 하는 사랑의 행복과 쾌감
을 고통처럼 강한 전율로 느끼며 눈을 감고 있었다.

눈을 뜨면 평온하고 행복한 서로의 얼굴이 보였다. 애끓는 사랑의 격정이
융합하면 평화로운 행복으로 변하는 것이었다. 아래에는 알 수 없는 통증
을 느끼면서도 예레나도 유리도 영원한 행복 속으로 숨으려고 애쓰고 있
었다. 행복은 한없이 깊고 끝없이 펼쳐지면서 하늘처럼 무한했고 평화로
웠다. 행복은 몸속에만 있지는 않았다. 두 몸은 행복 속에 잠겨 있었다. 예
레나도 유리도 서로를 절대로 놓치지 헤어지지 않을 것처럼 꼭 안고 있었
다. 두 몸이 풀어졌을 때도 마음은 그랬다. 그 통증은 풀어진 두 사람에게
는 바로 마음의 통증으로 새겨지고 있었다.

탄약고를 나온 후 두 사람은 아주 천천히 차를 몰면서 하펠 강변을 따라
포츠담 7번 기지로 돌아왔다. 예레나는 집으로 들어갔다가 어두워진 그날
밤 다시 숙소의 유리 방으로 찾아왔고 이별의 키스를 한 후 집으로 돌아갔
다. 다음 날인 1974년 8월 5일 월요일 아침에 모스크바로 떠났다.

예레나가 떠나자 유리는 정신도 영혼도 마음도 모두 잃었다. 세상은 암흑이었다. 유리는 지옥 속에 빠진 것 같았다. 예레나가 떠나간 다음 날 아침에 깨었을 때 유리는 완전한 암흑 속이었고 방향도 중력도 밟고 설 대지도 느낄 수가 없었다. 햇빛조차도 느껴지지 않았다. 어떻게 일어서야 할지도 몰랐고 걸을 수도 없었다. 그날부터는 잠을 잘 때도 깨어 있을 때도, 길을 걸어도 사무실에 앉아서도, 학교 수업시간에도 밥을 먹을 때도 예레나를 애절하게 그리워하느라 제정신이 아니었다. 길을 가다가 비슷한 몸매의 여성만 봐도, 뒷모습이 얼핏 닮은 듯 만하여도 예레나인가 가슴이 철렁하며 깜짝 놀랐다. 보고 싶은 예레나를 조금이라도 닮은 여성이 어디 있을까 혹시 예레나가 돌아와 있지 않을까 하고 두리번거리며 자신도 모르게 찾아 돌아다니고 있었다. 유리는 제 정신이 아니었다. 넋이 나가 있었다.

예레나가 길을 걸을 때는 그녀와 마주치는 사람들은 젊은이도 노인도 모두가 자신도 모르게 걸음을 멈추고 서서 고개를 돌린 채 그녀의 뒷모습을 정신없이 바라보곤 했다. 그녀의 얼굴과 자태는 보는 모두의 넋을 그렇게 빼앗고 있었던 것이다. 유리는 아침에 첫눈을 뜨자마자 그런 모습의 예레나가 하루 종일, 또 한밤중에 잠을 자다가도 불현듯 생각나며 깜짝 놀라 깨기도 했다. 진정 잠시라도 잊을 수 없었다. 유리의 마음은 완전 진공상태였고 숨을 쉬어도 가슴이 채워지지 않았다. 온몸도 마음도 한없이 쉴 틈 없이 사무치고 있었다. 실로 단 한순간이라도 잊을 수 없었고 자나 깨나 마음과 가슴과 온몸으로 절규하며 그리워했고 애를 태웠다.

그러나 유리는 혼자만의 비밀로 끙끙대고 있었고 아무에게도 말할 수가 없었다.

1974년 8월 말 예레나가 보내온 두툼한 편지 한 통이 도착했다. 7번 기지의 우편검열을 염려했기 때문에 자기 이름을 둘이서 약속했던 러시아식 애칭 레나로 적어 보내왔다. 편지를 읽던 유리는 털썩 주저앉았다. 자신의 눈을 믿을 수가 없어서 몇 번을 다시 읽으며 눈물을 흘렸다.

『출발했던 8월 5일 동베를린 공항에서 비행기를 탈 때부터 아랫배가 조금씩 아프기 시작했어. 모스크바공항에 도착하자마자 공항에서 바로 병원으로 갔는데, 병원에서는 맹장염이 파열된 것으로 진단되었고 즉시 수술을 받았는데 이미 임신 석 달째였으며 수술을 받던 중에 저절로 유산이 되고 말았어.

임산부에게 맹장염이 발병하는 경우는 흔치가 않지만 드물게 있다고 하며 맹장수술을 받을 때 유산될 가능성이 높은 편이라고 했어. 헤어질 때 우리가 너무 격렬하게 사랑을 많이 나누었던 것 때문일까?

수술을 받고서 두 주일간이나 입원을 했고 잘 회복하고서 어제 퇴원하여 집으로 온 거야. 이제 집에 오니 안정을 찾게 되어 편지를 쓰는 거야.

병원에서는 쉬면서 매일 너만 생각했어. 너는 참으로 성실하고 착하고 좋은, 내가 사랑하는 사람이야!

7번 기지 학교 합창반에서 너를 처음 만났을 때부터 또 정교회성당에서 성가대를 하면서도 너를 만나고 바라보는 것이 기뻤고 행복했어.

지금까지 우리는 숨어서 사랑을 나누었지만 이제 곧 우리 아빠와 엄마에게도 다른 모든 사람들에게도 우리의 사랑을 말씀드리고 당당하게 만나고 결혼하자.

유리가 앞으로 소련인으로서 KGB 요원으로서 발전해 나가고 크게 성공하는 모습을 보여 주기 바라고 있어.

레나의 깊은 마음과 사랑을 전하면서!』라는 글이었다.

유리는 편지를 또 읽고 또 읽으면서, 아파서 고통을 겪으며 초췌한 병원복을 입고서 누워 있는 예레나의 모습이 눈에 선했다. 예레나의 옆에서 단한마디의 따뜻한 위로의 말조차 해 주지 못하고 아무 도움도 줄 수 없는 상황에 가슴 아픈 죄책감을 느끼며 괴로워했다. 그런 유리는 밤을 새우며 용서를 구하고 사랑을 고백하는 편지를 썼고 다음 날 포츠담 대학교의 우체국에서 편지를 부쳤다.

1974년 9월, 포츠담 대학교가 개학을 하자 유리는 국제학부의 3학년이 되었다. 운동을 더 격렬하게 하면서 매일 책을 더 많이 읽었고 학교공부에 더욱 열정을 쏟았다. 저녁이 되면 지쳐서 밤이 깊기도 전에 녹아떨어지고 있었다. 공부에 집중하며 매일 운동의 피로로 예레나를 잊으려고 애썼고 그런 노력은 도움이 되고 있었다. 그렇게 가을학기가 지나갔다.

1974년 12월 하순의 연말이 다가올 때였다. 예레나는 겨울방학이 시작되는 바로 그날 포츠담으로 오겠다는 편지를 보내왔다. 기대에 찬 유리는 매일 아침저녁 달력을 쳐다보며 예레나가 7번 기지의 부모님 댁으로 오기를 손꼽아 기다리고 있었다.

1974년 12월 27일 금요일. KGB의 간부인사명령이 하달되었다. 게오르기 주코프 준장은 소장으로 진급하며 모스크바 KGB 제1총국(External

Intelligence: 국외정보) 산하의 흑색공작실장으로 승진되었다. 대단한 영전이었다. 장군은 다음 날 모스크바로 떠났다. 7번 기지의 관사에는 부인 예카테리나와 포츠담 대학교 역사학과 4학년의 마지막 학기가 남은 이반이 남아 있었는데 관사를 비워 주어야 했으므로 이반은 학교의 기숙사로 들어갔고 부인은 이삿짐을 서둘러 열차편에 모스크바로 보내 놓고 자신도 떠났다.

9.

유리는 다시 끝없이 삭막한 외로움 속으로 빠져들었다. 몸도 마음도 통제할 수도 없이 자신도 모르게 숨이 막히며 질식할 것만 같았다. 정신도 육신도 무너지는 것 같았다. 그동안 주코프 장군과 예카테리나 부인과 예레나와 이반이 자기에게는 큰 힘이었음을 알게 되었다. 자신을 추슬러야 했다. 예레나도 장군도 그동안 자신에게는 수호신이었던 것 같았다. 유리는 마음을 다지려고 학교공부와 독서와 운동을 더 열심히 하려 했다. 그러나 독서는 전혀 되지도 않았고 책을 들면 더 산만해지기만 했다. 소속 군사정보방첩사무실에도 일부러 들어가서 일을 찾아서 도우며 아직은 낯선 선배 직원들과 얼굴을 익히고 좋은 관계를 만들려고 노력했다. 담당하는 그뤼네스하우스 부대는 KGB 소속도 아닌 일반 군부대였지만 유리는 부대원들과 친해지려고 노력했다. 그러느라 3학년의 봄은 빨리 지나가고 있었다.

학교에서는 기숙사를 찾아가 이반을 만나며 어울려 주고 있었다. 이반은 아무 이상이 없는 듯 좋다가도 갑자기 깊은 우울증에 빠져 언어도 행동도 도무지 이해할 수 없는 모습을 보였다. 무기력하고 자폐적이고 겁에 질린 유아처럼 되어 지내다가도 유리가 가면 숨을 몰아쉬며 밝게 웃기도 하고 대화를 이어 가며 활기를 찾는 모습을 보였다. 그런 이반이 기숙사에서 보냈던 마지막 학기는 수업 출석도 엉망이었고 그간의 연구과제논문은 건성으로 손을 대다 말다 하고 있었다. 장군 부부는 이런 상황을 파악하면서 대학 졸업을 시키려고 애쓰고 있었다.

유리는 학교를 마치면 사무실에 들어가 장군 집으로 전화하거나 예카테리나 부인이 유리에게 전화를 걸어와서 통화하며 그날 만나 본 이반의 모습을 알려 주고 있었다. 유리가 전화를 걸면 때로 예레나가 전화를 먼저 받았으므로 둘은 서로 간결하지만 반갑게 대화할 수가 있었다.

1975년 6월 중순에 이반은 부모가 학교 측에 간곡하게 부탁을 한 데다 학교에서도 적극 도와주었으므로 출석도 공부도 모자랐지만 연구주제논문이 어렵게 통과되어 졸업을 하였다. 예카테리나 부인이 직접 와서 이반이 졸업할 수 있게 도와준 학교 측에 사례도 했다. 그리고 다음 날 이반과 함께 모스크바로 돌아갔다. 부인은 헤어지면서 유리에게 고맙다는 말을 몇 번이나 반복했다.

1975년 8월 여름방학이었다. 이반마저도 모스크바로 가 버리고 없는 상황이라 유리는 외롭게 지내고 있었다. 매일 아직 캄캄한 이른 새벽에 군사방첩정보국 사무실에 제일 먼저 출근해서 공부를 하거나 업무도 파악하고 선배들의 일을 도와주거나 체육관에 가서 운동도 했다. 방학이라 학교 공부에 부담이 덜 했으므로 그뤼네스하우스 부대뿐만 아니라 포츠담 서북부에 있는 하급부대들과 진지로 다니면서 보안활동을 하고 있었다.

8월 마지막 주말의 아침이었다. 어두운 새벽부터 사무실에서 공부를 하고 있던 중에 전화가 걸려 왔다. 포츠담의 서북지역 외곽 방공포부대의 전화였는데 KGB 담당관을 찾고 있었다.
「알파진지에서 사망사고가 났으니 속히 와 주십시오!」라는 보고였다.
전화를 받은 유리는 아직 출근하지 않고 7번 기지의 장교숙소에 있던 담당관에게 연락해 주었고 급히 뛰어나온 그 요원과 함께 사건이 발생한 부대로 차를 몰고 찾아갔다. 알파진지의 부대장이던 중위가 부대 막사의 자기 방에서 음독자살을 한 것이었다. 평소 말이 없었고 소극적인 성격으로 부하들에게는 방임적이라 선임하사가 부대에서 적극적으로 역할을 하고는 있었으나 별다른 문제점이 드러나지 않고 있던 장교였다. 부대원들에게는 잔소리도 안 하고 체벌도 안 주며 괴롭히지도 않았으므로 소속 병력들은 그를 편하게 여기며 잘 따르고 있었다. 부대의 운영도 자율적으로 되고 있었으므로 초급장교로서는 무난하다는 평가를 받고 있었는데 놀라운 사건이었다.
그러나 나중에 파악된 신상사정을 보니 그는 갈수록 우울증이 심해지고 있었고 해외로 나간 부모가 귀국하지 않고 눌러앉자 육군장교로서 자신의 장래와 신상에 불안을 느끼며 고민을 하다가 저지른 사건이었다.

이 사건으로 인해 일선부대를 맡고 있는 보안장교들의 업무가 늘어났다.

장교들과 하사관들의 동향과 신상을 깊이 파악해서 사건이 터지기 전에 퇴출시키든가 예방해야 된다는 것이었다. KGB는 군부대 단속을 더 강화하였는데 이런 개인적인사항은 일선부대의 부대장과 아래 장교들과 하사관들을 일일이 개별로 만나며 깊은 대화를 나눠야만 파악할 수 있는 일이었다.

그러자면 그들의 술자리에도 들어가 함께 어울리며 살펴보는 것이 도움된다고도 권장되었고 따라서 각 부대의 단체 술자리를 찾아가거나 함께 술 약속을 만들어야만 했다. 그러나 유리는 블라디보스톡으로부터 모스크바 KGB 본부로 이송되던 중 노보시비르스크에서 겪은 술사건 이후로 아직까지 술을 피하고 있는 상황이었다.

1975년 9월에 유리는 포츠담 대학교 국제학부의 4학년이 되었다. 학교수업에다 졸업논문을 쓰느라 더 바빠졌다. 바쁜 중에도 육군 그뤼네스하우스 부대와 산하 하급부대들을 다니며 임무를 수행하고 있었다. 그러던 중에 어느새 1976년이 되었고 1월의 정교회 크리스마스와 함께 KGB도 휴가가 시작되었다.

1976년 1월. KGB 7번 기지 지부장으로부터 지시가 내려왔다.
「일선부대로 파견된 KGB 보안장교들은 차례로 담당 부대의 부대장과 장교들을 7번 기지의 레스토랑이나 바로 초청하여 회식을 제공하라!」는 것이었다. 유리는 학생이므로 방학 중에 우선적으로 실시하라는 방침이 있었다. 서둘러서 그뤼네스하우스 연대 차례가 되었다. 이 회식에는 담당보안장교인 유리가 아직은 젊은 데다 공부 중이므로 격려해 주겠다며 7번 기지 KGB 지부의 군사정보방첩국 부국장과 간부들도 참석했다.

만찬회식에서는 처음 시작부터 서로가 계급순의 차례로 일어서며 길고도 공식적인 인사말과 찬미의 건배사를 장황하게 경쟁하듯이 이어 갔다. 한 시간을 넘도록 그러더니 갑자기 재치와 유머가 있는 KGB의 장교 하나가 앞으로 나가서 분위기를 반전시켰다. 그는 유머와 게임을 섞어 가며 술잔을 서로 교환하게 만들었다. 술 분위기가 고조되고 테이블 위의 보드카 병들이 다 비워졌을 때에는 KGB 부국장도 연대장도 근엄하고 진지하게 「적당히 마셔라!」라는 말을 똑같이 반복 강조하고 있었다.

유리는 그 말을 믿고 이제 곧 숙소로 돌아가서 쉴 수 있겠다고 기대하고 있었다. 그런데 전혀 그게 아니었다. 그건 완전히 말 자체와 의미가 반대인 관습적 인사였고 오히려 권주사였다. 부국장도 연대장도 부관을 시켜서 있는 술을 모두 찾아오게 하면서 다 비웠다. 그런 후에도 술이 모자란다며 취한 부하를 시켜서 자동차를 몰고 가서 술을 사 오게 했고, 돌아온 부하는 보드카가 다 떨어지고 없어서 대용으로 사 왔다며 독한 독일 술 쉬납스를 한 박스나 들고 들어왔다.

쉬납스가 도착하자 또다시 차례로 술병을 들고 앞으로 나가서 찬사를 하며 건배를 제창하고 술잔을 밑바닥까지 비우기를 계속했다. 그런 속에서도 저마다 술병을 들고 좌석을 돌아다니며 권주를 계속하는 것이었다. 실로 처음 보는 초인적인 음주 광경이었다. 유리는 노보시비르스크 공항에서 겪었던 사건 이후로 처음으로 술을 마셨고, 권하는 술을 피할 수 없어서 주는 대로 받아 마시고 있었다.

그날 늦은 밤. 회식이 끝나고 완전히 취해서 숙소로 들어가던 유리는 어두움 속에서 어렴풋이 보이는 예레나 같은 그림자를 보았고 꼭 껴안았다.

「레나, 사랑해! 이제는 너를 놓아주지 않겠어!」

「…….」

「레나! 이리와. 내가 너를 꼭 안고 내 방으로 들어갈 거야!」그리고는 그녀를 절대로 놓치지 않으려 했지만 그다음부터는 아무 것도 기억하지 못했다.

그때 유리는 숙소 앞의 보도 위에 쓰러졌고 의식을 잃고 있었다. 기지 앞의 호수는 이미 얼어 있었고 얼음호수 위로 불어오는 바람은 살을 에는 혹한이었다. 마침 야간순찰 중이던 사병이 유리를 발견해서 7번 기지의 상황실에 보고를 했고 유리는 다행히도 자기 방으로 옮겨졌으며 무사했다. 그다음 날은 하루 종일 일어나지조차 못하고 드러누워 지냈다.

끔찍한 술 사건이었다. 이 사건으로 유리는 KGB 지부에서도 그뤼네스하우스 연대에서도 술을 억지로 권하면 절대로 안 되는 요원으로 정식 평가되었다. 그래서 그 사건 이후로 유리는 졸업까지 술자리를 피할 수가 있었다. 결과적으로는 도움이 되었던 것이다.

1976년 6월 중순. 유리는 포츠담 대학교에서 연구주제논문이 통과되어 졸업하였다. 그리고 7월 1일부로는 대위로 진급도 되면서 군사정보방첩국 사무실로 복귀했다. 점차 가을로 접어들고 있었다.

「적당히 마셔라!」라고 서로 배려하는 덕담으로 권주하며 무한정 마시는 음주문화는 루스키예(러시아인)들의 무쇠처럼 강인한 체력이 받쳐 주므로 벌어지는 것이었다. 소련 본토에서 뿐 아니라 동독 주둔 소련군의 일선부대들에서도 이것은 일상적인 모습이었다. 처음에는 모두가 친밀감을 표현하기 위해 한두 잔을 들고 장황한 건배사를 하면서 신중한 모습으로 시작하지만 어느새 술이 오르면서 권주로 변했다. 만연된 술 문화였고 당연시하며 거부감이 없었다. 이로 인해 고립된 산 위의 독립 진지 방공포부대는 기강해이가 심각했는데 취침점호가 끝나면 하사관과 고참병들이 마을로 내려가서 술에 취해서 올라오거나 한밤중에 취침 중인 하급병사를 깨워서 산을 내려가 술을 구해 오게 했다. 이렇게 군부대의 기강은 엉망이었고 사병들의 불만이 높아지고 있었다.

1976년 10월.

「기상!」

「꽝~!」

산위 진지에서 야간경계근무와 술심부름으로 잠이 부족하여 힘들어 하던 하급 병사가 내무반 침상의 자기 자리에서 누워서 AK소총을 배에 올려놓고 턱밑에 댄 채 모포를 덮고 자다가 아침 6시 내무반의 기상 소리에 방아쇠를 당겨서 자살하는 사건이 발생했다. 총알은 그 병사의 두개골 속에 박혔고 관통해 빠져나가지 않아 다행히 다른 피해는 없었다. 그러나 침상의 양옆과 그 밑의 시멘트바닥은 표현할 수도 없이 처참했다.

새벽 5시에 경계근무를 교대하고 내무반에 들어오는 병사들은 6시 기상까지 남은 한 시간을 취침하려고 군복을 벗었다가 다시 입는 것을 귀찮아해서 옷을 입은 채로 누웠다가 일어나고 있었다. 그 병사도 그렇게 그대로 누웠다가 잠이 들었던 것이다. 그러나 총을 왜 턱 밑에 대고 누웠는지, 기상 소리에 놀라서 방아쇠를 누른 것인지 자살을 하려고 그랬던 것인지를 아무도 알 수는 없었다.

이런 저런 기강해이 사건들이 동독주둔군에서 뿐만 아니라 소련군과 소련사회 전체에서 일어나고 있었다. 소련의 전반적 문제였다. KGB에서도 군에서도 위기의식이 있었다. 군기를 살리려는 노력도 없지 않았지만 자구적 노력으로 이 상황을 변화시키기에는 역부족이라는 것을 느끼고 있었다. 그럼에도 단속 강화만을 강요하며 되풀이하고 있었다. 비판의식과 이성과 양심이, 자율성과 창발성이 마비된 공산주의 일당 독재체제 아래서의 한계였다. 진실을 감추고 거짓과 허위를 선전선동하며 지탱시켜 온 생명력을 잃는 체제의 말기적 병이었다.

10.

동독 주둔 소련군(GSFG: Group of Soviet Forces Germany)은 점령군이었다. 동독으로부터 제재를 안 받는 데다 내부적 통제도 느슨했다. 사병들의 병영생활은 소련 국내의 하사관들보다도 더 편했다. 긴장도 통제도 단속도 없으니 부대 안에서는 물론이고 바깥에서도 사건사고들이 늘어났지만 그대로 넘어가고 있었다.

KGB 7번 기지는 일선 군부대 안팎에서 빈발하는 사건사고들 때문에 군기를 단속하게 되었다. 유리도 베를린 외곽에 있는 군부대들을 찾아다니며 점검과 단속을 했다. 이때 유리와 한 조로 활동한 KGB 요원 「삼소노프」 중사는 일반 하사관으로 근무하다가 KGB로 전입된 사람이었다. 근무 경력으로 인해 일선부대의 문제점을 훤히 들여다보고 있었다.

「휘발유 경유 식자재 군복 등을 민간에 밀매하는 부정행위가 심각합니다. 이것을 적발해 내는 것도 중요하지 않을까요?」 그의 의견이었다.

「군수품을 도둑질해요?」

「담당 장교나 하사관들과 마피아조직에 의해 유출됩니다.」

「단속하는 부대장도 있지만, 눈감아 주며 뒷돈을 받습니다. 절도공범입니다.」

「당장은 기강해이 사건사고를 막는 일이 급한데요?」

「예, 저가 실태를 잘 아니까 둘 다 잘 추진해 보겠습니다!」 삼소노프는 의욕적이었다.

「복무기강을 잡겠다고 부대마다 혹독하게 긴장강도를 높이고 있습니다. 한가한 시간이 있으면 잡념으로 군기가 해이된다고 보기 때문입니다.

더 고조된 긴장에는 피동적으로 행동하며 익숙해집니다, 다시 태만하며 안일해집니다.

자발적 의지이나 노력이나 책임감은 더 사라질 뿐입니다.」

「예! 긴장의 스트레스는 당장은 효과를 보이는 것 같아도 피로증으로 전염되며 내성을 만들어 내고 말지요.」

「병사들은 눈앞에 사고가 터질 상황이 뻔히 보여도 상급자가 시켜야만 대처하게 됩니다.」

「그러니 부대들마다 긴장 강도를 점점 더 높여 나가려고만 합니다. 내무반 구타입니다.

공병삽으로 때려서 졸병들의 엉덩이 살가죽이 터지고 해지고 팬티가 피살에 엉키는 경우가 흔합니다. 그런 병사들은 걷지도 못하고 감기몸살이 났다며 며칠씩 누워 지냅니다.

구타는 경계근무나 내무반청소나 총기정비불량 문제나 개인적 감정으로도 벌어집니다.

한밤중에 취침 중인 하급병사 한 사람의 귀에다 대고 〈누구 이하 집합!〉 이라는 딱 한마디만 하면 숨소리도 발소리도 없이 달려 나가 으슥한 곳에

서 이유도 모른 채 야만과 광기의 잔혹한 폭행을 당합니다.」삼소노프는
열을 내며 설명을 계속했다.

「그래서 병사들은 보복총기 사건 내무반 수류탄투척 사건을 벌이기도, 서
베를린으로 탈출도 합니다.

최고참부터 차례로 내려가며 폭행할 때는 맨 아래는 처참한 지경이 됩니
다. 앙갚음 화풀이가 더해지며 더욱 가혹해집니다. 신참들에게 학습되고
계승되는 것입니다.」

그러나 유리가 만났던 부대장이나 장교들 하사관들은 전혀 다르게 말하
고 있었다.

「사병들이 지휘관이나 간부들을 대신해서 자체적으로 기강을 잡아가는
일입니다.」

「사명감 있는 고참병이 나서서 내무반 자체적으로 전투력을 강화시키며
군기사고도 예방하려는 책임감 있는 노력입니다.」

그들은 자기들을 〈대신해서〉라고 말하고 있었다. 폭행을 종용하며 이용
하고 있었다. 장교나 하사관은 내무반이나 연병장에서 병들을 모두 집합
시킨 앞에 최고참 병사를 세워 놓고 폭행함으로써 그날의 사건을 공식적
으로 발단시켜 주고 있었다.

「이 새끼야, 졸병들을 이렇게밖에 못 가르쳐? 교육을 제대로 좀 못 시키겠어?」
이때 고참병에 대한 첫 구타의 강도여하에 따라 그 고참 아래 졸병들에게
차례로 내려가는 맷집이 좌우되고 있었다.

「구타는 사망사고만 생기지 않을 정도로 잘해 준다면 좋은 일입니다.」
「사망사고가 나도 사고사로 처리하면 됩니다. 군기를 위해서는 어쩔 수
없는 일이지요.」

「전장에서 희생이 있는 것은 당연하지요! 군부대는 전투 체계이고 전장입니다.」

「부상 정도는 치료해서 낫게만 하면 됩니다.」

「군대는 가정의 안방이 아닌 전장입니다. 전장에서의 부상은 일상다반사입니다.」 폭행을 유발시키는 장교와 하사관들이 늘 하는 말이었다.

「너무 심하게는 때리지 말아라!」라고 한마디 하는 장교나 하사관은 그나마 양심이 있는 사람이었다.

KGB 7번 기지는 요원 두세 명씩 한 조로 활동하게 했다. 평일도 주말도 야간도 없었다. 부대마다 전체를 모아서 교육하고 설문지를 돌려 실태조사를 했다. 구타폭행 실태와 피해자, 악질 고참병과 간부, 개인적 애로사항을 파악했다. 쉬쉬하며 숨기고 감추는 사건사고들도 찾아내어 조사도 했다. 이렇게 1977년은 바쁘게 지나가고 있었다. 이때 파악한 것은 폭행구타사건뿐 아니라 고참병의 다양한 횡포, 위생문제 개선도 있었다. 고참병은 더러워진 속옷 양말을 빨랫줄에다 그대로 걸어 놓고 하급자들이 깨끗이 빨아서 말려 놓은 것을 슬쩍 거둬 가서 입고 있었다. 이로 인해 병사들 전체가 사타구니 습진과 발 무좀이 걸려 있었던 것이다.

1978년 1월 말 한겨울 오후였다. 유리는 혹독한 북풍추위 속으로 크고 작은 부대들을 바쁘게 돌아다니다가 하펠 강줄기와 호수들과 저 멀리까지 펼쳐진 평원과 얕은 산들을 내려다보면서 비탈을 걸어서 내려가고 있었다. 평원 너머의 저 먼 하늘은 점점 더 어두워지며 시커멓게 칠흑처럼 변해 가고 있었다. 하늘이 왜 저럴까? 이상하게 여기며 한동안 바라보고 있었다.

그 순간 유리는 폐쇄된 암흑 속 같은, 억압된 군부대들에서 벌어지는 야비하고 야만적이고 잔인한 광기들이 생각났다. 진신과 사실을 감추고 소삭된 거짓 정의와 허황된 구호를 선전선동하면서 국민을 기만하고 통제 지배하는 반이성 비양심적 체제, 탐욕적 권력의 위선이 그 죄악의 근원이라고 실감했다.

하늘은 컴컴해지며 평원 저 멀리서 밀려오는 찬 공기가 몸을 스치고 있었다. 무한히 펼쳐진 저 먼 지평선은 시커먼 장막으로 덮이며 사라지고 있었다. 칠흑장막이 유리가 서 있는 언덕을 향해 맹렬하게 달려오고 있었다. 대지도 세상의 모든 형상도 다 삼키며 다가오는 칠흑장막은 무서웠다. 이 산과 함께 자신을 삼키기 직전이었지만 유리는 버티고 서 있었다.

유리는 장막이 자신과 모든 것을 삼켜 주기를 바라며 기다렸다. 다가오는 장막의 속이 보이기 시작했다. 암흑의 경계선이 눈앞에서 유리를 삼키기 시작했다. 블랙홀의 사건의 지평선이었다. 한 치 앞도 안 보이게 뒤덮어 오는 그 장막 속은 싸락눈의 눈구름폭풍이었다. 유리는 시커먼 눈보라장막을 뒤집어쓰면서 다 지나갈 때까지 꼼짝도 않고 서서 저항했다. 그러나 블랙홀 사건의 지평선 속으로 삼켜지고 있었다.

II.

모스크바

11.

1978년 7월 1일, 『KGB 대위 유리, 소령 진급을 명함.』『소령 유리, 제르진스키 고급학교(Dzerzhinsky Higher School of KGB) 해외공작 전문 과정에 1년간 입교를 명함.』유리는 소령 진급명령과 교육입교 인사명령을 동시에 받았다. 모스크바 미추린스키 프로스펙트에 있는 KGB 최고의 전문학교로 교육을 가라는 것이었다.

「출신 배경도 분명하지 않고 하찮은 저 자식이 왜 저렇게 잘 나가는 거야?」
「엘베강 오리알, 새끼오리 같은 놈인데?」
「근무경력이 몇 년째인데? 포츠담대학까지 금방 졸업했는데 졸업장에 잉크도 안 말랐는데……. 우리는 꿈도 못 꾸는 고급교육을 또 받으러 간다?」
모두가 빈정대며 의아해하고 있었고 유리 스스로도 출발할 때까지 믿어지지 않았다.
그런 유리는 자신이 소속된 KGB뿐만 아니라 KGB의 통제를 받고 있는 우편전신부가 이중으로 통신검열을 시행한다는 것을 잘 알고 있었으므로 민감한 인사명령 사항이라 예레나에게 미리 전화하지도 편지를 보내지도 못했다. 그렇지만 모스크바로 가면 만날 것이라는 기대감에 가슴속은 두근두근 쿵쿵대고만 있었다. 밤에 잠을 자려면 밤새 심장이 멈춰서 아침에 못 일어날 것 같아 불안하기까지 했다.

1978년 8월 19일 토요일 새벽 유리는 KGB 7번 기지의 첫 셔틀버스를 타고 동베를린 쇠네펠트 공항으로 가서 모스크바행 비행기를 탔다. 교육입교에 맞추어 한 주일의 휴가도 내놓았다. KGB 제르진스키 고급학교에 입교하기까지 모스크바에서 주말까지 열흘에 가까운 날짜가 있었다. 예레나와 만날 좋은 기간이었다.

「내가 지금 모스크바로 출발해!」 쇠네펠트 공항에서 탑승 전 예레나에게 전화를 걸어서 짧게 알렸다.

하늘의 비행기에서 바라보이는 모스크바는 10년 전인 1968년 12월 처음으로 끌려왔던 기억을 떠올렸다. 그 후로 십 년 만에 다시 보는 모스크바의 평원도 시내를 구불구불 관통하며 흘러가는 강도 너무나 평화롭고 아름다웠다. 예레나를 만나는 기대로 마음을 걷잡을 수 없었고 그때 이곳 KGB 본부의 지하조사실에서 겪었던 끔찍했던 고통은 생각나지도 않았다. 창밖에 보이는, 여유롭게 굽어지며 멀리 평원 같은 숲속으로 사라지는 모스크바 강과 그 위로 드리워지는 석양은 모스크바를 온전한 황금빛으로 뒤덮어 축복하는 것만 같았다. 유리는 온 도시가 행복과 낭만으로 가득한 황금색 침대로 느껴졌다.

모스크바의 북서쪽 세레메티예보 공항 로비에는 예레나가 기다리고 있었다. 실로 믿어지지가 않는 꿈만 같은 2년 만의 재회였다. 예레나의 체온과 부드러운 몸매를 느끼며 격렬한 포옹을 했다. 다시 안아 본 그녀의 몸은 부드러웠고 한없이 깊은 포근함과 달콤함 속으로 유리를 품어 주며 용해시키는 듯했다. 그녀는 유리를 맞이하러 차를 몰고 나온 것이었다. 주차장의 차 속에는 이반이 앉아 기다리고 있었다.

자동차는 모스크바 시내의 예레나 집 근처로 들어갔다. 아버지 게오르기 쥬코프 장군의 집은 크렘린 서남쪽 카모프니키 디스트렉트의 모스크바 강변이었고 노보데비치 수녀원 근처였다. 예레나와 이반은 차를 몰며 자기네 집을 알려 주고 다시 차를 몰아 모스크바 강을 건너서 호텔로 갔고 유리가 교육 입교하기까지 지낼 방을 잡아 주었다.

호텔 근처의 길 건너편에는 좋은 그릴하우스가 있었고 세 사람은 차를 세우고 들어가 앉았다. 고급스러운 식당이었다. 유리로서는 지금까지 살아온 생활과는 너무도 다른 분위기였다.
「예레나와 앞으로 이런 좋은 식당을 다니며 살 수 있으면 얼마나 좋을까!」
유리는 상상했다. 세 사람은 서로 물어보지도 않고 각자 똑같이 스테이크를 시켰고 동시에 보드카도 시켰다.
이반은 2년 전에 포츠담에서 봤을 때보다는 거의 완벽했지만 여전히 침체된 느낌이 있었는데 보드카를 두 잔까지는 조심스럽게 천천히 넘겼고 셋째 잔도 처음에는 천천히 마시더니 어느새 속도가 빨라졌고 활발해지며 말이 많아졌다.

「유리, 너는 그동안에 더 건장해졌구나! 체격이 많이 커졌어!」

「그래? 아마도 운동을 좀 많이 해서 그럴 거야! 거의 매일 해야만 했으니까!」

「그렇구나! 나는 운동을 거의 안 해!」

「그래? 운동은 기분을 전환시켜 줄 수 있어서 참 좋은데……. 좀 아쉽구나!」

「그래? 나도 좀 해 볼까?」

「앞으로 쉬는 시간이 있으면 우리 집에 좀 자주 와! 나하고 운동도 같이 좀 해 보자!」

「좋아! 그러자!」

「예레나 누나는 조깅을 많이 해……. 그전처럼 지금도.」

「응! 조깅은 가장 쉽고도 좋은 운동이라고 생각해! 나도 매일 하고 있지만…….」

「예레나 누나는 지난 6월에는 모스크바 음악원 피아노과를 졸업했다. 작년에는 차이콥스키 콩쿨에서 입선도 했어!」

「아! 정말 대단한 실력이구나! 축하를 어떻게 해야 되나? 이제야 알았으니……!」

「부모님이 지금까지 결혼을 얼마나 닦달했는데도 누나는 사랑하는 사람이 있다면서 소개받는 것도 싫다는 거야!」

「그 사람이 어디에 있는 누구라고 밝히지도 않으니……. 부모님은 궁금해서 다그치시고.」

「…….」

「그랬던 거야……. 그러다가 지난달에야 마침내 누나가 할 수 없이 포기를 하고 청혼을 받아들였어. 결혼 날짜를 다가오는 12월로 잡은 거야.」

「……!?」

「우리나라에서는 여자가 대학원을 졸업할 때까지 결혼을 안 하고 약혼도 안 하고 있는 것은 많이 이상한 일이지, 결혼시기를 놓치는 거잖아? 벌써 나이도 많으니까!」

「…….」

「누나를 데려가려고 하는……. 여러 번씩 거듭거듭 구혼해 오는 대단한 집안 남자들이 너무 많았다니까!」

「…….」

「알버트, 너도 알지? 누나가 결혼할 사람이야. 우리 같은 반 했던…….」이반은 취기에 얘기를 계속하고 있었다.

예레나는 그 순간 냅킨으로 흐느끼는 입을 막고 눈물을 닦으면서 화장실로 달려갔다. 이반도 놀라서 입을 다물었다.

아찔해지며 놀라서 당황한 유리는 자신도 모르게 보드카를 정신없이 마시고 있었다. 유리는 앉은 의자가 꺼지고 땅이 꺼지고 세상이 무너지며 암흑나락 소용돌이 속으로 내팽개쳐지며 추락하고 있었다. 암흑 심연 속으로 추락하는 유리는 온몸의 기운이 다 쭈욱 빠지면서 바로 앉아 있을 수도 없었다. 방향도 중력도 잃었고 숨이 막히며 질식할 것만 같았다. 테이블을 꽉 잡으려 했지만 무엇을 잡을 수도 기댈 수도 버티며 일어설 수도 없었고 허우적댈 수조차도 없었다. 허물어지고 있었다.

〈내 숨아 제발 꺼져다오!〉라며 자포자기하고 말았다. 그런 상태로 레스토랑 바깥으로 언제 어떻게 나왔는지도 몰랐다.

* * *

정신을 차려 보니 마샬 티모셴코(Marshall Timoshenko St.) 거리의 중앙
병원(Central Clinical Hospital) 병실이었다. 침상 옆에는 이반이 서서 지
켜보고 있었다.

「네가 어제 밤에 식당을 나와서 횡단보도를 건너다가 달려오는 차를 피하
지 못하고 부딪히며 3미터쯤이나 나가떨어진 거야!」

「그때 누나와 내가 마침 주차장에서 차를 몰고 나오다 발견하고 엄마에게
연락을 했고, 엄마가 빨리 조치하셔서 이 병원에서 앰뷸런스가 쫓아와서
응급으로 입원을 시킨 거야!」

이반이 설명하고 있었다.

「유리, 너 어제 큰일 날 뻔했어!」

「너무 취해서 몸을 못 가누더라!」

「이반, 미안해! 그리고……. 너무 고마워!」

「이 병원은 모스크바 중앙정부와 당 간부들이 전용으로 이용하는 최고급
의 병원이야.」

「아! 그래? ……. 어머니께 정말 감사하다고 말씀을 좀 전해 드려 줘!」

유리는 정신을 차리고 있었지만 모든 것이 까마득하게 느껴졌다. 아무 의
욕도 관심도 없었다. 모든 것을 다 포기하고 싶었고 다 싫었다. 병원에 누
워 있는 현재의 상황도 자신과는 무관한 일이었으면 좋을 것 같았고 당장
연기처럼 사라지고 싶었다. 유리는 영혼도 가슴속도 세상과 함께 다 무너
졌고 숨을 쉬기도 싫었다. 살고 싶지가 않았고 눈에 보이는 것들이 모두
싫었고 안 보이기를 바랐다. 눈을 꼭 감아 버리고 다시 뜨지 않고 싶었다.
그러다가 이반이 돌아가자 눈을 꼭 감고 살아야 할까 말아야 할까를 고민

하고 있었다.

회진시간이었다. 눈앞에 나타난 의사는 어쩐지 목소리도 얼굴도 익숙했
다. 그는 손의 챠트를 다시 훑어보더니 유리를 다시 보며 눈을 크게 떴다.
포츠담의 KGB 7번 기지 숙소의 앞 방에서 지냈던 바로 그 드미트리, 그때
는 소령이었던 디마였다. 디마도 크게 놀라면서 입을 벌린 채 다물지를 못
했다. 디마는 유리를 안고 얼굴을 비벼대고 머리를 쓰다듬고 손을 잡아 놓
지도 않으며 눈물까지 흘렸다. 디마는 믿을 수 없다는 듯 사고경위와 진단
기록을 번갈아 보면서 말했다.

「유리, 너 이 녀석 어떻게 된 거야? 정말 큰일 날 뻔했구나!

이렇게 만나다니?」

「예, 저가 이제……. 어떻게……. 괜찮은 건가요?」

「그래! 걱정하지 마! 너는 젊어서 그런지 몸이 유연성이 좋고 복구 능력도
아주 좋구나, 그렇게 부딪히고 튕겨져 나갔으면서도 이 정도라니 운이 좋
게도 거의 안 다친 편이구나!」

「온몸이 다 아파요!」

「그래도 지금 진통제를 맞아 놔서 덜 아픈 것이다. 차와 땅에 부딪쳤던 옆
구리는 당분간 많이 아플 테니 치료를 잘 받아야 되겠다.」

「얼마나 오래 입원해야 될까요?」

「한 주일쯤이면 퇴원할 수 있을 것 같다.

좋아하는 음악을 들으면 힘이 날 테니 내 방으로 언제든지 와서 좋아하는
음악을 들어라!」

「예, 고맙습니다! 디마 선생님.」

「아무리 낯선 곳에서라도, 어떤 어려운 상황에 처하더라도 나는 살아날 수가 있겠구나! 절망하지만 않으면 치명적인 문제는 없겠구나!」 유리는 이게 현실인가 반신반의하며 성호를 긋고 있었다.

「수호신이 나를 지켜 주고 있는 것인가?

이렇게 극한적으로 낯설고 치명적인 궁지에서 큰 사건을 당했는데도 적시에 최고의 사람들이 나타나서 엮어지며 도움을 이어 주고 있다니!」 유리는 디마를 이렇게 위급한 상황에서 다시 만난 것과 예카테리나 부인이 도움 준 것을 생각하니 기적이 따로 있는 게 아닌 것 같았다. 마치 준비돼 있던 일처럼 순순히 연결되고 잘 해결되는 데다 그토록 의지하며 마음이 통하는 디마까지도 저절로 만나고 있었던 것이다. 디마를 다시 만나게 되니 몇 년 전의 힘들었던 상황이 기억나기도 했다. 또 답답하며 질식할 것만 같던 숨통이 시원하게 확 트이는 것이었다.

사실 유리는 사고를 당한 그때 자기를 향해 달려오는 차의 불빛을 보았지만 피하기가 싫었던 것이다. 그냥 이렇게 해서 다 잊을 수만 있다면 잊어 버리려고 했던 것이었다. 그러나 지금은 달랐다.

「살 수 있겠다! 살아 볼 만하겠다!

잊어야 될 일은 잊어버리겠다! 살아야 되겠다!」 유리는 생각을 거듭거듭 다지고 있었다.

「디마 선생님이 부르시는데요. 선생님 진료실로 가 보세요!」 퇴근 시간이 가까울 때 간호사가 와서 말해 주었다.

그의 방에 가 보니 아직 외래환자를 진료하고 있었는데, 유리가 들어서자 옛날 포츠담 7번 기지 숙소에서 유리가 좋아했던 베토벤 피아노소나타 21번 〈발트슈타인〉을 낮게 틀어 주는 것이었다.

「아! 오랜만에 들어요! 너무 좋아요!」 그러나 유리에게는 예레나가 생각나며 마음속을 또다시 헤집어 놓는 음악이었다.

「휴~~!」 유리는 긴 한숨을 내쉬고 있었다.

「왜 그러니? 네가 전에 좋아했던 곡이라서 틀었는데……. 슬퍼하는 모습이구나?」

「너무 좋아서 그래요…….」

그때 디마의 방에 외래진료의 마지막 순번으로 들어온 사람은 마흔 살쯤으로 보이는 미모의 동양 여성이었다. 유리는 동양여성이라 호기심이 생겨서 디마의 책상에 놓인 진료차트를 슬쩍 살펴보았다. 그 여자의 이름은 키릴문자가 아닌 알파벳으로 적혀 있었으며 「Suh Hye-ryung」이었다. 한국식 이름인 서혜령이었으므로 깜짝 놀랐다. 그때 디마는 유리를 보며 말했다.

「이 여자는 좀 심각하게 중요한 북조선 사람이야.

나한테 몇 년 전부터 정기적으로 오고 있어.」

「자칫하다 나의 정체가 노출될 일을 만들면 큰일 나겠다!」 그 순간 유리는 같은 민족을 만나 반갑기도 했지만 경계심이 먼저 들었다.

「반갑습니다!」 유리는 한국말로 한마디 인사만 하고서 의자를 돌려 뒤로 물러앉으면서 대화를 피했다.

「우리 같은 민족이군요!

이거 오랜만에 우리 민족 분을 만나 봅네다. 반갑습네다!」 서혜령은 기운이 나는 듯 좋아하고 있었다.

외로운 사람처럼 보였다. 검사를 받고 있는 동안에도 유리를 쳐다보며 틈틈이 말을 걸려고 했다. 그러나 유리는 몸을 돌린 채 벽에 붙은 인체 해부 그림과 설명들을 보면서 얼굴을 마주치지 않고 피하고 있었다. 그러던 사이에 진료가 끝났고 서혜령은 일어서 다가오더니 고개를 돌려 딴전을 피우고 있는 유리의 손을 확 잡고 흔들었다.

「반가워요!

잘생기셨네! 환자복을 입었어도 잘생긴 건 감춰지지가 않아요. 아주 멋있어요!」라며 얼굴을 똑바로 쳐다보다가 위아래를 훑어보기도 했다. 그리고 「반가워요! 또 봐요!」라고 한마디를 더 하면서 환하게 웃더니 몸을 휙 돌려 엉덩이를 흔들면서 방을 나갔다. 전혀 아픈 사람 같지도 않은 경쾌한 행동이었다. 그녀는 단순 호방한 성격인 것 같았다. 유리는 디마와 음악을 들으며 7번 기지에서 있었던 이런저런 일들을 얘기 나누다가 퇴근시간이 한참 지나서야 진료실을 나와서 병실로 올라갔다.

다음 날 오전 예카테리나 부인이 이반과 함께 면회를 왔다.

「그만한 게 큰 다행이다.

모스크바는 술에 취한 채로 차를 모는 사람들이 많단다. 교통법규를 잘 지키더라도 무서운 곳이니 항상 스스로가 조심해야만 된다!

앞으로 KGB 생활을 해 나가자면 돌봐주는 사람도 없이 위험하고 힘든 상황이 많을 거다. 이번 사고를 명심해서 너를 스스로 지키고 자제해라!

그 직장에서는 절대 실수하지 말고 자기관리에 엄격해라!

사소한 일이라도 실수 없이 늘 신중, 충실하게 임해야 된다! 그러면 이반의 아빠가, 쥬코프 장군이 너를 돌봐줄 것이다.

이번에 받는 교육을 무엇보다 누구보다 아무 탈 없이 좋은 성적으로 이수하면 너는 앞으로 길이 열린다. 아빠가 너를 외국으로 나가서 근무하도록 하신다더라.」라고 말해 주고 돌아갔다.

유리는 자신으로서는 꿈도 꿀 수 없었던 이번 교육을 들어오게 된 것은 바로 게오르기 쥬코프 장군이 도와준 것임을 알게 되었다. 장군과 예카테리나 부인은 예레나를 유리로부터 떨어지게 만들어서 고통을 주지만 그만큼이나 깊은 은혜도 주는 것이었다. 유리는 부인에게 진심으로 깊은 감사를 드렸다.

「장군님께도 사모님께도 저가 꼭 은혜를 갚아 드리고 싶습니다! 저의 말씀을 장군님께 좀 전해 주시면 너무 감사하겠습니다!」라고 간곡히 말했다. 예카테리나 부인이 이반과 병원을 나간 후 오후에는 예레나로부터 유리에게 편지와 함께 꽃이 배달되어 왔다. 이름을 레나로 적어서 보내온 것이었다.

『나의 영원한 사랑 유리!

네가 원망스럽기만 하구나! 왜 한두 달만이라도 일찍 내 앞에 나타나지 않았던 거야? 이렇게 이제라도 나타날 거였으면 한두 달 전에라도 미리 모스크바로 오게 된다고 알려 주었어야 되는 거잖아? 여태까지 너를 생각하며 기다려 왔는데, 마지막 한두 달 때문에 허사가 되고 말다니?

유리, 그렇지만 너는 이런 나를 더 미워해 줘야만 해! 그것이 나에게는 더 위안이 될 테니까! 그래도 너는 영원히 내 마음속에 새겨져 있을 거야! 절대로 너를 잊지를 못할 거야! 앞으로도 한평생 영원히, 저 세상에 가서도 너를 사랑할 거야.

잘 회복하고 교육을 잘 받고 크게 성공하기를 바랄게! 언제나 너를 위해 항상 기도하겠어!

무슨 힘든 어려운 일이 있으면 나에게 꼭 알려줘! 나도 아빠도 엄마도 너를 도와줄 거야!

내가 너를 위해 늘 기도한다는 것은 잊지 말아 줘!

♡♡유리를 진정 영원히 사랑하는 레나로부터♡♡』

짧은 글이었다. 유리는 예레나의 편지를 읽고 또 읽었다. 그러느라 첫 글자부터 마지막 글자까지 부호까지도 모두를 눈 속에 기억하고 말았다. 그러고는 병상에 누워서 낮잠을 자면서도 거듭거듭 되뇌고 있었다.

「유리!」

저녁 식사를 하고 복도를 걷던 유리는 복도 중앙 휴게실에서 서혜령과 마주쳤다. 서혜령이 먼저 보고 소리치며 쫓아와 유리의 팔을 잡아끌고 가더니 자기 옆에 앉혔다. 그리고는 말문이 돌연 터지고 신이 났는지 묻지도 않은 온갖 신상 일을 쉬지도 않고 떠들기 시작했다.

「내가 매일 와인을 마셔대고 독한 보드카까지 많이 마셔서 이렇게 된 거야! 나는 이렇게 담배도 많이 피우고 있어! 연달아서 줄담배인 거야!」 그녀는 줄곧 담배를 피고 있었다.

「이러면 안 되는데……. 내가 왜 이렇게 사는 거야? 이 지경이 된 거야? 신나게 재밌게 내가 좋아하는, 하고 싶은 일들도 하면서 살아야 하는데! 이제는 좀…….

아~! 나는 참 외로운 여자다! 외롭게 넓은 집에 갇혀 사는, 감옥살이 여자인 거야!

같이 얘기할 사람도 없어! 만나고 어울릴 사람도 없다고!

보는 사람 맨날 그 사람이 그 사람인 거야! 딱, 몇 사람뿐인 거야! 두어 명이 전부라는 말이야!

갑갑하기도 하고, 외로워서 미치겠어! 가슴이 자꾸 답답해져!

내 자식들도 내 친구들도 남편도 다 좀 보고 싶다고!

아! 아! 휴~……! 보지도 못하는데 연락도 못하게 하는 거야!

이게 뭐냐고? 감옥에 가둬 놓는 거지!

봐라! (큰 젖가슴을 앞으로 불쑥 들어 올려 내밀며) 내가 지금 이렇게 한창인 여자잖아? 이런 내가 벌써 몇 년째를 감옥살이를 하고 있단 말이다! 언제까지 이렇게 살지 모르겠다. 이렇게 살다가 죽어야 할까……? 그렇게 될까? ……. 응?

먹고 쓸 돈은 주는데……! 크고 좋은 아파트에서 살고 맘대로 먹고 술도 마시지만……. 남들은 나를 고생 안 하고 걱정도 없이 편하게 산다고 하겠지만……. 이게 뭐냐고?

좋아하는, 하고 싶은 것도 못하고 어울릴 사람도 없어! 보고 싶은 사람도 못 만난다고!」

「좋아하시는 것을 못 하신다고요? 돈도 많다면서요?」 유리는 어떻게 이 자리를 피해 갈까 생각하며 건성으로 듣다가 이해가 안 되는 말이라서 한마디 물어보았다.

「그래! 노래하고 춤추고 연기하는 거! 어울려서 떠들며 얘기하고 가고 싶은 아무 데나 맘대로 다니고……. 잘난 남자들 하고 놀아도 보고……. 내 새끼들도 옆에 두고 살고 싶다고!

나는 원래 그런 여자란 말이다! 끼가 있는 여자란 말이야!

유리 씨! 나하고 좀 어울려 놀아 줄 남자가 없을까? 누구라도 말이야? 사랑이라도 좀 하면서 알콩달콩 살고 싶단 말이야!

이제는 쌓여서 터질 지경으로 화병이 된 거야, 화병이 술병이 됐다니까! 심장병이 된 거야!

고혈압이었는데 심장부정맥이 아주 위험하다는 거야! 관상동맥이 어쩌고 저쩌고 큰 문제라는 거야! 그 선생님한테 몇 년째 진료 받는데……. 맨날 약만 주더니 위험하다고 어제 갑자기 입원을 시켰어!

내 아파트는 넓어! 방도 많아! 열 명도 살 수 있어!

여기서 내 아파트까지 큰길이 뻥 뚫려서 다니기가 편해!

그 길가에 조선대사관이랑 조선항공운수회사가 있어, 그 회사에 내 심부름꾼이 있어요. 내 아파트에 와서 청소해 주고 장도 봐 주고 있어. 나는 할 일이 없는 거야!」

「아, 예!」 유리는 건성으로 똑같은 대답을 계속하고 있었다.

서혜령은 오랜만에 말문이 터진 사람처럼 의미도 관심도 없는 얘기를 혼자 신나서 떠들어대고 있으니 계속 그러도록 유리는 옆에서 참아 주고 있었다.

「그렇지만 그 사람들하고는 나는 말을 단 한마디도 안 한다!」

「왜요?」

「응……. 그 사람들하고는 할 얘기가 없으니까……. 내 눈치를 너무 살피는 거야! 나를 무서워하는 거야!

언니가 평양에서 한 번씩 나오면 며칠씩 같이 지내는데, 서로 얘기를 나눌 수 있는 사람은 언니뿐이다. 그래도 언니가 있으니 다행이다!

유리 씨를 만나서 말을 실컷 하니 머릿속도 가슴속도 시원해져서 너무 좋다. 우리 집은 평양에서는 아주 돈이 많고 백도 있는데……. 나는 여기서 몇 년째 이렇게 있단 말이다! 무슨 말인지 알겠어?」

「…….」

「내가 너무 외로워서……. 감옥살이가 힘들어서 이렇게, 이런 지경이 되고 말았어! 아무래도 폐인이 다 돼 가는 거 같아!」

서혜령은 유리와 같은 층 같은 복도의 방이었다. 어제 저녁 디마의 진료를 받고서 바로 입원했던 것이다. 그녀는 이렇게 만난 유리를 붙들고 반갑다며 놓아주지 않고 몇 시간이나 신나게 떠들었다.

「실컷 얘기하니 답답하고 꽉 눌렸던 가슴이 시원해진다. 너, 퇴원할 때까지라도 나하고 말동무 좀 하자! 응?」이라고 서혜령은 몇 번이나 반복했다. 그러면서 담배를 피워댔다.

「나는 평양에 두고 온 어린 아들이 있어! 정말 보고 싶어!

유리 씨는 가족이 어디 있어?

고향이 어디야?

결혼했어?

애인이 있지? 지금 어디 있어?」

이런 질문을 하나씩 몇 번이나 반복해 되묻기도 했다.

「저는 고려인 4세라서 증조부 때부터 소련에서 사셨습니다.

소련에서도 몇 군데를 옮기며 살았다는데 저의 고향은 모스크바입니다.」
라고만 간단히 대답하면서 유리는 말꼬리를 안 잡히려고 피하고 있었다.

평양에서 온 이 여자는 아직 한창 나이인데도 술병인지 심장병이 심해져서 갑자기 입원을 한 것이었다. 또 외롭던 차에 자신의 주치의 드미트리 박사와 절친해 보이는 데다 동족인 유리를 만나자 경계심을 잊고 친밀감을 느끼며 의지하려 하고 있었다. 유리를 스스럼없이 대하면서 복도에서 마주칠 때마다 손을 잡아끌고서 휴게실이나 자기 병실로 데리고 가서 옆에다 앉히고 떠드는 것이었다. 유리가 묻지도 않고 관심도 없는 자신의 사정들을 토로하며 하소연하는 것이었다.

서혜령은 선해 보였고 깊은 외로움에 짓눌려 있었고 뭔가를 털어 놓지 못하고 감추어 둔 깊은 사연이 있는 것 같았다. 유리는 그런 서혜령에 대해 알수록 더 조심스러워 앞으로는 피해야 되겠다고 마음먹었다. 그날 오후에 서혜령의 방 앞 복도를 지나면서 힐끗 보니 김일성 뱃지를 단 조선 남녀들이 꽃과 과일을 갖고 와 있었다. 유리는 그들과 얼굴이 마주칠까 얼른 고개를 돌리고 피해서 자기 방으로 들어가 버렸다. 그 후부터 그 방 앞을 지나거나 복도에서나 휴게실에서나 그 여자 주위에 누가 있는지 살피며 피했다. 이튿날부터 서혜령의 1인실 특실에는 언니라는 서미령이 늘 붙어 있었다.
나흘째에는 서혜령이 통통하게 생긴 꼬마를 평양에서 온 아들이라며 유리에게 데리고 와 인사시켰다. 일곱 살인데 이름은 〈대장〉이라 했고 성은 〈왕〉씨라고 했다.

왕대장은 맨 처음 유리의 손을 잡고 인사를 하면서부터 왠지 유리를 좋아하는 것이었다. 악수하면서 처음 보는 유리의 허벅지에 몸을 기대 비비기도 했다. 붙임성이 좋고 자유스러웠으며 잘 웃기도 하여 좀 태평스럽게도 보였지만 털털하면서도 고집이 있었고 제멋대로 하는 버릇없는 아이였다.

「엄마가 갑자기 입원했다고, 아프시다는 연락이 가자 평양에서 급히 쫓아나왔어요.

여름방학이 곧 끝나고 학교가 개학되므로 평양으로 금방 다시 들어가야 됩니다.」

언니인 서미령은 왕대장이 알아듣지 못하는 러시아어로 조용히 말했다.

1978년 8월 27일 일요일. 유리는 모스크바 중앙병원에서 한 주일 만에 퇴원했다. 서혜령과 아들 왕대장과 언니 서미령과 작별인사를 할 때 그들은 모스크바 집 주소와 전화번호를 적어 주면서 「전화도 하고 좀 놀러 오세요!」라고 했다. 왕대장은 처음 만난 날부터 유리의 방으로 드나들면서도 복도에서도 유리를 「외삼촌.」이라 부르고 있었는데. 헤어질 때는 유리의 허리춤을 붙들면서 「외삼촌 가지 마! 언제 올 거야?」, 「빨리 또 와! 알았지?」라고 했다.

12.

퇴원하고 오후에 유리는 아직 몸이 아팠지만 모스크바 서남부 미추린스키 프로스펙뜨의 구릉 사면에 터를 넓게 잡은 KGB 아카데미 제르진스키 고급학교(* KGB Academy, Michurinskiy Prospekt, 70, Moscow)에 들어섰다. 고급스파이 교육 해외공작전문과정을 받기 위해 입교등록을 해야 했다. 학교는 대단한 규모의 시설이었다. 집결장소에는 1년 간 함께 교육받을 남녀요원들이 모이고 있었다. 유리는 가장 젊어 보였다. 모스크바본부 출신, 소련 국내지부 출신이 많았으며 유리처럼 해외지부 출신도 있었고 다민족국가인지라 소수민족들도 있었다.

입교등록 후 안내자는 독신자숙소의 개인 방을 배정해 주었다. 방 안의 책상에는 생활규범이 비치되어 있었다.

「평일 교육이 끝난 후나 주말에는 자유롭게 외출할 수 있다.」

「식사는 공용식당에서 무료로 하든가 구내 카페나 레스토랑에서 사 먹을 수도 있다.」

「빨래는 공용세탁실에서 직접 또는 유료세탁소에서 사비로 할 수 있다.」

생활규범 속의 몇 가지 내용이었다.

유리에게는 편리하고 생활경비도 절약되는 훌륭한 조건이었다.

방에 들어가자 서혜령이 적어 준 주소와 전화번호 메모지는 보지도 않고 불태워 버렸다. 기억할 이유도 없고 필요할 것 같지도 않고 피해야 할 사람들이었다.

다음 날인 월요일 아침 해외공작전문과정 교육입교식을 했다.

교육과목은 언론 취재, 무역, 통신 세 분야의 이론교육과 실습활동으로 편성되어 있었다. 1년 교육을 마치면 스위스 등 중립국이나 해외의 소련 국영업체나 KGB 위장업체에 나가서 스파이 공작활동을 하게 되어 있었다.

「소련 또는 제3국의 통신사나 신문사에 기자로 취직하여 활동하는 것.」

「목표국가에 입국해서 무역회사를 만들고 활동하는 것.」

「목표국가에서 유학생으로 공부하여 학위를 취득하고 취업하거나 연구활동을 하는 것.」 등 세 가지가 그것이었다. 각자 취향과 재능에 맞는 계획과 목표를 세우고 이론공부와 실습을 하는 것이었다. 유학공부 공작활동에 대해서는 설명이 더 있었다.

「치밀한 성격과 학문적 소양과 의지가 필요하고 장기간이 소요되는 고난도 고차원의 안정적인 활동이다.」라는 것이었다.

유리는 언론 취재활동을 선택하여 〈공작활동실습계획서〉를 만들어 제출하고 승인을 받았다.

또 입교 초에는 이 과정 선배들이 작성한 실습계획서와 교육을 마치고 목표국가에서 활동하며 작성한 현지정착 공작활동 상황보고서를 참고하여 각자가 계획서를 작성하여 제출했다.

한편, 유리는 1968년 12월 블라디보스톡으로부터 모스크바에 호송되어 와서 조사를 받았던 류뱐카(Lubyanka)광장의 KGB 본부 지하실에 가 보고 싶었다. 그때는 어디인지 어떻게 생겼는지 살필 정신도 없었으므로 다시 보고 싶었다. 몇 주 후 일요일 류반카로 가서 지하조사실로 들어가려 하는데 입구에서 저지당하고 말았다. KGB 요원들도 출입자가 특정된 통제구역이었다. 그렇게 되고 보니 「굳이 확인해서 어쩔 것인가?」라는 생각을 하게 되었다. 또한 에카테리나 부인이 병원에 면회를 왔을 때 「유리, 너는 무엇보다 아무 탈이 없어야 한다! 교육성적도 좋게 내야만 된다!」라고 했던 말, 특히 〈아무 탈 없이〉라는 목소리가 귀에 생생히 맴돌고 있었기 때문이었다.

그런 유리는 일요일이 되고 긴장이 풀리면 예레나를 멀리서라도 좀 바라보고 싶어서 번민하고 있었다. 그러면서도 게오르기 쥬코프 장군과 에카테리나 부인에게 도리가 아니라고, 예레나의 행복에 도움이 안 된다고 생각하며 참고 있었다. 예레나를 잊기 위해서는 이반도 안 만나야 할 것 같았다.

한편 유리는 제레진스키 스쿨의 〈정보자료도서관〉, 〈비밀문서열람실〉, 〈공작활동보고전문(電文) 존안실〉에 가서 해외의 KGB 지부들로부터 올라온 정보보고서, 현지 신문, 시사평론지 등을 읽으면서 현지의 비밀공작 내용은 그때의 정세상황과 어떤 연관성이 있었는지, 그로 인해 어떤 문제나 실수나 사고가 있었는지, 그 결과는 무엇인지, 해결과정은 어땠는지를 파악했다. 적국에서 활동할 때 착안할 점으로 생각하며 해 본 것이었다. 그러고 이것을 정리해 이론교육 종합보고서에 포함시켜 제출했다. 그랬더니 좋은 평가를 받기도 했다.

「개인적 관심을 나름대로 분석 정리한 것이지만 유용한 성과물이다. 내년부터 교육생들의 연구과제로 정식 채택하겠다. 앞으로 활동을 하는데 있어서 상황판단의 가늠자가 될 것이고 실수를 줄이는 데도 큰 도움이 될 것이다.」라는 것이었다.

교육생 생활이 정착되자 어느 날 이반을 통해 메모를 보냈다. 「사모님께서 편하신 시간을 정해 주시면 장군님 댁을 찾아가서 두 분께 인사드리고 싶습니다.」라는 요지였다. 그런 후 10월 하순 일요일 첫눈이 내릴 때 장군 집에 갔다. 마당으로 피아노소리가 흘러나오고 있었다. 집에 들어서니 예레나는 넓은 거실에서 피아노 연주를 하고 있었는데 고개를 돌리며 유리에게 목례만 하고 악수도 하지 않았다. 그러나 곧 악보를 바꾸었고 포츠담에서 헤어진 날 우아즈 지프 속에서 불렀던 〈고백〉을 부드럽고도 격정적으로 연주하는 것이었다. 연주를 듣는 유리는 그때가 생각나서 가슴이 먹먹했다.

「오늘 연주는 아주 열정적이구나! 참 좋아, 감동적이야!」

「낯선 곡처럼 느낌이 새롭구나!」 장군 부부가 말하고 있었다.

예레나는 유리에게 자신의 마음을 전하고 있었다. 얼굴에 맺힌 눈물도 보았다. 약 30분 동안 연주를 들으며 이반과 장군 부부와 커피를 마시고 집을 나와 모스크바 강 다리를 건너고 참새언덕으로 엠게우(모스크바대학교)의 숲을 통과하며 숙소까지 천천히 걸었다.

모스크바 강 다리를 건널 때는 첫눈이 내리는 하늘에도 끝없이 펼쳐진 도시에도 유리의 가슴에도 애잔한 슬픔이 가득했다. 예레나가 병원으로 꽃과 함께 보내온 편지에서 했던 말이 다시 떠올랐다. 지프에서 고백을 부르던 모습도 눈에 선했다. 기댈 곳도, 가진 것도 없이 알몸뿐인 외톨이 유리는 이 나라의 최고 엘리트 집안인 예레나에 비하면 가련하고 미천한 그림자였다.

「친구인 이반과 장군님과 사모님께 깊이깊이 감사드려야 할 뿐, 조금이라도 방해가 될 수는 없다.

아름답고 고귀한 예레나는 소련 최고의 엘리트 집안에 시집을 가서 가장 품격 있고 고귀하게 살아야 한다.

덤빌 일도 아니다. 나의 처지와 분에 맞게 사는 것은 포기도 비겁도 아니다. 마음 아플 일도 아니다!」 유리는 숲속을 걸으며 비장해져 있었다.

유리는 KGB 아카데미교육생 생활이 너무 재미있었고 교육내용이 좋았다. 특히 언론과 무역은 흥미진진해서 앞으로 적극 활동해 보고 싶기도 했다. 도서관에서 책을 빌려 읽고 매일 새벽과 밤에는 빠짐없이 실내체육관이나 둘레에 있는 호숫가와 숲속 길을 뛰면서 땀을 흘리며 마음을 다잡았다. 1978년 12월의 마지막 주에는 제르진스키 스쿨 해외공작 고급과정에서 지난 4개월간 받았던 이론교육에 대한 종합평가시험을 보았다. 또 각기 작성한 보고서도 제출함으로써 4개월간의 이론교육이 마무리 되었다. 새해 1월 초에는 러시아정교회의 크리스마스 연휴를 겸한 방학이 한 주일 있었고 연휴 다음에는 공작활동의 실습이 예정돼 있었다.

1978년 12월 31일 일요일은 방학 겸 정교회 크리스마스연휴의 시작이었다. 북대서양 난류의 온난한 대기가 물러가고 차가운 북극 한파가 몰려와 무척 춥더니 눈이 내리기 시작했다. 이번 교육동기생 중에는 1971년 8월부터 1973년 7월까지 2년 동안 레닌그라드 오크다(Okhta) KGB 학교에서 〈초급예비요원교육〉을 함께 받았고, 그 후 KGB 부다페스트지부에서 근무하다 선발되어 온 금발미녀 로라가 있었다. 긴 연휴라 집이 가까운 요원들은 다 집으로 가 버렸고 학교숙소는 사람이 잘 보이지도 않고 거의 텅 비어 있어서 황량했다.

「볼쇼이 서커스를 보러 가지 않을래?」 아침에 학교식당에서 만난 로라가 제안했다.

「웅! 오늘도 종일 책만 읽어야 할까 운동이나 할까 하는 따분한 참인데 좋은 생각이네!」라고 유리는 대답했고 낮 공연시간에 맞추어 함께 나섰다. 모스크바 강이 굽이치며 돌아가는 남쪽 강변에 있는 볼쇼이서커스극장까지는 KGB 아카데미에서 6km 정도밖에 안 됐으므로 두 사람은 걸어서 가고 있었다. 밤새 눈이 쌓였는데 그 사이에 또 눈이 펑펑 쏟아지면서 앞이 안 보였고 도시는 수북한 눈으로 하얗기만 했다. 눈은 정강이까지 쌓였고 더 펑펑 쏟아지고 있었다. 자동차들도 그새 모두 멈추었는지 넓은 거리는 어느새 텅 비었고 눈을 뒤집어쓴 가로수들만 길가에 버티고 서 있었다. 젊고 체력도 좋은 두 사람에게는 멀지 않은 거리였고 눈이 좋았으므로 한 길쯤까지 덮인다 해도 자신이 있었다. 미끄러지고 헤치며 걷느라 두 사람은 모르는 사이에 손을 마주잡고 있었다. 서로를 잡아 주고 부축해 주다 보니 밀착해 있었고 미끄러질 때는 자연스럽게 껴안아 주기도 하고 있었다.

「레닌그라드에서 태어났는데 소련 국영기업체 중간간부인 아버지를 따라 헝가리 부다페스트로 가서 고등학교까지 졸업했어.」로라가 말했다.

「고교시절 남자친구와 부다페스트 도나우 강의 세체니 다리 위를 눈을 맞으며 걸었던 추억이 있어!

그 남자와는 고등학교를 졸업 후 헤어져서 서로의 연락이 완전히 끊어졌거든!」

「많이 생각나겠다!」유리가 말했다.

그 순간 로라는 유리를 확 끌며 안으며 장난치는 듯 키스를 했다. 그러나 키스는 장난이 아니었다. 유리가 놀라서 머쓱해하며 쑥스러워하는 반응을 보였다. 그러고 나서부터는 서로 손을 놓고 떨어져서 걸었다. 유리는 로라의 달콤한 키스가 아쉬웠다. 또 로라가 어색해하며 이렇게 멀찍이 떨어져서 걷도록 만든 것이 민망스러웠다. 키스의 황홀한 여운은 상처가 깊은 유리의 가슴속에서 애절한 슬픔으로 변하고 있었다.

볼쇼이 서커스는 곡예와 동물 연기였고 시간이 언제 다 지나갔는지도 모르게 흥분되고 즐거운 구경이었다. 공연 중에 저쪽 좌석에서 누군가가 손짓을 하는 것이 보였지만 누구를 부르는지 관심 없이 공연에 몰두했다. 공연이 끝나고 나오는데 로비에는 누가 유리를 기다리고 있었다.

「미인이시네!」유리와 지난여름에 병원에서 만났던 서혜령과 언니 서미령이 로라를 보더니 이구동성으로 말하는 것이었다.

「유리, 너의 애인이야?」

유리는 대답을 안 하고 머뭇거렸다.

「젊은 둘이 잘 어울려요! 참 좋을 때야!」

「나도 이렇게 살아야 되는데……. 휴~ 내 꼴!」 서혜령은 깊은 한숨까지 내쉬는 것이었다.

「우리 같이 가자! 내가 한 턱 낼게! 언니랑 둘이서만 매일 먹으니 맛도 모르겠어…….」

「유리, 우리 오늘 같이 먹자!」라며 다짜고짜 두 사람의 팔을 잡아끌고 갔다. 서혜령은 유리를 혼자가 아닌 백인여성 로라와 함께 만났으니 부담을 안 느끼는 것 같았고, 전보다 활기와 자신감이 있어 보였다.

「건강은 좀 좋아지신 건가요?」 유리가 물었다.

「그때 열흘 만에 퇴원했는데……. 내가 술과 담배를 못 참는 게 문제잖아! 애를 많이 쓰지만 아직 못 끊고 있어. 낮에는 이렇게 밖에도 나오고 여기 저기로 돌아다니면 참아지는데……. 어두워지면 자꾸 생각나는 거야! 유리 씨가 나랑 좀 친구해 주면 좋겠어……. 하! 하! 나 이거 농담이 아닌 거 알아?」

「…….」

「왜? 안 된다는 거야?」 진지한 표정으로 말하고 있었다.

「아니면 못 하겠다는 거야……?」 서혜령은 거침없이 시원스러운 성격이었고 갈망을 감추지 않고 드러내는 것 같았다.

「로라가 한국어를 모르는 게 천만 다행이다」 유리는 얼굴을 붉히며 생각했다.

서커스극장을 나온 유리와 로라는 그들과 함께 택시로 근처 모스크바 강변의 이태리식당으로 가서 와인과 함께 식사를 대접받았다.

「내 집으로 같이 가자!」 식사 후에 서혜령이 말했다.

「맛있는 좋은 안주가 있으니 우리 같이 와인도 마시며 얘기도 좀 실컷 시원하게 떠들어 보자!」라며 술기운인지 아까보다 더 완강히 이끄는 것이었다.

「예, 좋습니다!」 로라도 그날은 다른 바쁜 일정도 없었으므로 응했고 함께 울리차 바빌로바(Ulitsa Vavilova) 77번지의 아파트로 갔다. 완전 숲으로 둘러싸인 세 동짜리 아파트였는데 그중 제일 남쪽 건물이었다. 아파트 안에 들어서자마자 언니 서미령은 바쁜 모습이었다.

「내일은 이른 새벽에 공항으로 나가야 돼요. 겨울방학이라 평양에서 놀고 있는 혜령이 아들 왕대장을 데려와야 해요.

나는 사업체도 가족도 평양에 있습니다. 비즈니스에다 가족을 돌보는 일 때문에 모스크바와 평양을 자주 오가고 있습니다.」라며 미리 싸 놓은 가방을 끌어다 현관에 내놓기도 했다.

그리고 와인과 철갑상어 회와 캐비어와 송로버섯 스테이크를 거실 탁자에 차렸다. 유리로서는 모두 처음 구경하고 처음 먹어 보는 최고의 음식들이었다. 송로버섯의 강한 향미는 비강 속을 가득히 채워 주었고 부드러운 철갑상어 회와 와인은 함께 입안에서 녹으며 혓바닥을 적셨다. 로라도 와인을 연거푸 마셔댔고 와인을 다 마시자 냉동실에서 며칠 얼려둔 보드카를 꺼내와 시작했다. 뿌옇게 겔(Gel)화된 보드카는 역한 냄새도 없이 부드러워 목구멍 속으로 시원하게 저절로 잘 넘어가고 있었다.

「이 아가씨, 로라가 자기 애인이 맞는 거야?

두 사람이 좀 사무적 사이로 보이는데……? 젊은 사람들이 사이에 뜨거운 열기가 안 보인단 말이야!

만난 지가 얼마나 된 거야? 금방 만난 사이야?」 서혜령은 두 사람의 관계를 알아보려고 했다.

「얘가, 이 아가씨가 발목이 무척 날씬하네!

유리, 자기는 아직 어린데, 어린 남자가 여자의 매력을 볼 줄 아는 거야?」 로라를 쳐다보며 말했다.

「벌써? 하! 하! 하! ……. 내가 좀 노골적인 걸 이해해!」 호탕하게 웃기도 했다.

「그래 이왕 나온 말이니까, 내 발목도 좀 봐라!」 서혜령은 일어서서 치마를 팬티가 보이도록 허벅지 끝까지 높이 쳐올려들고서 춤을 추듯이 몸을 한 바퀴 빙 돌았다.

「어때? 알아보겠어?

이래도 내가 조선에서 한때 제일 인기가 좋았던 최고 미녀가수였어!」라고도 했다. 자기 발목을 보인다면서 일어서서 속 팬티까지의 예쁜 하반신을 다 보여 주는 것이었다. 서혜령은 술기운 때문인지 모처럼 낯선 사람과 어울린 때문인지 기분이 고조되어 있었다.

로라는 우리말 대화에 끼지 못해 처음에는 불편한 눈치더니 술이 들어가자 개의치 않는 것 같았고 점차 재미있어 했다. 오후에 그쳤던 눈이 밤에는 다시 펑펑 쏟아지고 있었다. KGB 아카데미의 숙소까지는 8km쯤 거리였다. 유리도 로라도 자동차도 없이 깊은 눈을 헤치며 밤길을 걷기가 망설여졌다. 새벽에 밝아지면 나가기로 하고 이 아파트에서 이날 밤을 보내기로 했다. 넓은 아파트였고 방이 여러 개였으므로 로라는 빈 방에 들어갔고 유리는 거실 소파에서 눈을 붙였다. 밤중에는 갈증이 났고 머리가 아파 잠을 청할 수가 없었다. 냉장고에서 물을 찾아서 꿀꺽꿀꺽 마셨더니 온몸이 편해지고 풀리며 새벽에야 깊은 잠에 빠졌다. 잠결에 무슨 소리가 들리는 듯했지만 유리는 깊은 잠에 취해 있었다. 방에 들어갔던 로라는 일찍 잠을 잤고 먼저 깨서 공항으로 가는 서미령과 함께 이른 새벽에 아파트를 나갔던 것이다.

얼마를 잤다. 깊은 잠에 취한 유리의 몸에 무엇이 닿는 듯했다. 그럴 리가 없다고 꿈이라고 생각하며 잠을 계속 청하고 있었다. 유리는 아랫부분에서 뭔가의 부드러운 자극이 느껴지는 것 같았다. 부드럽게 어루만지는 듯한, 외부의 자극인지 몸속에 차 있는 욕구의 힘인지 알 수 없는 어떤 부드러운 느낌에 아래는 반응하고 있었고, 또 얼굴이 간지러워지며 입술이 달콤해지는 것을 느꼈다. 유리의 얼굴을 뭔가가 간지럽히고 있었다. 머리카락이었고 뜨거운 호흡의 열기가 유리의 얼굴을 스치고 있었다. 입술에 부드러움이 느껴지며 달콤한 촉감이 더 강해졌다. 달콤한 키스였고 부드러운 손이 유리의 아래를 살며시 쓰다듬고 있었다. 서혜령이 유리를 만지고 있었다.
이미 용광로처럼 뜨거워져 거친 숨을 내쉬고 있었다. 지난 몇 년 동안 해소하지 못하고 누적된 외로운 욕구를 못 풀고 쌓으며 농축시킨 42살 농염한 여자가 욕정을 터뜨리려 하고 있었다. 건장하고 단련된 26살 청년의 몸을 훔쳐서 해소하려 하고 있었다. 굶주린 사자가 사슴 한 마리를 눈앞에 둔 채 한 입에 통째로 삼켜 버릴까 물어뜯어 먹을까 망설이며 전율하고 있었다. 온몸 속 깊숙이 켜켜이 채워진 응어리를 한꺼번에 용해시켜 버리려 하고 있었다.

서혜령은 유리가 눈을 채 뜨자마자 팔을 잡아끌고 침대로 갔다. 서혜령은 급했다. 그녀는 혼자서 숨이 끊어진 듯했다가 다시 깊이 쉬기도 했고, 깊은 몸속에서 전신이 울리는 초저음의 신음을 겨우 내는 듯 흐느끼다가 돌연 크게 외치기도 했고, 가쁘게 숨을 허덕대다가 깊고 큰 한숨을 폭풍처럼 내몰아 쉬기도 했고, 웃기도 했다가 눈물을 흘리기도 했다. 온몸을 떨기도 했고 전신에서 땀을 쏟아내기도 했다. 눈빛이 빛나며 반짝이다가 한참을 멍해지며 응고된 듯 멈추기도 했다. 멈춘 채로 슬픈 듯 흐느끼며 조용히 울기도 했다. 욕정과 쾌락의 심연으로 가라앉다가 허우적대며 놓치지 않으려고 매달리고 있었다. 시커멓고 찐득한 무거운 갯벌 같은 깊고 끈적끈적한 육신의 갈증을 풀고 용해시키면서 온몸을 투명하듯 맑고 상쾌한 샘물처럼 스스로 애쓰며 변화시키고 있었다.

온 육신을 무겁고도 끈적끈적한 깊은 펄 속으로 붙잡아 침몰시키며 짓누르고 질식시키던 체중과 구속의 검은 갯벌이 새하얗고 밝게 투명해지고 있었다. 눈부시게 반짝이는 가볍고도 고운 보석모래로 변하고 있었다. 실바람에도 흩날릴 듯 부드러워지고 있었다. 유칼립투스 숲 맑은 피톤치드 향의 상쾌함으로 변하고 있었다. 생명력을 되찾고 있었다.

서혜령의 몸은 발가락 끝에서부터 머리카락 끝까지의 피부와 살과 깊은 골수가 전율하며 신음하고 있었다. 초특급 폭풍 속에서 구름 위로 솟구치는 쾌락의 토네이도였다. 디아나의 미모와 마법의 육신 속에서 억압된 채 감춰져 있었던 욕정이 황금빛 비에 젖으며 용해되고 있었다. 그리스의 제우스는 사실 디아나에게 유혹되어 농락당했던 것이다. 제우스를 착각시켜서 그의 에너지를 모두 훔쳐 갔던 것이다. 디아나의 속임수에 제우스는 힘을 다 뺏기면서 쾌락을 즐겼던 것이다.

서혜령의 몸속 물질은 황금빛으로 변하고 있었다. 지옥바닥을 헤치고 솟아 천국의 천장까지 닿는 쾌락은 황금빛이었다. 전율하는 쾌락은 지옥 형벌 공포도 망각시키며 더 깊은 심연으로 침몰하고 있었다. 실로 지옥의 끝은 천국의 끝과 맞닿아 있었다. 종이의 양면처럼 안과 밖의 현실적인 동시성이었다.

쾌락의 여운은 달콤하고 나른하게 남고 있었다. 두 몸은 이완되며 잠에 빠지기도 했고 배를 채우면 또 그러기를 반복했다. 무한 쾌락은 현실이었고 시간 제약도 공간 제약도 심적 제약도 없었다. 자유자재였고 심연 속의 유영이었고 황금빛 빗속의 무지개였다. 영원 속으로 이어 가는 것 같았고 세상과 생명 있는 존재의 완성인 것 같았고 천국인 것만 같았다. 세상의 다른 모든 것은 불필요해진 것 같았다. 실로 끝없는 라마교식 탄트라수행이었다. 그러나 라마교의 설법과는 달랐다. 영혼의 기운은 그때마다 그만큼씩 허약해지고 있었다. 그 허약은 공허와 무상감으로 채워지고 있었다. 쾌락의 절정의 이면은 허망이었다. 허망감과 회의가 엄습하고 있었다. 공허에 대한 불안감이었다. 거부하고 싶었다. 공허를 탈피해야 했다.

아파트의 문은 잠겨서 열리지 않았다. 나올 수가 없었고 갇혀 있어야 했다. 1979년 1월 4일 오전에 언니 서미령은 왕대장을 데리고 모스크바공항에 도착하여 아파트로 전화를 걸어 왔고, 그때서야 서혜령은 자물쇠로 문을 풀었다. 서혜령은 마녀였다.

「고마워!」, 「사랑해!」, 「여기서 나랑 둘이 살자!」, 「아니야, 언제든지 찾아와 줘!」, 「아! 네가 나를 살려주는 구나!」, 「이제야 내가 가슴이 시원하게 뚫린다!」, 「등골이 전신이 머리에서 발까지 온몸이 시원하구나!」, 「숨이 이제야 제대로 크게 시원하게 뚫려!」라는 말을 그 며칠 동안 수없이 반복했고 눈물까지 흘렸다. 유리가 아파트를 나설 때는 집안 어디에 가둘 데가 있는지 두리번거리며 가두어 놓으려고까지 하는 것 같았다.

아파트를 나온 유리는 눈 속 길로 모스크바대학(MGU)의 숲을 통과하고 도로 옆 숲을 따라 KGB 아카데미까지 천천히 걸었다. 멍하기만 했고 아무 생각도 나지 않았다. 회색 안개 속 눈 덮인 엠게우 숲의 자작나무 참나무들은 침묵했다. 신비감과 슬픈 우수를 품고 있었다. 하늘도 건물도 보이지 않았고 자동차소리도 없었다. 어디선가 애절한 민요 〈집시의 바이올린〉이 들려올 것만 같았다.

유리는 자기 방문을 조용히 열고 들어갔다. 드러누워 눈을 감으니 부끄러웠다. 공허감은 자기소멸의 위기의식이었고 방어기제였다. 거부반응이었다. 영혼도 사랑도 없는 죄악의 늪에 빠져 있었던 것이다. 영혼과 육신의 생명력에게 사랑 없는 쾌락은 죄악이고 독약이었다. 허망감은 끔찍했다. 숨고 싶었다. 후회했다. 샤워장에 가서 시간 가는 줄 모르고 끝없이 씻어야 했다.

13.

1979년 1월 4일 목요일 오후. 네 밤을 비웠던 KGB 아카데미의 자기 방으로 들어간 유리는 피곤했다. 호흡에는 깊이가 없어져 편안한 심호흡이 되지 않았다. 온몸의 기운이 빠져 허해진 것을 느끼며 잠을 청했다. 몇 시간을 자는 동안 식은땀도 흘렸다. 배가 좀 고팠지만 저녁 식사 시간이 끝날 때가 돼서야 일어났고 구내식당으로 서둘러 갔다. 혼자 저녁을 먹자니 지난 며칠 동안 도대체 무슨 짓을 했던 것인가, 일이 어떻게 그렇게 돌아갔던 것인가가 돌이켜지며 다시 후회되고 우울해졌다. 서혜령의 정체도 궁금했고 넓은 고급아파트에서 직장에 나가는 남자도 없고 하는 일도 없이 여유롭게 지내며 외로워하는 게 이상했다. 유리는 지난 며칠을 너무 황당하게 보냈다는 생각했고, 시원시원하고 매력적인 성격과 미모에 자신이 완전히 이용 농락당했다는 느낌을 뿌리칠 수가 없었다. 그러나 달콤했던 여운이 몸속에 여전히 남아 있었다.

다음 날 아침에 구내식당에 들어서다가 식사를 마치고 나오던 로라와 마주쳤다.

「커피 한잔 할래?

카페에서 기다릴게!」로라는 상냥해진 말투로 유리를 불렀다.

「그날 새벽 서미령 씨와 아파트에서 함께 나왔어. 나올 때 소파에서 자고 있는 너를 깨우려고 봤는데 너무 곤히 자고 있어서 그냥 둔 거야!」카페에서 만난 로라가 말했다.

「그날 아침에 기차로 레닌그라드(샹트 페테르부르크)의 부모님께 갔다가 오늘 낮에 모스크바 역에 도착했어.」

「그 돈 많은 북조선 여성들은 누구야?

너는 어떻게 그 여자들을 잘 알고 친한 사이인 거야?」라며 궁금해했다.

「병원에서 처음 만났던 거야.

나도 전혀 알지는 못하는 사람들인데 앞으로 좀 알아보고 싶어지는데……!」라고 대답했다.

「그래! 나도 궁금해! 상황이 되면 같이 좀 알아보자!」둘이 일치를 보기도 했다.

1월 초의 연휴는 이렇게 금방 지나가고 있었다. 남아 있던 휴일 동안 몇 시간씩 운동을 하고서 체육관 사우나에서 땀을 빼고 카페에서 잡지를 보며 커피를 마시고 이런저런 생각을 하다보면 어느새 한밤중이었고 겨울은 밤이 길었다. 하루하루가 점점 더 빠르게 지나가는 것 같았다.

연휴가 끝나자 해외공작 실습활동이 시작되었다. ① 언론 취재, ② 무역, ③ 통신감청의 세 분야를 현장에서 실제 공작활동을 하면서 익히는 것이었다. 첫날인 월요일에는 8개월간 해 나갈 세부계획과 활동방침을 설명 듣고 2명씩으로 조를 편성했다.

「모든 활동은 기본적으로 두 명이 한 조로 한다.」

「현장상황과 필요에 따라서 전문 지원요원을 붙여 줄 수가 있다. 그러므로 기본적으로 두 명이 활동하다가 상황에 따라 팀 인원이 늘어날 수 있다.」

「유리와 로라는 함께 한 조로 활동하라.」 등의 지시를 받았다.

각 조는 모스크바 내 각국의 언론통신사, 외국 기업체, 외국공관, 국제단 체의 명단과 주소 등 기본현황자료가 정리 수록된 수백 개의 대상목표목 록(Target List) 중에서 위의 세 분야별 목표를 선정했다. 또 그 목표에 침 투해서 공작을 하는 데 있어서의 위험요소나 취약점과 장점 등의 여건을 분석해야 했다.

「최대한 완벽하게 각 목표로부터 획득이 가능한 예상기대성과를 평가하여 종합계획서를 제출해야 된다. 실제상황에서는 단 한 번의 경미한 실수로 도 본인의 목숨을 잃게 되는 것은 물론, 대상국가와 엄청난 분쟁에 휘말릴 수도 있다. 그러므로 몇 달이 걸리더라도 최대한 완벽하게 해야만 한다!」

「성과보다도 사고 없이 완벽하게 활동을 종료하는 것이 최대의 기본과제 이고 원칙이다.」

「예행연습도 없다! 단 한 번이라도 실패는 없다!」라고 반복적으로 강조하 고 있었다.

그러니 목표를 선정하고 계획서를 만드는 데만도 조마다 차이가 있었으 며 첫 한 달 안에 완성 못하는 조들도 있었고, 기존 대상목표 목록에는 없 는 새로운 목표를 발굴하여 선택하는 것도 허용되었다. 따라서 이들 대상목표 목록은 매년 업데이트되는 효과도 있었다.

로라와 유리의 조도 다른 조들도 목표리스트에 있는 모스크바 시내의 대상기관들 수십 군데를 돌아다니며 어두운 새벽부터 한밤중까지, 주중평일과 주말에도 대상목표의 내부에서 돌아가는 상황, 바깥에서 사람들이 움직이는 모습을 지켜보며 장점 단점을 파악했다. 사무실과 바깥의 상황, 내부근무자들이 일하는 모습과 특성, 출입문의 안전장치와 감시상태, 경비요원들의 근무모습과 허점, 직원들의 출입 시 특이행동이나 빈틈, 직원들 개개인의 특성과 습관, 고용인 중 접근성 있는 소련국적자의 신원을 파악하였다.

대상목표의 근무자들과 안전요원들에게 경계심을 불러일으켜서도 관심을 끌어서도 안 되므로 가장 자연스러운 겉모습과 태도로 행동해야 했다. 그들의 전반적 근무스타일과 변화를 살피고 허점을 포착하는 것이었다. 그들의 동선과 습관과 특성과, 평소 일상적으로 반복하는 실수와 방심과 빈틈을 정확히 알아내서 순발력 있게 활용하기 위해서는 로라와 유리는 일체가 되어 시각과 청각과 판단력과 육감까지도 집중하면서 초긴장상태를 유지해야 했다. 밤도 낮도 휴식도 없었고 완벽을 기하는 데는 끝도 완성도 없었다. 그렇게 하루를 마치고 KGB의 숙소에 들어오면 매일 완전히 지쳐서 녹초가 되었다.

유리가 로라와 이렇게 한 달이 넘게 걸려서 선택한 제1차 목표는 회사사무실과 주택과 호텔 시설을 모두 갖추고 있던 모스크바시 라메키 디스트

릭트 민스크 울리차의 〈조선항공운수회사(* 고려항공의 전신)〉였다. 이 건물에는 조선항공운수사가 들어 있었고 조선인 직원들과 그 가족들의 숙소와 또 조선인 방문자들이 은밀하게 사용하는 비밀호텔인 안전가옥까지도 있었다.

그러므로 이곳은 비밀침투(Break-ins)하여 감청장비를 은닉설치하고 감청공작(Buggings)을 하는 것뿐 아니라 항공화물수출입 등 항공무역업무까지도 배울 수 있는 목표였다. 그러므로「이론공부와 실습을 동시에 실시할 수 있는 일석이조의 아주 좋은 목표를 발굴해 냈다.」라는 평가를 받기도 했다.

조선항공운수회사 다음으로 할 언론 취재활동 실습은 타스통신, 디벨트, 이코노미스트 중에서 하나를 선택하도록 이미 정해져 있었다. 그것은 미리부터 계획적으로 준비하라는 취지였다.

1979년 2월 초 월요일부터 유리와 로라는 본격적으로 활동을 시작하였다. 제일 먼저 착수한 일은 KGB 제12국(실내유선감청:Wiretapping and Surveillance in Enclosed Space) 및 공작기술국(Operational Technical Directorate)의 기술요원들의 도움을 받으면서 조선항공운수회사의 사장실 회의실 호텔의 천정과 전기 콘센트와 전화기에 감청기를 은닉 설치하고 송신기를 연결했다. 또 유선통신 라인들에도 감청회선과 송신기를 연결했다. 이것은 실로 최고난도의 완전한 실전공작이었다. 공휴일과 심야를 이용하여 그들이 사무실을 비우는 사이에 실행했는데 다행히 기대했던 것보다 훨씬 수월했고 성공적이었다.

조선 사람들은 늘 집합적으로 활동하며 움직이고 있었다. 개별행동은 없었다. 언제든지 서로 감시하고 의심했으므로 평일에도 주말에도 밤늦게까지 사무실 문을 열어 놓고 서로의 움직임을 드러내며 생활했다. 단독으로는 시내를 돌아다니지도 않았다. 전체가 한 방에 모여서 단체로 총화라는 회의를 하거나 사상학습을 했고, 또 카드놀음을 하거나 술을 마셨다. 남자들도 여자들도 합동으로만 움직였다. 통제된 생활에 익숙해서인지 진지하게 몇 시간을 이탈자도 없이 한 방에 모여 앉아 있었으므로 이런 시간은 아주 좋은 기회였다.

유리와 로라의 조는 2월 한 달 동안 감청장비를 비밀리에 은닉 설치하는 데 성공했다. 또 설치된 감청장비들의 수신감도가 아주 좋았다. 그래서 3월 초부터 조선항공운수회사에 대한 감청이 본격 진행되었다. 감청공작에서는 장비설치를 완벽하게 하고 정상가동이 된다면 그것 자체가 감청공작의 90%를 성공한 것이나 마찬가지였다. 유리와 로라의 성과는 최우수 감청공작으로 평가 받았다.

14.

KGB 제르진스키 고급학교의 해외공작전문교육에서 각 조(組)가 하는 것은 〈실습활동〉이었다. 그러나 실습은 교육제목일 뿐 사실상 현장에서 벌어지는 실전이었다. 모스크바 주재 여러 국가들 중에서 중국에 대해서는 분쟁사태를 촉발시킬까 자제했지만, 다른 공산권 우방국가에 대해서는 전혀 개의치 않는 식이었다. 문제가 돌발되더라도 소련과 KGB의 힘으로 얼마든지 딮고 해결할 수 있었기 때문이었다.

로라와 유리의 실습지도관은 수십 년간 영국에서 비밀활동을 하다가 은퇴한 신화적인 공작관 세바르쉰이었다. 그는 실습활동 처음부터 끝까지 함께 활동하며 세세히 지도했는데 언제나 안전과 완벽을 강조했고 삼중 오중으로 체크하며 실수나 사고를 방지하려고 했다.

「이것은 앞으로 너희가 서방국가에서 실시할 공작활동과 똑같은 실전(實戰)이다!」

「감청장비가 탐지를 당하거나 노출되는 것은 죽음이다!」

「의심을 사는 것조차도 극히 위험한 비상상황이다.」

「그런 징후가 조금이라도 있다면 그 공작은 〈실패〉한 것이다.」

「결과나 성과를 못 내더라도 끝까지 완벽 안전하게 진행하고 마무리하는 것이 최고 원칙임을 명심해라!」라고 수없이 강조하고 있었다. 따라서 실수도 무리도 피하면서 안전하게 종료하여 합격평가를 받아야 했다. 의욕이나 욕심이 앞서서는 절대로 안 된다는 것을 철저히 몸에 익히는 것이었다.

「대상목표에서 자신들이 감청되고 있음을 낌새채거나 경계하는 어떤 특이한 말이나 행동이나 대응움직임이라도 나타나는지를 놓치지 않고 파악하는 데 세밀히 집중해야 한다!」

「감청장비가 발각되면 문제가 터진 것이다. 즉시 흔적을 없애고 꼬리를 감추어야 한다!」

셰바르쉰 씨는 늘 이런 말을 강조하며 항상 긴장하고 있었다.

감청이 시작되자 수신되는 감청내용 분석도 쉽게 진행되고 있었다. 아무 문제가 없었고 순조로워서 4월부터는 흥미로운 동향도 파악되고 있었다. 조선항공운수사는 김일성 김정일 부자의 경호를 맡은 호위총국 산하의 기관이었는데, 평양으로 가는 항공기로 이태리 스페인 프랑스의 최고급 와인 꼬냑, 담배, 치즈, 푸아그라, 캐비어, 최고급 양복지, 보석, 스위스시계, 핸드백, 구두, 그릇, 가구와 자동차까지도 실어 나르느라 분주했다. 김일성의 생일인 4월 15일 태양절 선물을 준비하고 있었다.

또 조선항공운수사의 비밀호텔인 안전가옥에는 납치해 온 일본인 요리사 〈가네다〉가 평양으로 가기 위해 대기하고 있었다. 가네다는 일본 고베에서 유럽으로 나왔다가 북한 공작원에 의해 유인 납치되어 모스크바로 온 것이었다. 그를 데리고 소련을 출국할 때 쓸 〈조선려권〉도 새로 만들고 있었다. 일본여권을 사용하지 않으려는 것이었다. 그들은 가네다에게 최고의 대우를 해 주며 달래고 있었다.

「가네다 씨, 평양에 들어가기만 하면 상상도 못할 지상낙원생활을 하게 될 것입니다! 기대를 하시라니까요!」
「작년에 평양에 들어간 당신 친구 다나카 미노루(* 1978년 6월 유럽에서 북한으로 납치됨) 씨는 우리 조선의 최고미녀와 결혼해서 아주 행복하게 살고 있습니다! 큰 꿈을 품고 들어가시기만 하면 됩니다!」
(* 메구미 등 일본인 여러 명은 조선공작원들에 의해 일본본토 또는 유럽에서 납치되어 갔으며 대한항공 858기를 폭파했던 여자공작원 김현희 등에게 일본어를 가르치는 공작원교육을 맡기도 했다.)

「이 사진들을 좀 봐요!
다나카 씨가 조선의 미녀하고 결혼을 하시기 전에 미리 관광을 다니며 찍은 것입니다.
어떻습니까? 우리 북조선의 위대하신 김일성 어버이께서 이런 미인을 정해 주실 겁니다!」
「이건 금강산입니다. 아주 아름다운 조선 최고의 명산이지요.」
「이 사진들은 백두산입니다.」
「어떻습니까? 금강산도 백두산도 폭포들이 대단하지요?」
「당신도 이렇게 좋은 관광을 다 하시게 됩니다.」
「다나카 씨의 애인을 좀 봐요! 다나카 씨는 이런 스타일의 미녀를 좋아하시는군요!

대단한 미인이지요? 조선여자들이 예쁘다는 것은 아시나요?

당신에게도 최고의 미녀애인이 생길 겁니다!」 그들은 반복하며 그를 설득하고 있었다.

가네다는 납치되어 긴장된 때문인지 짧게 「하이!」, 「하이!」라고만 대답하고 있었다.

[* 평양은 일본과 유럽에서 일본인들을 다수 납치해서 공작원들의 일본어교육에 활용했다.

 * 다나카 미노루(1950년생): 고베 라멘가게 종업원으로 1978년 6월 유럽으로 출국 후 납치되어 평양에서 처 자녀와 거주하였음. * 가네다 다쓰미쓰(1953년생): 고베의 라멘가게에서 근무하다가 1979년 유럽에서 납치된 후 평양에서 처자식들과 거주하였음.]

1979년 7월 초. 평양의 남자가 최창동에게 전화했다.

「최 사장! 내 아들이 모스크바로 엄마한테 한 달쯤 갈 거야!

좀 챙기라우!」

「아! 예! 예! 예!

……. 동지! 저가 다 철저히 잘 챙기겠습니다…….」 아주 간략한 대화였다.

그 며칠 후 최창동은 조선대사관의 간부와 평양에서 온 아들과 아들의 엄마를 초청하여 오찬을 대접하고 있었다.

「내일부터 저희가 차로 모시고 모스크바를 차근히 관광시켜 드리겠습니다!」 최창동이 말했다.

「매우 감사합니다!

그러나 저는 오랜만에 만난 아들과 조용한 시간을 좀 보내고 싶습니다.

구경 다니고 싶어지면 부탁드리겠습니다. 그때 도와주시면 더 감사하겠습니다!」아이의 엄마는 아주 품격 있게 차분한 어조로 거절하고 있었다.

「이 사람들이 누구일까?」짧은 대화였으므로 유리도 로라도 매우 궁금한 내용이었다. 앞뒤의 대화에는 관련되는 내용이 없었고 또 웃는 소리에 시끄러워 잘 들리지도 않았던 것이다.
지난겨울 나와 둘이 며칠을 보냈던 서혜령일까? 유리는 혼자 생각했지만 여자는 목소리가 좀 다른 것 같았다.
설령 서혜령일지라도 두 남녀 사이의 흔적 없는 일이라 남들은 알 수가 없는 것이라고 생각했다. 서혜령은 무덤까지 비밀로 갖고 갈 게 분명했다. 로라는 그때에 대해 묻지도 않았지만 일말의 의심도 갖지 않도록 해야 된다고 긴장했다.
로라와 유리는 이렇게 조선항공운수공사에 대한 감청공작이 잘 되고 있었고 잡다한 정보들을 수집하면서 재미도 있었다. 다른 조들에 비해 여유가 있던 것이다. 감청수신이 나빠서 장비설치를 다시 하거나 완전히 실패하고 감청목표를 새로 물색하는 조들도 있었기 때문이다.

8월 중순 토요일. KGB 제르진스키 하이스쿨의 해외공작고급과정에서 실습교육이 끝나기 며칠 전이었다. 모두가 실습을 마쳤고 실습결과보고서를 작성하면서 8월 말의 수료식을 기다릴 때였다. 로라와 유리는 그동안 꽤 성공적으로 활동했고 고생도 했던 것을 기념하며 맛있는 식사도 하고 기분을 전환해 보려고 시내에 나갔다.
홀가분하게 크렘린과 성벽 바깥 붉은 광장과 주변과 굼 백화점까지 발 가는 대로 돌아다녔고 점심을 먹고 커피도 마셨다. 공원들의 손을 대지 않아 버려진 자연 같은 숲과 풀의 어스름한 그늘이 좋아서 앉아 쉬기도 했다. 모스크바 강변을 걷다가 고리키공원에 들어갔고 그늘 벤치에서 쉴 때였다. 뛰어다니는 꼬마들 속에서 한국말이 들렸다.

「아! 아저씨! 외삼촌!」

깜짝 놀라며 고개를 돌려보니 꼭 1년 전에 모스크바중앙병원에서 만났던 그 꼬마 아이 왕대장이었다. 통통하게 살이 찐 귀엽고 천진하고 자유분방한 8살짜리 소년이었다.

「엄마! 아저씨가, 삼촌이 여기 있어요!」

꼬마 뒤에는 파라솔을 들고 걸어오는 엄마 서혜령과 언니 서미령이 보였다. 유리는 서혜령이 눈이 마주치자 놀라 걸음을 멈추면서 얼굴이 확 달아오르고 가슴이 쿵쿵대고 있음을 알았다. 그녀가 한숨을 푹 내쉬면서 몸속에서 갑자기 뜨거운 무엇이 꿈틀대는 것을 느끼는 것도 알 수 있었다. 그녀의 얼굴에는 지난 8개월 동안 혼자서는 달랠 수 없었던 외로움이 또다시 가득 차 있었다. 온몸 속을 휘몰아치는 뜨거운 열기와 외로움을 짓누르느라 속 태우며 전율해 왔음을 표정과 몸짓으로 드러내고 있었다. 그러나 유리 앞에 다가설 때의 서혜령은 표정도 목소리도 침착했고 차분했다. 감출 수가 없는 눈빛에서는 그대로 달려들어 안고 무너지고 싶은 애욕의 절규가 드러나고 있었다.

「지난번에는 큰 신세를 졌습니다! 너무 친절하시고 잘 대접해 주셔서 고마웠습니다! 오늘은 저녁 식사를 우리가 대접하고 싶습니다!」 로라가 서혜령에게 적극적으로 제안했다. 그러나 그때 그들 뒤에서 멀찍이 따라다니는 동양인 남자가 보였으므로 유리는 즉시 상황을 파악했고 로라도 마찬가지였다. 유리도 서혜령도 그렇게 대화를 멈추었다. 잠시 반가웠지만 그렇게 헤어졌다. 왕대장은 함께 가자고 유리의 손을 잡아끌기도 했다.

로라와 유리는 지난 1년간 치열한 시간을 보내다가 모처럼 해방된 기분이었으므로 저녁 식사를 할 때는 술도 기분 좋게 마셨다. 그리고 KGB의 숙소까지 천천히 두 시간이 넘게 걸어가면서 웃고 얘기했다. 로라가 주로 이야기를 했다.

「수료가 다가오니 나는 애국심 충성심이 강해져!

어릴 때 아빠, 엄마랑 볼가 강에서 보트를 탔었어. 아빠는 〈볼가강의 뱃노래〉를 불렀고.

볼가는 우리의 어머니 강, 마음의 고향이잖아!」라며 큰 소리로 그 뱃노래를 불렀다.

두 사람은 동지였고 친구였다. 서로 손도 한번 안 잡고 얘기하며 걸었다. 숙소에는 도착했을 때는 모스크바의 여름밤 어둠이 내린 후였다.

다음 주에는 실습보고서를 제출했고 8월 말 금요일에는 수료식을 했다. 로라와 유리는 최고의 평가를 받았다. 수료식에서 새로운 임무를 부여하는 인사명령서를 받았다. 개별적으로 통보받는 비밀 명령이었다. 로라와 유리와 몇 명은 타스통신사에 입사하여 흑색요원으로 장기 활동하라는 명령이었다.

1979년 9월의 교육이 끝날 즈음 KGB 본부는 유리와 로라와 모든 교육생들의 대학졸업증명서와 성적증명서 등 취업시험을 보는데 필요한 서류들을 이미 다 만들어 놓고 있었다. 그 서류로 타스통신사에 입사원서를 제출하고 시험을 보았다. 곧 합격자발표가 있었는데 유리와 로라와 루슬란 등 세 명만 합격했다. 유리는 기분이 날아갈 것만 같았다. 취재기자로 활동하는 것은 유리가 하고 싶어 하는 일이었기 때문이었다. 루슬란도 로라도 너무 좋아하고 있었다.

1979년 10월 1일 월요일. 유리는 모스크바의 타스통신 본사에 기자로 입사했고 수습기자가 되었다.

15.

1979년 10월 1일 월요일에 유리는 모스크바의 브라이얀스카야 울리차에 있는 소련국영 타스통신사(* 타스통신: 1991년까지 소련정부의 공식적인 통신사였다가 해체됨, 1992년 이타르타스로 명칭 변경, 2014년 타스로 다시 변경)에 기자로 입사했다. 이날 함께 입사한 기자는 30명이었고 그 속에 KGB 흑색요원 유리와 로라와 루슬란이 있었다. KGB에서는 세 사람을 이날부로 소령으로 진급도 시켰다.

타스통신은 국제부에 15명을 배치하면서 몇 가지 테스트를 하더니 이들 3명은 바로 실무에 투입했다. 제르진스키 스쿨에서 취재활동 교육을 받은 때문인 것 같았다. 입사 동기들과 친해져 볼 기회도 없었다. 바로 취재를 나가고 있었다. 몇 주가 지나가자 11월 초에는 새로운 통보를 받았다.

「해외파견 선발 대상이니 대비하세요!」였다. 정상적이라면 몇 년의 과정이 필요할 터인데 이미 판이 짜여 있는 듯 전격적으로 진행되고 있었다.

타스통신 국제부의 해외파견기자 선발심사회의에서 국제부장 스메르자

코프가 설명했다.

「유리 씨는 조선어에는 능통하지만 평양 경험이 필요하다고 판단됩니다. 평양에서 한반도 정세를 파악해 보는 경험을 쌓으면 앞으로 큰 도움이 될 것입니다.

유리 씨의 근무지는 평양이 좋겠습니다.」라고 일방적 결론을 냈다. 그러고 그 며칠 후에 타스통신사의 인사명령을 받았다.

『유리, 조선민주주의인민공화국 평양 특파원에 명함!』

유리는 갑작스러웠지만 당황하지 않았다. 이미 판이 짜여 있다고 판단했던 것이다.

「국영 타스통신은 KGB의 하부기관인 거 같아!」 세 사람은 똑같은 말을 하고 있었다. 로라는 스위스로, 루슬란은 유고연방으로 가라는 명령이었다. 세 사람은 정신을 못 차릴 정도로 바빠졌다. 목적지로 나갈 준비를 서둘러야 했다. 시간도 날짜도 급했다. 그런지라 모두에게 자유로운 출국준비기간이 주어졌다. 평양에 나가 있는 선배 기자는 후임임 정해지자 평양생활을 떠나게 되었다며 좋아하고 있었다.

유리는 평양으로 출발하기에 앞서서 평양의 생활여건이 어떤지, 외국통신사 특파원들의 취재활동 여건은 어떤지를 파악해야만 했다. 여건에 맞게 준비를 해야 했다. 우선 주(駐)소련 조선민주주의인민공화국대사관에서 조선로동당선전부 소속 공사참사, 보위부 소속 지도요원, 대사 등을 만나면서 설명을 듣고 자료도 받았다. 또 유리가 공작실습을 하면서 이미 내막을 알고 있는 조선항공운수공사도 찾아가서 정보를 얻으려 했다. 그러나 그들은 도움을 주지 않았다.

「우리는 잘 모르는 일입네다.」

「우리는 그런 대답을 할 위치에 있지 않습네다. 그러니 대사관에 가서서 물어보시라요!」라는 소리만 저마다 반복했다.

유리는 서혜령을 만나서 뭐라도 좀 물어볼까 라는 생각도 언뜻 했다. 그러나 그건 미친 짓이 분명했다. 서혜령이 알아서도 안 될 일인 게 분명했다. 더구나 그녀를 만나면 무슨 일이 벌어질지 접근해서도 안 될 상황이었다. 그러므로 평양의 소련대사관에 가서 가능한 도움을 받는 방법뿐인 것 같았다.

또 친구 이반도 만나 보고 게오르기 쥬코프 장군과 예카테리나 부인에게 인사를 해야 될 것만 같아서 망설였다. 그러다 출발을 며칠 앞두고 예고 없이 들려서 인사하고 집에 없으면 이반을 통해서 편지를 전하기로 했다.

평양으로 가는 비행기는 1979년 12월 12일 수요일이었다. 유리는 출국 이틀 전날 초저녁에 장군 집을 찾아갔다. 미리 알리지도 않고 불시에 찾아간 것이다. 갔다가 이반조차도 못 만날 경우를 생각해서 「저, 유리는 북조선 평양으로 곧 출국합니다. 장군님과 사모님께 깊이깊이 감사를 드립니다. 은혜를 꼭 갚겠습니다!」라는 편지를 써서 가져갔다.

현관에 다가가니 피아노 소리가 들렸다. 피아노는 낮은 음으로 부드럽고도 힘 있게 멈춘 듯 끊어진 듯하며 차분히 이어지다가 유리가 거실에 들어설 때 정감 가득한 리듬으로 바뀌고 있었다. 〈발트슈타인〉이 2악장에서 3악장으로 넘어가고 있었다.

「이반도 아직 안 돌아왔어요, 장군님 부부께서는 저녁행사에 가서서 안

계십니다.」문을 열어 주는 가정부가 말했다.

「이럴 수가!」예레나였다. 유리를 본 순간 두 손을 건반에서 툭 떨어뜨리며 눈물이 금세 반짝거렸고 벌떡 일어서면서 유리에게 달려왔다. 유리는 놀라서 숨이 멎는 것 같았다. 놀라 숨이 막혀서 벽을 잡고 서야 했다. 임부복을 입은 예레나가 어느새 유리를 포옹하고 있었다.

「결혼 일 년이 되는 기념일이야. 부모님과 주말까지 함께 지내는 거야!」유리를 두 팔로 안고 얼굴을 가슴에 묻은 채 말하고 있었다.

「유리, 미안해!

네가 잊어지지 않아, 난 행복하지가 않아!

알버트도 나도 처음부터 서로 사랑이 깊지 않았어! 알버트에게는 여자가 많아!」

「내 맘속엔 유리, 네가 있어!

너도 그렇지?」예레나는 가정부가 보는 데도 개의치 않았다.

「너를 잠시라도 만나 보고, 좀 보고 싶었어! 유리, 내가 미안해!」나직하게 그러나 천천히 한 음절씩 또박또박 말하고 있었다. 얼굴은 눈물로 젖어 있었다.

이래서는 안 된다! 당황한 유리는 놀라며 다짐하고 있었다.

예레나는 행복해야 된다! 나는 멀리로 가야 된다. 예레나에게 아예 나타나지 말아야 된다! 예레나의 기억 속에서 잊어져야 된다!라고 결심했다.

「어머니께 좀 전해 드려 줘!」유리는 준비해 간 편지를 손에 쥐어 주며 뛰쳐나왔다.

유리는 자기 가슴속 연민도 자신에 대한 예레나의 사랑도 등 뒤로 바람 속에 떨쳐 버리겠다고 숲과 가로수의 도시 모스크바 속을 미친 듯이 달리고 있었다.

갑자기 알버트가 천사 예레나에게 왜 그럴까?라는 생각이 났다. 가슴이 철렁하며 아파 왔다. 그 순간 발걸음이 늦춰졌다. 곰곰이 되새기느라 천천히 걸었다. 카페로 가서 보드카를 몇 잔 급히 마시고 체육관 사우나에 가서 술이 다 깨고 얼굴이 새파래지고 오한이 들도록 오래 냉수 샤워를 했다. 그리고 방에 가서 쓰러져 잠에 빠졌다.

다음 날은 평양행 비행기를 타기 전의 마지막 하루였다. 정보보고서 존안실에 가서 가장 최근 작성된 조선정세분석 보고서들을 읽었다. 또 〈평양의 외국요원 통제실태〉 보고서도 다시 찬찬히 읽어 보았다.

「조선에서의 정보는 조선중앙통신사가 배포하는 자료들 외에 별도로 수집하기가 매우 어렵고 보안방첩기관들로부터 제제당할 위험성이 크다.」
「로동당 조직지도부가 트럭으로 충돌시키는 교통사고를 위장한 암살을 과감하게 자행하므로 그들에게 찍히지 않도록 로키Low-key로 행동할 것!」
「낮 밤 없이, 주거지 평양거리 야외 어디서든 안전사고를 위장한 살해시도를 경계할 것! 자기 생명을 지키는 황금률임을 명심할 것!」라고 강조하고 있었다.
「인민들은 화장실 가는 일까지 개별 움직임은 보위부와 안전부의 허락과 감시를 받고 있음을 염두에 둘 것!」라는 언급에 대해서는 「정말 이 정도일까?」 반신반의했다.
또 「내가 처한 위험을 나는 인지 못하고 있지는 않은가? 항상 의심하며 체크할 것!」라는 경고도 있었다. 평양이 무서워졌다.

16.

1979년 12월 13일 목요일 오후 유리는 평양 북쪽의 순안공항에 도착했다. 자동차를 몰고 와 기다리던 선배 평양특파원 빅토르는 이민가방 하나와 기내용 가방 하나를 가지고 온 유리를 태우자마자 도망치듯 달렸다. 빅토르는 공항을 나와 텅 빈 도로를 과속하며 평양시내로 들어섰고 뻥 뚫리고 신호등도 몇 개뿐인 거리를 달리면서 보통강변을 따라 가더니 보통문을 돌고 서문거리로 들어섰다. 빅토르는 운전 내내 힐끔힐끔 백미러와 실내 거울로 미행해 오는 차량 두 대의 움직임을 예의 살피고 있었다.

차는 서문거리 코너에 넓게 터 잡은 소련대사관 블록으로 급커브를 꺾어 들어갔고 미행해 오던 차량들은 속도를 늦추면서 천천히 지나쳐 가고 있었다. 빅토르는 소련대사관 건물 뒤편 나무들 사이의 아파트에다 차를 세웠다. 미행해 오는 북한요원들을 살피면서 일사천리로 달려서 도착한 것이었다.

소련의 전용구역이었다. 소련 대사관과 영사관, 아에로플로트항공사, 타스통신사, 문화센터, 친선교류사무소 등 기관들이 입주한 사무실 건물들과 소련인 전용 학교와 소련인 몇 백 명이 거주하는 아파트들도 있었다. 실외의 수영장 및 테니스장 등 운동시설도 있었다.

유리는 빅토르가 사용하던 아파트를 당연히 승계 받게 되었다. 관리상태가 좀 지저분하기는 했지만 혼자서 살기에는 넓었고 방도 여러 개라 여유가 있어 마음에 들었다. 빈방에다 가방을 풀었다. 선배가 사용해 오던 아파트의 잡동사니들과 낡은 자동차까지도 모두 넘겨받기로 했다. 가장 간단하고 편리한 방법이었다. 그러나 침대 매트리스와 이불 등 침구는 새것을 사기로 했다.

이튿날 아침부터 빅토르와 유리는 옆 건물인 소련대사관과 소련국영 기관들부터 찾아가 이임인사와 부임인사를 했다. 소련국영의 타스통신사도 다른 국영기관들도 모두 소련대사관 블록에 있는 두 개의 오피스 건물에 들어 있었다.

그다음에는 조선중앙통신사, 조선중앙방송, 로동신문사와 그들의 상위기관인 조선로동당중앙당 선전선동부를 차례로 찾아갔다. 평양정권의 공식 뉴스를 발표하는 기관들이고, 군사·외교·정치·경제·문화의 대외적 관계에서 제기되는 문제들에 대한 조선의 입장과 정책을 발표하는 확성기이기 때문이었다. 또 대내적 선전구호를 만들고 사상이념과 정책을 홍보 선동하여 인민들을 심리적으로 장악하며 동원하고 있었고 보도용 자료를 공식 배포해 주기 때문이었다.

이들은 평양의 대내외전략을 수립하는 브레인 조직이었고, 평양주재 외국기관들의 공식 창구이지만 겉 명분이었고 실제로는 통제하고 있었지만 유리로서는 어떻게든 자주 만나야 할 상대였다. 그들의 동태를 살피면서 평양의 정세를 간접적으로라도 파악하려는 것이었다.

다음에는 외무성보도국에도 가서 부임인사를 했다. 소련대사관과는 멀지 않은 곳이었다. 또 모란봉 근처 중국대사관에도 갔고, 대동강 남쪽 문수구역의 몇 대사관들을 방문하여 앞으로 특별히 긴밀 협력할 요원들과 친분을 조성했다. 모스크바에서 출국준비를 할 때 목표분석을 통해 파악해 놓은 인물들이었다. 유리가 세운 은밀 활동계획에 포함된 상대였던 것이다.

부임인사를 다니느라 이틀이 금방 지나갔다. 토요일 오후에는 백화점에 가서 이불과 침대보와 커피 잔과 필요한 것들을 샀다. 일요일은 대동강과 보통강을 건너다니고 천리마대로 창광거리 서성거리 해방산거리 승리거리 영광거리 만수대거리를 자동차로 돌아다니면서 눈에 익혔다. 미행 차량이 따라붙는 것을 개의치 않으면서 그들을 역으로 관찰했다. 그들도 유리가 지리를 익히기 위해 돌아다닌다는 것을 알고 있는 것처럼 보였다.

평양은 사람의 심리를 제압 굴복시키는 위압적이고 웅장한 장식물의 초대형 쑈 케이스였다. 그런 목적으로 공공건물들과 기념물들과 조형물들을 만들고 배치한 기형적 무대장치로 설계된 도시였다. 일상 삶의 편리성과 효율성을 완전히 배제했다는 것을 실감하면서 널따란 공원들과 거리들을 둘러보았다. 공공시설들과 관공서들과 앞으로 다닐 만한 식당들과 호텔들과 매점들도 파악했다.

조국해방전쟁승리기념관 앞의 보통강물 위에는 동해의 원산 앞바다에서 1968년 납치되었던 미국해군 푸에블로 호를 옮겨와 전시하고 있었다. 고향에서 여름방학 때 청년들이 백사장에 올려놓은 목선을 바다로 내려 띄웠을 때 함께 끼여 올라탔고, 노 젓는 모습도 처음으로 구경하면서 한 바퀴 돌아보았던 바로 그 배였다. 유리는 실로 감개무량했다. 그러나 태연히 잠시 쳐다보며 그때 기억을 떠올려 보았다.

『이 배는 미 제국주의 놈들의 간첩선 푸에블로호이다. 1968년 1월 23일 우리 원산 앞바다의 영해에 침범하여 간첩활동을 하다가 즉각 출동한 우리의 초계정들과 미그기들이 위협사격을 가하여 원산항으로 나포하였다. 위대한 조선민주주의인민공화국이 미 제국주의 놈들을 또다시 쳐부수고 승리한 것이었다.

위대하신 어버이 수령님의 지시에 따라 철천지원수 미 제국주의자들의 만행과 조선 인민군의 승리를 조선인민들과 온 세상에 알리기 위해 원산항에서 옮겨와 이곳에 전시하였다.』

배 앞의 안내판에는 이렇게 선전문구가 붙어 있었다.

1968년 1월 21일 밤 김일성은 박정희 대통령을 암살하기 위해 민족보위성 정찰국 124군부대 게릴라 31명을 한국군복장을 하고 휴전선을 넘어 서울 청와대의 뒷길까지 침투시켜 교전을 벌였다. 또 그 이틀 후인 1월 23일에는 원산 앞바다의 공해상에서 이 푸에블로호를 납치했다. 그 후로 언제인지 한반도 남쪽바다를 빙 돌아서 대동강을 거슬러 올라와 이곳에다 전시해 놓은 것이었다.

〈평양사랑 친목회〉

전임자 빅토르는 모스크바행 비행기를 탑승하는 마지막 시간까지 유리에게 평양의 정치정세와 취재활동에서 착안할 점들을 열성적으로 설명해주고 떠났다.

「북조선의 국가안전보위부, 인민무력부보위사령부, 사회안전부에서 외국인들에게 행하고 있는 감시활동과 통제체계는 소름끼칠 만큼 거칠고 노골적인 위협입니다!

특히 목표 인물과 비밀취재원들에 대해서는 극도로 신중한, 치밀하고 절제되고 기술적인 접근요령이 필요합니다.

평양에도 지방에도 주민들이 서로 경쟁적으로 외국인들을 적대적으로 감시, 신고하게 하는 주민조직체계를 운영하고 있습니다. 무섭습니다!

이것은 국가기관들과 중첩하여 감시하는 것입니다.

주민들은 매주 매월마다 정기적으로 실시되는 자기비판회의인 〈주간총화〉〈월간총화〉에 한 사람도 빠짐없이 참석해서 의무적으로 무엇이든 발표를 해야 되는데, 그 자리에서 외국인을 감시하고 적발해서 국가보안기관에 신고한 자신의 성과를 보고하는 것은 최고의 애국활동으로 인정받기 때문입니다!

그렇다 보니 주민들이 외국인에게 적대적인 태도를 갖고 도발적 행동을 보이기도 합니다! 주민들도 조심해야 합니다!

북조선에서는 보안기관들에게 일단 찍히게 되면 견제목표가 되어 집중적으로 감시와 방해와 제지를 당하여 아무 활동도 할 수 없다는 것을 명심해야 됩니다!」라는 것이었다.

1980년 1월 초에 빅토르가 모스크바로 출국하고 혼자가 되자 유리는 이제부터 어디서 어떻게 취재활동을 할까? 정보 수집 방법을 진지하게 고민했다. 평양 시내의 대로들, 중구역의 청사들, 대동강변의 관광지, 식당과 백화점과 지하철과 외국대사관들을 자동차로도 다니고 걸어서도 다녀 보고 있었다. 걸어서 돌아다닐 때는 아무데서나 느닷없이 앉아 쉬는 척하며 미행요원들의 동태를 살폈다.

그들의 미행감시체계와 긴급대응요령과 보고체계와 순발력을 테스트하며 파악하는 것이었다. 일부러 실수하는 척해 보이거나 또는 의도적으로 탈미(脫尾: 미행하는 사람들 따돌리는 것)를 시켰다가 갑자기 그들 앞에 다시 나타나면서 그들의 대응행동 모습을 파악하는 역감시를 했다. 유리를 담당하며 미행하는 요원들 하나하나의 얼굴과 개인특성을 파악하기 위한 것이었다. 또 그들이 팀으로 움직이며 미행해 오면서 위기나 돌발적 상황을 만났을 때 어떻게 대응하는지를 테스트해 보았다. 그들의 과감성이나 민첩성과 정확성 등 대응수준과 약점들을 몇 주일 동안 세세히 파악하고 있었다.

그러나 평양은 대로나 골목이나 백화점이나 지하철이나 어디든지 출퇴근 시간에조차도 인파가 많지 않고 한적한 데다 차림새는 차이가 없이 비슷했으며 움직임은 자유분방하지 않고 늘 질서정연 했다. 사람도 자동차도 너무 적은 데다 철저히 통제되고 있으므로 숨을 곳이 없었고 항상 노출된다는 것은 기정사실이었다.

1월 하순까지 한 달 동안에 유리는 자기를 담당하는 감시요원들의 인원수와 개개인의 얼굴과 각자의 특성과 활동능력을 거의 파악할 수 있었다. 유리는 경계심 없이 무관심한 척하며 일상 활동과 생활반경을 규칙적으로 정해진 시간에 똑같이 반복해 보여 주었다. 유리의 업무활동과 일상생활을 그들이 예측을 할 수 있게 해 주었다. 유리가 그들의 손바닥 안에 있다고 인식시켜 주어서 그들이 긴장하지 않고 안심하도록 해 주었다.

「개별적으로 북조선사람을 접촉한다는 것은 쉽지 않습니다.」

「당과 정부와 군의 간부들은 물론 일반주민들까지도 활동이 워낙 철저히 통제되고 획일화되어 있는 데다 또 서로가 서로를 감시하는 상호감시체제가 다져져 있습니다.」

「북조선의 로동당이나 정부나 군을 통해서 입수할 수 있는 대인정보(HUMINT)는 지극히 제한적입니다.」

유리는 선배 빅토르가 몇 차례나 강조했던 이런 말들을 생생하게 실감하고 있었다.

* * *

유리는 모스크바에서 평양으로 출발하기 전에 이미 계획했던 대로 각국 대사관들의 정무담당외교관들과 통신사요원들과의 미팅을 만들어서 각자 입수한 정보를 교환토의하면서 함께 분석해 보는 일을 추진하기로 했다. 그렇게 해 나가면 무엇이라도 얻을 수 있을 것 같았다. 체제의 폐쇄성과 감시 때문에 로동당 군부 행정기관 할 것 없이 실무자들도 간부들도 접근이 극도로 어려운 상황에서 해 나갈 수 있는 나름대로의 유일한 방법일 것 같았다.

한편, 유리는 타스통신사와 KGB로부터 『중점취재사항 및 수집 착안점』이라는 똑같은 제목의 지시를 받았다. KGB와 국영인 타스통신사가 비슷한 일시에 똑같은 지시전문을 하달해 온 것이었다. 이것은 「타스통신사는 KGB의 하부기구」임을 증명해 주고 있었다.

『현재 남조선은 군부와 정치권에서 권력투쟁이 긴박하게 벌어지고 있음. 남조선의 위기정세에 대한 북조선 핵심부의 대응동향을 예의파악 보고할 것!』이라는 지시였다. 또 이어서 상황설명이 첨부되어 있었다.

『남조선은 장기집권 박정희가 살해되고 대혼란에 처해 있음. 군부 신흥세력은 비상계엄 하에서 총격전을 벌여 상황을 장악하고 대통령권한대행을 감금시켰음. 신군부는 무장병력과 전차로 통제하고 있지만 폭발 직전의 상황임. 북조선이 이런 상황을 이용하여 휴전선에서 국지전을 벌일 것인지, 게릴라를 남파하여 민중폭동으로 위장한 내전을 벌일 것인지가 초미의 관심임. 북조선의 도발은 소련 중국 미국을 자동 개입시키면서 국제전으로 확대될 것. 우리 소련이 선제적으로 대응할 수 있도록 귀관은 평양과 조선반도의 상황전개를 긴밀히 파악 보고할 것!』

『※ 미, 중, 일 등에서도 정세파악에 극도로 집중하고 있음을 숙지할 것!』이라는 부연도 있었다.

사실 이때는 평양의 모든 외국대사관들의 정무담당관들이나 정보요원들이나 외신기자들까지 모두가 이것을 파악하는 데 집중하고 있었다. 최고지도자 김일성 부자의 집무실과 관저와 조선로동당중앙당사와 인민무력부와 국방위원회 간부들의 움직임이 평소와 달라지는지 어떤 특이점이 보이는지를 파악하고 있었다. 숨긴 비밀취재원까지 모두 가동하면서 백

방으로 움직이고 있었다. 그러나 유리를 포함, 모두가 접근에 한계를 실감하며 답답해하고 있었다.

유리는 우선 그간 친분이 생긴 특파원들과 동독 폴란드 헝가리 체코 등 대사관 정무담당들과 모여서 의견을 교환하며 정세분석을 해 나가는 평양 사랑 친목회를 만들었다. 그러나 중국 신화통신사요원도 평양에 나와 있었지만 그들과 중국대사관은 철저히 배제하기로 확정했다. 한편, 모임에 대한 보안기관요원들의 감시에 대응하는 위장술로서 어디서든 모일 때마다 공식구호로「수령님 사랑! 평양 사랑!」을 외치기로 정했다.

「식당과 술집은 모두 명백히 도청되는 것이므로 처음에는 식당에서 자연스럽게 식사를 하며 술을 마시는 친교모임으로 시작하여 2차로 숙소나 공관사무실로 옮겨서 대화합시다.」유리가 첫모임에서 멤버들과 합의했다.

「식당에서는 술잔을 나눌 때는 우리의 의도를 숨기기 위해 매번〈수령님 사랑! 평양 사랑!〉을 크게 복창하는 것입니다!」

「재미있고 좋은 아이디어입니다!」체코 정무관 카르프였다.

「2차로 자리를 옮겨서 각자의 관심사와 그간 파악하고 있는 정보를 공유 토론하면서 그다음 단계의 수집목표를 정하고…….」카친스키 폴란드대사관 정무관이었다.

「예! 1차 파악한 정보를 교환 토론하면서 그다음 단계의 공동목표를 정하고, 수집분석해서 다음 모임에서 토론하며 크로스 체크해 나가면 단계적으로 심화 발전시킬 수 있을 겁니다!」

동독대사관의 한스 정무관도 적극적이었다.

「예, 모임을 계속 이어 가면 발전이 될 것입니다!」헝가리의 파이시 정무관도 의욕을 보였다.

「점차 체계도 갖추고 깊이도 생길 것입니다! 기대됩니다!」폴란드의 카친스키가 말했다.

모두가 강한 의욕을 보이며 고개를 끄덕이고 있었다.

「그런데⋯⋯. 앞으로 정보수집 방법도 생각해 봐야 되지 않을까요?」유리가 제안을 했다.

「예! 좋은 생각입니다! 저는 지금까지 김일성 김정일 부자와 중요 간부들의 동향이나 브리핑이나 여담이나 불시에 내뱉는 발언을 근거로 분석하고 있습니다.」한스였다.

「핵심 간부의 동향과 팩트를 뭐라도 파악하는 것이 긴요합니다. 한마디 말이라도 그들 내부의 언동이나 대화라면 심층적 분위기를 추정하고 분석하는 데 실마리가, 근거가 될 수 있습니다.」체코 카르프였다.

「그동안 조선중앙통신의 보도내용이나 배포자료를 보면 그 자체가 의문점이고 착안단서이고 취재의 시발점이었습니다. 정보수집의 목표와 방향과 과제를 제공해 주는 시발점인 것입니다.」헝가리의 파이시였다.

「평양의 모든 대사관들은 똑같이 조선중앙통신사, 로동신문, 조선중앙텔레비전방송을 보면서 과거의 보도내용과 비교하고 또 남조선과 미국, 중국, 소련, 일본의 정세와 반응을 연계해 가며 저마다 분석하여 본국으로 보고하고 있습니다.

그런데 이런 방식으로는 수박 겉핥기식이라는 심각한 한계가 있습니다.」동독 한스의 솔직한 입장이었다.

「국가안전보위부 반탐국 같은 보안방첩기관들의 감시와 도청을 확실히 피하면서 우리 스스로가 역추적 역감시를 치밀하게 해야만 되겠습니다.

우리가 당국에 체포된다면 본국정부가 그 어떤 노력을 다해도 구해 내지 못 할 수 있습니다.」유리는 멤버들에게 신변안전의 문제를 강조했다.

「맞아요! 김일성이 독재를 강화하기 위해 1956년에 권력투쟁을 벌이면서 과거에 항일투쟁을 자기와 함께 했던 연안파와 소련파 동지들을 종파분자로 몰아 숙청할 때, 후르쇼프와 마오쩌뚱이 나서서 강력히 반대했는데도 모두 무시하며 처형했습니다.

그 후 김일성의 소련과 중국에 대한 〈양다리 걸치기〉 전술에 말려들어 소련도 중국도 서로가 손해만 감수하면서 이용만 당했지요?

우리가 그런 상황 속에 빠져들어 목숨이 위태로워진다는 것은 생각만 해도 소름 돋습니다.」한스가 열을 내고 있었다.

이런 토론 끝에 마침내 〈제1차 정보수집목표〉를 정했다. 이것은 1980년 2월의 월 과제였지만 결국 그해의 연중 목표가 되고 말았다.

「김일성 주석은 스탈린식 우상화와 개인숭배 수준을 넘어선 신적 존재가 되었습니다. 누구도 대체할 수 없는 유일신(唯一神)이 지배하는, 절대 권력이 되었습니다.」

「유일하고 절대적인 신이 미미한 존재인 김정일에게로 권력을 어떻게 공식 이양할 것인가?」

「권력을 이양하는 공식적 명분뿐 아니라, 드러나지 않는 비공식적 내막과 과정을 심층 파악해 봅시다!」라는 것이었다. 이미 모두가 다 의문을 가지고 있던 주제였으므로 만장일치로 채택한 목표였다.

김일성은 김정일을 후계자로 이미 비공식적으로 내정하고는 있었다. 그렇지만 신(神) 김일성이 아직은 이름도 없는 아들 김정일에게 자신의 권위와 권력을 어떻게 무슨 명분으로 공식 승계시킬 수 있을까에 대해서는 누구나 의문과 흥미를 갖고 있었던 것이다.

소련 전용구역 속 유리의 아파트에서 첫 모임을 했다. 혹시 모를 평양당국의 도청을 방해하기 위해 관현악음악을 크게 틀어 놓은 채 〈김일성우상화와 김정일후계체제〉의 문제를 토론했다. 한스가 먼저 발표를 맡았다.

「소련과 중국은 1950년대와 1960년대에 걸쳐 수정주의와 교조주의로 이념대립을 하면서 서로 갈등과 불신이 고조되어 국경에서는 군사충돌이 있었고 핵전쟁으로 갈 뻔했습니다.

김일성은 소련과 중국의 국내정치와 대립관계를 이용하여 양다리를 걸치면서 군사적 경제적 지원을 얻는 어부지리를 추구합니다.

동시에 두 강대국의 영향으로부터도 벗어나기도 하는 것이었습니다!

소련의 수정주의 스탈린 비판 격하와 중국의 교조주의 문화대혁명의 실패를 보면서 그때까지 겪어온 소련과 중국의 간섭을 벗어나고 갈라파고스적 유일체제 독재왕국으로 갈 수 있는 찬스를 발견한 것입니다.

김일성은 1953년 스탈린이 사망하자 우상화되었던 스탈린을 후루쇼프가 비판 격하하는 모습, 후루쇼프가 실각된 후 브레주네프로 이양되는 과정에서 모스크바의 권력이 분화되면서 혼돈의 집단지도체제로 나아가는 것, 브레주네프가 다시 집단지도체제를 종식하고 자신의 일인지배체제를 굳혀 가는 것을 촉각을 곤두세운 채 지켜보았습니다.

절대독재권력은 절체절명으로 지켜 나갈 때만 존중받는 것이며 총구로서만 지켜진다!는 것을, 절대적 독재권력의 운명적 생존원리와 본질을 뼈에

닿게 실감했던 것입니다.

그런데 1976년에는 북조선의 당과 군에서 일부 간부들이 이런 외부의 흐름을 보며 동요하고 있었습니다. 김일성우상화와 유일체제를 강화하며 김정일에게 권력을 집중시키는 것에 대해 반발하는 움직임을 보였던 것이지요.

이런 반발동향은 태동 초기에 싹을 뭉개서 없애 버려야 뒷감당도 쉽다는 것은 김일성이 이미 몸으로 체득하고 있었던, 자신에게는 피와 살이 된 원칙이었던 것입니다!

그러자 아들 김정일이 나서서 1976년 3월에 조선로동당 대표최고전문위원이던 남일을 교통사고로 위장하여 살해하고, 5월에 인민무력부장 최현을 관저에서 총격전으로 체포했습니다. 또 가택연금을 시켜 놓고 있었던 부주석 최용건을 9월에 독살했습니다.

김일성으로서는 늙어 가면서 혼자서는 이렇게 안팎에서 삼각파도처럼 에워싸 오는 위기상황을 헤쳐 나가기가 이미 힘들었던 처지라, 확실히 믿을 수 있는 아들 김정일의 힘이 절실히 필요했던 것입니다.

부자(父子)가 합동으로 통치하는 것만이 위기상황을 헤쳐 나가는 최선의 길이라고 실감하면서 그렇게 힘이 되어 주는 아들 김정일이 크게 고마웠던 것입니다.

또 그때 1976년 9월에는 중국에서 마오쩌뚱 주석이 사망했고, 사망하고 나자 최고 실세였던 마오쩌뚱의 처 강청 등 4인방이 곧바로 숙청되는 것을 지켜보았습니다.

더구나 마오쩌뚱의 후계체제는 안착되지 못하면서, 덩샤오핑이 권력을 최종 장악할 때까지의 혼돈상황이 계속되는 과정을 지켜보았습니다.

이 모든 상황을 목도하면서 김일성 주석도 자신이 죽자마자 곧바로 북조선도 똑같이 이렇게 혼란스러워지는 모습이 눈앞에 선했던 것이지요.

김일성은 권력을 독점하느라 혁명동지들을 얼마나 배반하고 야비하게 처형하면서 대중들에게 공포감을 확산시켜서 순종하게 만들어 왔던지를 떠올렸고, 그동안 자신이 저질러온 사건들이 눈에 선했던 것입니다.

자책감에 젖기도 했고 불안과 위기를 느끼며 불면증에 시달리기도 했지만, 권좌에 대한 그런 위기의식은 더욱 권력에의 집착의지를 강화시킬 수밖에 없었습니다.

후계체제를 아들 김정일에게 조기에 안착시켜야 되겠다는 마음이 굳어지면서 급해졌던 것이지요! 그래서 미리 후계자로 내정해 놓았던 것입니다.

그러나 과거 김일성의 항일투쟁 동료였던 백전노장의 혁명동지들은 집단지도체제를 기대하고 있었는데 김일성의 이런 행보를 보며 다급해질 수밖에 없었습니다.

김일성도 동지들의 이런 속내를 다 읽으면서 대응 좌절시킬 여러 방안과 계책들의 장단점, 위험성을 계산하며 덫을 놓았고요. 그런데 1977년에 또다시 국가부주석 김동규와 몇몇이 김정일로의 이양과 세대교체가 너무 급속하다며 이의를 제기했지요!

그때 김일성은 물러설 수가 없었습니다. 한발이라도 밀리거나 주춤한다면 즉시 반대 분위기가 규합되고 반전되며 걷잡을 수 없이 판세가 뒤집어져 자신은 순식간 죽음으로 내몰릴 것 같은 공포를 느꼈던 것입니다!

김일성과 김정일은 당조직지도부와 국가안전보위부와 군보위사령부와 사회안전부 등 자신의 손발인 공조직들과 주민상호감시신고체계를 이용하여 구석구석에 깔아 놓은 덫으로 반대파를 고위층부터 밑바닥까지 걸고 옭아 무자비한 피의 숙청을 하였습니다.

이로써 아들 김정일로의 세습에 대한 이의제기나 저항은 평정되었지요!

그러나 김일성은 이것으로는 안심하지 못했습니다.

그때 덩샤오핑은 〈마오쩌뚱의 문화대혁명은 오욕의 역사〉라고, 〈마오쩌뚱이 권력에 매달리며 추한 모습을 보였다〉라고도 비판하고 있었습니다.

홍콩 인수를 앞두고 〈시장경제는 자본주의의 전유물이 아니며 사회주의도 시장경제를 할 수 있다.〉며 개혁개방과 흑묘백묘식 실용주의의 〈일국양제〉를 추진하면서 김일성에게는 중국을 배우고 따르라고 훈수까지 했습니다!

김일성은 공산주의에서도 소련과 중국이 분열 대립하는 것을 보았고, 절대 권력의 스탈린과 마오쩌뚱도 죽자마자 격하되는 것을 보았고, 최측근이던 흐루쇼프도 실각되고 강청도 일거에 숙청되는 것을 보았습니다.

자신의 위기가 맨살 위에 소름끼쳤고, 아들 김정일과 모든 혈족들이 겪는 끔찍한 상황이 눈에 어른거렸습니다.

밤이면 악몽에 소스라치느라 잠을 잘 수가 없었습니다.

그러니 김일성은 덩샤오핑의 개혁노선을 배울 수도, 따를 수도 없었습니다.

스탈린과 마오쩌뚱을 따라 절대 권력으로 더욱 다져 가기로 결심했습니다.

그러자니 〈조선의 실정에 맞고 고유하고 유일하게 우리 식대로 해야 한다〉라는 이론논리가 필요했습니다.

바로 주체사상이라는 것이 필요했던 것입니다.

주체사상을 신앙교리처럼 만들어서 김일성이 신격화되는 신정체제를 굳히기로 했습니다.

전(全)인민을 사상과 이론과 율법과 제도로 묶는 틀을 만드는 것입니다.

또 아들 김정일로 승계되는 교리경전을 세워서 세습체제를 정착시키기로 했습니다.

조선은 김일성에게 종속되고 헌신 충성하는 유기체적 통일체라는 신앙 교리입니다. 성경에서 빌려 온 논리이지요.

김일성 김정일은 두뇌이고 나머지는 그 머리를 위해 존재하는 지체라는 신앙입니다.

그래서 김정일을 두뇌라는 의미로 당중앙이라고 정했습니다.

주체사상 경전의 〈당중앙의 영도 아래 김일성 수령님을 중심으로 조직적 사상적으로 결속하여 하나의 사회정치적 유기체, 생명체가 되자!〉라는 구호가 그것입니다.

당과 군과 인민이 통일체가 되어 父 김일성에서 子 김정일로 대를 이어서 혁명과업을 이룩하자고 선전하고 학습시킵니다.

1980년, 올해 들어서는 2월 16일의 김정일 생일을 맞아 김일성 김정일을 〈백두산 혈통〉라 선전합니다. 〈백두산 신의 혈통〉이라는 것입니다.

이집트의 파라오처럼 현인신(現人神)이 되었습니다!」

한스는 〈한반도 휴전 후 극동지역 국제관계연구〉로 학위를 받은 동독 외무성의 엘리트외교관이었다. 그런 그의 발표는 무척 길었지만 그만큼 전문성이 있었다. 유리의 모임멤버들에게는 대학에서 전문 강의를 듣는 것 같았다. 북조선의 보안기관이 감청하면 큰 사건이 될 것이 뻔했다. 그러므로 멤버들은 이 내용을 일상적 보고서와는 달리 극비암호문으로 본국에 송신키로 했다. 유리도 극비암호문으로 KGB 본부 제1총국(국외정보) 산하의 흑색공작실과 정보분석국(Analytical Directorate)으로 보고했다.

＊ ＊ ＊

KGB 본부는 이 내용을 크렘린의 최고위층에도 보고했다. KGB도 크렘린
도 이 보고를 받고 북조선을 새롭게 인식했다. 김일성이 소련 중국에 양다
리를 걸치고 도전적으로 실속을 챙기며 이용해먹는 수법과 사례들을 분
석하였다. 또 앞으로 김일성이 무슨 문제를 두고 언제, 어떻게 배신을 할
지를 예측대응하기 위한 〈대(對) 북조선대응 지침〉도 만들었다. 또 곧 이
어서『북조선의 전략과 심층 동향을 생동감 있게 파악, 보고하라!』라는 지
시전문까지 보내왔다. 또 이 보고서에 대해 〈우수 공작활동〉이라고 평가
하면서『공작관의 노고를 치하함!』이라는 KGB 의장의 격려와 함께 격려
금 이천 달러를 하달했다. 또『앞으로는 북조선 권부핵심 김일성과 김정
일 부자의 동향에 대해서는 사소한 내용이라도 모두 보고하라!』라는 특별
지시까지 있었다. 그런데 더 큰 문제가 있었다.

『평양의 여건과 상황을 잘 분석하여 핵심권부에 대한 특수사업을 추진
해 볼 수 있는지, 기술적 테스트가 필요한지를 검토해 볼 것!』라는 지시가
"※" 표로 추신(追伸)되어 있었던 것이다.

이것은 한마디로 〈감청공작을 적극 추진하여 성공시켜라!〉는 엄청나고
중엄한 지시였다. 기절초풍할 일이었다. 감청기기와 송신장비를 상대의
시설 속에다 은밀하고 완벽하게 감추어 설치하는 공작은 실로 그 작업자
체가 극도로 위험했다. 그뿐만 아니라, 설치공작에 성공하여 감청을 진행
하게 되더라도 매일 수집되는 감청 내용들을 일일이 분석하는 것은 실로
엄청난 업무량이었다. 모든 요원들이 기피하는 최악 스트레스였다. 그러

므로 설령 성공할 가능성이 보인다 해도 누구나가 시작하기를 기피하는 것이 감청공작이었다. 엄청난 위험성에다 처리업무 부담까지 가중되므로 이중적 기피대상이었던 것이다.

이것은 유리가 제르진스키 하이스쿨의 해외공작전문과정 교육에서 감청공작실습을 할 때 교관이던 KGB의 신화적인 공작관 셰바르쉰 선배로부터 몇 번이나 들었던 그의 경험이기도 했다.

그러나 지시에 불복하는 반응을 보여서는 안 될 일이었다.

「평양의 특성상 성공 가능성이 극히 낮다고 판단됩니다.

위험성이 너무 높은 여건이므로 재고하여 주시기 바랍니다!」라고 즉답할 수도 없었다. 우선 최대한 여건을 살펴보며 가능한 방법을 찾아보아야만 했다.

이런 고난도의 지시는 실로 예외적인 일이었다. 그러나 적극적 긍정적인 내용의 회신이 없이 시일이 장기간 지나다 보면 결국에는 잠자는 장기휴면 지시사업이 되고 있었다. 그렇다고 독촉한다고 성사되는 일이 아니기 때문이었다.

17.

『평양의 여건과 상황을 분석하여 특수사업을 추진할 수 있는지, 기술적 테스트가 필요한지를 잘 검토해 보라!』

유리는 정신이 아찔했다. 눈을 의심하며 다시 또 읽어도 글자 그대로의 명백한 지시였다. 생각할수록 눈앞이 캄캄했다. 읽고 난 전문은 소각해 없애 버렸다. 잠시 머릿속이 하얘진 충격을 좀 식혀야만 했고 생각은 천천히 해 보기로 했다. 타스통신 사무실을 나와 발길 가는대로 평양 시내를 이리저리 하루 종일 걸었다. 대동강변을 따라 릉라도로 건넜다가 다리를 다시 건너와 만수대에도 올라갔다가 김일성광장 앞 강변에 앉아 주석단 뒤편의 인민대학습당을 쳐다보다가 다시 대동강변을 걸어서 만경대에도 올라갔고 보통강까지 가서 걸었다.

그다음 날도 발길 가는 대로 이리저리 하루 종일 걸었다. 미행하며 감시하는 팀들도 지쳐 가는 듯이 보였다. 미행감시를 당한다는 것을 전혀 눈치채지 못하는 척 태연자약 천천히 걸으며 아무 데나 걸터앉았다가 아직 차갑기만 한 벤치에 드러눕기도 했다가, 강물만 바라보다가 또 멍하게 먼 산만

보며 앉아 있기도 했다. 그러다 저녁이 되면 보통강호텔이나 평양호텔에 가서 생선요리에 백두산들쭉 술을 마셨다. 매일 똑같이 반복했다. 그랬더니 한 주일째부터는 감시요원들이 따라오지도 않았다.

날짜는 빨리 지나가고 있었지만 모스크바 KGB 본부의 지시를 수행하기 위한, 특수사업을 시작할 구체적 대상목표를 아직 찾아내지 못하고 있었다. 몇 개의 대상목표들을 찾아내면 각각의 장단점을 비교하고 그들 중에서 여건 및 가능성과 리스크와 기대성과를 비교하여 최적목표를 선정하고 기술진을 불러 현장을 최종점검하고 설치작업을 하고 또 정상적으로 잘 가동되는지 테스트를 마치면 될 것이었다. 유리는 매일 그렇게 방황하는 듯 돌아다니다가 가끔씩은 소련대사관과 타스통신에서 가까운 중구역의 관공서들을 취재를 하는 척 들어가서 감청공작을 할 만한지 건물의 내부구조와 통신기기와 통신선로의 배치상태, 옆 건물 등 외부와의 통신선로 연결구조나 관리상태, 취약점을 유심히 살피기도 했다.

몇 개월이 흘렀지만 이런 특수사업은 서두를 일이 아니었다. 중도에 실패하면 엄청난 국가 대 국가적 국제사건이 될 것이었다. 실패하여 체포된다면 조선 같은 폐쇄국가에서는 생존을 기대할 수가 없을 것이 뻔했다. 그러나 설치에 성공하고 나면 그 건물을 헐거나 통신선로를 완전교체하기 전까지는 영구적으로 사용할 수 있는 장기사업이 될 것 같았다. 그러나 모든 것이 막연하기만 했고 눈앞이 캄캄하기만 했다.

이런 답답함을 탈피하고 스트레스를 풀고 싶었다. 그러던 어느 날 아침에 마음이 내키는 대로 여행을 가기로 했다. 즉시 자동차에 짐을 실었고 묘향

산으로 가 보려고 혼자 북쪽방향 도로를 달리고 있었다. 얼마를 가는데 평양을 벗어나지도 못한 붉은별 공원 검문소에서 차를 세워야 했다.

「여행허가서와 안내요원 없이 혼자서는 평양 바깥으로 나갈 수 없어요!」

「차를 당장 돌리시오! 되돌아가라는 말이오!」

거칠게 저지를 당했다. 항의할 수도 없었다. 유리의 조선에서의 첫 여행은 이렇게 시작도 못한 채 꿈처럼 깨지고 말았다. 외국인은 반드시 안내요원과 함께만이 평양 바깥으로 여행할 수 있으며 혼자서는 허용되지 않는다는 조선의 통제시스템을 깜빡 잊었던 것이다.

검문소 요원들은 유리를 붙들고 기자증명서 차량등록서를 받아든 채 전화를 잡고 상부와 한참 통화하며 지시를 받고 있었다.

「조사를 해 봐야 되겠소! 무슨 목적으로 왜 무단히 나섰는지 밝혀야 되겠소! 당장 차에서 내리시오!」

그들은 유리를 내리게 해 놓고 소란을 한참이나 피웠다.

「답답해서, 눈 덮인 묘향산경치를 구경하고 싶어서 갑자기 한번 나가 보려고 했습니다.」 유리는 똑같은 대답을 몇 번이고 반복해야 했다. 이렇게 유리는 자신이 조선에 와 있다는 사실을 다시 확인하면서 사무실로 돌아왔다.

사무실로 돌아온 유리는 그날부터 며칠을 바깥 시내로는 나가지도 않았다. 소련 대사관블록 안에서만 운동도 하고 사무실들을 여기저기 다니면서 현지고용원인 북조선 사람들의 동정을 예의 살펴보았다. 그들은 당연히 평양당국의 통제를 받고 있을 테니 그들에게 보고할 것이기 때문이었다. 그렇게 며칠간 상황을 파악하고 나서 다시 전처럼 똑같이 시내를 돌아다니다가 평양호텔이나 보통강호텔에서 저녁 식사를 하기 시작했다.

* * *

1980년 2월 말의 저녁, 평양호텔의 2층 식당에서 생선회로 술을 마시고 있었다. 그때 70대의 노인 부부가 들어왔고 유리 옆 대동강 전망의 창가에 앉았다. 얼굴을 보니 최현 장군과 그의 부인이었다. 인민무력부장이던 1976년 5월 관저에서 총격전 끝에 김정일과 오진우에게 체포되어 실각된 후로 복권을 바라고 있는 그였다. 유리는 얼른 일어서서 몸을 구부리며 정중히 인사했다.

최현 장군은 얼마 전인 1월 초에 김일성 주석의 신년사 발표장에서 방청석의 뒷줄에 앉아 있을 때 처음으로 만났고, 악수도 나누었던 구면이었다. 그는 유리를 알아보고 주춤하더니 곧 노익장의 너그러운 여유를 보이며 껄껄 웃었다.

「따스 기자동무 수고가 많소!

어찌 혼자서 식사를 하오?」

그는 손을 내밀면서 악수를 했다. 강단이 있고 통이 크며 호방한 성격이었다. 잠시 후 회가 나오자 안주로 술을 몇 잔 연거푸 들이키고 나서 술기운이 좀 올랐을 때였다.

「내가 회를 좀 좋아해서리 가끔 오는 거요…….

기자동무도 자주 오오?」

몇 마디 대화도 하며 유리와 술을 몇 잔을 주고받고 있었다.

「기자동무는 소련사람이오?」

「예, 저의 부모님도 조부모님께서도 소련사람입니다.」

「그래요? 우리말을 아주 잘하는 구레. 소련 어디가 고향이오?」

「모스크바 근처 시골입니다.」

「부모님은 소련에 살고 계시는 기야?」

최현은 유리의 신원성분을 알아보려고 했고 경계심을 못 감추면서 눈빛도 반짝거렸다.

유리는 이미 타스통신에서 평양으로 부임할 때에 북조선외교부와 국가안전부에 제공해 주었던 자기의 프로필 그대로에다 설명을 더 보태 주었다.

「저는 모스크바 바깥의 시골에서 태어난 조선인 3세, 〈카레이스키(* 고려인)〉입니다.」

「부모님은 모스크바에서 사셨는데 아쉽게도 두 분 다 벌써 몇 해 전에 돌아가셨습니다.」라며 타스통신 기자 명함을 주었다.

최현은 유리의 명함을 자세히 들여다보더니 또 유리의 눈을 유심히 보더니 미소를 머금었고 긴장됐던 눈빛이 엷어지며 경계심을 지우는 것이었다.

1976년 5월, 최현(1907년생)은 인민무력부장 자리에 있을 때 자신의 관저에서 김정일(1942년생)과 국방위원회 부위원장 오진우(1917년생)가 출동시킨 김일성 김정일의 경호부대인 호위총국에 체포되고 실각되었다. 그리고 최현의 인민무력부장 자리는 즉시 오진우가 차지했다. 이 사건은 김일성(1912년생)이 김정일에게로 권력을 급속히 이양하는 것에 대해 최현이 어느 날 측근들에게 여담으로 내뱉은 한마디가 오진우의 귀에 들어갔고, 오진우는 이를 과장해서 즉시 김정일에게 일러바쳤기 때문이었다.

「당돌한 어린아이(김정일)가 숨 돌릴 틈도 없갔구만!

이렇게 급해스리 되갔어?」라고 했던 말이 핵심이었다.

그러나 악의적으로 김일성 김정일 부자를 위협하고 음모를 꾸민다고 부풀려져서 김정일에게 보고되었고, 또 김정일은 아버지 김일성에게 보고했다.

최현은 항일무장투쟁 때 김일성보다 뒤지지 않는 성과를 이루었던 인물이고, 남조선해방전쟁에서의 혁혁한 전과를 북조선인민들 모두가 알고 있었다. 또 김일성보다 나이가 많았으므로 혁명투쟁경력에서는 북조선 최고의 위치였다. 이런 사실들 앞에서 김일성과 김정일은 최현을 무시할 수 없어 늘 조심스럽고 부담스러웠다. 그러나 이번에는 결정적 찬스였다. 그럼에도 성급히 일을 벌일 수가 없었다. 잠을 못 자며 고심하고 있었다.

그런 중 김정일은 아버지 김일성과 함께 식사를 하고 있었다.

「아버지!」

「왜 기래?」

「저가 생각을 많이 해 왔습니다…….」

「그래! 당연히 해야지! 시원하게 말을 해 보라우!」

「오진우가 있습니다. 최현보다 젊고 항일투쟁에서 전과도 공훈도 적어서 콤플렉스가 큽니다. 그래서 늘 최현 장군의 뒷전에서 자기 차례를 기다리는데 속내를 감추고 갈고리 발톱을 키우고 있습니다.」

「음, 기래…….」

「국방위원회 부위원장 오진우를 이용하겠습니다!」

「뭐이라고? 오진우는 내 명령이면 목숨 걸 아이야! 빈틈없이 해내라우! 생사결판뿐인 게 정치투쟁이야! 실수도 연습도 없단 말이야!」

「예! 필사즉생 각오로 처리하겠습니다!」

「뭐이 그 따위 말까지 지껄이고 기래? 그만한 일을 가지고서리……. 내 앞에서!」

오진우는 김일성이 만주에서 항일 파르티잔 활동을 할 때 전령으로서 생명을 걸고 위험을 헤치며 심부름을 했었던 터라 김일성이 가장 신뢰하는 개인적 충복이기도 했다.

오진우는 최현이 물러나야 자기 차례가 된다는 것을 알고 있었다. 그런 속내로 자기보다 25살이나 어린 김정일에게 아부하고 있었다. 김정일은 그런 오진우를 잘 파악하고 있었고 자신의 손발 겸 행동대원으로 길들이던 차였다. 김정일은 그런 오진우를 이용해 최현을 서둘러 제거하기로 결심하고, 집무실로 불러들였다.

「오 부위원장 동무, 어쩌면 좋갔시오?」

「지도자 동지 말씀만 하시라요! 내래 뭐든지 언제든지…….」

「내래 잠도 잘 못 자갔시오……. 아버지께서도 아주 엄중하게 ……. 이거이 참!」

「명령만……. 주시기만 하면 저가 알아서 제까닥 …….」

「어떻게?」

오진우는 급히 방문을 닫았다. 그리고 귓속말로 은밀하게 그림을 그려 가며 계획을 설명했다.

「이제는 더 미룰 수도 없게 됐다!」라고 둘이서 판단에도 일치했다.

「지도자 동지께서 저와 단둘이서 이렇게 만났다는 소문이 어느새 새어 나가면 상황이 어떻게 바뀔지 모를 일입니다.」

「뜸을 들이거나 상황을 지켜보거나 더 생각해 볼 시간도 없습니다! 즉시 실행하갔습네다!」

오진우가 결의에 차서 뻣쩍이는 눈으로 김정일을 쳐다보며 독촉하고 있었다.

김정일은 그 자리에서 즉시 〈호위총국〉 대장을 불러서 오진우에게 자신의 경호부대인 호위총국 병력을 붙여 주었다.

「오진우 장군의 지시는 수령님과 나의 명령임을 명심하라!」

「수령님을 보위하는 절체절명의 과업을 오 장군의 지시에 따라 완수하라!」라고 명령했다. 발이 빨라야 상황을 확실히 장악한다며 최현을 기습 체포토록 한 것이다.

두 시간 후에 최현은 관저에서 총격전 끝에 포승줄에 묶이고 말았다.

이때를 전후해서 이런 사건을 당한 사람이 최현 외에도 더 있었다. 김정일과 오진우는 그 두 달 전인 1976년 3월에는 남일 장군을 김일성 우상화에 불복하고 후계체제에 반대한다고 교통사고를 위장해 살해하였다. 남일은 소련군 대위 출신으로서 6.25 남침전쟁 때 인민군총참모장이었고 후에 정무원 부총리를 지냈던 인물이었다. 또 김일성보다 12살 선배로서 인민군 차수와 국가부주석을 지냈지만 우상화에 걸림돌이었던 최용건을 연금하고 있다가 그때 독살했다. 그리고 5개월이 지난 1976년 9월 19일에야 「병사했다.」고 발표했던 것이다.

1980년 3월 초의 비밀모임에서는 숨 가쁘게 진행되는 김정일로의 권력이양을 동향을 발표했다. 그동안 저마다 깊이 있는 정보를 발표하고 있었다. 폴란드대사관의 정무관 카친스키는 「김일성은 일제 때 항일조선해방투쟁과 1950년부터 3년간 남조선침략 전쟁을 함께했던 혁명동지들과 권력엘리트들의 눈과 귀를 피하면서 비밀작업을 해 왔습니다.

올해, 아마도 이번 10월쯤에는 조선로동당6차대회를 열어서 김정일을 최고실권 자리인 조선로동당중앙위원회정치국 상무위원, 비서국 비서, 군사위원회 군사위원 등 3개의 핵심요직에 모두 앉혀서 명실상부한 2인자로 만들 것입니다.

그렇게 되면 김정일은 아버지와 공동통치를 시작할 것인데, 실제로는 아버지보다 더 실권을 장악할 것입니다. 권력은 지는 별에게보다 뜨는 별에게 몰리기 마련이니까요.

김정일은 그때쯤 경축분위기를 만들기 위해 여태까지 숙청시켰던 원로들을 명분상으로나마 복권시킬 가능성이 있습니다. 최현 장군 같은 원로가 해당될 것입니다.」라고 전망했다.

그의 전망은 그해 10월의 조선로동당 6차대회에서 그대로 증명되었다. 최현은 상무위원 아래 자리인 당중앙위원회 정치국 〈정치위원〉과 당군사위원회 〈군사위원〉으로 2개 직에 선출되며 4년 5개월의 숙청을 끝내고 복권되었다. 그러나 실권 없는 명예직이었다. 어쨌든 이로 인해 카친스키는 대단한 실력자로 인정받게 되었다.

「최근 저의 폴란드와 동유럽에서 탈(脫)소련 자유화요구가 확산되고 있습니다.

더구나 소련에서도 반체제 움직임이 있어서 브레주네프 서기장도 공산당 간부들도 KGB조차도 먼 동쪽 조선의 권력승계 문제에 대해 관심이 소홀합니다.」

카친스키의 이 말에 대해 유리는 이의가 있었지만 부정하고 나선다면 KGB 요원으로 의심받을 것 같아 가만히 듣고 있었다.

「덩샤오핑은 중국을 개혁 개방시키면서 경제의 새 틀을 만드는 데 골몰하느라 마오쩌뚱을 따라가는 김일성과 조선의 내부문제에 대해서는 관심이 소홀합니다.

김일성은 1950년대부터 자신을 신격화하는 개인우상화에 재미를 본 것처럼, 아들 김정일도 출생성장과정과 행적과 성과에 대해 황당한 신화를 제조하고 있습니다.

앞으로 그것을 군, 당, 행정, 도시, 농촌, 기업소, 학교 등 모든 단위에서 학습 세뇌하고 선전 선동할 것입니다.

매주마다 하는 주간총화, 월 말의 월간총화, 분기의 분기총화를 극대로 이용할 것입니다.

생활총화에서는 모든 성원 각자가 지난 기간 중 자신의 직장과업, 사상학습, 인민생활에서의 잘못을 자백 자기비판을 하고, 또 타인의 잘못을 지적하여 비판 성토합니다.

어떤 성원이 찍혀서 맹비판을 당하면 다른 성원들은 자기도 숨기는 잘못이 들통날까 두려움과 위기의식이 고조되고 공포를 느끼면서 복종심이 커지게 됩니다.

그래서 총화가 끝날 때는 자신이 비판을 면하고 무사한 것에 크게 안도하며 극감사하게 됩니다.

각자에게 카타르시스가 되며 모두에게 공유되는 심리입니다.

그런 안도와 감사는 민족의 태양이시며 불세출의 영웅이신 김일성 어버이수령님과 친애하신 당중앙 김정일 동지께서 대를 이어서 혁명과업을 완수하시는 데 목숨을 바치겠다고 격렬하게 다짐하는 군중심리에 빠져듭니다.

모두가 열광하면서 눈물을 흘립니다. 증폭되는 것입니다.

불안공포의 카타르시스가 매번 총화 때마다 반복되면서 복종심이 고조됩니다.

이때 당 간부나 일개 인민이나 누구라도 열렬하지 못한 태도를 보이면 감시와 검열과 비판의 대상이 되고 맙니다.

조선은 이렇게 강력하게 효율적으로 빈틈없이 장악 통제되고 동원되고 있습니다.

충성심을 과시하는 사나운 양치기개들에 의해 공포 속에서 몰려가는 양 떼들입니다.

독재권력에 사회가 장악되고 끌려가는 것이 얼마나 쉽고 간단한 일인지를 보여 줍니다.」

멤버들은 모두 카친스키의 발표에 공감하며 공산권 출신인데도 우상화를 통해 후계체제를 구축하는 것에 비판적이었다.

18.

봄기운이 완연해지고 있었다. 유리는 대동강변 모란봉공원 만수대언덕 해방산공원 등으로 몇 달째 한 주에 두세 번씩 나가서 뛰거나 걷다가 저녁이면 보통강호텔이나 평양호텔의 식당으로 가고 있었다. 식당에서는 군이나 당 간부의 옆 테이블에 앉아 식사하고 술도 마시며 그들과 인사하고 몇 마디라도 대화해 보려고 했다. 간부들과 안면을 넓히고 직책을 파악하며 동태를 관찰하려는 것이었다.

그들이 아무도 식당에 안 나타나면 국가적 긴급한 상황이 생긴 것이었다. 평소처럼 나타나면 정상 상태였고, 누가 안 나타난다면 그 조직에서 또는 개인적으로 무슨 일이 있는 것이었다. 내용은 알 수 없어도 무슨 상황이 있다는 것은 짐작할 수 있었다. 간부들을 한 사람이라도 더 만나면서 그들의 직책을 알고 생활모습을 보는 것은 직접 정보를 제공받지 않아도 어떤 단서를 얻는 데 도움이 되었다. 그렇게라도 뭐라도 해야만 했다.

평양호텔 2층 식당에서는 특히 최현을 가끔 만날 수 있었다. 유리는 최현의 테이블 바로 옆에 늘 앉았다. 이런 모습은 자연스러웠다. 이렇게 몇 달째 계속되면서 두 사람은 술을 간혹 한 잔씩 건네주고 받고 있었다. 호감과 신뢰가 생기고 있었던 것이다. 최현은 굵직 투박한 짧은 말투보다 마음이 따뜻했으며 유리를 무엇이라도 도와주려고 하는 것 같았다. 그의 마음의 변화를 유리는 느끼고 있었다.

대동강물 위로 저녁노을이 아름답던 봄날, 유리는 석양을 바라보다가 생선회로 술을 마시려고 평양호텔로 걸어갔다. 2층 식당으로 올라가면서 참던 화장실에 먼저 갔다. 마침 화장실에는 최현이 이미 좀 취한 상태로 소변을 보고 있었다. 혼자였다. 유리는 정중히 인사를 하며, 이런 순간을 위해 늘 지니고 있던 10,000달러짜리 체크가 10장이 든 10만 달러 봉투를 두 손으로 공손히 내밀었다. 최현은 유리의 눈을 뚫어 보더니 얼른 봉투 속을 확인하고는 놀란 눈을 순간 크게 떴고 급히 봉투를 안주머니에 넣었다. 그리고 소리 없이 빙그레 웃으면서 유리의 등을 툭 툭 두 번 두드리면서 태연히 식당으로 돌아갔다.

유리는 화장실 속에 앉아서 큰일을 보는 척하다가 한참 후 식당으로 들어갔고 전처럼 최현과 한 테이블 건너의 창가에 앉았다. 취해 보이는 최현은 혼자였고 둘째 술병을 따르고 있었다. 몇 잔을 더 마시더니 남들에게 들으라는 듯 혀가 꼬부라진 큰 소리로 유리를 불렀다.

「어이! 이거 보라우 젊은 동무!」

「예……? 저 말씀입니까?」 유리가 놀라며 당황해하는 모습으로 대응했다.

「젊은 사람! 이리 와서 내 술 한 잔 받아라우!」

유리는 겉으로는 불편한 척하며 잔을 들고 조심스럽게 다가갔고, 선 채로 따라주는 술을 받아 천천히 마셨다. 그리고 최현에게도 술을 따라주었다.

그는 천천히 다 비우더니 다시 유리에게 잔을 돌려주며 가득 따라주는 것이었다. 유리는 잔을 그대로 들고 자리로 돌아왔다. 최현은 이렇게 하는 약 일 분 사이에 유리에게 아주 낮고 또렷한 목소리로 말하고 있었다.

「내가 언젠가는 복권이 될 것이야.

기자 동무래 고민이, 걱정이 많아 보이누만, 무스기 일인가?

내가 큰일이라도 도와줄 수가 있어요.

무서운 것이라고는 나한테는 이젠 없는 기야!

내래 싸울 만큼 다 싸워 보고 산전수전을 다 겪어 온 사람이야. 무슨 일인지 말하라우!

복권이 안 돼도 내래 이 나이에 상관치 아니하갔어, 내래 인제 더 욕심도 없구만.

허나, 이 나라가, 내 조국이 잘돼 가야지 않갔어?

기자동무래 내 방으로 한번 찾아오시오!

내래, 몸 붙이고 있는 내 방이라는 거이 중앙당사 뒤편이야. 뒤 별동에 지하실에 있어요.

한번 찾아오기요! 꼭!」 최현은 꼭 찾아오라고, 도와주겠다고 분명하게 의미 있게 강조하고 있었다.

1980년 4월 8일 화요일. 유리는 조선로동당중앙청사의 뒤쪽 건물 지하층에 있는 최현 장군의 사무실을 찾아갔다. 조선로동당 제1청사는 소련대사관에서 가까운 중구역 창광거리에 있고, 최현의 사무실 건물은 김정일의 15호관저가 있는 언덕의 비탈 밑이었다.

유리가 찾아왔다는 연락을 받은 최현이 내보내 준 보안요원이 1층 현관으로 안내해 들어갔다. 지하층으로 내려가니 복도는 "ㄷ"자로 꺾어졌고 복도 중앙마다 계단이 있었으며 계단은 깊은 지하로 내려가고 있었다. 지하 복도에는 창광거리, 서문거리, 서성거리, 승리거리, 만수대거리 일대의 청사들과 연결되는 깊은 방공호 겸용 지하터널 표시가 있었고 경비병이 보였다.

최현의 방은 지하 1층 복도 코너에 있는데 넓었고 조명은 침침했다. 중앙에는 책상과 소파와 탁자와 텔레비전이 있었고 벽면에 붙은 테이블에는 차 쟁반과 물을 끓이는 전열기가 있었다. 그 옆에는 책장과 신문걸이와 옷장 캐비넷이 있고 그 뒤편은 수도꼭지와 싱크대가 있는 작은 탕비실이었다. 최현은 유리를 소파에 앉혀 둔 채 손수 녹차를 끓여와 권하며 말했다.

「내래 76년 7월부터 3년 반을 집에 갇혀서 지냈는데 올해 1월부터는 여기로 나올 수 있게 수령님께서 이 방을 마련해 주신 거라우…….

그때 갑자기 아이들한테 잡혀가서 갇혀서리 내래 몇 달을 욕을 좀 봤던 기야! 하, 하, 하! 기자동무는 내래 하는 말이 무슨 말인지 알갔소?」

최현은 1976년 5월 김정일과 오진우에게 체포되고서 몇 개월 동안 갇혀서 젊은 사람들에게서 조사를 받고 또 자택에 감금되었던 일을 말하는 것이었다.

「이 방은 말이우, 원래 전화교환기 기계실이었던 게야. 여자 아이들이 교환기계에 막 다닥다닥 붙어 앉아 있었던 방이지.

전자식인가 뭔가 자동기계로 바꾸니까 빈방이 된 기야.

여기 옆에 있는 방 하나에 새 기계가 다 들어갔어.

그 방은 작은 데도 빈 공간이 남아 있어, 이 방은 통째로 다 비워 놓고도 말이요.
기래서리 덕분에 나한테 이 방이 생긴 기야. 흐, 흐!…….」
평양에서는 그때 전화교환기를 수동식과 기계식에서 전자식교환기로 교체하고 있었고 그래서 부피가 대폭 줄어들자 이 방이 비게 되었던 것이다. 또 김일성은 최현을 복권시켜 주기에 앞서 이 방에서 지내게 해 주었던 것이다.
「으흠! 이리 와서 구경해 보라우!」

최현은 유리를 데리고 탕비실 뒤로 가더니 철제문을 열어 주었다. 들어가 보니 그 문은 짧은 복도로 옆방과 연결돼 있었고. 옆방에는 네 벽면에 가까이 세운 캐비넷 모양의 전자식교환기계들이 늘어서 있었다. 기계가 들어 있는 캐비넷 꼭대기에는 로동당중앙당청사, 로동당본부청사 서기실, 39호실, 38호실, 외무성, 인민무력부 등등 창광거리, 서문거리, 서성거리, 승리거리, 만수대거리 일대에 있는 청사 이름이 붙어 있었다. 또 각 캐비넷마다 뒷면에서 통신선 다발들이 건물 벽 구멍 속으로 들어가고 있었다. 청사들로부터 인입된 통신선 다발들이었다. 또 인입구멍 위의 벽면에도 각 청사 이름이 붙은 단자함들이 붙어있었다.
유리는 케이블과 단자함을 보는 순간 두 눈이 번쩍 뜨이며 흥분되었다. KGB 본부에서 지시를 받고 아무 대책도 없이 매일 고민만 하고 있었는데 모든 것을 여기서 일거에 해결할 수 있을 것만 같았다. 눈을 번쩍거리며 흥분해하는 유리의 모습을 보며 최현은 지긋이 웃고 있었다.

「따스기자 동무래 관심이 많군!」그런 최현은 유리의 표정을 유심히 살피며 말을 이어 갔다.

「말해 보시오, 내가 도와주갔어! 얼마든지!」

「예? 장군님?」

「하, 하, 하! 놀라시기는…….」

「저의 생각을 아시고 말씀하십니까?」

「말하라우! 시간도 기회도 언제나 계속 있는 게 아닌기야!」

「말씀드리기가 두렵습니다!」

「그러시겠지!」

「장군님! 꼭 좀 도와주십시오!」

「그러자우! 내게는 남은 시간도 기회도 잠시뿐일 테니까니!」

「예? 아! 감사합니다!」

「나도 여기 있을 시간이 많지가 않을 거야요!」

「예! 감사합니다! 서두르겠습니다!」

최현 장군의 목소리는 차분하고도 단호했다. 유리는 그의 목소리에서 결의를 느낄 수 있었다. 유리는 즉시 그의 두 손을 꼭 잡고 몸을 깊이 숙이면서 큰 절을 했다. 고개를 들어보니 그는 미소를 짓고 있었다.

「장군님, 꼭 좀 도와주십시오!」유리는 간절한 눈빛으로 반복 말했다. 그러자 최현 장군이 조용히 대답하고 있었다.

「그래, 그래! 그러자우! 언제든지 해 줄 수 있어!

서둘러 하라우! 어떻게 할 거우?」

「…….」

「내래 생각인데……. 태양절에는 모두가 몽땅 다 쉬는 날이야! 좋지 않갔어?」

「예? 아, 예! 예!」

「허, 허! 잘 생각해 보라우 기자동무가 판단해 보라우!」

유리는 이 말을 듣자 가슴이 터질 듯 흥분되며 머릿속이 혈압이 확 오르고 눈이 번쩍거렸다. 당장 온 시야가 확 트이며 맑고 끝없이 높은 남색 가을 하늘처럼 세상이 투명하게 느껴졌다. 가빠지는 숨소리를 억제해야 했다. 가슴이 쿵쿵대는 소리가 귀에 크게 들리고 있었다. 마음속으로 자기도 모르는 소리를 외치고 있었다.

「아! 세상에 일이 이렇게 될 수도 있단 말인가?

하느님 감사합니다!」

믿어지지가 않았다. 꿈일까 하고 자기 손을 꼬집어 보고 얼굴을 비벼도 보았다. 분명히 확실한 현실이었다! 눈앞에는 최현 장군이 분명히 있었고 유리는 그의 손을 꼭 잡고 있었던 것이다. 세상에는 분명히 기적이 있었다. 이것은 분명히 기적이었다. 유리는 이 일을 실패도 실수도 착오도 부족함도 없이 단번에 성공시켜야만 했다. 이것보다도 더 좋은 확실한 기회가, 여건이 세상에 또 있을 수 있겠는가?

「잘 알겠습니다! 정말 감사합니다!」

「으음! 그러자우! 으흠!」

「태양절 전날 밤에, 4월 14일 밤에 이 방으로 사람들을 데리고 다시 오겠습니다.

그 전에 장군님을 평양호텔에서 한 번만 더 뵙겠습니다! 최종 확정시키기 위해서입니다!」

그런 후에 유리는 최현 장군이 운전하는 차를 타고 함께 밖으로 나왔고 헤어진 즉시 타스통신 사무실로 들어갔다. 유리는 사무실에서 KGB 본부로 〈극비, 특별, 긴급〉 암호전문을 보냈다. 교환기실의 단자함과 통신케이블의 실태와 최현 장군과 주변여건에 대해 상황을 설명했고, D-Day를 4월 14일로 지정하고 통신감청기술요원을 신속히 출장시켜 달라고 요청했다. 모스크바는 시간차로 인해 아직 한낮이었던 때문인지 몇 시간이 겨우 지난 바로 그날 한밤중에 〈초긴급〉 암호전문 도착신호가 나타났다. 즉시 전문을 해독했다.

『KGB의 최고급기술자 네 명이 4월 14일보다 며칠 전에 평양에 도착할 것임. 현장에 설치할 감청용 부품들은 아에로플로트 항공편으로 주평양소련대사관으로 가는 정기 특수외교화물로 기술진보다 앞서서 별도로 보내겠음.』이었다.

KGB가 세계 어느 나라에서든지, 어떤 기술적 여건과 상황에서든지, 필요할 때에 신속히 설치하고 운영할 수 있는 공작장비와 기술요원을 갖추고 있음을 유리도 알고는 있었지만 그렇다 해도 이토록 신속하게 작전할 수 있는 역량에 감탄하며 놀랄 뿐이었다.

평양에서는 삼월부터 태양절 행사를 준비하고 있었다. 퍼레이드 연습에 청사근무자들 모두가 평양시민과 함께 김일성광장에 매일같이 몇 시간씩 동원되고 있었다. 저녁이면 연습을 마치고 사무실로 들어갔지만 지쳐서 파김치가 되었으며 업무는 윗사람도 아랫사람도 모두 손을 놓고 있었다. 수만 명이 하나같이 일률적으로 단 한 치의 오차도 없이 움직이는 로봇 퍼레이드를 완벽히 해내기 위해 목숨을 건 듯 매달리고 있었다.

1980년 4월 13일 일요일에는 모스크바 KGB 본부 제8총국(암호통신: 8th Main Directorate) 소속의 암호통신기술자, 제12국(실내유선감청감시: 12th Department, Wiretapping)의 유선통신감청공작기술자, 제16국(통신정보수집공작: 16th Directorate, SIGINT & ELINT)의 무선통신감청기술자, 공작기술국(Operational Technical Directorate)의 통신장비제작운영기술자 등 네 명이 아에로플로트 항공기로 평양으로 긴급히 왔다. 또 그보다 하루 전에 항공편으로 모스크바와 소련대사관 등 소련전용구역에 있는 여러 기관들 사이를 정기 왕복하는 특수외교화물 콘테이너가 왔고 소련대사관과 KGB와 기관들을 담당하는 행정관이 비행기 도착시간에 맞추어 트럭으로 순안공항에 나가서 항공기에서 직접 픽업해 왔다. 그 속에는 KGB 본부에서 유리에게 보내는 감청공작기구와 설치장비들이 든 박스도 들어 있었다. 북조선 당국이 눈치를 채지 못하게 했던 것이다.

기술자 네 명과 유리는 대사관 지하실에서 박스를 풀고 지하 단자함실의 상황을 그림으로 그려 가며 설치 연습을 했다. 그리고 유리는 혼자 평양 호텔에 가서 여느 때처럼 저녁 식사를 했고, 최현 장군은 여느 때처럼 유리의 건너편 자리에서 식사를 했다. 식사 중에 최현 장군과는 아주 간략히 몇 마디를 나누면서 「태양절 전날인 4월 14일 월요일 밤에 최현이 직접 자기 차로 유리와 기술자 등 다섯 명을 태우고 청사지하실로 들어간다.」라고 약속했다. 또 최현의 차에 타는 시간과 장소도 정했다.

1980년 4월 14일 밤. 태양절(4월 15일) 전야였다. 김일성광장 일대는 물

샐 틈도 없이 완벽하게 통제되고 있었다. 로동당중앙청사 등 창광거리의 청사들은 물론이고 평양시의 다른 청사들에서도 경비보안인력들의 대부분은 다음 날 오전에 김일성 김정일 부자와 당 간부들이 등장할 김일성광장의 태양절행사 경비를 위해 차출되었고 건물들은 텅 빈 상태였다. 침투감청장비설치 공작을 할 수 있는 최고의 활동여건이었다.

밤 9시 반이었다. 유리는 기술자 네 명과 함께 최현 장군이 직접 운전하는 차에 감청장비들을 나눠 들고서 끼어 탄 후에 청사건물 지하실로 아무 체크조차 받지 않으면서 곧바로 진입했다. 경비병은 최현 장군의 차를 알아보고 멀찍이서 거수경례를 하며 차량 내부를 살피지도 않으며 그대로 통과시켰다.

지하에 도착한 후 최현 장군은 자기 방의 소파에 길게 드러누운 채 텔레비전을 크게 틀어 놓고 보고 있었고, 유리는 네 명과 함께 옆방에서 단자함과 통신회선들을 체크하면서 일사천리로 신속하게 작업했다. 로동당 군사부 통신선 1개와 통일전선부 통신선 1개, 또 중앙당본부청사 3층 서기실 교환대의 직통통신선 1개 등 3개의 통신선을 골랐다.

이 3개의 통신선들을 벽에 붙은 단자함의 회로판 뒷면에서 연결하여 회선다발에 은닉시키며 뽑아냈고, 새 전자식교환기로 교체하느라 폐기시킨 건물 내부의 불용선로를 되살려서 통풍구를 통해 건물 내벽 속으로 옥상의 피뢰침선로까지 연결했다. 통풍구 중간의 벽돌 틈에다 암호변환증폭기를 은닉 설치했고 옥상의 피뢰침을 무선송신안테나로 만들었다. 그리고 송신안테나의 지향방향을 직선거리 800여 미터 정도이며 사이에 장애물도 없는 소련대사관의 옥상안테나로 지향시켰다. 그랬다가 즉시 「이것은 언제라도 발각될 위험성이 아주 높은 것.」이라고 의견일치를 보았다. 「국가안전보위부 반탐국의 전파감시에 언제든지 쉽게 걸려들 수 있겠고, 그럴 경우에는 전파 발신지와 지향방향을 추적하기만 하면 지하실의 전자식교환기 단자함과 연결시킨 회선과 암호변환증폭기와 또 전파지향 방향인 소련대사관의 안테나까지도 모든 것이 한꺼번에 드러나는 것은 시간문제일 뿐.」이라고 판단한 것이었다. 그것은 〈가장 쉽고 간편하고 확실한 방법〉이었지만 또 〈가장 쉽게 발각될 수 있는 위험한 것〉이므로 포기하기로 결정한 것이었다.

그 대신 기술진이 준비해 온 제2안대로 정지 통신위성을 지향점으로 잡았고, 외교 컨테이너로 수령한 전파접속중계기로 옥상에서 접속주파수와 암호코드를 강하게 발사하였다. 강한 신호는 통신위성과 채널을 연결시키는 데 약간의 시간이 걸렸지만 아주 성공적이었다. 이렇게 연결되고 나니 벽속에 은닉시킨 암호전환증폭기로부터 옥상 피뢰침안테나를 통해 발신되는 신호가 미약한 데도 통신위성과 이차로 금방 접속되었으며 안정적으로 유지되고 있었다. 새벽 3시가 좀 넘었을 때는 모든 것을 훌륭히 끝내고 말았다.

유리와 기술자들은 작업혼적을 완벽히 지우고 다시 최현 장군의 차로 지하실을 빠져 나왔다. 나올 때는 청사출입구의 경비병들이 화장실에 갔는지 잠을 자는지 보이지도 않아서 더욱 다행이었다. 소련대사관으로부터 멀찍한 외진 길가의 나무그늘 어둠 속에서 내린 기술자들 네 명은 소련 대사관블록의 내빈숙소로 슬그머니 들어갔다. 최현 장군은 집으로 갔다. 유리는 하늘의 별을 한참 쳐다보며 감청장비와 연결한 그 통신위성이 어디쯤 있을까 상상하다가 혼자 웃으며 천천히 숙소로 들어갔다.

다음 날 유리는 아침 일찍부터 김일성광장의 태양절행사에 취재를 나갔다. 높다란 주석단의 맨 앞줄 중앙에는 김일성 주석과 김정일 당중앙이 나란히 앉았고 최현 장군은 몇 라인 뒤쪽 줄의 코너 자리에 앉아 있는 것이 보였다. 유리는 최현 장군을 멀리서 바라볼 때 밤새 했던 작업이 생생하게 기억되면서 깊은 고마움을 느꼈다. 그러면서 빨리 복권되어 대우받는 생활을 다시 하기를 기원했다. 지난밤의 전격적이고도 성공적인 작업을 생각할수록 유리의 마음은 흐뭇했고 기쁘고도 만감이 교차하고 있었다. 모스크바의 KGB 본부는 통신위성을 통해 수신한 감청자료들을 곧 유리에게 하달해 올 것이었다. 그 첫 내용이 무엇일까 유리는 궁금해지는 것이었다.

19.

1980년 4월 15일 낮. 김일성광장에서 태양절행사가 끝나자 동원됐던 군중들은 사방으로 흩어지고 있었고 광장에도 아직 많이 남아 있었다. 초특급 축제였다. 모두 차려입고 모양을 냈다. 노인들도 꼬마들도 젊은 남녀들도 모두 행복해 보였다. 이날만은 서로가 감시와 구속을 잊고 자유로운 것 같았다. 대동강변에도 보통강변에도 공원에도 모두가 따스한 봄 날씨와 만개한 벚꽃 개나리 진달래의 꽃잔치 속에서 행복해하고 있었다.

유리는 가족들과 행복한 나들이를 하는 평양시민들을 보면서 그들 사이로 돌아다녔다. 여기 평양에서 몇 십 키로 남쪽에는 군사분계선이 있고 고향이 있는 대한민국이었다. 유리는 만감이 교차하며 가슴이 먹먹했다. 자신도 모르게 눈물을 훔쳐내고 있었다. 한없이 외롭고 슬펐다. 혼자 이렇게 슬플 수가 없었다. 극도로 고민했던 어렵고도 위험한 과제가 뜻밖에도 쉽게 잘 해결되고 나니 갑자기 긴장이 다 무너졌다. 공허해지며 마음까지 허물어지는 것이었다. 광장과 공원마다 만개한 봄꽃잔치 속에서 수많은 군중들은 쉼 없이 들려오는 확성기의 찬양선전과 노래들에 감동하며 눈물을 훔쳐 내고 있었다. 유리와 똑같은 모습이라 유리와 그들은 구별되지도 않았다.

마음이 어수선할 때는 격렬하게 운동을 하며 땀을 흘리는 것이 가장 좋은 선택이었다. 숙소로 가서 운동복을 입고 나와 대동강변으로 만수대언덕으로 모란봉으로 또 개선청년공원으로 보통강을 따라 창광원공원까지 뛰다가 걷다가 했다. 평양의 4월 중순은 따스했고 금방 땀이 쏟아졌다. 누가 감시를 하든지 쳐다보든지 따라오든지 개의치 않았다.

그러다가 숙소로 가서 샤워를 하고 옷을 갈아입고 평양호텔로 갔고, 또 소주와 생선회 안주를 시켜 먹었다. 혼자서 아무 말도 없이 창밖의 강물만 바라보면서 무척 많이 마셔댔다. 그러다보니 취하면서 지나온 모든 일들은 잊었고 마음이 편해지며 위로가 되었다. 음식을 다 먹고 호텔을 나와서 어둠 속으로 천천히 대동강변을 걷고 서문거리까지 걸어서 숙소로 돌아왔다. 만수대극장 건너편에서는 어떤 남자가 유리 옆을 잠시 나란히 걷더니 말을 걸었다.

「따스 기자동무, 너무 취했시오!

어쩌자구 이러는 기야요? 좀 조심하시라요!

내래 동무가 이러다가 다칠까 많이 걱정스럽습네다!」라고 했다. 귀를 의심했지만 분명했다.

옆의 그의 얼굴을 보니 유리를 매일 미행감시하며 따라다니는 국가안전보위부 요원이었다.

「요원 동무, 고맙습니다!」 유리는 대답하면서 그를 훑어보았다.

「이렇게 만나니 더 반갑습니다!」

「오늘 태양절행사를 보고 너무 감동받아서, 자랑스럽고 기분이 좋아져서 많이 마신 겁니다!」

「수령님과 평양이 너무 좋아서, 행복해서 이럽니다!」

「너무 기쁘고 정말 자랑스러워요!」라고 둘러댔다.

술에 취한 상태였지만 그 순간 유리의 짐작으로는 이 요원의 행동을 미루어 볼 때 평양의 요원들이 유리에 대해 내린 평가는 적대적이지는 않은 것 같았다. 다음 날은 유리에 대한 그들의 미행감시 보고서인 〈타스 통신기자 유리 요해〉에는 유리의 이날 하루 행적들과 그냥 내뱉은 이 말이 과장돼서 좋게 보고될 것 같았다.

〈타스통신 기자 유리 요해〉 동향기록에는 유리가 평양에 도착했을 때부터 최근까지 미행감시해오며 유리의 행동과 특이점과 만났던 사람들을 기록해 놓고 또 앞으로 유리로부터 제기될 예상문제점과 대응방안까지 분석하고 세워 놓았을 것이라고 생각했다.

그런 그들이 유리를 얼마나 어디까지 정확하게 파악하고 분석하고 견제대책을 어떻게 만들어 놓고 있을까를 생각하니 모든 것이 궁금하기만 했다. 그러면서 유리는 어제 밤중에 새벽까지 완성한 감청작업에 대해서는 이들이 전혀 알지 못하고 있을 것이라고 확신했다. 그런 생각에 유리는 다시 기분이 흐뭇해지며 웃음이 나왔다.

숙소로 돌아와 침대에 드러누우니 만감이 교차하는 것이었다. 모스크바에서 출장을 왔던 감청기술자들이 언제 어떻게 잘 돌아갔는지 유리는 알려고 할 필요도 없었다. 그런 관심 동향을 보여서도 안 되는 것이었다. 그날로부터 며칠이 지나가자 모스크바 KGB 본부에서 암호전문이 왔다. 유리가 며칠간 궁금해하며 기다리고 기다리던 것이었다.

무슨 내용일까? 감청장비가 잘 작동되고 있다는 좋은 소식일까? 실패했다는 절망적 소식일까? 유리는 걱정도 되고 불안하기도 했다. 이것은 분명히 〈합격〉 또는 〈불합격〉 둘 중 하나의 통지문일 것이었기 때문이었다. 마음을 단단히 먹고서 실패했다고 다짐하고, 불합격을 각오하고서 담담하게 암호문을 해독했다. 그러나 담담한 마음으로 손에 든 전문은 몇 줄의 단문이었지만 엄청난 격찬의 문장들이였다! 국외정보수집총괄 제1총국장님과 그 산하의 해외흑색공작실장님과 KGB 의장님까지 치하의 말씀을 함께 전송해 온 것이었다. 실로 상상도 못할 엄청난 일이었다.

『국가보안위원회(KGB)가 1954년 4월 새롭게 재편성된 이래의 오랜 숙원 사업을 해결한 역사적 성과임.』라는 평가도 있었다. 그와 함께 감청 내용 요점들을 활동하는 데 참고하라며 첨부해 보냈다. 또 인사조치사항도 있었는데『이 감청에서 입수되는 자료들을 해독 분석 보고하는 북조선팀을 긴급 편성하였고, KGB 의장님의 특명으로 유리를 1981년 1월 1일부로 소령에서 중령으로 특진시키도록 건의하겠다.』라고도 했다.

유리는 한동안 멍해진 채로 있었다. 머릿속에는 아무 느낌도 생각도 없었고 그 의미도 알 수 없었다. 어떻게 해야 할지도 몰랐다. 유리에게는 너무도 엄청난 사건들이었다. 그러나 얘기를 나눌 사람도 없었고 의논할 사람도 자랑할 사람도 없었다. 혼자서 간직해야 할 일이었다. 그리고 그 전문도 즉시 불태워 없애야 했고 기억에서 지워 버려야만 했다. 이렇게 유리는 혼자서만 행동하는 생활에, 고독에 점점 익숙해지고 있었다. 아니 오히려 그런 생활이 점점 더 안전하고 편안하다고 느끼고도 있었다. 복잡하게 신경 쓰거나 설명하고 설득하느라 애쓰며 힘들어할 일이 없다는 게 편해지고 있었기 때문이었다.

태양절이 지나고 난 후에는 평양의 권력이 당중앙 김정일에게 집중되는 것이 피부로 실감되고 있었다. 김일성 주석은 외교와 국방을 관장하고 내치를 김정일에게 맡긴다는 분담형식이었지만 그러나 이미 국방문제도 김정일이 오진우를 내세워 틀어쥔 상태였다. 외교조차도 김일성 주석은 해외방문과 정상회담 같은 상징적 활동만 하고 있었고, 김정일에게 모든 실무가 보고되고 김정일의 지시를 받아 수행되는 것이었다.

1980년 4월 말에는 감청공작이 본격 가동되고 있었다. 평양 핵심부가 중요현안을 세부적으로 논의하는 모습과 진행동향을 파악하기 시작했다. 중앙당사의 김정일서기실과 로동당 군사부 산하 통일전선부에 대한 감청으로 평양 핵심부와 전방부대의 동향을 알 수 있었다.
또 대남침투공작기관인 인민무력부총참모부 산하의 정찰국, 로동당중앙위원회 산하의 작전부, 대외정보조사부와 남조선혁명역량을 구축하는 대남연락부 등이 남조선의 위기상황을 어떻게 바라보는지, 어떤 공작을 시도하는지를 부분적으로나마 파악할 수 있었다. 당중앙 김정일과 평양의 핵심부가 남조선에 대해 심리전, 전면전, 국지전, 게릴라전을 어떻게 계획하고 벌여 나가는지를 조금씩 파악할 수 있었다. 평양에서는 남조선의 혼란상황에 대한 개입여부와 개입방법을 두고 강경파와 온건파가 크게 대립하고 있었던 것이다. 김일성 주석은 관망적 대응을 생각하는 온건파였다.

[* 정찰국: 무장공작조를 양성하고 침투시켜 게릴라활동을 하며 군사정보를 수집. * 작전부: 공작원을 훈련시키고 잠수함이나 공작선으로 호송하여 침투 및 복귀시킴. * 대외정보조사부 (35호실): 남조선의 정치 경세 사회 정세를 분석하고 아웅산 묘소 폭파, KAL858기 폭파 실행. * 대남연락부: 대남사업총국 또는 사회문화부, 남조선에 공작원을 침투시키고 남조선내에 혁명역량을 구축.]

「아버지, 지금 남조선을 그냥 두고 보기만 하시는 겁니까?」 김정일이 아버지한테 전화하고 있었다.

「음……. 서둘지 말라우! 더 급한 일은 집안일이란 말이야! 내가 아직 건재할 때, 일흔 살을 넘기기 전에 네가 확고히 자리를 잡아야 한다는 말이야! 집안이 안정되지 못하면 바깥에서 저절로 굴러들어오는 떡도 잡지 못한다야! 모르갔어?

그게 더 재앙이 될 수 있다는 말이야! 바깥 것에 욕심내다가는 집안이 무너진다고!

잘 알아들어라우야!

소련, 중국에서 벌어지는 정치정세 혼란을 보란 말이야!

망해 버린 스탈린 체제를 살리느라 항일 파르티잔 옛 동지들을 지금도 숙청해야 하는 우리는 내부 안정이 더 급한 것이야!」

「예! 아버지! 저의 생각에도……. 이런 안팎의 위기에서 권력을 안정적으로 먼저 승계 받아야 될 처지에서 남조선사태에 개입하다가는 미군과 맞부딪치면 큰 문제라고 생각합니다!」

「그래! 우리는 이제부터가 문제인기야!」

네가 자리를 못 굳혀 놓고 일이 터지면 우리 공화국체제가 기냥 물거품이 된단 말이야!

지금 이때 우리는 백척간두에 있다는 것을 명심하라우!」

김일성은 단호하게 지시하고 있었다.

「소련 브르주네프의 데탕트, 아프간 문제, 폴란드 같은 동유럽의 자유화요 구 사태를 보라우! 우리가 어떻게 해야디 되갔어? 대답을 해 보라우!」

「예, 아버님!」

「우리로서는 남조선과의 적대적 긴장관계를 최고수준으로 고도로 유지하면서 위기상태를 유지하는 것이 내부관리에서 제일 쉽고도 효과적이라고 생각합니다!」

「그렇디! 그럼! 제대로 알고 있군!」

「대외적 적대관계를 이용하여 대내적 긴장을 높이는 게 내치를 위한 최저비용 최고효율의 황금률인 것을 명심하라우!

그렇다고 적대관계의 주적을 일본으로 할 수도 없지 않갔어?

일본은 어린애들까지도 새기고 있는 철천지원수이지만 거리감으로나 현실감으로나 당장 총을 맞대고 있는 남조선이나 미군보다는 그다음 순서인 것이야!

「예! 아버님!」

「덩샤오핑이 미쳐서 중국을 저렇게 뒤엎고 개방하는데, 미국과 좋아지는데……. 우리가 미군과 싸우면 중국도 소련도 못 도와줄 게 뻔하지 않갔어? 생각을 해 보라우!」

「예! 아버님! 충분히 알아듣겠습니다!」

그러나 아직 젊은 데다 당돌하고 즉흥적인 김정일은 김일성의 깊은 고민을 알게 되었으면서도 자신의 손발인 인민무력부장 오진우와 강경노선 충성파들의 아부 앞에서는 마음이 혼들리고 있었다. 적극적 공세적 태도로 김정일의 환심을 사고 신임을 받아서 자기 위치를 최측근으로 굳혀 보려는 그들이었다.

「김정일 동지! 지금 뒤죽박죽인 남조선에다 휴전선과 후방해안으로 특수군을 왕창 밀어 넣고 때리면, 대혼란이 생겨 거저 접수할 수 있습네다!」

「싸우겠다고 각오하고 세게 나서기만 하면 남조선을 통째로 그저 먹을 수 있는데 가만있어야 되갔습네까?」

이렇게 들썩대는 강경파는 김정일 자신과 김정일을 부추기는 인민무력부장 오진우와 오진우의 측근들이었다.

「오 동무가 주석님 사무실을 찾아가서 뵙고 한번 말씀드려 보시오!」 강경파들의 거듭된 건의에 귀가 솔깃해진 김정일은 오진우에게 지시했다.

오진우가 김일성 주석에게 보고하러 갔을 때 김 주석은 집무실 소파에 길게 드러누운 채 남조선 시위사태를 TV방송으로 지켜보고 있었다.

「우리 민족의 태양이시고 불세출의 세계적 영웅이신 어버이 수령님께 저 인민무력부장 오진우 보고를 올리겠습니다!」

「하라우!」

오진우는 강경 의견을 보고했다. 반쯤 졸면서 드러누운 채 보고를 듣던 김일성은 벌떡 일어나 앉았다.

「이런, 종간나 쌔끼들 같으니라우!

상황도 모르는 정신 나간 어린 것들! 미친 짓거리는 벌릴 생각도 하지말라우 야!

이것들이 다 미쳤간?」하고 크게 화를 내며 오진우의 입을 틀어막았다.

음흉하면서도 눈치 빠르고 음모꾼인 오진우는 김일성에게서 혼이 나고서 집무실로 돌아오니 숨이 넘어갈 것만 같고 세상이 아득해졌다. 당장 숙청될 것만 같아서 몸이 부들부들 떨렸다. 그러다가 김정일에게 전화를 거는 것이었다.

「김정일 동지! 으흠, 으흠!」

「말해 보라!」

「지도자 동지! 접니다! 오진우입니다요! 제가 수령님께 보고를 올리러 가서리 막 쎄게 경고를 당하고 왔습네다! 당장 죽게 생겼습니다요! 저를 좀 살려 주십시오! 저가 경외하옵는 수령님께 무엄하게 죽을죄를 지었습니다! 흑! 흑!」

「무슨 말인지 알갔소! 걱정 말고 일단 조용히 있어 보라우!

우리, 남조선이 앞으로 어케 돌아가는 지를 잘 지켜 보자요!

내래 이것들이 어케들 되가는지 봐서리, 기냥 확~ 밀고 내려가서리 통일을 해 버릴 테니까니!

내래 이번에는 통일을 확~ 해 버리고 말끼야! 저 영감탱이가 대가리가 완전 돌대가리란 말이야!」

「지도자 동지, 죄송합니다! 저가 앞으로는 더 잘 판단하면서 엄중 철저하게 처신해야 되갔습네다!

더 철저히 검토해서 말씀을 신중하게 올려드리겠습니다……. 지송합니다!」

「야! 이, 쌍……!! 무력부장 동무, 나한테 지금 기깟 소리 하자고 전화하고 있는 기야요? 좀 정신 똑바로 가지란 말이야!

기리니까니 언제든지 확······. 해 버릴 수 있게 대비는 철저히 잘 하고 있어라는 말이야!」

김정일은 오진우에게 열을 내고 있었다.

「옙! 지도자 동지! 잘 알갔습네다. 실수 없게 하갔습네다!

앞으로 더 철저히 잘 검토해서리 자주 보고를 올리갔습네다! 지도자 동지!」

오진우는 숨이 넘어갈 듯한 목소리로 답하고 있었다.

이 일 이후로 한동안 김정일 서기실과 로동당중앙청사와 인민무력부에서는 남조선에 대한 태도 변화가 있는 듯했다.

「전면전으로 때리자!」, 「특수군을 침투시키자!」, 「국지전으로 혼란시켜 남조선을 내부혁명으로 이끌자!」라는 소리가 나오지 않고 있었다.

김정일은 조선로동당 통일전선부 소속의 〈남조선연구소〉가 한국의 방송과 신문의 보도들을 종합분석하고 고정간첩들의 비밀보고까지 종합하여 올리는 〈일일 남조선 정세정보〉를 매일 받아 보면서 이런 대혼란실태를 손바닥처럼 훤히 알고 있었다. 그뿐 아니라 조선로동당의 사회문화부와 작전부에서, 또 인민무력부 총참모부 산하 정찰국에서 올라오는 보고서들까지 이중삼중으로 받아 읽으니 남조선의 사태가 눈앞에 선했다. 그러자니 마음을 주체 못해서 끙끙대고 있었다. 들썩대고 오락가락하여 걷잡을 수 없었다. 게다가 인민무력부와 대남침투공작 기구의 간부들은 모두가 김정일만을 쳐다보고 있었다.

「놓칠 수 없는 하늘이 내려 주는 천재일우의 기회가 왔습니다. 침투명령만 내려 주십시오!」라는 태도였으므로 부담까지 느꼈던 것이다.

***

답답해하던 김정일은 통일전선부 부장 강주일과 남조선연구소장 리선실, 또 사회문화부 부장 리창선과 작전부장 오극렬과 정찰국장 김좌혁 등 남조선공작사업의 계통별 책임자들을 번갈아가며 전화통화로 때로는 직접 불러들여 보고받고 있었다.

「말해 보라우!」 5월 초 김정일은 남조선연구소장 리선실의 보고를 받고 있었다. 평소 습관대로 들고 있는 펜으로 책상을 톡 톡 치는 소리가 났다.

「옙! 남조선연구소장 리선실 보고 올립니다!

박정희가 죽고 나서 남조선은 아수라판입니다. 정치인 로동자 대학생들 인민들까지 모두가 거리로 몰려나와 계엄군, 경찰과 가열차게 싸우고 있습니다.

김영삼과 김대중과 김종필은 무주공산 남조선을 저마다 자기 것이라고 타산하고 있습니다.」

「으흠……!」 김정일은 입을 쩝쩝거리며 헛기침을 했다.

「이런 상황에서 남조선의 휴전선과 해안의 경계부대들은 철조망을 비워놓고 계엄군으로 전투장비들까지도 빼내서 서울과 지방 도시로 갔습니다. 빈 구멍이 많습니다.」

「으흠…….」 김정일은 긴장 섞인 깊은 숨소리를 씩씩거렸다.

「게다가 실권을 장악한 전두환의 합동수사본부는 군의 구세력들을 제거하고 있습니다. 고위 장성들이 하루아침에 잘리거나 한밤중이나 이른 새벽에 갑자기 집안으로 처들어오는 보안사 요원들에 의해 집을 수색당하고 돈을 압수당하고 잡혀 가서 조사를 받기도 합니다.

이러니 전방도 후방도 지휘관들은 살겠다고 연줄잡기에 정신이 없는 데다 병력도 계엄군으로 빼내나갔으니 철조망은 쳐다보지도 않고 손을 놓고 있습니다.」

「알았어! 그만 하라우!」 김정일은 속이 탔는지 중지시켜 버리는 것이었다.

1980년 5월 초, 김정일은 사회문화부 부장 리창선으로부터 유선보고를 받고 있었다.

「으흠!」 김정일은 기침소리만 내며 전화를 듣는 것이었다.

「저희는 심리전요원들과 작전부 정찰부에 특수군을 수만 명 보유하고 있는 데다 언제든 어디로든지 침투하여 작전을 전개할 능력을 갖추고 있습니다.

놓칠 수 없는 천우신조의 절체절명의 기회로 다잡고 치밀하게 공작하고 있습니다!」

「그렇지, 놓칠 수가 없는 천우신조의 좋은 때인 것이야!」 김정일이 대답했다.

「우리 로동당 공작 요원들과 인민군 특수요원들을 남조선의 철책공백을 통해 소규모로 쉽게 침투시키고 있습니다. 식은 죽 먹기입니다!」

「흐, 흐, ……. 알았다우!」 짧게 통화하더니 웃으면서 끊었다.

그 며칠 후. 김정일이 노발대발하고 있었다. 간첩을 남조선에 침투시켜주고 데려오는 길 안내를 하는 정찰국 요원들은 남조선의 철책공백으로 너무 쉬워지니 긴장이 풀리며 실수를 하고 있었다. 1980년 3월 한 달간에만 해안과 내륙의 세 곳(* 한강하구, 포항해안, 김화지구)에서 남조선경계부대에 포착되어 총격을 당했다.

이 사건을 숨기고 있다가 5월 초 〈1980년도 1분기 대남사업 총화〉를 하며 보고서에 작게 슬그머니 끼워 넣었고, 직접 언급도 없이 슬쩍 넘어가려 했다.

김정일은 이것을 알고서 엄청 격분했다. 인민무력부장 오진우와 총참모부 정찰국장 김좌혁과 로동당 중앙위원회 작전부장 오극렬을 동시에 불러놓고 모두를 당장 처형해 버릴 것처럼 펄펄뛰며 난리를 치고 있었다.

「동무들, 다시 또 실수하면 당신들 모두를 그냥 두지 않갔어!

무슨 말인지 알간?」이라고 다짐시키며 돌려보내는 것이었다. 그러자 대남 침투는 즉시 신중해지며 주춤하고 말았다.

1980년 5월 하순. 김정일은 남조선연구소장 리선실로부터 유선보고를 받고 있었다.

「긴급보고를 드립니다.」

「뭐인가?」

「지금 남조선 광주에서는 전두환 세력과 싸우는 내전이 벌어지고 있습니다! 시민과 학생들 수십 명이 진압군경에 의해 피살되고 실종되고 진압군경도 희생자가 발생하고 있습니다. 피의 내전……. 전쟁입니다.」

「으흠…….」

「이보다 먼저 지난달에는 남조선 강원도 탄광촌에서도 인민봉기가 일어났습니다!」

「알았소! 보고서를 즉시 갖고 오시요! 내래 수령님께 가서 보고를 드려야 되갔어!」

「옙! 지금 즉시 이행해 올리겠습니다!」

김정일은 짧게 통화를 마쳤고 이어 인민무력부장과 당중앙군사위원회 위원들과 당군사부와도 대화하고 있었다. 김정일과 강경파들은 눈앞에다 손쉬운 사냥감들을 두고서 발이 묶여 있는 사자들처럼 조급해하며 으르렁대고 있었다.

「게릴라부대를 대규모로 침투시켜서 무장투쟁을 더 확대시키고 심리공작 요원들이 선전선동을 벌이는 겁니다!」

「그러면 바로 전국적으로 내란을 확대시킬 수 있습니다!」

「남조선체제는 완전히 전복될 수밖에 없습니다.」

「맨손으로 통일할 기회입니다!」

모두가 몸도 마음도 마구 들썩거리며 흥분하고 있었다. 그러나 아버지 김일성의 생각을 알고 있는 김정일은 머리가 복잡했다. 남조선 육해공군통신과 미군통신을 빠짐없이 파악토록 하명해 놓고 보고받고 있었고, 남조선 각계각층 요소요소에서 활동하는 지하조직이 보내는 보고도 받아 보고 있었다. 고심하다가 아버지를 만났다. 노회한 김일성은 아들 김정일의 상황설명을 한참 듣더니 결론을 내렸다.

「더 지켜 보자우! 봉기가 전국으로 조금만 더 확산되면 남조선 체제는 저절로 전복될 것이야! 인민들이 자체 힘으로 말이야! 무력은 쓸 필요도 없는 기야!

미제 놈들과 안 싸워도 남조선이 저절로 굴러들어오고 있어!

접수할 준비를 단단히 하고 있어라우!」 단호하고 확신에 찬 말이었다.

아들 김정일은 아버지의 설명을 들으며 느꼈다.

「역시 백전노장의 생각이 맞겠구나!

위험성도 없는 가장 쉽고 순리적이고 확실한 방법이야!」라며 동감하고 있었다.

「남조선을 접수할 준비를 하고 기다리면 된다!」라는 아버지의 생각이 신통방통한 것 같았다.

김정일은 중앙당사의 자기 사무실로 돌아와 오진우를 불러놓고 의논했다.

「오 동무, 내래 마음이 거저 오락가락 흔들린단 말이요!」

「그런데 수령님의 명백한 지시를 거역하면서 특수군이든 군 병력이든 대규모로 움직여서 일을 벌일 수는 없지 않갔습네까?」 오진우도 한 발을 빼는 태도였다.

그렇게 며칠이 지나가고 있었다.

평양의 방송과 신문은 남조선 서울과 지방에서 탈취한 총을 들고 트럭을 타고 바리게이트를 설치하고 계엄군에 맞서 싸우는 모습을 연일 보도하고 있었다. 평양의 신문 방송들은 「남조선에서는 인민봉기가 전국으로 펼쳐지고 있습니다.」

「남조선은 독재정권이 타도되고 저절로 무너지고 있습니다. 우리민족의 태양이시고 불세출의 영웅이신 김일성 수령님과 김정일 당중앙의 영도에 따라 남조선은 이제 곧 해방됩니다.」

「북남통일이, 우리민족의 통일이 이루어집니다!」라고 목청을 높여 선전하고 있었다. 주민들은 모두 곧 통일될 것이라고 믿고 있었다. 큰 기대에 차 있었고 아무도 의심하지 않았다.

1980년 8월 16일. 그동안 대통령직을 승계하고서 숨은 듯 조용했던 최규하 대통령이 이유도 설명도 없이 하야했다.

8월 27일. 최규하 대통령이 하야 하고 열흘째인 이날 전두환은 서울의 한 실내체육관에서 통일주최국민회의라는 거수기조직을 모아 놓고 대통령이 되었다. 나폴레옹처럼 왕관을 빼앗아들고 자기 손으로 머리에 쓴 격이었다.

전두환 대통령은 초기 기강잡기로 권위주의의 공포정치를 펼쳤다. 삼청교육대가 그것이었다. 그러자 한국은 곧 안정되었다. 군도 기강과 경계태세가 강화되었다. 경제도 좋아지고 있었다. 이런 상황 변화를 알게 된 김정일은 아버지 김일성을 찾아가 다시 의논을 했다.

「후계체제를 굳히는 데 노력을 최우선으로 집중하겠습니다.

남조선 적화통일은 저의 후계체제에서 책임지겠습니다!

10월까지는 〈제6차당대회〉를 개최해서리 서둘러서 저가 승계를 먼저 받겠습니다.

그리고서 후계체제를 제가 확실히 다잡겠습니다.

남조선을 꼼짝 못하게 확실히 틀어쥐겠습니다!」라고 다짐하고 있었다.

20.

1980년 8월 8일 금요일이었다. 유리는 타스통신사로부터는 여름휴가를 받고, KGB 제1총국(* 1st Main Directorate: External Intelligence) 산하 해외흑색공작실로부터는 본부출장명령을 똑같은 날짜로 하명받았다. 평양 순안공항에서 모스크바행 비행기에 올랐고 타스통신사의 출장 여행 기준에 따라 일등석에 앉아 러시아어 책을 읽고 있었다. 얼마 후 비행기 게이트를 닫는다는 안내방송이 막 나오는데 부인과 남자아이가 탔고 맨 앞자리에 앉았다. 그들이 앉자 비행기는 바로 게이트를 닫고 움직였다. 유리는 비행기가 움직이자 책을 놓고 눈을 감았다. 눈을 감은 채로 비행기가 이륙하는 것을 느끼며 비행이 안정되기를 기다리고 있었다.
「여기 일등석의 외국인이 아닌 북조선 사람들은 누구일까?
접근할 필요성이 있는 누가 있지 않을까? 누구에게 말을 걸어 볼까?」하다가 귀찮아서 잠을 자려고 안대로 눈을 가렸다.

얼마를 잤을까? 잠이 깨는데 앞쪽 창가의 꼬마 목소리가 어쩐지 귀에 익은 듯했다. 눈을 감은 채로 모스크바에서는 며칠을 어떻게 보낼까 생각했다. 예레나가 생각났지만 아기를 낳고 잘 키우며 행복하기를 기원하면서 생각을 뿌리쳤다. 또 쥬코프 장군 집에 가서 에카테리나 부인에게라도 인사해야 할 것 같았지만 혹시 예레나를 만나게 될 것 같아서 그만두기로 했다. KGB 본부 해외흑색공작실이 평양으로 파견한 지가 일 년도 채 안 된 유리에게 왜 갑자기 본부출장 명령을 내렸을까 생각했지만 알 수 없었다. 일단 나쁜 일은 아닐 것이라는 결론을 짓고 말았다. 읽던 책은 다시 보기도 싫었다. 잠이나 자겠다고 서비스 와인을 주문해서 벌컥벌컥 마셨다.

「내가 이젠 술꾼이구나!」라고 실감하며 스르르 눈이 감겼다.

술의 열기와 함께 몰려오던 잠은 잠시였다. 눈을 감은 채 정신이 맑아지고 있었다. 그때 얼굴 앞에서 이상한 느낌이 들고 장난스러운 기운이 느껴졌다. 눈을 떠 보니 꼬마가 자기 얼굴을 유리에게 바짝 붙이고 쳐다보면서 장난스럽게 웃고 있었다. 마침 손을 유리의 어깨에 올리려 하고 있었다.

「아~!」 유리는 깜짝 놀라고 말았다. 장난꾸러기 꼬마 왕대장이었다. 바로 작년 8월 모스크바 동물원에서 만나고 일 년 만에 다시 만난 것이었다. 그새 키가 훌쩍 자라 있었고 천진하고도 대담한 꼬마였다. 물어보지도 않고 유리 옆의 빈자리에 털썩 앉으면서 말했다.

「아저씨! 아니지 외삼촌! 왜 잠만 자?」

「어디까지 가는 거야?」

「나는 엄마한테 간다.」

「엄마한테 가서 나는 새 학교에 들어갈 거다, 아홉 살이니까.」

「외삼촌은 어디로 가는 거야?」

「응, 나는 모스크바로 가는 거야. 회사 일로 왔다갔다 하며 다니는데?」

「그럼 스위스에도 가는 거야?」

「나는 스위스에도 갈 거다! 나한테 스위스에도 오는 거야?」

「아니, 나는 모스크바로만 가는 거야. 회사에 가는 건데!」

「아니야? 못 온다는 거야? 그럼 나중에 와도 돼!」

「그래도……. 나중에 꼭 오는 거야!」

「와야 해! 알았지?」

왕대장은 말투도 행동도 거침없었고 당돌하고 제멋대로였다. 처음 보는 낯선 사람들에게 경계심도 없이 자기마음을 드러내고 요구도 거침없이 하는 버릇없고 자기중심적인 놈이었다. 이런 녀석이 9월 개학을 앞두고 엄마 서혜령이 사는 모스크바를 거쳐 스위스로 유학을 간다는 것이었다.

「고모가 막 야단을 쳐! 내가 엄마를 자꾸 보고 싶어 한다고!」

「아빠는 일만 하고 바쁘다하고 술만 마시고……. 밤에는 집에도 잘 안 온다! 씨……!」

「나는 우리 집에서 이모하고 외할머니하고 같이 산다.

우리 집은 아주 크다! 내 방도 아주 크다」

「응! 그래? 얼마나 큰데?」 유리가 장난삼아 물어보았다.

「아주 커다! 이 비행기보다도 몇 배 더 크다!」

「그래? 그렇게나 크다고?」

「그렇다니까! 마당도 너무 크다!」

「내 방에는 장난감이 아주 많다. 우리 집 마당에는 아주 큰 나무들 숲도 있다니까!」

「아, 그래? 엄청 크구나!」 유리는 꼬마 녀석의 호기에 맞추면서 기분이 상하지 않게 해 주려고 했다.

「내가 아빠 사무실에 가서 놀고 있으면 고모가 금방 와서 막 야단치고 나를 끌고 나간다!」

「아빠는 미워! 씨이!

나하고 놀아주지도 않고!」 왕대장은 독백하듯 하며 훌쩍거리더니 어느새 유리의 어깨에 기댄 채 잠이 들어 있었다.

왕대장과 함께 탄 여성은 모스크바에서 만났던 이모 서미령이었다. 왕대장을 찾느라 뒷자리 복도로 오더니 유리를 알아보고는 자기 눈을 못 믿겠다는 듯 깜짝 놀라면서 눈인사를 하였다. 동시에 모르는 척 즉시 표정을 바꾸더니 옆 좌석을 힐끗 보며 곧장 화장실로 가는 것이었다. 그러고는 내릴 때까지 자기 자리에만 앉아 있었다. 왕대장은 모스크바공항에서 내릴 때까지 유리 옆자리에 앉아 있었는데, 중간에 잠이 깨더니 말했다.

「할아버지가 참 무섭다. 아니다! 무섭기도 하지만 참 좋다!

할아버지는 나를 아주 너무 좋아한다!

그런데 아빠는 할아버지가 아주 무섭다고 했다!

할아버지 사무실은 운동장만큼 큰데 할아버지 책상은 아주 더 크다! 아빠 책상보다도 두 배 더 크다!」

「응, 그래?」

「아빠는 나한테 자기도 엄마를 보고 싶다고 했다!

그런데도 아빠는 엄마가 우리 집에, 평양에는 오면 안 된다는 거야!

집에도 안 들어오고 나를 혼자 잠자게 하면서! 아빠는 나빠! 씨이!

내가 나중에 아빠를 혼내 줄거야!」

왕대장은 엄마에 대한 깊은 그리움과 애정결핍과 쌓인 아쉬움을 아빠에 대한 분노로 표출하는 것 같았다. 그렇게 화난 표정으로 한동안 입을 꽉 다물고 있다가는 다시 웃으며 말했다.

「나는 고모도 있다……. 그런데…….」

「그런데가 뭔데?」 유리가 물어보았다.

「고모는 좀 무섭지만 좋아.

고모는 나를 데리고 잠도 자 준다. 나를 사랑해 주니까!」 어린애답지 않은 단호한 목소리였다.

「그렇지만 나는 이모가 더 좋다!」

「원래 꼬마아이들은 다 그렇다는데……. 나도 옛날에 그랬는데?」 유리가 대답했다.

엄마의 포근한 품을 그리워하고 있었다. 천진한 갈망과 슬픈 분노를 보이고 있었다. 어쩌다 말문이 트인 것처럼 왕대장은 혼자서 중얼거리듯 말이 끝이 없었고 유리는 말대꾸를 해 주다가 둘이서 팔씨름도 하고 기내서비스로 초콜릿을 받아서 함께 먹기도 했다. 그러다가 유리의 팔을 끌어다 머리를 베더니 잠에 빠지기도 했다. 모스크바 세레메티예보 국제공항에 착륙하자 왕대장은 작은 손으로 유리와 손가락을 끼며 말했다.

「외삼촌, 언제 나한테 올 거야? 약속이다!

나는 외삼촌이 아주 좋아! 알지?

외삼촌, 나랑 같이 살면 안 되는 거야?

내가 아빠한테 우리가 같이 있게 해 달라고 말할까?」 왕대장은 헤어지기를 싫어했다.

「그래, 내가 스위스로 갈게! 외삼촌은 회사에 나가야 되는 거잖아!

스위스에서 우리 또 보자!」 유리는 약속해 주고 헤어졌다.

모스크바공항 입국장 로비에는 대장이의 엄마 서혜령과 남자 두 명이 나와 있었다. 서혜령은 유리를 보는 순간 깜짝 놀란 듯 움찔하면서 눈빛이 반짝였다. 몸을 던져 달려올 것 같았다. 그러나 순간적 모습이었다. 「아차!」 하는 듯 즉시 멈칫했고 절망하는 모습이었다. 동시에 뒤쪽 두 남자 눈치를 휙 살폈다. 남자들은 모스크바 조선항공운수공사 직원들이었다. 유리가 작년에 공작교육 실습 때 이미 파악했던 얼굴들이었다.

* * *

유리는 출장기간 중 지낼 KGB의 독신자숙소를 신청해 놓았으므로 습관대로 아무생각도 없이 미추린스키 프로스펙뜨의 KGB 아카데미 제르진스키 스쿨로 갔다. 일 년 만에 다시 들어서니 익숙한 모습이 반가웠고 마음도 편했다. 그러나 실수였다. KGB의 해외분야인 야센바(Yasenevo)의 과학연구센터(Science Research Center: KGB 해외분야가 사용한 가명)로 가야 했던 것이다.

KGB의 해외정보수집 및 공작과 과학기술분야 조직들은 1972년에 류반카(* LUBYANKA) 시대를 종료하였고 모스크바 서남부의 널따란 숲속에다 시설들을 크게 확충하여 새로이 대형 단지를 증축하고 이전했던 것이다. 유리는 기분 좋게 야센바에 들어섰다. 울창한 숲은 밀림 같았다. 건물들은 숲속에 묻히고 가려져서 이름처럼 연구소 같았다.

밤 비행기로 새벽에 도착한 터라 아직은 오전이었다. 모스크바 시간으로의 시차 적응을 위해 샤워를 마치고 야센바의 숲길들을 뛰면서 땀을 흘렸다. 뛰면서 불현 듯 멀지도 않은 울리챠 바빌로바 77번지의 서혜령 씨 아파트 쪽으로 뛰어가 보고 싶은 생각도 났다. 그러나 다시 생각하니 아파트에는 조선항공운수공사 사람이 얼씬거리고 있을 것만 같았고 위험할 것 같았다. 그러니 그쪽은 가야 할 일이 있더라도 피해야 될 것이었다. 그러고 보니 따로 할 일도 없었다. 월요일에는 해외흑색공작실에 들어가서 출장신고를 해야 했다. 또 타스통신사에 가서 인사를 하고 어떻게든 시간을 보내야 할 것 같았다.

모처럼 모스크바로 돌아오니 평양과는 기분이 완전히 달랐고 내 나라였다. 누가 유리 자신을 미행감시하지 않을까 하고 신경 쓸 필요도 없었다. 긴장감도 경계심도 없어졌고 고민할 것도 없었다. 그렇게 되니 새삼 외로워지는 것이었다. 그러나 모스크바에는 연락할 친구란 하나도 없었다. 지난 해 KGB 아카데미 제르진스키 스쿨에서 같이 교육을 받던 동료들은 모두가 흩어진데다 더구나 흑색요원이 된 유리로서는 그들과도 연락을 할 수도 없는 처지였다.

예레나는 자신을 위해서라도 잊어야 했다. 그러니 이반조차 만날 수 없었다. 포츠담에서 고등학교를 함께 다녔던 친구도 생각났다. 여러 명이 모스크바에서 살고 있겠지만 완전히 단절돼 있었다. 유리는 KGB 스파이라는 특수한 사람인 것이다. 신원조회실에 가면 잠깐이면 그들이 어디서 무엇을 하는지를 알 수 있다. 쉽고 간단한 일이다. 그렇지만 설령 그들과 갑자기 연락해서 만나더라도 무슨 대화를 이어 갈 수가 있겠는가?

유리는 그동안 생존하기 위해 혼신과 육감까지도 기울려 왔다. 그러나 이제는 그런 위기의식을 가지지 않아도 될 만큼 안정되었으며 직장에서의 위치도 역할도 자리를 잡고 있었다. 한국의 아버님 어머님이 보고 싶고 친구들과 친척들과 선생님들도 소식이 궁금하지만 앞으로 만날 수 있다는 희망이 있었다. 이제는 슬프지가 않았다. 사형대 위에 끌려 올라가며 완전 절망하는 꿈을 수 없이 꾸기도 했다. 그때마다 아직은 그럴 준비가 안 된 자신을 느끼며 안타까워했다. 그러다가 꿈을 깨면 생각했다.

「나는 마음도 영혼도 삶도 생사 간의 언저리에서 외줄을 타는 운명인가? 줄을 타듯 최선을 다해야만 살 수 있는 운명인가!」라며 깊은 한숨을 쉬었다. 「언젠가 진짜 운명이 될지 모르니 겸손하게 충실히 순명하자!」다짐했다. 「생과 사도, 삶의 성패나 향방도 나의 뜻보다는 운명이 결정하는구나!」라고 너무도 실감하고 있었다. 그럴 때는 포츠담에서 성가대 활동을 할 때가 떠오르며 그때의 행복감이 그리워졌다.

1980년 8월 11일 월요일 아침, 야센바의 해외흑색공작실 행정과에 들어갔다.

「유리 씨, 복귀신고를 하고 KGB 의장님이 주재하시는 지휘부 전체회의에 참석하시오.」라고 행정과장이 말했다.

그리고 곧 차에 태워 류반카 광장 KGB(국가보안위원회) 본부로 가서 의장실 행정과에 복귀신고를 했고 행정요원을 따라 의장 회의실로 가서 커다란 원형테이블 뒤쪽 대기석에 앉았다. 잠시 후 유리 소속 해외흑색공작실장과 제1총국장 등 KGB의 모든 총국장 국장 실장들이 들어왔다. 곧 안드로포프 의장이 부의장들과 들어와 앉았고 행사가 시작되었다.

먼저 포상심사위원회가 각 부서에서 지난 일 년 중에 이루어 낸 특별성과

들을 발표하고 담당관들을 소개하였다. 유리는 평양 로동당청사 감청공작에 대한 성과에 대한 포상이었고 KGB 의장으로부터 1981년 1월 1일부 중령으로 특별진급 인사명령장과 10만 루불을 포상 받았다.

포상 후에 이어진 평가회의에서 제12국장(Wiretapping and Surveillance 실내감청)과 제16국장(ELINT: 전자정보수집)과 제17국장(SIGINT: 신호정보수집)은 간략한 코멘트를 먼저 했다.

「평양의 감청공작은 통신체계를 완전히 새로 바꾸거나 청사를 새로 건축할 때까지 영구적으로 성과를 낼 수 있을 것입니다.」라는 것이었다.

또 유리의 소속 해외흑색공작실장(Clandestine External Intelligence Operstion) 게오르기 쥬코프 장군도 말했다.

「5월 중순에 통신위성 수신이 가동되면서부터 평양의 최고위층 핵심부의 움직임을 실시간으로 포착, 분석하고 있습니다.

평양 핵심부의 의중을 보다 정확히 파악하고 전망을 할 수 있게 되었습니다.」라는 평가였다.

유리로서는 엄청난 영광이었고 감사할 뿐이었다. 이반과 예레나의 아버지인 게오르기 쥬코프 장군은 유리가 줄을 서서 돌아가며 악수를 할 때 손을 한참이나 꼭 잡고 어깨를 두드려 주며 말했다.

「그래, 네가 아주 잘하고 있구나!

앞으로도 그렇게 계속 충실히 해 나가는 거야!」

포상식 후에 야센바로 돌아가서 해외흑색공작실로 들어가니 모든 요원들이 유리를 부러움과 질시의 눈으로 바라보았다. 유리는 상상도 못했던 이런 포상을 받은 것이 현실인지 꿈인지, 무엇인가 잘못 돌아가고 있는 것만 같아서 두려웠다. 이러다가 갑자기 나락으로 떨어지지 않을까 불안감이 들며 조심스러워졌다. 분명히 과분하고도 불편한 영광이었다. 누가 단 한 사람이라도 자기를 몰래 흔들거나 자신 스스로 사소한 실수라도 하면 파멸나락으로 떨어질 것만 같았다. 이 나라에서 이 조직에서 연고도 친구도 없는 외톨이라는 생각이 나며 소스라치기도 했다. 폭우의 급류에 휩쓸려가는 외톨이 새끼오리였다. 살려면 앞으로 더 잘해야만 했다.

오후에는 통신위성으로 수신된 감청자료를 분석하는 제8총국(8th Main Directorate: Cryptography, 암호 및 정보분석)과 정보분석국(Analytical Directorate)에 찾아가서 평양데스크 분석관들을 만났다. 분석관들은 조선어 인력들이었다. 수집되는 자료는 음성통화가 대부분이고 팩스들도 있었는데 암호난수 문서도 있었다. 매일 수신되는 분량이 엄청났다.

그들은 엄청 많은 수신 자료의 전량을 다 처리하지 못하고 독자적 판단으로 선별해서 내용을 분석하고 있었는데도 종일 숨 돌릴 틈도 없이 매달리고 있었다. 특히 엄청난 음성통화 자료는 대화내용을 잘 파악하려고 다시듣기를 수없이 반복하고 있었다. 또 그 자료를 가지고 추가로 별도 보고서까지 작성하는 고된 업무였다.

난수문서들은 이미 해독해서 파악된 몇 개의 난수들을 기초로 하여, 새로운 수집된 난수문서 내용과 관련된 앞뒤의 통화내용들을 분석하며 맥락을 찾아 해독하고 있었는데 이것은 엄청난 집중력과 종합적 추리력이 필요했다. 분석관들은 퇴근도 안 하고 밤늦게까지 붙들고 씨름해서 해독해내고 있었다. 정말 경탄스러웠다. 일이란 더 철저히 할수록 더 많아지는 것이었다.

분석관의 노고가 엄청나다는 것을 알았고, 그리고 나니 그들에게 무척 미안했다. 영광스러운 평가는 유리가 다 차지했는데 그들에게는 아무 격려조차도 없었다. 성과는 분석관들이 얼마나 철저히 더 많은 수신 자료들을 더 심층 분석해 내는지 의지와 노력의 여하에 따라 좌우되는 것이었다. 근본적 문제였다.

이런 애로사항이 제기되자 본부에서는 분석관들의 통신위성수신자료 분석보고서에 대한 등급평가 시스템을 채택하였다. 특별내용을 찾아낸 성과에 대해서는 격려포상을 하게 되었다. 인사고과에 반영해 줌으로써 분석업무를 크게 독려하게 되었다.

이날 데스크 분석관들과 만나 대화한 것은 유리도 분석관들도 서로의 사정을 이해할 수 있는 좋은 기회였다. 그들은 평양의 특수상황과 어렵고 위험한 여건을 이해하였고 유리도 그들의 어려움을 알게 되었다.

유리는 이렇게 KGB 본부 출장업무를 모두 마쳤다. 그리고 KGB를 나와 타스통신사에도 가서 국제부 기자들과 인사를 했다. 국제부 부장은 자기 방에서 유리와 단 둘이서 커피를 마시며 「유리 씨, 성과가 아주 좋아서 자랑스러워요! 무엇보다도 거기서는 신변 안전을, 몸조심을 잘 하세요!」라며 유리의 눈을 한동안 응시하는 것이었다.

그는 유리가 KGB의 흑색요원임을 알고 있는 것이었다. 그도 흑색요원인 것 같았다. 그러니 서로 시치미를 떼야만 했다.

국제부 사무실에서는 같이 입사한 동기기자 30명의 소식을 알아보며 전화번호와 주소를 모두 받았다. 30명 중의 15명은 소련 국내에 흩어져 있었고 다른 15명은 외국에 있었다. 스위스에 나가있는 로라와 유고연방에 있는 루슬란의 전화번호와 주소도 함께 받았다.

타스통신에서 인사를 마치고 나오니 할 일이 없었다. 지난번 로라와 걸었던 거리를 터덜터덜 걷다가 모스크바 강을 한참 바라보다가 참새언덕으로 모스크바대학 숲을 지나고 KGB 아카데미 앞을 지나서 야센바까지 먼 길을 걸어갔다. 8월 중순 모스크바의 숲속에는 가을이 숨어들고 있었다. 나뭇잎들은 태양의 방향에 따라 이미 다양한 색깔로 변해 보이고 있었다.

21.

1980년 8월 12일(화요일)부터 평양행 비행기를 타는 8월 17일까지는 휴가였다. 류반카 광장의 KGB 본부에는 다시 들어가지 않기로 했고 타스통신사에도 다시 들어갈 필요가 없었다. 숙소는 무료인 데다 군이 옮길 필요도 없었고, 5일 동안을 무엇을 하며 어떻게 날짜를 보내야 할지를 몰랐다. 저녁에는 구내 카페에서 식사를 하며 와인을 마시다가 갑자기 제네바의 로라와 통화하고 싶어졌다. 전화를 걸었더니 로라는 기다리고 있었다는 듯이 첫 벨 신호가 시작하자마자 받았다. 로라는 크게 놀라며 반가워했다.

「유리! 거기(평양)도 힘들지?
중립국인 이 나라, 제네바에는 워낙 많은 나라 기관들, 온갖 나라들에서 다들 와서 섞여 있어.
국제 스파이들의 총 집합지야! 누가 어떤 사람인지를 속을 알 수가 없는 거야!」
「아, 그래? 그런 면이 있겠구나!」

「그럼! 무척 조심스럽기 때문에⋯⋯. 우리 직업 때문에 사람을 많이 만나게 되지만 사귄다는 것이 아주 무서워!

서로를 깊이 알기가 참 어려운 거야!

그러니 외롭기도 하고 또 무관심하려 하자니 심심해지는 거지⋯⋯.」라고도 했다.

또 「유리가 휴가라면 짬 내서 하루만이라도 좀 왔다가 가!

시간만 좀 내면 되는 거잖아? 유리가 좀 보고 싶어! 모습도 궁금하고 어떻게 지내는지 얘기도 좀 듣고 싶어!」라고 했다.

유리는 술을 좀 마신 상태에서 로라의 목소리가 사명감에 차서 기계음 같았던 그전과는 많이 달라져서 감성어린 여성적으로 변한 것에 감동하면서 「그럴까? 로라! 나도 네 생각을 많이 했어! 평양 생활을 너도 알겠지만, 무척 힘든 곳이니까 외로울 수밖에 없는 거 알지?」

「너도 나도 같은 마음이구나!」 서로의 마음을 확인한 로라는 「시간을 만들 수 있으면⋯⋯. 네가 내일이라도 당장 왔다 가! 잠깐이라도 와서 나를 좀 보고 가! 너의 얼굴을 좀 보여 주고 가면 좋겠어!

이젠 나도 너의 얘기들을 그냥 좀 실컷 들어 보고 싶은 거야! 나도 마음껏 좀 실컷 떠들어대고 싶어!

여기서는 내가 그럴 수 있는 사람이 아무도, 단 하나도 없는 거야!」

여태까지 그런 적이 없었던 로라의 완전 달라진 모습이었다. 깊은 외로움과 쌓인 스트레스를 하소연하는 말투였다. 유리가 하는 말을 자주 잘라 버리기도 했고 무시하기도 하며 늘 대화를 이끌어 갔던 로라였는데 그렇지 않았다. 친구라고 긴장이 풀려서 그런지 여성스러웠고 목소리는 목이 타는 듯한 감성을 담고 있었다.

다음 날 새벽에 유리는 옷가방만 들고 공항행 택시를 탔고, 도모데도보 공항으로 가서 지난밤 로라가 예약해 준 제네바행 비행기를 탔다. 로라를 만나는 모습을 상상하면서 눈을 감고 있을 때 비행기는 이륙했다. 의자를 젖히고 드러누워 잠을 청했다. 로라를 만나 보러 간다는 생각에 갑자기 혼란스러워졌다가 다시 온 세상이 장미공원처럼 느껴지며 기쁘고 행복해지기도 했다. 알 수 없는 기분이었다. 세상이 갑자기 고마워지고 아름답고 행복해지며 얼굴에 미소가 가득해졌다.

그런 알 수 없는 마음의 혼란 속에서 제네바에 도착했다. 제네바공항 입국장 로비에는 로라가 나와 있었다. 유리를 본 로라는 달려와 목을 안고 키스를 하며 커다란 가슴을 비벼댔다. 그때 꼬마 목소리가 들리며 허리춤이 당겨졌지만 유리는 신경쓰지도 않고 로라에게 집중했다. 순간 옆으로 카트를 밀며 스쳐지나가는 동양 여자가 있었다. 눈에 들어오는 그 몸은 거울 속의 나신 같은 느낌이 들었다. 농염한 자태에서는 겉살의 촉감과 속살의 움직임과 율동하는 몸의 신음소리와 가득 끓어 넘치는 욕정의 냄새가 났다. 욕정의 불이 억압되고 갇힌 채 용암처럼 임계점에서 폭발 직전에 전율하고 있는 모습의 몸매였다. 서혜령이었다! 넓은 세상에서 이럴 수가 있단 말인가?
그러나 로라와의 두 몸 사이에는 이 순간 서혜령 아니라 무엇이라도 갈라놓을 수 없는 열기와 흡착력이 작용하고 있었다. 청춘의 열기와 에니지는 시뻘겋고 무거운 마그마가 중력으로 흘러내리며 바위들 사이를 채우고 뒤덮어 감추듯 둘을 짓눌러 함몰시키고 있었다. 몸속에 솟구치는 열기는 무거운 지각을 뚫고 나와 엎으며 흐르는 뜨겁고 무거운 마그마의 강, 거역할 수 없는 절대적 중력이었다. 잘 담금질된 철제품 같은 젊은 두 몸은 전부터 서로를 느껴 보고 싶은 욕망이 있었다. 그리움으로 절여지고 타는 갈증으로 숨차 하고 있었다. 파란 하늘빛 눈동자에 백옥피부의 로라는 온몸 가득 욕망으로 시뻘겋게 절어져 있었다. 서로를 산화시켜 주며 서로가 위로받아야 했다. 그런 열정을 산화시키는 것만이 서로를 갈망하며 엉켜 있는 지금 두 몸들에게 답이었다.

김일성 뱃지를 단 사람들이 왕대장을 마중하러 나와 있었다. 로라와 유리의 이런 상봉모습은 아주 자연스러웠다. 그때 서혜령은 왕대장과 함께 카터를 밀고 유리의 옆을 바짝 스쳐지나가면서 딴 곳을 보는 척하며 하이힐로 왼쪽 발등을 꽉 찍었다. 그러나 유리는 개의치도 않았고 아픈 줄도 몰랐다. 로라도 자기도 언제인가부터 서로를 사랑하고 있었다는 사실을 이때 알게 되었다. 사랑을 이렇게 표현하는 로라 앞에서 마음을 비겁하게 감추고 스스로 억압하고 있는 자신이, KGB 조직의 틀과 룰 속에서 겁내면서 한 치도 안 벗어나며 모범적으로 살려고 애쓰는 자신이 갑자기 안타까워지고 부끄러웠다.
유리는 갑자기 이제부터는 무한히 자유로워지고 싶어졌다.

서혜령과 왕대장은 조선사람들과 얘기하고 있었다. 로라가 혼자 서혜령에게 다가가서 인사를 했다. 그러자 왕대장은 유리에게로 달려와서 팔을 잡아끌며 「아저씨, 아니 삼촌! 우리 같이 가자!」라고 했다.
이런 모습을 보고 조선 사람들은 서로 놀라면서 유리와 왕대장을 유심히 관찰하고 있었다. 서혜령은 로라만을 아는 체했고, 유리도 서혜령도 서로 모르는 척했다. 그러니 그들은 더욱 궁금해하는 표정이었다. 말을 걸어올 듯 인사를 할 듯 했지만 감히 그러지는 못했다. 서혜령과 왕대장은 입국장 바깥에 서 있던 그들의 승용차를 타고 먼저 사라졌다. 왕대장은 엄마에게 손을 잡힌 채 몸을 돌려 유리를 보고 손을 흔들어대며 끌려가고 있었다.

유리와 로라는 그들이 떠나가는 모습을 바라보았다. 그런 후 로라의 승용차로 몽블랑 다리를 건너고 구 시가지를 지나서 몽블랑로를 북쪽으로 따라가서 외곽의 레만 호숫가의 건물로 들어갔다. 타스통신 제네바 지사의 사무실 겸 로라의 아파트였다. 두 사람은 옆의 호텔식당에서 점심을 먹고 방으로 올라가자 채 씻기도 전에 서로 포옹했다. 그동안 쌓여 온 열정을 서로에게 쏟으며 용해시켰다.

그동안 유리도 로라도 적지(敵地)인 제네바에서나 평양에서나 업무상으로 만나거나 또 우연히 스치는 사람들은 많았지만, 항상 그들의 감시포위망 속에 있었고 일거수일투족을 감시당하고 있었다. 사무실 통신도 감청되고 있다고 항상 의심해야 했다. 자기에게 먼저 말을 걸어오거나 공공장소에서 우연히 만나거나 접근해 오는 상대방에 대해서는 진짜 신분도 감춘 의도도 모르면서, 선뜻 선의로라도 마음을 내놓고 대하거나 신변안전에 대한 경계심을 풀 수가 없었다. 동료도 없이 혼자서 고강도의 긴장을 한순간도 못 놓으며 경계심과 탐색전으로 버티어 가는 하루하루는 외롭고도 피로했다. 스트레스가 누적되는 생활이었다. 단 며칠이라도 다른 데로 벗어나 보고 싶고, 잠시라도 해방되고 탈피하여 자유로워져 보고 싶은 심정을 억누르고 있었다.

서로를 잘 아는 신뢰하는 동료가 아닌 한 긴장 없이 대할 사람이란 아무도 없었다. 처음부터 고생을 함께 겪고 서로를 잘 알며 같은 업무를 수행하는 같은 처지의 동료가 가장 편했고 또 완전히 신뢰할 수 있는 유대감이 있었다. 이 문제는 흑색요원 누구나가 겪으며 극복해 내야만 되는 심리적인 통과의례였고 거치는 수행 단계였다. 그러므로 스트레스에 대한 카타르시스가 절실했다. 더 참아 낼 수 없는 심리적 임계점의 상황에서도 그것을 잘 참아 내거나 다른 어떤 방법으로 돌파해 내야만 되는 문제였다.

둘 다 똑같이 그런 처지였던 로라도 며칠간 휴가를 내놓고 있었다. 두 사람은 3박 4일간 레만 호수를 한 바퀴 돌기도 했고 로잔과 몽트뢰의 카페와 술집에서는 지난 8개월간 겪었던 일들을 몇 시간이나 서로에게 토로했다. 케이블카로 몽블랑 봉우리에도 올라갔다. 그러면서 서로에게 심신의 스트레스를 풀었다. 해방감을 즐겼다. 행복은 영원할 것만 같았다. 그동안 참고 겪었던 사막의 대상낙타들보다도 더 목 탔던 영혼의 갈증과 외로움은 분명히 밑바닥에 억눌리고 감추어 가둬 놓고 있었던 스트레스에서 치솟았던 것임을 알았다. 두 사람은 자유롭고 해방된 오아시스를 찾았다. 그 오아시스는 찬란한 무지개 속이었다.

유리는 나흘째 날 모스크바로 돌아와 KGB 야센바의 방에 들어섰다. 금요일 늦은 밤이었다.

로라와 제네바에서 보냈던 며칠간의 달콤한 여운들은 영원히 지워지지 않을 것 같았다. 꿈속 여행이었다.

1980년 8월 16일 토요일은 평양으로 출발하기 전날이라 출국준비를 해야 했다. 늦잠을 자고 굼 백화점으로 갔다. 평양에는 마땅한 신발 점포들도 옷가게들도 없었기 때문이다. 운동화와 구두와 여름옷을 사기 위해 붉은 광장의 웅장한 백화점에서 양복과 운동복과 셔츠와 우의와 모자와 속옷과 구두와 운동화를 몇 켤레씩 샀다. 양손과 어깨에 쇼핑백들을 잔뜩 들고 걸치고 있었지만 아직도 몇 가지를 더 사기 위해 매장 진열대들 사이를 돌아다니고 있었다. 그때 누군가가 유리의 어깨를 툭 치며 이름을 불렀다.

「유리! 너, 유리 아니야?

야! 너 참 오랜만이다! 하나도 안 변했구나!」

그는 포츠담의 7번 기지 고등학교에서 두 학년 동안 같은 반이었고 당시 포츠담 7번 기지 KGB 지부장의 아들인 알버트였다. 실로 오랜만에 만난 두 남자는 서로를 부둥켜안고 반가워 볼을 맞추기도 했다. 서로의 손을 잡은 채 얘기를 나누었다.

「너 지금 어디서 뭐하고 지내냐?」

「타스통신에서 기자, 외신부 일을 하고 있어.」

「오, 그렇구나!

어느 나라에서? 어떻게 사는 거야?」

「북조선에서, 평양에서…….」

「결혼은 했니?」

「아직 사정이 안 돼서…….」

「이런! 야, 그게 무슨 말이야? 빨리 해야지…….」

알버트는 정말 멋있는 귀족적 풍모가 우러나고 있었다. 나이는 같아서 아직 젊지만 겉모습뿐만이 아니라 온몸에서 성숙되고 여유롭고 온화한 분위기가 우러나고 있었다. 매일 고강도 긴장 속에서 주변을 경계하며 생존해야 하는, 적지 깊숙이에서 목숨을 걸고 있는 고립된 전투요원 같은 처지의 흑색요원과는 완전히 다른 고귀한 귀족적 풍모였다.

유리는 이렇게 만난 알버트가 놀랍고 반가웠지만 그 순간 「예레나를 잘 사랑해 주고 있을까?」 마음이 쓰였다. 동시에 자신과 확실히 대비되는 그의 분위기에 압도되면서 자신이 비참해짐을 느꼈다. 자신의 한계와 출생 신분에서의 차이를 깊이 실감했다. 또 앞날의 서로의 삶까지도 눈앞에 적나라하게 대비되어 보이면서 절망감을 느꼈다.

알버트는 먼저 〈소련정부 외무성 참사관〉 명함을 유리에게 주었고, 유리는 〈타스통신사 평양특파원〉 명함을 주었다. 알버트는 그때 포츠담의 고등학교를 졸업하면서 국립모스크바대학교 법학부에 진학했었는데 대학을 졸업하고 다시 모스크바의 국제관계대학원을 졸업했다. 본인이 실력을 갖춘 데다 또 부모님과 집안의 막강한 배경에 힘입어 소련 외무성에 들어갔고 최고의 엘리트 외교관코스를 밟아 가고 있었다. 그때 유모차를 미는 젊은 여자가 건너편 진열장 사이에서 옷을 들고 점원과 얘기하는 모습이 보였다.

「저기 내 와이프가 있다.」 알버트가 말했다.

「너도 기억할지도 모르겠는데…….

예레나! 여기야! 이리 좀 와 봐!」라며 소리를 쳤다.

유리는 가슴 속에서 심장이 철렁하고 떨어지며 멈추는 것 같았다. 머리가 어찔하며 당황하고 가슴이 막히며 기운이 빠지는 것이었다. 심장은 마구 쾅쾅거렸다. 맥박은 목 속에서도 머릿속에서도 하도 세게 쿵쿵 치면서 호흡과는 어긋나서 어지러웠다. 심장은 금방 터지거나 멈출 것 같았고 맥박과 호흡은 서로 리듬이 맞지 않았고 제각각으로 엇박자였다. 잠시 정지된 듯 멈춘 듯했다가 다시 서로 부딪치며 내쉬고 뛰기를 반복했다. 때때로 숨이 막히며 완전 정지될 것만 같았다.

절대왕정의 제왕처럼 특히 유리에 대해서는 생사여탈권 같은 힘을 가진 실력자 KGB 부의장 셰닌 장군의 아들이었다. 그런 아버지의 아들에게 유리로서는 도저히 용서받지 못할 대역죄를 범해 놓았음을 알았다. 지은 죄를 조금이라도 감출 수가 없이 죄의 현장에서 들킨 것 같았다. 유리는 정신이 혼미했고 쓰러질 것 같았고 숨을 제대로 쉴 수가 없었다. 이 상황을 탈피해야 했다. 금방 알버트가 눈치를 채서 격분할 것만 같았다.

예레나는 두 사람 쪽을 보지도 않는 채 손을 들고「알겠다!」는 손짓을 한 번 하더니 판매원과 얘기를 하며 함께 저쪽으로 멀리 가 버리는 것이었다.

알버트는 그러는 예레나를 바라보며「여자들은 저렇다니까!

유리, 너도 결혼을 하고 아이를 키워 보면 알게 될 거야!

결혼보다는 결혼하기 전에 애인일 때가 제일 좋다고! 아버님도 그러셨어, 하, 하, 하!」

「그런가?」유리는 안도되어 숨을 고르며 말했다.

「나는 언제 할 수 있을까 문제가 아니라 결혼을 할 수 있을까? 못할지도 모르겠는데?

나는 사정이 좀 그렇거든!

내일 평양으로 출국할 준비를 할 게 많아서 바쁘니까 먼저 가야 되겠어! 미안하지만!」

「그래, 나중에 또 볼 수 있으면 좋겠다!」알버트가 대답했다.

유리는 서둘러 헤어졌고 황급히 택시를 타고 숙소로 돌아왔다. 숙소로 돌아온 유리는 그제야 숨을 돌리며 알 수 있었다.

예레나가 알버트를 찾다가 알버트와 유리가 만나는 모습을 먼저 보았던 것이다. 그래서 어색하고 당황스러운 상황을 피하려고 일부러 가까이 오지 않고 멀리서 딴전을 피웠던 것이다.

그러다가 알버트가 자기를 부르자 무슨 구실을 만들어서 점원과 함께 얘기하며 더 멀리 피해 갔던 것이다. 눈치 빠르고도 기민한 예레나였다.

유리는 택시 속에서도 숙소에 들어와서도 알버트가 예레나의 남편이라는 것이, 이미 들었던 얘기이지만 두 눈 앞에서 직접 마주치고 나니 너무나 놀라고 말았다. 혼자서 고개를 꺼덕이며 한숨만 몰아쉬고 있었다. 이미 들어서 알고 있었던 일이었지만 직접 만나면서 두 눈으로 확인하니 감정이 달랐던 것이다.

다음 날 유리는 모스크바 세레메티예보 공항에서 평양으로 출발했고 8월 18일 월요일 오후에 평양의 순안공항에 도착했다.

22.

유리는 순안공항에 도착하자 숙소로 직행했다. 타스통신사와 숙소는 평양시 중구역 서문동의 소련 구역에 있었다. 높은 담장으로 둘러쳐진 구역에는 소련대사관과 영사관, 소련국영기관, 소련인 학교와 그 직원들의 아파트와 테니스코트, 조그만 풀까지 있었다. 외부인들의 출입은 신원확인을 하며 통제하고 있었다. 평양의 국가안전보위부나 인민군보위사령부 등 국가기관 요원들이 정보를 수집하기 위해 들어오는 것을 차단하려는 것이었다.

또 전용구역은 평양의 통신망과는 별도로 자체통신망을 구축하여 운영했다. 완벽할 수 없어도 북조선 기관들의 감청이나 침투나 접근을 차단하려는 방법이었다. 그러나 모스크바의 본부나 평양 시내와 유선통신을 하자면 바깥의 북조선 통신인프라를 이용해야만 했다.

특히 무선통신에 대해서는 공중에 퍼져 날아가는 전파를 안테나만 있으면 누구든 잡아챌 수 있으므로 결국 유무선통신 모두가 평양의 전문적 감청에 무방비상태로 노출돼 있는 것이었다.

그래서 소련대사관은 유무선 통신내용을 암호화시켰고 특히 중요한 비밀 내용들은 조선의 통신 인프라를 피하려고 정지통신위성으로 모스크바와 암호통신을 하고 있었다.

복귀한 유리는 숙소와 사무실을 여러 날 비운 다음이었으므로 그 사이에 누가 침입하여 도청장비를 설치했는지 어떤 흔적이 있는지 아주 철저히 탐지했다. 전화기와 통신선로는 물론이고 벽과 천정과 바닥의 구석구석과 전기선콘센트와 가구들과 책장 속과 뒷면까지 이중삼중으로 체크해 보면서 손댄 흔적을 찾고 또 발신되는 어떤 미세한 전파가 있는지를 장비로 탐지했다.

전화선로에 걸려 있는 전류에 낮아졌거나 높아진 극히 미세한 변화라도 있는지를 전문장비로 아주 세밀하게 체크했다. 그러나 이것은 통신사 기지국의 사정이나 전기배전 상의 사정으로 전류변동은 늘 있게 마련이라 국가기관이 고차원적 체계적으로 도청하는 것은 확인해 내기가 어려웠다. 그러므로 소련을 어떻게 얼마나 전문적으로 도청하고 있는지 사실관계를 조선기관의 요원이 실토하고 도청으로 알아 낸 정보를 직접 제보해 주는 것만이 확실한 증거가 되는 것이었다. 그러므로 그런 협력자를 확보하는 것이 최고 관건이었다.

* * *

한편 한국은 전두환 대통령이 취임한 후 급속히 안정되고 있었다. 그런 상황에 대응해 평양은 김정일에게 권력을 인계하는 행사로 〈조선로동당제6

차당대회〉를 준비하고 있었다. 김정일은 대회를 앞두고 자신의 체제를 어떻게 구축할지 판을 짜고 있었다. 로동당 기구들과 전문부서들에, 인민무력부와 행정기구들에 자기 심복 누구를 어떻게 배치할지 또 누구를 숙청할지를 정하느라 조직지도부의 인물자료들을 내밀히 검토하고 있었다. 그러고 있던 김정일은 통일전선부장 강주일에게 전화했다.

「동무, 앞으로는 당분간 남조선에다 심한 위기가 안 조성되게 쎄게 건드리지는 말기요!」
「예? 옙! 지도자동지!」
「심리전 같은 것으로 살살 하라는 말이우! 애들, 특수군아이들 내려보내서리 때리는 것보다는 말이우!」
「아! 예! 예! 지도자동지! 잘 알갔습네다! 철저히 이행하겠습니다! 지도자동지!」
김정일은 한국에다 심리공작으로 해 나가되 무력사용으로 심각한 위기를 일으키지는 말라고, 대남공작의 방향전환을 지시하는 것이었다.

1980년 10월 10일부터 14일간 조선로당제6차당대회가 열렸고 김정일을 후계자로 공식 발표했다. 모두가 촉각을 세워 온 사건이었다. 비밀회의 멤버들은 그간 대회 개최를 지켜보며 정보를 교환해 오느라 저마다 안목이 깊어져 있었다.

「김일성 수령과 후계자 김정일 당중앙은 남조선에서 고조됐던 위기사태가 자신들의 기대와는 반대로 급속히 안정돼 버리자 심한 충격을 받았습니다. 신이 내려 준 역사적인 기회를 놓쳤다며 후회하고 있습니다.」헝가리 파이시 정무관이 말했다.

「맞아요! 그렇게 되니 차라리 여태까지 질질 끌어오던 김씨 혈족들의 앞날 생존을 보장하는 김정일 후계체제를 확고히 만드는 것을 우선 해결하기로 한 것입니다.」유리가 동의했다.

「덩샤오핑의 개방정책과 브레주네프의 수정주의와 동유럽의 자유화물결을 지켜보자니 불안해진 것입니다!」체코대사관 카르프도 가만있지 않았다.

「통일은 뒤로 미루고 김정일 체제를 공식화하려고 대회를 연 것입니다.」

「그 수단과 방법, 명분이 주체사상입니다.」

「조선로동당의 지도이념을 기존 마르크스~레닌주의에서 김일성 주체사상을 유일지도이념으로 채택한다.'라고 명시했습니다.」저마다 한마디씩 이어갔다.

「맞아요! 김정일은 김일성과 동격의 신이니 대를 이어서 숭배하며 모시자는 것입니다. 세습 신정(神政)체제가 되자는 결의입니다.」카친스키였다.

「주체사상은 기존의 여러 정치사상과 종교교리와 철학이론과 방법론들을 몇 사람이 모여 앉아 얽어 만든 아마추어적 짜깁기 통합체계입니다.」

「김정일은 조선로동당비서국 비서, 정치국 상무위원, 군사위원회 군사위원까지 3대 국가최고 권력을 모두 장악했습니다. 아버지 김일성만의 전유물이었던 것입니다.」

「이제부터는 선전선동으로 군과 당과 행정과 온 인민을 결속해 나갈 것입니다!」

「재미있는 것은 그간 핍박했던 옛 동료들에게도 떡 선물을 나누어 준 것이지요.」

「예! 그래서 73살 최현 장군도 1976년 숙청되었다가 가택연금과 로동당중앙당사 별관 지하실생활을 접고 조선로동당 중앙위원, 정치위원, 군사위원으로 복직되었습니다.」

「실권자 김정일과 그 하수인인 인민무력부장 오진우의 밑에서 이름뿐인 명예직이지요?」

「동감입니다!」

서로 맞장구를 치는 듯했다.

23.

유리는 평양생활도 공작활동도 이제는 쫓기지 않았고 마음의 여유가 있었다. 즐길 재밋거리도 필요했지만 평양은 극도로 단순했다. 오후에는 여전히 운동복으로 갈아입고 코스를 바꿔가며 조깅을 하는 것이 고작이었다. 대사관 정문으로 나서면 만수대극장의 분수공원을 지나 만수대기념비까지 질러가서 해방탑 길로 산을 올라가서 모란봉 을밀대 최승대 산길을 뛰었다. 바람이 있는 곳이면 앉아 땀을 식히기도 하다가 천리마동상으로 내려오면 만수대언덕 비탈의 성곽유적 숲을 따라 최고인민회의 뒤편을 지나오고 있었다. 때로는 거꾸로 코스로도 갔다. 숙소로 돌아올 때는 김일성광장 앞이나 대동강을 따라 평양호텔로 가서 2층 식당에서 저녁을 먹으며 술도 마셨다. 때로는 보통강을 따라 보통강호텔에도 갔다. 간부들의 동향 변화를 계속 살피는 것이었다.

최현은 복권된 이후로는 전혀 볼 수 없었다. 복권되기 며칠 전 밤에는 평양호텔로 들어서다가 마당에서 마침 호텔을 나오던 최현과 마주쳤는데

「기자 동무! 내가 곧 사무실을 옮기게 될 거요.」라고 나직이 한마디하며 지나쳐 갔다. 복권을 알려준 것이었다. 그의 사무실은 창광동의 어느 건물에 있겠지만 어디라고 말하지도 않았고 자기 사무실로 한번 오라는 말도 하지 않았다. 이제는 유리가 부담이 될 것이 자명했다. 몇 년간 숙청으로 고생한 그를 보호해 주는 것이 서로에게 최선일 것 같았다.

이때 유리가 접촉하거나 알고 있는 사람들은 호텔식당들에서 마주치는 평양의 간부들과 각국 대사관의 공관원들과 로동당 선전선동부의 외신언론사담당자들과 로동신문 및 조선중앙방송의 간부들과 비밀모임의 멤버들이 전부였다. 폭넓게 어울릴 수가 없었다. 기자로 위장한 흑색공작요원인 사정이라 유리는 우선 소련대사관에 정식 KGB 소속 공관원으로 나와 있는 백색요원들을 피해야 했다. 평양의 주민들도 군 당 행정 기관의 간부들도 낯선 사람이면 일단 경계를 하는 데다 인사를 나눴다가도 유리가 기자인 것을 밝히면 모두가 외면했기 때문이었다.
「외국인기자를 만나면 우리는 보위부에 보고서를 제출해야 됩니다.」라는 말을 해 주고 피하는 사람들이 있기도 했다.

그런 유리에게는 평양거리는 인적도 적고 한산하여 적막감이 들며 삭막하게 느껴지며 황량한 영화세트장 같았다. 광대한 광장과 공원과 널따란 거리에는 초대형의 웅장한 전시적 건물들이 위용을 부렸지만 주택구역과 공장지역 거리의 뒤편은 좁은 골목에 작고 낡은 주택들로 지저분했다. 보기 싫었다. 잘 정비되고 널따란 공원과 숲길과 강변을 돌아다니고 있었다.

* * *

늦가을의 어느 날 토요일 밤이었다. 오후의 선선한 날씨 속에 모란공원 산길에서 단풍산책을 하며 뛰고 걷다가 어둠 속에 승리거리를 건너고 천리마상 뒤로 옛 성곽 비탈 숲을 따라 최고인민회의 뒤에 다다랐을 때였다. 숙소가 바로 코앞이었다. 한 남자가 멀찍이 어둠 속 뒤에서 따라오더니 속도를 내며 바짝 다가왔고 어두운 그늘에 들어가자 옆에서 같이 걷는 것이었다. 유리를 미행 감시하는, 지난번 태양절 밤에 만났던 국가안전보위부 그 요원이었다. 그가 유리에게 먼저 말을 걸었다.

「따스통신 젊은 기자 동무!」

「아! 예! 보위요원 선생님 안녕하십니까? 반갑습니다!

그런데 ……. 요?」 유리는 긴장도 되고 놀라서 경계심을 높이며 그의 동정을 살폈다.

「하, 하! 동무는 잘 아시면서 그러십네다!」

「예~?」

「동무는 운동을 참 열심히 하십네다레!」

「아! 예. ……. 저는 하는 일도 없어서요, 맨날 놀고먹고 사니까요 심심해서리 이렇게 시간을 보냅니다…….」

그 요원은 유리가 보기에는 아주 노련했고, 40대 중반의 나이였고, 말투나 태도는 「너를 내 손바닥 안처럼 들여다보며 다 잘 알고 있다!」라고 말하는 듯했다. 유리를 담당하고 있는 보위요원들 중에서 나이가 가장 많은 것 같았다.

KGB 흑색요원들은 이럴 때나 큰 곤경상황이나 신변위기상황을 대비해서 달러봉투를 준비해서 늘 지니고 있었다. 유리는 그의 의도를 알 수 없었지만 그가 지난 4월 태양절 때에 유리에게 다가와서 호의를 보인 데다 구면이었으므로, 일단 그가 어떤 사람인지 반응을 보기 위해 주머니 속의 100달러권 열 장이 돈 봉투를 꺼내면서 바로 그의 주머니 속에다 찔러 넣었다.

그는 당황하고 깜짝 놀라면서도 그 순간 감을 잡는 모습이었다. 또 동시에 자기 주머니를 손으로 눌러 보며 그 두께로 돈 액수를 짐작하는 것 같았다. 순간 눈을 번쩍이며 주변을 휙 둘러보더니

「좋은 기자동무! 정말 고맙습네다!」

「아닙니다. 가끔 뵙고 싶습니다!」

「예, 기자동무! 앞으로 일 있으면 이 시간에 여기 이 숲길에서 동무를 만나갔시요!

동무를 도와주갔시요! 일이 있으면 언제든지 날레 말하시라요!」

「아, 예! 고맙습니다! 보위요원 선생님!

다음에 일이 있으면, 도움이 필요하면 저가 토요일에는 검은색 모자를 쓰고 나오겠습니다!」

「예, 그러시라요!

그러면 나도 동무를 만날 일이 있으면 까만색 윗옷을 입고 나오갔시요!

동무는 앞으로 나를 잘 살펴보시라요!」라면서 그는 나무들 사이 어둠 속으로 숨었다. 유리는 천천히 걸어서 숙소에 도착했다. 뒤를 살펴보니 그는 멀찍이 뒤따라오면서 소련대사관구역에 들어서는 유리를 지켜보고 있었다.

그때 유리는 직감으로 이 요원이 나쁜 의도를 감추고 있지는 않는 것 같다고 느꼈다. 평양에 도착한 첫날부터 여태까지 몇 달에 걸쳐서 매일 유리를 미행감시하고 활동모습을 지켜보면서 유리에게 호감을 갖게 된 것 같았다. 유리를 〈견제 필요〉 대상의 〈적대적 요주의 인물〉로는 분류하지 않은 것 같았다. 비밀리에 노출되지 않고 가까이해도 사건이나 문제를 만들지 않을 〈우호적 인물〉로 평가한 것 같았다. 그래서 호의로 접근한 것 같았다. 이런 돈 뭉치를 받기를 기대하지 않았다는 것은 그의 태도로 봐서 분명했다. 일단 긍정적 상황이었다.

평양의 극히 중요한 실무요원이 선의로 접근해 와 도움을 주겠다고 제의한 것이었다. 앞으로 정말 도움을 받을 수 있을지, 포섭할 수까지 있을 지도 모를 뜻밖의 여건이 생긴 것이었다. 그를 신뢰하고 정보수집에 활용할 수 있을지 여부는 심층적으로 테스트를 해야 했다. 앞으로 그의 행동과 태도와 제공해 주는 정보의 신뢰성 정도를 보면서 판단하기로 했다.

타스통신과 KGB에 거짓의 역정보를 흘려주기 위한 국가안전보위부의 공작원일 가능성을 의심해야 했다. 앞으로 진짜 정보를 조금씩 제공해 주면서 믿게 한 다음에 결정적 상황에서 거짓인 역정보를 주고 기만하여, 소련으로부터 결정적 이익을 얻어내려는 공작원일 가능성을 철저히 의심하며 검증할 일이 남아 있었다.

그러나 확실히 신뢰하고 활용할 수 있게 되면 어두운 밤 한적한 숲에서 아주 짧은 시간동안 접선할 것이다. 그때는 서로의 주머니 속에다 필요한 내용 메모를 찔러 넣어 주고 짧게 대화도 나눌 수 있을 것이며, 유리는 정기적으로 달러 봉투를 그의 주머니에 찔러 넣어 줄 것이었다.

그다음 주 토요일이었다. 점심 식사 후에 일찍 숙소를 나가서 만수대공원을 거쳐 대동강변을 따라 능라도로 건너갔고, 능라도에서 조깅을 하다가 다시 강을 건너와 만수대 언덕을 통과해 모란공원으로 올라갔다. 산속 숲길로 을밀대 모란봉 최승대를 오르내리다가 청류정에 앉아서 강을 바라보며 쉬었다. 어두워질 때 해방탑으로 내려가며 그 보위부요원이 나타나는지 어떤 모습을 했는지를 살피고 있었다. 검은색 점퍼를 입은 그가 해방탑을 향해 올라오고 있었다.

유리는 긴장한 채 모르는 척하며 나들이 주민들처럼 행동하는 그의 태도와 분위기를 살폈다.

혹시 그 돈을 되돌려 준다면 그것은 유리를 도와줄 수 없다는 의미일 것이다. 만일 즉시 위에다 보고를 했었다면 바로 그날 밤에 유리를 체포하러 왔겠지만 그건 아니었다. 또는 그 돈과 앞으로 유리의 행동을 모두 파일로 축적해 가며 언젠가 그것을 약점으로 유리를 역이용하거나 소련에 대해 비상카드로 활용할 지도 모를 일이었다.

그는 유리를 모르는 척하며 산 위로 곧장 올라갔다. 유리는 해방탑을 쳐다보는 척하며 그의 뒷모습을 잠시 살폈다. 한동안 시간을 보낸 다음 승리거리를 건너 천리마동상 옆의 어두운 비탈 숲을 따라 천천히 숙소로 걸어갔다. 지난번의 그 숲 어둠 속에는 그가 먼저 와서 숨어 있었다. 그는 유리를 확인하더니 들릴 듯 말 듯 낮은 목소리로 「동무, 이거 받으시라요! 필요한 거 있으면 날레 말하시라요!」라며 유리 손에 메모를 쥐어 주고 숲 그늘 어둠 속으로 잽싸게 숨는 것이었다.

『나는 외국요원들을 감시하는 국가안전보위부 반탐국의 책임지도원 현무광임. 내 밑에는 부하요원 22명이 있음. 소련대사관 담당 인민군보위사령부의 요원들과는 적대적 경쟁 관계임. 보위사령부요원을 예의 경계해야 함. 국가안전보위부와 인민군보위사령부는 서로 오랜 원한과 깊은 복수심이 쌓인 관계임.』

숙소에 들어온 유리는 메모를 읽고 있었다.

서로를 견제하고 감시하고 있다. 서로 잡아먹겠다고 벼르는 앙숙지간이며 권력투쟁을 벌이고 있다는 의미였다. 또『서로 얼굴을 아는 요원이 많아 자신의 활동모습이 서로에게 노출되는 것을 극히 조심하고 있음.』이라고도 했다. 자기와 만나는 것을 보위사령부요원들이 눈치채면 안 된다는 것이었다.

유리는 섬뜩했다. 그렇지만 어딘가 신뢰감을 느끼게 하는 내용이었다. 안 그래도 앞으로 극히 조심하며 꼭 명심해야 할 필수적인 내용이었다. 자기와 만나는 것이 들키지 않아야 된다는 말은 그의 진정성으로 여겨졌다. 신뢰감을 느끼게 했다.

그러자면 상황을 보면서 접선장소를 다르게 하고 접선방식도 바꾸는 것이 필요할 것 같았다. 그러나 그것은 유리보다는 평양의 최고 전문요원인 그가 알아서 선택할 일이었다. 그를 활용하면 앞으로 이런 문제를 오히려 더 쉽게 풀어 갈 수 있을 것 같았다.

그날 후부터 유리는 토요일 오후와 일요일마다 또 가끔 평일 오후에도 대동강변, 보통강변, 능라도, 여러 공원들로 장소를 다양하게 바꿔 가며 조깅을 하고 있었다. 그러다가 격주로 깜깜해지면 어둠 속에서 그가 정해 준

장소에서 그와 비밀접선을 하고 있었다.

「국가안전보위부에서는 저를 어떻게 보고 있습니까?」 어느 날 유리가 그에게 질문했다.

「기자동무는 운동코스도 매일 활동도 처음부터 똑같아요, 똑같은 시간에 똑같은 모습이라서리 숙소로 들어간 시간만 체크하고 있시요.」

그의 답이었다. 낮은 수준의 경계대상으로 분류하고서 형식적으로 감시한다는 얘기였다.

그렇지만 유리는 그를 아직 완전히 신뢰할 수는 없었다. 그가 준비해 제공하는 자료를 받기만 하면서 별도로 수집할 요청사항을 주지 않고 있었다. 그의 활용가능성과 활동역량을 더 검증할 필요가 아직 있었기 때문이었다. 더구나 유리가 숙제로 주는 수집요청사항을 파악하자면 그는 자기의 업무가 아닌 일에 관심을 가져야 할 것이고, 그런 특이행동이 의심받으면 결국 위기에 빠질 것이기 때문이었다.

그다음 달에도 유리는 그의 주머니에 달러 돈 봉투를 찔러 넣어 주었다. 그러나 어떤 정보를 수집해 달라는 요청도 아무 말도 하지 않았다. 그가 스스로 알아서 제보하는 정보와 행동을 보며 평가하고 있었다.

셋째 달에는 KGB 본부에다『조선 국가안전보위부요원 현무광에 대한 유급협조자 채용계획 및 승인요청』보고를 했다. 그리고 며칠 후 본부로부터 회신이 왔다.

『유급협조자 활용계획을 승인함. 협조자를 415(태양절 일자)로 호칭함. 보수는 월 1,000불로 책정함. 운영비를 소급 송부함. 귀관의 노고를 치하함!』이었다. 현무광의 이름과 신원을 감추기 위해 번호로 호칭한다는 것이었다.

1981년 3월. 유리는 평양에 도착한 지 일 년 삼 개월째에 보위부요원 현무광을 앞으로 매달 돈을 지불하며 활용하는 유급협조요원으로 활용하게 된 것이다. 이제는 감청사업도 국가안전보위부요원 공작도 성공적으로 가동되고 있으므로 유리는 활동을 방어적으로 전환할 필요가 있었다. 그동안 해 오던 비밀모임 평양사랑 친목회를 자제해야 했다. 어느 대사관의 누구를 더 가입시키자는 등 멤버를 늘이자는 얘기가 있었던 것이다. 소문이 나고 있는 증거였다.

「최소 인원일 때 리스크가 가장 낮으며 인원 숫자의 제곱으로 위험요소가 많아진다.」 이것은 제르진스키 고급학교 교육받을 때 누누이 강조했던 공작활동의 철칙이었다. 이럴 때는 판단과 행동이 신속해야 했다. 유리는 멤버들 중 한 명을 만났다.

「나를 미행 감시하는 보위부 요원들이 몇 명 더 늘어났습니다! 심각한 경고입니다!

우리 모두를 위해서 저가 활동을 자제해야 되겠습니다!

저는 당분간 모임에 불참하겠습니다!」 유리는 거짓말을 했다.

24.

모스크바 KGB 본부는 정지통신위성을 경유하여 수신된 평양의 감청공작 자료를 분석하고 종합하여 유리에게 간략히 하달해 주고 있었다. 1981년 부터는 하달 내용에 당중앙 김정일의 특이한 사정이 포함돼 있었다. 김정일의 속앓이였다.

김정일은 후계 권좌를 차지하고 나자 한시름을 놓고 있었다. 그러나 마음 속에는 아픔이 하나 있었다. 스위스 베른에 유학 보내 놓은 아홉 살짜리 아들 정남이 문제였다. 잘 다녀야 할 국제학교에는 거의 지각하거나 결석했고 매일 저녁이면 평양으로 전화해서 울어대며 아빠를 찾고 있었다. 김정일은 간부들과 회의 중에도 보고서를 결재하다가도 술을 마시다가도 기쁨조 미녀를 품고 잠자리에 누웠다가도, 때도 시간도 없이 걸려 오는 아들의 전화를 받고 있었다.

「아빠가 보고 싶어⋯⋯! 엉~ 엉~!

아빠, 나 학교에 안 갈 거야! 가기 싫어! 싫다고!

밥 먹기 싫어! 안 먹을 테야! 아빠가 와서 같이 먹어야 먹을 거야!
엄마한테 가고 싶어요! 엄마한테 가게 해 주세요! 엉~! 엉~!
집(평양)에 가고 싶어요! 아빠 보고 싶어! 아빠한테 갈 거야」

온갖 생떼를 쓰는 전화를 받고 있었다. 둘은 통화할 때마다 같이 울고 있었다. 정남은 아빠 김정일이 파티를 벌이느라 바쁘거나 현지지도를 가거나 다른 특각으로 가서 통화를 못할 때는 엉엉 울고 욕설까지 하며 마구 소리를 질러댔다. 김정일은 이러는 어린 아들을 생각만 해도 목이 메고 가슴이 아팠다.

미모인 데다 너무도 사랑했고 찰떡궁합이었던 아들의 엄마 성혜림을 그리워하며 그녀에 대한 사랑의 갈증을 못 달래고 있었다. 자기보다 연상에다 자식까지 있던 남의 부인을 빼앗아 동거하다가 정남을 낳았다. 아버지 김일성도 모르는 비밀이었던 이 문제가 공개될까 봐 감추려고 모스크바에 내보내어 숨긴 것이었다. 이 소문이 평양으로 흘러들어올까 내용을 알 만한 모스크바의 유학생들을 불러들여 강제수용소로 보내기까지 했다. 자신의 도덕성과 정통성에 타격을 받아 앞으로 후계자가 되는데 문제될 만한 것을 미리 차단했다. 그러느라 평양에서도 성혜림과 아는 사이거나 이 사실을 알 만한 사람들을 모조리 찾아내어 강제수용소에 보냈다. 입을 틀어막아 놓았다.

베른의 대사관요원들은 정남을 승용차로 국제학교에 태워 주며 잘 돌보고 있었지만 모스크바에 숨어 있는 그 엄마와는 단절되어 있었다. 정남에게는 이모 성혜랑과 김정일의 직속 경호부대 호위총국에서 파견된 경호원과 대사관의 안전요원과 당대표 등 여러 사람이 매달리고 있었다. 한편 모스크바에 숨어 있는 그 엄마 성혜림을 돌보는 일은 호위총국 소속으로 駐소련 대사관에 나가 있는 여자경호요원 딱 하나가 혼자서 비밀특수임무로 전담하고 있었다.

그렇지만 대사관 요원들은 모두가 다 아는 일이었으므로 모르는 척하면서도 쉬쉬하며 앞날의 출세와 신상의 안전을 위해서 상황에 따라 각자가 요령껏 은밀하게 알아서 처신하고 있었다. 공식적 겉 연출과 달리 정남이가 언젠가 후계자가 되고 정권을 승계할 가능성에 대비하면서 저마다 눈치껏 알아서 모시고 있었다. 정남이가 엄마와 함께 있을 때는 반드시 보모인 이모가 전면에 나서서 대사관 요원들과 대화하고 지시하며 도움을 받고 있었다. 엄마는 비켜 물러나는 애매한 모습이었다.

유리는 쫓겨나갔다는 성혜림도 아들 정남도 모스크바 어디에 살고 있는지, 어떻게 생긴 누구인지 극도로 궁금했다. 그렇다고 KGB 본부에 문의할 사항은 아니었다. 또 평양에서는 누구에게든 입도 뻥긋할 수 없는 문제였다. 비밀공작활동에서는 개인적 사항이나 호기심으로 본부에 문의하는 것은 큰코다칠 일이기 때문이었다. 지시받은 하명사항을 충실히 수행하고 보고하는 것이 임무였다. 개인적 호기심으로 본부에다 답을 요구하는 것은 정신 나간 짓이었다. 개인적 사항은 자제해야 했고 필요시에는 스스로 해결하되 문제를 사소한 것이라도 발생시켜서는 안 되는 것이었다. 유리는 고심해 봤지만 국가안전보위부요원 협조자 415(현무광) 외에는 다른 방법이 없었다. 위험성이 높았지만 직접 그에게 물어보기로 결심했다.

유리는 매달 두 번 그와 접선하고 있었는데, 1분을 넘지 않게 서로 스쳐지나가며 메모를 주고받았다. 또 별도로 정보자료를 받을 때는 숲속 성곽 바위틈이나 나무뿌리 밑에 묻어 두고 찾아가는 드보크 방식으로 했다. 그때마다 그는 깨알 같은 글씨로 가득 채운 작은 종이 쪽지를 숨겨 두었다. 유사시 순간 입속에 삼켜 버릴 수 있는 것이었다. 유리도 새끼손가락 크기 종이에 작은 글씨로 적은 수집요청사항을 그에게 넘겨주고 있었다.

1982년 1월 9일 토요일 밤이었다. 유리는 망설이며 날짜만 보내다가 토요일 한밤중에 아주 춥고 인적도 없는 성곽유적 비탈 숲의 어둠 속에서 현무광을 은밀히 만나게 되자 질문을 했다.

「모스크바에 나가 살고 있는 사람이 누구입니까?」

현무광은 깜짝 놀라며 멈칫했다. 긴장한 채 주변상황을 살피더니 비탈 숲 더 으슥한 곳으로 들어갔고, 어둠 속 차가운 땅바닥에 유리와 앉아서 귓속말로 조용히 설명을 했다.

「아들 정남이와 모스크바의 성혜림 문제는 중대하고 위험한 특급 비밀입니다.

성혜림과 전 남편을 강제로 이혼시킨 사실을, 또 당중앙 동지가 성혜림과 그런 불륜관계로 정남이를 낳은 것을 아는 사람들은 모두 수용소로 끌어갔고 처형됐습니다.

당중앙께서는 정남이를 스위스에 보내 놓고 이모인 성혜랑을 붙여서 돌보고 있습니다.

또 호위총국에서 뽑아 보낸 요원이 경호와 운전을 맡고, 대사관의 당대표와 안전요원은 비서역할과 일상 심부름을 맡고 있습니다.

네 사람이 돌보는 것입니다. 또 스위스대사관의 외교번호판을 붙인 벤츠도 전용으로 배정돼 있습니다.」

「……. 예!」

「그런데 어리니까 외로워하며 하루에도 몇 번씩 전화를 걸어 옵니다. 당중앙 동지께서는 침대 머리에 전화기를 놓고 스위스와 일곱 시간의 시차 때문에 한밤중에도 새벽에도 잠에서 깨어나서 받습니다.

그러다보니 새벽까지 보고서를 살펴보거나 술을 드시다가 스위스의 밤이 깊어져서 애가 잠이 들어야, 여기는 새벽이 돼야 잠이 드시는 게 습관이 되셨습니다.」

「…….」

「그래서 힘들어하시고 고민하시다가 모스크바로 보내서 엄마와 몇 달을 지내게 했습니다.」

「아! 예!」

「그러자 즉시 전화질이 조용해졌습니다. 그러나 오랫동안 그럴 수가 없는 것 아닙니까?

황태자인데 숨겨 놓은 엄마에게 붙여 놓는 것은 비밀을 세상에 공개시키는 것이니까요. 무슨 화근이 될지 모르지요.」

「……. 예!」

「스위스로 속히 돌려보내야만 했던 겁니다.

그때 당중앙 동지의 중성동 15호관저에는 이모 성혜랑이 돌보던 정남이를 모스크바로 보내놓고 들어와 머물고 있었는데요.

그 이모에게 정남이를 앞으로 엄격하게 다루라고 단단히 교육시키고, 모스크바로 가서 다시 베른으로 데려가게 했습니다.

정남이가 1981년 8월 이모와 함께 모스크바에서 베른으로 다시 가서 베른 국제학교에 재입학했습니다. 어머니와는 또다시 떨어졌습니다.」

「아! 그랬군요!」

그는 말을 멈추고 숲 비탈 아래 사람이 있는지를 잠시 주시하더니 다시 얘기를 시작했다.

「정남이는 베른으로 간 후로는 평양보다는 모스크바와 자주 전화했습니다. 당중앙 동지는 여전히 통화를 하셨지만 이제는 한숨을 돌리신 것입니다 한 시간 시차인 모스크바의 엄마와 매일 통화하고 또 베른으로 건너오게 도 해서 몇 주일씩 함께 지내기도 하고 있습니다.

안정을 찾은 것입니다. 그런데 학교에 안 가고 간섭 구속을 안 받으려 하고 뭐든지 아무거나 제 맘대로 한답니다.

최고급 명품점 식당 호텔로 다니며 큰돈을 쓴답니다. 당중앙께서도 베른 대사관의 지출액을 보고받으시니 짐작은 하시지만……. 이모도 아무도 이 문제를 정확히 보고하지 못합니다.」

「아! 예. 그럴 수밖에 없겠지요.」

「더구나 성장기가 된 데다 아무도 통제를 못하니 벌써부터 여자를 찾는답니다.

노는 재미에 빠져서 이젠 아빠와는 통화도 안 합니다.

아들 목소리를 듣기 위해 당중앙 동지께서 먼저 전화를 걸어야 합니다.」

「아, 그렇군요!」

유리는 설명을 들으면서 어쩐지 뭔가가 석연치 않고 궁금했다.

「정남은 왕대장과 비슷한 것 같고, 성혜림도 서혜령과 비슷한 데가 있지 않은가? 혹시 같은 사람들일까?」의심했다. 1978년 12월 31일부터 나흘 밤낮을 모스크바 울리챠 바빌로바 77번지의 아파트에서 함께 있었던 서혜령이 신세타령했던 내용들과도 비슷해 보였다. 엄청난 사건 속에 빠져 있는 것만 같았다. 상상조차도 못할, 꿈에서도 있을 수가 없는 끔찍한 일이었다.

「세상에 이럴 수도 있다는 말인가?」

유리는 자신을 책망하면서도 극도로 조심스러웠지만 서혜령과 성혜림은 어떤 관계가 있는지, 왕대장과 정남은 어떤 관계인지를 확실히 알아보고 싶었다. 비슷하거나 똑같은 이름이 세상에 너무 많다는 생각도 들었다.

「받침 하나만 다른 이름도 얼마나 많은데 성씨에다 이름까지 다르다면 얼마나 큰 차이인가? 더구나 예쁘거나 부르기 좋은 이름에는 얼마나 많은 동명이인들이 있는가?」

속단할 필요는 없었고 신중히 확실히 알아보아야 할 엄청난 문제였다. 유리는 더 미룰 수도 없었고 참을 수도 없었다. 모처럼 완벽하게 몸을 숨길 수 있고 인적도 없는 이런 으슥한 구석에서 415와 밤늦게 단 둘이 만난, 완벽한 상황이었다. 이렇게 좋은 기회가 다음에 또 생길 것 같지도 않고, 궁금증을 더 미룰 수도 없어서 과감히 질문했다.

「평양에 왕 회장이라는 집안이 있습니까?」

「아, 왕 씨네 말이군요!

수령님께서 과거 항일 파르티잔 투쟁시절에 사별하셨던 애인의 집안입니다. 대동강 앵무섬의 소유자였습니다.

수령님의 최측근 동지였고 항일투쟁자금을 지원했지요. 지금도 수령님과 당중앙 동지와 아주 가깝습니다.

정치와는 단절하고 있지만 당 간부이기도 합니다. 돈벌이사업만 맡아 하는, 수령님의 과거 인척관계라서 처음부터 보호와 특혜를 받아왔습니다. 일반 주민들은 잘 모릅니다.」

「왕씨 집안의 며느리도 남편 왕사장이 바람둥이라 헤어져서 모스크바에 나가 살고 있지요!

성혜림 씨가 사는 집에서 가까운 근처에서 살고 있고 서로가 잘 아는 사이지만 당중앙님의 방침을 잘 아는 지라 서로 일절 교류를 안 한다고 합니다.」

* * *

유리는 415로부터 파악한 이 내용을 그날 밤에 본부로 비밀전문 보고했다. 감청공작에서 일차 파악된 내용을 구체적으로 확인한 현지 확인 보고였다. 며칠 후에 본부로부터 아주 짧은 회신전문이 왔다.

『성혜림의 아파트는 울리챠 바빌로바 85번지, 서혜령의 아파트는 울리챠 바빌로바 77번지임. 김정남은 스위스 베른에서 국제학교를 다니고, 왕대장은 제네바의 학교를 다니고 있음.』

울리챠 바빌로바의 두 아파트는 불과 몇 백 미터 떨어진 가까운 이웃이었다. 스위스의 학교는 베른 국제학교와 제네바 학교로 달랐다. 극도로 궁금했던 의문이 이렇게 해결되었다.

25.

1982년 1월 중순에 유리는 한동안 얼굴을 내밀지 않았던 평양사랑 친목회로부터 신년모임에 꼭 참석해 달라는 요청을 받았다. 새해파티를 겸한 모임이었으며 동독대사관 한스 정무관의 방에서 모였다. 모임 후에는 시내의 호텔로 옮겨서 파티를 하는 것이었다. 참석해 보니 첫 모임 때 선정한 주제를 아직도 계속 스터디하고 있었다. 폴란드대사관의 카친스키 정무관이 폴란드 그다니스크 레닌조선소의 바웬사 중심 자유화운동 등 동유럽의 민주화운동을 발표했다.

「예, 동유럽은 확실히 민주화로 나아가고 있습니다! 그런데 중국도 재미있습니다.」

카친스키의 발표를 듣고 난 동독의 한스와 체코의 카르프가 함께 중국에 대해 설명하기 시작했다.

「마오쩌뚱은 1976년 4월 5일 천안문사건이 발생하자 자신의 처 장칭의 사인방인 급진파를 편들면서 우경세력의 대표였던 국무원부총리 덩샤오핑을 쳐냈습니다.

우경(右傾)의 자본주의추종자 덩샤오핑이 군중폭동을 선동한 것이다 라며 실각시키고 가택에 연금시켰습니다.」한스였다.

「그러면서 중도파 화귀펑을 국무원총리 겸 공산당 당중앙제1부주석으로, 즉 자신의 후계자로 임명했습니다.」카르프였다.

「마오쩌뚱은 그 후 몇 달 만에 1976년 9월 9일 사망했지요.」

「화귀펑과 온건파는 그러나 마오쩌뚱을 저버리고 10월 6일에 장칭 등 급진파 4인방을 제거해 버렸습니다.」

「4인방이 제거되자 덩샤오핑은 화귀펑에게 침이 마르도록 아첨하는 편지를 몇 번이나 보내며 복권시켜 달라고 빌었습니다.」

「그러나 화귀펑은 마오쩌뚱의 유지(遺志)를 지킨다며 복권반대세력을 편들어 덩샤오핑을 견제했습니다.」

「그런데 시대는 바뀌고 있었습니다.」

「인민대중도 당간부들도 정부관리들도 세상이 바뀌기를, 덩샤오핑의 복귀를 바라고 있었던 것입니다.」

「노회한 덩샤오핑은 아주 조용히 조심스럽게 당조직과 대중들에게 자신을 드러내면서 폭넓은 지지를 받아 냈습니다. 복권을 쟁취하게 된 것입니다.」

「덩샤오핑은 자신과 이렇게 악연인 화귀펑을 쳐내려고 오랫동안 절치부심했던 것입니다.」

「1980년 11월에는, 실각 4년 만에 둘 사이에 힘의 지형이 역전되어서, 덩샤오핑은 당정치국 확대회의를 한 달 동안 9번이나 주재하면서 화귀펑을 집중비난하며 몰아냈습니다.」

「천안문사건을 화귀펑이 앞장서 진압한 것, 마오쩌뚱의 교조주의와 개인

숭배를 확산시킨 것, 좌익경제노선을 확대해서 경제위기를 만든 것 등을 맹비난했습니다.」

「그에 편들어 1980년 8월에 국무원총리로 선출되었던 자오쯔양도 전국 성장 및 시장 회의를 개최하면서 화궈펑이 지난 2년 간 좌익경제노선을 확대해서 실패했다고 맹공격했습니다.」

「화궈펑은 이렇게 코너로 몰리면서 자구력도 투쟁력도 보여 주지 못했습니다.」

「권력을 자신의 노력과 실력과 투쟁으로 쟁취했던 것이 아니라 마오쩌둥이 안겨 준 것이 한계였습니다.」

「그러더니 1년 만인 1981년 6월 말에는 중앙지도부에서 완전히 밀려나고 말았지요.」

「덩샤오핑은 마오쩌둥이 후계자로 세운 화궈펑을 오랜 절치부심의 권력투쟁 끝에 지도부에서 완전히 몰아냈고, 실권을 장악한 것입니다.」

「그런 덩샤오핑은 〈일국양제의 사회주의시장경제를 채택하자!〉〈외국차관의 빚을 들여오지도 말자! 외국물건을 구매하는 데 많은 돈을 쓰지도 말자!〉〈우리 해안도시를 특별경제구역으로 개방함으로써 이 두 개의 문제를 동시에 해결하자!〉라고 주장해 왔습니다.」

「선전, 주하이, 산터우, 샤먼 등 해안도시에서는 벌써 그 성과를 보여 주고 있습니다.」

한스와 카르프의 발표는 대학 강의처럼 연구 정리되어 있었다. 발표가 끝나자 보안을 고려하여 시내의 호텔 대신 소련대사관 구역의 레스토랑으로 옮겨서 식사와 술을 즐겼다.

1981년 연말에 김일성 수령과 김정일 지도자는 심각한 대화를 나누고 있었다.

「폴란드에서 국민들이 다 나서서 자유화운동을 전개하며 사회민주주의 제도로의 변화를 요구하고 있다고?」 김일성이 아들에게 질문했다.

「그렇습니다. 아버님! 이거이 바깥에서는 아주 심각하게 돌아가고 있습니다! 어떻게든 우리는 서둘러서 확고하게…….」

「중국은 어케 돌아가는 건지 알간? 위태롭지 않아?」

「예! 중국도 권력투쟁이 여러 해 벌어졌습니다. 권력지형과 사회경제가 재편되고 있습니다.」

「마오 어른께서 직접 정하신 후계자 화귀펑이 서서히 완전 폐기됐습니다. 중국이 문을 열어젖히며 개방하고 있습니다.」

「내가 정일이 너를 후계자로 앉혀 놨는데도 그렇게 뒤집어질 수가 있다는 말이야?」

「예! 예! 예! 그렇습니다!」

「그렇다면 문제될 만한 것들을 모조리 찾아내서리 뿌리 채로 뽑아 없애라우! 제까닥 해치우란 말이야!」

김일성은 아들에게 과감한 숙청으로 위험요소들을 철저히 제거하라고 아주 단호하게 지시하고 있었다. 중국과 동유럽의 이런 변화는 김일성 김정일에게도, 김일성 체제에서 안주하고 있는 항일무장투쟁동지들과 당과 군의 간부들 등 조선의 엘리트들에게도 내심적 동요를 일으키고 있었다. 서로 간에 합의나 절충이 있을 수 없는 상극적 동요였다. 서로가 침묵의 긴장 속에서 갈등을 물밑으로 감추어야 했다. 김정일은 독재기구인 조직지도부와 국가안전보위부와 인민군보위사령부와 국가안전부 등 감시조직을 모두 동원하여 감시의 촉각을 곤두세우고 있었다.

1982년 1월. 새해가 되자 특히 항일투쟁의 노장들은 국가적 위기감이 커지고 있었다. 김일성 김정일의 심리나 계산과는 극명히 상충되는 것이었다. 고령이라 할 말을 하는 사람도 있었다.

「김일성 동지가 덩샤오핑을 좀 따라 배워 볼 생각을 아예 안 하는 기야!」

「정일한테로 체제를 잘 넘겨주었다고서리, 손 놓고 걱정도 생각도 없이 태평하고 있어!」

「틀려먹었어!」

「정일이는 자기 자리를 굳히는 궁리만 하는 거야! 나라의 장래는 둘이 다 안중에도 없어!」

「요새 당 군 간부아이들을 불러 기쁨조 애들 데리고 주지육림 파티를 벌인다고?」

「그러면서 간부 아이들의 술 실수를, 입에서 나오는 헛소리를 모두 기록한다고?」

「무슨 못된 짓을, 사건을 또 꾸미는 기야!」

「애들을 술 취하게 해 놓고 테스트하며 사람 잡을 꺼리를 만드는 것이야!」

이런 소문이 쉬쉬하며 입으로 퍼지고 있었다. 모두가 조심했다.

그런 김정일은 2월 16일 자기 생일을 구실로 기쁨조파티를 더 크게 벌이기 시작했다. 당 조직지도부 요원들이 시중을 들면서 대화를 녹음했다. 이 작전에 걸려드는 간부들의 동향자료를 쌓고 있었다. 미운 털을 제거시킬 명분을 만들었고 날짜와 기회만 남겨 두게 되었다. 파티에 초대된 젊은 간부들은 김정일의 이런 무서운 속을 모르고서 주는 술을 다 마시며 좋다고 떠들었다. 당중앙 지도자가 직접 기쁨조와의 동침까지 시켜 주는 호방한 접대에 감동하며 간곡하고 진지하게 때로는 주책스러운 조언을 올리기도 했다. 그중에는 노익장 선배들에 대한 비판도 있었다.

김정일은 그런 약점을 잡는 데 맛을 들이고 있었다. 김일성의 생일인 4.15 태양절이 다가오자 아버지의 파르티잔 혁명동지들을 초청하여 환대하는 기쁨조파티를 벌이고 있었다. 원로 혁명동지들과의 파티였다. 참석자들은 거의가 연로했으므로 주흥을 돋우려고 했고 좋은 양주에다 어리고 예쁜 기쁨조들을 여러 명씩 붙였다.

그런데 그 자리에서 〈민족의 태양이시고 위대한 영도자이신 어버이 김일성 수령님〉보다 항일조국해방 파르티잔투쟁의 선배였고 더 혁혁한 공로를 쌓아, 김일성도 김정일도 존중하고 있는 백전노장 최현 장군은 김정일에게 직설로 충고를 하고 있었다.

「이봐 정일이 동무레! 바깥세상이 무섭게 변하고 있소!」

「……」

「천지개벽이 일어나고 있는 기야!

이거이 주지육림인 게야 뭐야? 이래서 돼갔어?」

「……」

「내레 이런 행각을 보면서리 아주 큰 근심이 되는 기야!

그만 좀 때려 치우라우!

내레 참, 바깥 세상 돌아가는 거이 아주 걱정스럽단 말이요!」

「…….」

「때가 이럴 때인가 말이요? 지금! 정신들 좀 차리자우!」최현은 노기까지
드러냈다.

「…….」

김정일은 입을 다물고 있었지만 얼굴은 시뻘게져 있었다. 머리통을 세게
얻어맞은 듯 정신이 번쩍 들며 화가 울컥 치밀어 올랐다.

「마지못해 내가 복권을 시켜 주었는데도?

내가 복권을 시켜 준 지가 이제 겨우 일 년인데 벌써……!

이 영감탱이가 죽을 작정을 한 것인가! 자기를 살려 놓은 나한테 이럴 수
가!」

김정일은 손도 다리도 온몸을 부들부들 떨었다. 오른손은 자신도 모르게
몸에 그때는 지니고 있지도 않았던 권총을 찾아 더듬고 있었다.

또「이 노인이 아버지 수령님의 유일체계를 만들자는 것도 반대를 했
었지……! 나에게로 후계이양을 하는 것도 급속하다면서 반대했었는
데……?

이 영감이 언제 또 무슨 일로 나를 제거하려 들지 모르겠군!」

지난 일들이 생각나면서 번쩍 긴장이 되고 머리끝이 쭈뼛 섰다. 술기운에
머릿속이 어쩔하기까지 했다. 그때 옆에 앉았던 인민무력부장 오진우가
살그머니 김정일의 오른손을 잡으며「지도자 동지……. 친애하는 지도자
…….」말을 더듬거리며 슬며시 웃고 있었다.

그의 옆에서 술을 마시는 척 흉내만 내면서 입에 대지도 않고 동정을 살피
고 있던 조직지도부 제2부부장 최용진도 귓속말로 말했다.

「아닙네다, 당중앙 동지!

그만 두시라요!」라며 눈을 껌벅거리는 것이었다.

김정일은 그들의 표정에서 말을 알아들었다. 그리고 잠시 후 자기의 전용 화장실로 두 사람을 불렀다.

「당장 해 버리라우!」

「……?」두 사람은 놀란 눈이었다.

「오늘!」정일은 단 두 마디만 내뱉었다.

그리고 나서 최현 장군 옆에는 오진우와 조직지도부 제2부부장 최용진이 붙으며 새 술병들과 음료수와 안주들이 더 나왔다.

「장군님 기분 좋게 많이 드십시오!」

술이 취한 최현은 호쾌해져 손에 쥐어 주는 음료수 잔을 받아 꿀꺽 마셨다. 그리고는 금방 몸을 가누지 못하고 있었다.

시중들던 조직지도부 요원들이 양 어깨를 부축하며 차에 태웠다. 기사가 등에 업고 집안에 들어가서 잠자리에 눕혀 주었다. 다음 날 아침에 최현은 일어나지 않고 있었다. 부인이 다가가 보니 조용했다. 숨을 쉬지 않는 것이었다. 사망해 있었다. 그리고 나서 태양절이 지나간 며칠 후에야 발표가 있었다.

「최현이 4월 10일에 병사했다.」였다. 아주 간략했다.

그 발표가 있자마자 4월 20일부터 일본의 신문들이 보도했다.

「최현 장군이 김정일과 오진우에 의해 독살되었다.」라는 것이었다. 독살 소식이 일본 내의 북조선 조직인 조총련에 곧바로 전달되었고, 조총련의 비판적 인사가 언론에 제보해 준 것이었다. 또 그것을 한국의 동아일보와 경향신문도 인용 보도했다.

소문은 평양에서도 즉시 퍼졌다.

그 후로는 김정일이 주최하는 파티에서든 회의에서든 김정일이 질문하면 요령껏 잘 대답하는 것은 생사의 갈림길이 되었다. 의견 제시나 비판적 발언은 일체 사라졌다. 김정일의 질문할 때만 또 그의 기분에 흡족하게, 후과를 피할 수 있게 짧게 잘 답변하는 것이 생존의 길이었다. 작은 실수라도 했다가는 끝장이었다. 안전한 방법은 김정일 앞에는 나서지 않으며 어떻게든 피해 가는 것이었다.

김정일의 실권은 벌써 아버지를 넘어서고 있었다. 승계초기의 자신 체제를 안정시키기 위해 조심하던 태도는 전혀 보이지 않았다. 저돌적으로 과감하고 도발적으로 변해 있었다.

「3년 전만 해도 광주와 전국의 혼란으로 남조선은 풍전등화였는데!

특수군이 몇만 명이나 있었는데! 천 명만 보냈어도 통일했을 텐데……!

다 된 밥솥을 걷어찼던 것이야!

눈앞에 두고 보며 놓친 거야! 미친 짓이야!」

김정일이 보고를 받다가도 기쁨조 파티에서 술을 마시다가도, 느닷없이 신경질을 벌컥 내며 내지르는 소리였다. 자꾸 생각이 떠오르며 분해지고 속이 뒤집혔다. 또 아버지가 그때 자기를 가로막던 일이 떠오르기라도 하면 책상을 주먹으로 치고 구둣발로 차기도 하고 담배만 빨아댔다.

「늙어 망령든 제정신도 없는 영감이야!」라고 간부들 앞에서도 욕을 했다.

아버지에 대한 예우도 두려움도 없었고 귀찮은 뒷방노인네로 생각하고 있었다. 로동당 본부청사의 김정일 집무실에 가까운 서기실 직원들은 소란이 들리면 겁먹고 웅크렸다. 흥분해서 날뛰는 김정일의 눈에 뭐라도 걸려들면 끝장이므로 종일 복도에 나가지도 않았다.

26.

1983년 1월 1일 토요일 오후였다. 김정일은 인민무력부장 오진우와 총참모부정찰국장 김좌혁, 로동당 산하의 작전부장 오극렬, 대외정보조사부장 권희경, 대남사업담당비서 김중린을 자기 집무실로 급히 불러들였다.

「보라우! 당신네들, 대남공작기관들이라는 게 뭘 하고 자빠져 있는 기야?

전두환이와 그것들을 그냥 둘기야?

적화통일을 할 거냐? 손 놓고 놀고먹을 거냐? 말이요.

계획이 있으면 지금 발표해 보시오! 내래 좀 들어 보자우.」

느닷없이 발표를 시킨 것이다. 그리고 발표하는 그들의 얼굴을 빤히 쳐다보고 있었다.

「뭐야? 나오는 대로 내뱉으면 계획인 게야? 중구난방이야!

서로가 합동이 없어! 앞뒤도 안 맞아!

그래서 뭐이 되갔어? 당장 여기서 토론을 해 보라우!」

자기 눈앞에서 그들의 토의를 지켜보는 것이었다. 즉흥적인 김정일이 하는 행태였다.

「이봐! 옆방으로 가라! 계획을 만들어 오라우!」고개를 까딱하며 내뱉었다.
그들은 용수철처럼 튀어 옆 회의실로 갔고 한 시간 만에 보고서를 들고 왔다.
『대남공작기관들은 호상 간의 협동작전으로 ① 남조선의 내륙휴전선과 해
안선과 섬들을 통해서 무장조를 전방위로 침투시킨다. ② 당과 군의 공작
부대들은 앞으로 남조선 침투파괴 공작을 철저히 합동한다. ③ 남조선 바
깥에서도 남조선 요인살해와 시설파괴 공작을 과감히 실행한다. ④ 남조
선 안과 바깥에 구축한 지하조직들을 극대 활용한다.』이것이 전부였다.
김정일은 보고서를 보더니 서명하면서 단호하게 말했다.
「동무들이 이렇게 한다고 했으니까니 내래 지켜보갔어!
날래 추진하라우! 제까닥!」

1월 1일 밤, 즉시 과감하고도 공격적인 폭파 및 요인암살 훈련을 시작했
다. 3년 전 1980년 봄 대남침투 실수로 김정일의 무섭게 질책 받은 후 몸
조심하느라 위축되었던 작전능력을 회복하는 것이었다. 그러나 그 사이
에 남한의 경계는 대폭 강화돼 있었다.
「작전역량을 신속히 최고도로 강화하라!」
「해안과 내륙으로 공작원을 안내 호송하는 작전부 요원들의 훈련이 더 급
하다.」
「작전부에 최신 반잠수정, 잠수함, 고속정, 통신장비, 무기를 새로 지급하
고 남조선의 동서 남해안 지형지물 정찰훈련을 강화해서 침투루트를 숙
지시켜라!」
「인민무력부총참모부 정찰국 무장조 요원들의 암살 납치 파괴 역량을 고
도화시켜라!」 등등 명령이 속속 하달되고 있었다.

즉시 전격적으로 초고강도 훈련을 시작하며 긴박하게 돌아가고 있었다. 몇 달 후에는 역량을 갖추었고 남한의 휴전선과 해안과 섬들을 전처럼 자유자재로 드나들게 되었다. 김정일도 보고를 받고 흡족해하고 있었다.

1983년 9월 1일 새벽, 뉴욕을 출발하여 서울로 오던 대한항공여객기가 사할린 상공에서 소련 전투기가 쏜 미사일을 맞고 격추되어 승객과 승무원 269명이 전원 사망했다. 소련사회에 뿌리 깊은 야만성의 과시였다. 인격과 인명을 가축보다 하찮게 다루면서 아무렇지도 않게 여기는 타타르식 야만성으로 저지른 범죄였다. 온 세계가 규탄하며 제재를 가했지만 소련은 태연자약했다. 여객기의 블랙박스를 회수하지 못하자 유야무야되었다.

「바로 이거야! 상상을 초월하는 무자비하고 경천동지할 사건일수록 결정적 증거만 없애면 쉽게 사건 책임을 피할 수 있어!」

「초대형 사건일수록 책임을 극력 부인하면 초기에는 국제적 비난과 규제에 부딪히더라도 쉽고 깔끔하게 잊어진다!」

「테러공격은 상상을 넘게 과감하고 끔찍할수록 혼란과 충격으로 넋을 잃고 대응도 못한다!」

김정일은 사건 후속상황을 지켜보며 번쩍 이런 힌트를 얻었고 결심을 했다. 「대통령 전두환을 일거에 제거하는 것이 정답이야!」라고 결심한 것이었다.

1983년 9월 14일 수요일. 남한정세분석연구기구인 〈남조선연구소〉에서 올라온 보고서에는 〈전두환 대통령이 동남아국가 순방계획〉이 있었다.

읽던 김정일은 머리털이 쭈뼛해지며 흥분했다. 즉시 대남사업 책임자들을 소집했다. 인민무력부장 오진우는 산하의 정찰국장 김좌혁과 달려왔다. 대남사업담당비서 김중린도 휘하의 작전부장 오극렬과 함께 왔고, 당 중앙위원회 산하 대외정보조사부장 권희경도 황급히 들어왔다. 다섯 명은 총알처럼 김정일의 집무실로 쫓아 들어왔고 차렷 자세로 도열해 선 채로 한참 동안 지시를 기다렸다. 김정일은 책상에서 가만히 들여다보고 있던 보고서에다 뭔가 메모를 적고는 손에 들더니 손짓으로 오진우 불렀다. 오진우가 다가서니 단 한마디 말도 없이 내던지듯 덥석 쥐어 주었다.

〈남조선 대통령 전두환, 서남아시아·대양주 6개국 공식순방 계획〉이라는 제목의 보고서였다.

김정일은 의자를 뒤로 벌렁 젖히면서 지시했다.

「동무들, 검토해 보라!」

「알아서리 순발력으로 추진해 보라우! 실수 없게!」 이 말이 전부였다. 그러고는 이들의 얼굴을 빤히 쳐다보더니 고개를 한번 끄덕했다. 나가라는 신호였다. 이것이 전부였다.

다섯 명은 일치된 동작으로 직각으로 몸을 꺾어 절하며 물러나왔고 곧장 오진우의 사무실로 함께 가서 토의를 시작했다. 오진우는 누구보다도 건장했고 자신감이 있고 김정일의 신뢰를 받고 있었지만 나이가 70세를 향해 가고 있었다. 받아 온 보고서의 둘레 여백에는 김정일이 좀 전에 했던 말이 그대로 적혀 있었다. 후에 〈친필 특별명령〉이라고 세상에 알려진 것이었다.

계획수립과 훈련이 초고속으로 진행되었다. 특별명령을 직접 받은 오진우와 공작기구 책임자들은 긴밀히 협의하며 추진해 나갔다. 또 김정일에게 진전사항을 속속 보고하고 있었다.

유리와 KGB 본부는 김정일의 이런 결심과정과 공작기관들의 움직임을 지켜보면서 앞으로 일이 어떻게 돌아가는지에 관심을 집중하고 있었다. 감청공작으로 KGB 본부도 위와 같이 파악하고 있었던 것이다. 그러나 감청공작보다 유급협조자인 국가안전보위부반탐국의 책임지도원 415(현무광)가 결정적인 정보를 제공해 주고 있었다.

「테러공작기관인 작전부와 정찰국과 대외정보조사부에서는 합동으로 특수요원들을 훈련시키며 조만간 벌일 초대형 테러작전을 추진하고 있음. 남조선 전두환 대통령 일행의 방문지에서 테러를 하려는 계획임.」라는 요지였다.

그러나 그는 그 일시와 장소까지는 파악치 못하고 있었다. 어쨌든 이것만도 대단한 첩보였다.

「저는 당중앙 동지의 최고핵심부와 대남공작기관들이 하는 비밀사업 내용을 국가안전보위부의 내부 특급비밀보고서에서 읽고 있습니다.」

「간부회의나 대남공작기관을 담당하는 보위부요원들로부터도 힌트를 듣습니다.」

그는 그렇게 관심을 집중하면서 정보를 종합하여 제보해 주고 있었다. 협조자는 아주 유능한 첩보요원이었고 최고급 첩보를 제공해 주고 있었다.

김정일로부터 친필지시를 받고난 인민무력부장 오진우, 정찰국장 김좌혁, 대남사업담당비서 김중린, 작전부장 오극렬, 당 중앙위원회 산하 대외정보조사부장 권희경 등은 회의를 하다가 정찰국 작전과장 허명욱을 불렸다.

「정찰국특공대에서 쓸 만한, 책임감 있는 애들이 누구인가?」

「세 명을 골라 보라우!」 그들 다섯이 한 입으로 허명욱에게 지시하였다.

「전체 대원이 비등하게 다 막강한 수준입니다마는…….」 허명욱은 주저도 없이 세 명의 이름을 즉시 보고했다.

그 시간 이후부터 즉시 그들에게 체력강화 침투폭파 사격 등 극한훈련을 시작되었다. 그 몇 주 후 이들은 작전부에서 제작한 테러용 크레모아와 총기와 수류탄을 지급받고 옹진항에서 화물선으로 위장한 동건애국호를 타고 북조선대표부가 있는 마카오로 향했다. 마카오에 들렀다가 양곤으로 가는 것이었다. 화물선에는 이들이 버마(미얀마)의 양곤강에서 양곤시내로 잠입하고 탈출하기 위한 쾌속보트도 실려 있었다.

[* 미얀마는 전두환 대통령의 서남아·대양주 6개국공식순방행사의 첫째 방문국이었고 방문 둘째 날인 1983년 10월 9일 오전 10시 30분 아웅산묘소 참배 행사를 시작하기 직전에 묘소 건물 천정에 설치된 크레모아가 터지며 처참한 아수라장이 되었다. 이 사건으로 부총리, 장차관, 청와대비서진 등 한국정부의 최고위층들 17명이 순직했고 다른 14명이 중경상을 입었다. 한국의 행정부와 군지휘부를 일시에 괴멸시키려는 대형 테러였다. 전두환 대통령은 즉시 일정을 중단하고 다음 날인 10월 10일 새벽에 급히 귀국하였다. 천정에 크레모어 두 개를 설치한 것인데 한 개만 터졌고 하나는 불발하여 그나마 생존자가 있었다.]

이 사건 후에 평양은 발뺌하기 시작했다.

「독재자 전두환을 제거하려는 남조선인민들의 자체 의거이다.」

「테러범들은 남조선사람들이다. 조선은 개입도 없었고 알지도 못하는 일이다.」라는 주장이었다.

김정일은 범행을 부인하면서 적극 거짓선전을 한 것이다. 또 살아 있는 증거인 이 테러범들을 현장에서 바로 제거시키려고 그들의 수류탄은 안전핀을 뽑자마자 손에서 바로 터지는 자폭용으로 만들어 제공했다.

일을 저지르고 생각이 복잡했던 김정일은 측근들을 모아 놓고 다시 의논하고 있었다.

「지금 상황에서 우리가 아무 소리 없이 가만있으면 양곤사건을 우리가 했다고 인정하는 꼴이 아닌가 말이오?」

「예! 그렇습니다 당중앙 지도자 동지! 사건을 부인하며 적극적으로 공격을 계속 벌여 나가는 것이 탈출구가 될 것 같습니다.」오진우가 맞장구를 쳤다.

「그렇다면 또 다른 큰 건을 준비해야 되갔는데 말이야…….」

「부산에 있는 미국문화원을 폭파시켜 통째로 날려 버리겠습니다! 미국놈 직원들과 그곳을 드나드는 친미 남조선놈들을 왕창 날려 버리겠습니다!」 작전부장 오극렬이었다.

「기가 막히게 좋은 생각이군!」 김정일이 자기도 모르게 책상을 치면서 칭찬했다. 그러고는 「당신들이 잘 계획해서 실행하라우! 나는 신경을 더 쓰지 않도록 하라우!」

「옙! 지도자 동지! 착오 없이 잘 수행하갔습네다!」 오진우와 오극렬과 김좌혁이 이구동성으로 답하고 집무실을 물러나왔다. 집무실을 나오자마자 이들은 오극렬의 사무실로 가서 합동작전계획을 신속하게 세웠고 즉시 치밀하게 추진하기 시작했다.

KGB 본부는 김정일의 이번 도발에 대해서는 지난번 양곤 사건처럼 그냥 남의 일로 외면해서는 안 된다고 생각하고 있었다. 그때와는 달리 심각한 관심을 갖고 진행상황을 주시하고 있었고 어떤 채널로든 한국에 정보를 전달해서 피해를 막아야 된다고 판단하게 되었다.

1983년 12월 3일. 늦은 밤에는 원산 앞바다 황토섬에서 남하한 공작선이 부산의 다대포해수욕장 앞 해상에 도착해 있었다. 공작선에서 내린 공작원 두 명이 반잠수정으로 은밀히 백사장에 도착하여 올라서는 순간 정신도 없이 격투를 당하며 생포되었다. 동시에 바다의 공작선도 공격을 받으며 도주하다 격침되었다.

그 열흘 후에는 전 세계 언론과 방송들을 앞에서 두 공작원은 기자회견을 하며 북한의 공작원훈련소에서 십 년 동안 침투훈련을 받았던 훈련과정과 이번에 침투했던 목적과 가지고 온 침투장비들과 무기들을 모두 펼쳐놓고 설명하였다. 얼마 전 9월 버마의 아웅산묘소 테러사건에서 포획된 물품들과 똑같은 것임을 증명했다.

로동당중앙당 작전부장 오극렬과 대남연락부장 정경희와 인민무력부장 오진우와 총참모부정찰국장 김좌혁과 대남사업담당비서 김중린이 동시에 한 줄로 서서 김정일의 집무실로 엉금엉금 기듯 기죽은 모습으로 들어갔다. 보고를 받은 김정일도 멍해진 채 정신이 나가 있었다. 모두가 눈앞이 멍했다.
「뭐가 어떻게 된 일이야? 도대체 영문을 모른다는 거야?」

김정일도 앞에 앉은 그들도 넋을 잃었고 모두 손을 축 늘어뜨린 채 숨소리도 죽이고 있었다. 심장 뛰는 소리만 들리며 숨이 멎을 지경이었다.

「뭔가 엄청난 무엇이 숨어 있는 것은 틀림없습니다! 이대로 대남침투를 계속 하다가는 앞으로 어떤 일이 벌어질지 알 수가 없습니다!」

「무서운 놈들이군! 지금 즉시, 당장부터 모든 침투를 전면 중지하시오!」 김정일의 명령이었다. 그러자 모두가 즉시 각기 따라온 참모들을 시켜 산하에다 김정일의 중지명령을 전달했다.

「이번 다대포 침투작전의 시작부터 전체과정과 연관된 모든 상황을 세밀하게 철저히 조사해서 문제를 찾아내시오!」 김정일의 지시가 추가되었다.

「저는 공작원들을 현지로 안내호송하고 침투시키는 과정에 적에게 어떻게 노출되었는지 적이 어떻게 미리 육지와 바다에서 대비하고 있었는지 작전상 문제점을 철저히 조사하겠습니다.」 오극렬 작전부장이었다.

「저 정찰국장 김좌혁은 체포당한 요원들이 해변으로 침투 상륙할 때 어떻게 저항도 총격전도 도피도 못하고 당했는지 실수와 문제점을 조사하겠습니다!」

「대남연락부장 정경희입니다. 저는 체포된 두 요원이 남조선에서 접선하고 연락할 예정이었던 접선대상요원들과 남조선에 있는 우리 공작원들 중에서 배신자를 찾겠습니다.

이번 다대포 침투를 알았던 우리 공작요원들이 배신하고 비밀리 남조선 정보기관에 자수하고 침투정보와 암호문해독 난수표까지 제공했을 문제를 철저히 조사하겠습니다.

또 남조선 정보수사기관이 지령암호통신문들을 자체능력으로 감청 해독하였을 가능성도 조사하겠습니다.」

「음! 그렇지! 정경희 부장은 이참에 남조선에 안착 활동하는 공작원들 전원에 대해서 남조선 당국에 자수를 비밀리에 했는지 배신했는지 여부를 철저히 체크하며 조사하시오!」

「예! 당중앙 동지! 단파방송 암호문으로 기만지령을 공작원들에게 하달하겠습니다.

그들이 지령사항을 어떻게 이행하는지 또 그 이행결과를 암호통신으로 어떻게 보고하는 모습을 검열조를 시켜서 비밀리에 체크하겠습니다.

하달 암호지령을 직접 수신 해독하고 지령 이행을 하는지, 남조선 기관이 개입하고 있는지를 확실히 체크하겠습니다.

암호보고를 지정해 준 위치에서 공작원이 직접 발신하는지 남조선 요원이 대신 하는지, 발신위치와 그 주변상황까지 검열조를 시켜서 점검하겠습니다!

우리 대남연락부의 사활이 걸리고 대남공작의 성패가 걸린 중엄한 책무로 각오하고 엄중히 추진하겠습니다!」 정경희는 단호한 각오를 보이고 있었다.

「알갔소! 좋은 결과를 보고하라!」 김정일은 회의를 마무리했다.

대남연락부와 작전부와 정찰국은 저마다 자체의 모든 요원들을 맨 위부터 맨 아래까지 누구든 배신자로 전제하고 샅샅이 점검했다. 집안단속이었다. 본부에 있는 요원들부터 남파되어 암약하는 요원까지 모두를 샅샅이 뒤져 보는 것이었다. 철저한 조사를 거친 끝에야 결론이 도출되었다.

「다대포침투작전의 정확한 일시와 장소와 인원의 규모, 공작선침투 코스에 대한 정보가 유출되었습니다.」

「침투작전의 암호지령통신과 계획을 남조선 기관이 사전 입수하고 철저히 대비했습니다.」

「그렇지 않고서는 초인적 훈련을 받고 역량을 갖춘 요원들이 그렇게 한순간에 속수무책으로 당할 수가 없습니다.」라는 것이었다. 김정일에게 보고된 내용이었다.

이제부터 대남조선침투공작의 판을 전적으로 새롭게 짜야 했다. 남조선에 안착해서 암약하는 고정간첩들과의 대남연락통신체제도 마찬가지였고 그들 중 배신자가 누구인지 하나하나 점검하며 차근차근 이중삼중으로 체크해 나갔다. 장기간이 소요되는 일이었고 서둘러서 되는 일도 아니었다. 그러느라 그다음 해인 1984년 말에야 일차조사를 마무리할 수 있었다. 그동안 남조선으로의 침투가 일체 중단되고 있었다.

27.

1984년 12월 하순. 평양에 유리의 후임자가 파견되었다. 후임자는 KGB 제르진스키 고급학교 교육동기생이며 타스통신 입사동기인 루슬란이었다. 그러니 인수인계는 아주 쉽고 간단했다. 평양에서 유리는 만 5년을 근무한 것이었다. 유리는 1985년 1월 초순까지는 모스크바로 복귀해야 했고 며칠 여유가 있었다. 그러나 평양에도 모스크바로 돌아가는 중도에도 편히 쉬면서 체류해 보고 싶은 곳은 없었다. 차라리 모스크바에 도착해서 앞으로 살 집을 먼저 구하고 며칠 쉬는 게 좋을 것 같았다.

모스크바에 도착한 유리는 집을 구할 때까지 임시로 야센바의 독신자숙소에 들어갔다. 5년 만에 돌아온 모스크바는 평양과는 비교할 수도 없이 편하고 좋았다. 공항에서 시내로 들어오는 자동차 속에서 바깥경치를 바라보니 지난 추억들이 하나하나 생생하게 떠올랐다. 맨 처음에 잡혀 왔을 때 지하조사실에서 고통스럽게 지냈던 일, 예레나, 예레나의 남편 알버트, 서혜령, 왕대장, 제네바에 있는 로라 등 모두가 뒤섞이며 하나하나 되새겨졌다. 숙소에 들어서자 오랜만에 긴장이 완전히 풀렸고, 늘어지게 잠을 푹

자고 또 자고 있었다.

1985년 1월 8일 월요일에는 야센바의 KGB 제1총국(해외정보) 흑색공작실로 출근해서 복귀신고를 했다. 신고를 마치자마자 인사담당관이 유리에게 말했다.

「당장 타스통신사에 가서 사표를 제출하고 오시요!

앞으로는 기자가 아니라 무역사업자로 활동하게 될 것이요.」

유리는 복귀신고를 하고 즉시 타스통신사로 들어가서 사직서를 제출했다. 타스통신사에서는 외신부장도 다른 직원들도 아무도 놀라거나 의아해하지 않았다. 말리는 사람도 이유를 묻는 사람조차 없었다.

「이미 알고 있었다.」

「예상하고 있었던 일이다.」라는 듯 모두가 같은 표정들이었다.

그렇지만 유리는 아쉽기도 했고 섭섭하기도 했다. 외신부장은 사표를 건네는 유리를 힐끗 보며 「음……. 그래요! 지금 즉시 처리되지는 않지만 내일이면 될 겁니다.」 이 말이 전부였다.

「남의 일이라고 해도 이렇게 무관심할 수가 있단 말인가?」 유리는 이들이 KGB 요원인 자기의 신분을 알고 있는 것만 같아 마음이 혼란스럽기도 했다. 이렇게 간단하게 유리는 타스통신사를 만 6년차에 퇴직하고 말았다. 참으로 짧은 기간이었고 아무 일도 아닌 것처럼 간단하고도 허무하게 끝나 버리니 아쉬움을 느끼게 하는 절차였다.

「유리 씨는 지난 5년 동안 북조선의 평양에서 활동하면서 보고 겪었던 특별한 경험들을 종합정리하고 앞으로의 대응활동방안을 제시하는 〈對 평양 흑색공작활동 전략보고서〉를 만들어 제출하세요!」

「디브리핑 자료를 만들어 보고하는 것이오!」

타스통신사에 사직서를 제출하고 돌아와 흑색공작국으로 정식 복귀하자마자 받은 지시였다. 유리는 총 100쪽에 달하는 소책자를 만들었다. 이 자료를 작성하고 나니 1월 하순이었다.

1985년 1월 25일 금요일, 보고를 마치고 나니 새로운 인사명령이 내려와 있었다.

『벨기에 안트베르펜(Antwerpen)으로 무역실무수습 파견근무를 명함.』

딱 한 줄이었다.

「이제부터 유리 요원이 새로이 수행할 업무는 다이아몬드 무역실무를 익히라는 지시입니다.」 인사담당관이 말했다.

「아, 예?」

「안트베르펜의 다이아몬드 구역에는 우리 KGB의 흑색공작국에서 운영하는 비밀공작거점들이 있습니다. 그곳은 다이아몬드, 고급시계, 담배, 보드카, 양주 등을 무역하는 위장회사입니다. 그 회사에서 무역실무를 습득하는 것입니다.」

「아, 예!」

「현지에서 새 임무를 수행할 수 있도록 서둘러서 준비를 갖추고 최대한 빠르게 출발하시오!」

유리는 모스크바에서 좀 여유를 찾아보고 싶었지만 숨 돌릴 틈도 없이 돌아가고 있었다.

1985년 1월 28일 월요일. 유리는 또 모스크바를 출발했다. 벨기에의 브뤼셀 공항에 도착해서 기차로 갈아타고 안트베르펜 중앙역에 도착했고, 중앙역 옆의 유대교 시나고그 일대의 다이아몬드 구역에 있는 〈이오시프 무역사〉를 찾아서 들어갔다. 유리가 당분간 무역실무를 익혀 갈 새로운 직장이었다.

안트베르펜으로 출발하기 전날에 흑색공작국에서는 유리에게 스위스 여권과 신분증을 주었다. 국적이 스위스였고, 보덴제(Bodensee) 호수 끝 스위스와 독일의 국경도시 콘스탄츠 출신이었다. 그동안 살아온 주소는 취리히로 만들어져 있었다. 스위스 여권과 그에 부수되는 몇 개의 증빙서류들은 KGB가 획득해 준 것이었다. 유리는 여권 획득 경위를 알 수도 없고 알려고 할 필요도 없었다. 짐작에는 뇌물이든 무엇이든 불법적인 방법이 개입되었기에 가능했을 것 같았다. 스위스국적을 취득할 여건을 못 갖춘 유리이므로 합법적으로는 불가능했을 것이었다.

그러나 여권은 분명히 위조가 아니었고 정식 여권이었다. 자신도 모르게 스위스 사람이 되었던 것이다. 마음속으로는 아주 흐뭇했지만 전혀 속마음을 드러낼 필요가 없었다. 스위스 여권을 가지고서 앞으로는 서방국가들로 쉽게 다닐 수 있겠다는 생각을 하니 기대가 벅차기도 했다.

유리의 스위스 여권은 「볼프강 세바스찬 유리」, 1951년 1월 1일 생이었다. 실제 나이보다 두 살이나 더 많게 돼 있었다.

안트베르펜에는 KGB 외에도 쏘련 마피아들이 운영하는 크고 작은 무역업체들이 몇 개 있었고 이들도 KGB와 똑같이 다이아몬드, 고급시계, 보드카, 담배를 거래하였는데 그들은 밀수금액이 정상거래액보다 훨씬 더 컸다. 또 안트베르펜에 정착한 러시아계 사람들 중에는 2대 3대째에 걸쳐서 가업 비즈니스를 경영하는 주민들이 많았으므로 유리처럼 신분을 위장한 KGB 요원들이 거주자격증을 취득하거나 무역사업가로 장기 정착하여 첩보활동을 해 나가기에는 최고로 좋은 여건이었다.

안트베르펜의 무역회사에서 하는 무역실습은 우선 주변 무역회사들을 찾아다니며 서로 얼굴을 익히는 것이었다. 러시아 마피아들의 회사들은 물론이고 다이아몬드, 고급시계, 위스키 코냑 와인과 보드카 등 주류와 담배를 취급하는 벨기에인 회사들과 제3국인 회사들까지 모두 찾아다니며 상담을 하고 안면을 익히며 명함을 주고받았다. 그리고 계속 방문하여 커피도 식사나 맥주도 함께 하면서 품목별 가격과 할인범위와 앞으로의 거래 가능성을 따져 보았다. 유리가 어느 나라든 들어가서 위장업체인 무역회사를 만들고 거래하며 정보수집공작을 해 나갈 여건을 만드는 것이었다. 다이아몬드, 고급시계, 보드카, 양주 등 무역은 어려운 것은 조금도 없었고 흥미진진하기만 했다.

제품을 원할 때 안정적으로 잘 공급받을 수 있는 여건을 만들고, 판매망을 확보하고 판매량을 늘려 가는 비즈니스와 아이디어를 배우며 신뢰를 조성했다. 인적 네트워크를 잘 만드는 것이 공작활동의 기본여건이었다. 공급받는 물품대금도 결제의 유예기간을 길게 보장받아 놓는 것이 중요했다. 결국 신뢰가 깊은 거래처를 얼마나 많이 가지고 있느냐? 대금결재에 여유를 얼마나 보장받아 놓는지가 관건이었다. 업체들과 호의적 관계를 조성하여 최고혜택대우를 보장받아 놓는 것이 유리가 안트베르펜에서 해 나가는 임무였다. 앞으로 수행할 공작활동을 위해 특정 분야인 보석거래에 좋은 공작토대를 구축해 놓는 것이 임무였던 것이다.

벨기에는 유리가 처음으로 느끼는 자유로운 서방세계였다. 봄이 되고 낮이 점점 길어졌으므로 주말에는 브뤼셀, 로테르담, 암스테르담, 파리, 런던, 바르셀로나, 프랑크푸르트까지 드나들며 보석상들과 주류상들을 돌아보기도 했다. 안트베르펜의 중앙역에서 열차를 타고 버스를 갈아타기도 했고 또 비행기를 타면 편히 다닐 수가 있었다. 벨기에서의 이때가 유리는 가장 자유롭고 여유롭고 행복한 기간이었다.

이오시프 무역사에는 독신에 쉰 살이 넘은 KGB 요원 이바노브가 있었다. 그는 오랫동안 안트베르펜에서 자리 잡고 활동해 온 토박이 KGB 요원이었다. 완전히 벨기에 사람이 되어 행세하고 있었고 현지주민들도 그렇게 믿고 있었다. 안트베르펜의 보석상들 중에는 유대인들도 몇 명 있었는데 그들에게는 이바노브가 유대계 소련사람으로 알려져 있기도 했다.

그런 그는 술은 조금씩밖에 안 마셨는데, 주말 오후에는 시내 에스코 강변 요트도크 코너에 있는 쉬퍼스트라트(Shippersstraat) 골목을 다녀오고 있었다. 처음에는 그가 어디를 다녀오는지 유리는 무관심했지만 그도 말하지 않았으므로 모르고 지냈다. 몇 달째 함께 같은 사무실에서 일하면서 어느 날 저녁 둘이서 술을 함께 마실 때 그가 말했다. 그곳은 사창가였다.

「유리 씨는 몇 살이야?」

「예? 모르셨습니까? 저는 1951년 1월 출생입니다.」

「서른다섯이면 한창 때인데…… 어때요?」

「뭐가요……? 무슨 말씀이신지요?」

「아무튼 이 술 마시고 나를 따라와요!」

「어디로 가시는데요? 저가 도와드릴 일이라도……요?」

「당신, 아직도 그 나이에 여자를 모른다는 거야?」

「예……? 그게 아닌데요! 그런 말씀을 드린 적이 없는데요.」

「그런데도 일에만 열심이면서 여자는 생각도 안 하는 거요?」

「아닙니다. 매일 생각하는 사람이 있습니다.」

「흐, 흐……. 뭐? 만나지도 않으면서 생각만 매일 한다고?」

「너무 사랑했던 사람이 있었습니다. 결혼을 해서 지금은 좋은 집안에서 잘 살고 있습니다.」

「기가 막히는 소리만 하는군…….」

「…….」

「자 그만 마시고 이제 같이 갑시다!」

이렇게 해서 이바노브 씨를 따라서 나서니 강변의 요트도크 코너를 지나서 쉬퍼스스트라트에 있는 사창가의 그의 단골집으로 가는 것이었다. 그 집 앞에 이르자 그가 미리 약속을 했는지 아니면 창밖을 내다보다 그가 걸어오는 것을 먼저 보았는지 기다란 속눈썹을 붙인 데다 짙은 화장을 떡칠하고 젖가슴을 다 드러낸 채 몸이 다 비치는 옷을 걸치고서 담배를 피우던 여자가 걸어 나와서 그의 허리를 껴안으며 안으로 데리고 들어가는 것이었다.

그때 비슷한 모습의 여자가 현관문을 열고 나오더니 유리의 팔을 잡아끌었다. 몸에서는 강한 향수냄새가 찌들은 담배냄새와 뒤섞여 구역질이 나오려 했다. 유리는 속이 역겨워졌다. 짙은 화장도 입은 옷 모양도 강한 향수냄새도 혐오스러운 것이 한두 개가 아니었고 모두 거북하게 요란스러웠다. 당장 밖으로 튀어나가서 시원한 거리를 걸어 볼까 했지만 그 순간 「그랬다가는 이바노브 씨와 관계가 틀어질 것이다.」라는 생각이 났으므로 참았다.

「얼마인가요?」 유리는 물어보고서 그대로 돈을 지급해 주었고 소파에 가만히 앉아서 들고 있던 책을 읽고 있었다. 그러자 여자는 침대에 벌렁 드러눕더니 유리를 빤히 쳐다보다가 금방 잠이 드는 것이었다. 그렇게 책만 읽다가 이바노브 씨가 나오는 소리가 들리자 따라서 함께 밖으로 나왔고, 바로 그와 헤어져서 숙소로 돌아왔다. 그런 후에도 이바노브 씨는 다시 함께 가자고 몇 번이나 강권하였지만 두 번 다시 그쪽으로는 가지도 않고 말았다.

1985년 10월 29일 화요일. 유리에게 모스크바 KGB 본부 제1총국 흑색공작실로의 출장명령이 내려왔다. 안트베르펜으로 실습을 나간 지 채 1년도 안 된 9개월째인지라 유리는 무슨 일인가 하며 모스크바행 비행기를 탔고 착륙하자마자 야센바로 달려갔다. 또 인사명령이었다.

『흑색공작관 중령 유리, 대한민국 서울로 파견근무를 명함.』
『흑색공작관 중령 유리, 대령에 임함(1986년 1월 1일부).』

대한민국 서울로 잠입할 것과 대령 승진시킨다는 인사명령을 받기 위한 출장이었다. 예상도 기대도 못했던 명령이라 유리는 멍해져 있었다. 얼떨떨해하고 있다 보니 흑색공작실 부실장이 유리를 불렀고, 단 둘이 커피를 마시며 면담을 시작했다.

「대한민국의 서울에서 활동할 준비를 갖추세요! 유리 씨는 안트베르펜에서 지난 몇 달 동안 〈국제보석감정사 자격증〉을 취득했고, 다이아몬드에 대한 무역과 도소매 경험을 쌓았고 거래인맥도 만들었으니 한국에 들어가서 정착을 하세요!

이제는 위장업체를 만들어 경영하면서 정보수집공작활동을 전개할 수 있는 좋은 역량을 갖춘 것입니다.

한국에서 안트베르펜 가공 다이아몬드, 스위스 고급시계, 보드카 등을 수입 판매하는 업체를 설립해 보세요!

이윤은 아주 포기하는 자세로 운영하면서 정착해서 장기적으로 첩보수집공작을 전개하라는 지시입니다!」라는 설명을 들었다. 또 「한국으로 가는 출국일자는 준비를 충분히 갖출 때까지 몇 달이 걸리든 전적으로 위임합니다. 서울의 공작여건에 대해 충분하게 목표분석을 하세요!

조금이라도 서둘러서는 안 됩니다!」라는 여유를 주기도 했다.

유리는 갑자기 바빠졌다. 정보수집공작을 위한 기본준비로서 대한민국과 서울의 활동여건을 철저히 분석하고 그에 따라 공작계획을 세워야 했다. 제일 먼저 할 일은 모스크바의 KGB 정보자료실에서 지도와 위성사진과 정보자료들을 붙들고 앉아 여건분석을 하는 것이었다. 한국과 서울에 대한 모든 최신정보를 익히고, 국가기관들과 주요 기업들과 외국공관들과 핵심 군부대에 대한 정보를 최대한 파악했다. 특히 정치적 경제적 사회적 정세현황과 정치 기관 등의 고급인물들에 대한 정보를 최대한 숙지했다.

그리고는 안트베르펜으로 가서 친밀하게 지냈던 업체들을 방문하여 전화와 팩스 등 연락처를 점검하고 거래구좌를 받았다. 앞으로의 거래개설을 약속한 것이었다.

「나는 곧 한국으로 사업을 하러 갑니다.

서울에서 다이아몬드를 수입하고 판매할 계획이므로 당신과 거래조건을 먼저 정해 놓고 싶습니다.

서울의 시장 사정이 어떤지를 아직 모르는 데다 저로서는 첫 사업이므로 맨바닥부터 시작해야 되겠습니다.

그러니 최고혜택 대우를 좀 해 주십시오! 적극 좀 도와주십시오!」라고 부탁했다. 그랬던 결과 아주 좋은 답을 얻었다.

「유리가 서울로 수입하는 다이아몬드 대금결재는 상품 도착일 기준 6개월 후불(Deferred Payment)로 계좌이체(T/T)한다.」

「가격은 홍콩 도쿄 싱가포르 등 동아시아지역 전체시장에서 최고우대를 해 준다.」

「요청하는 특정상품을 요구날짜에 최우선적으로 정확히 도착시켜 준다.」라는 것이었다.

전체 아시아지역에서 제품 공급, 가격, 대금결재기간 등에서 최고의 우대를 해 준다는 약속을 다짐받은 것이었다. 유리는 이렇게 일차적 공작여건을 조성해 놓고 다시 모스크바의 본부로 돌아갔다.

야센바 본부로 들어간 유리는 서울에서의 공작활동 계획을 또 작성 보고해야 했다.

〈KGB 요원 유리 - 대한민국 서울 침투 및 공작활동 계획보고〉라는 제목이었다. 이 보고서는 유리가 소속된 흑색공작실장을 거쳐서 국외정보총국장(제1총국)과 KGB 의장의 최종 결재까지 받았다. 유리는 이제 곧 대한민국으로 침투해야 했다.

IV.

서울

28.

1985년 12월 12일 목요일 오전, 유리는 스위스 여권을 들고 김포국제공항으로 입국했다. 공항으로 접근하는 비행기 속에서 창밖의 경치를 내려다보면서 또 서울시내로 들어오는 택시 속에서도 유리는 긴장으로 몸을 추스르면서 내내 뜨거운 감격에 젖어 있었다. 서울은 낯설었다. 1968년 8월 납치된 후 18년 만에 돌아온 대한민국의 서울은 그전에 봤던 모습이 아니었다. 택시로 한 바퀴 돌아보고 싶었지만 참아야 했다.

모스크바에서 서울의 공작여건을 분석하며 계획했던 대로 을지로입구의 호텔에 짐을 풀었다. 서둘러 살아갈 집을 구해야 했다. 며칠 만에 이촌동에서 작은 아파트를 세냈다. 몸 둘 곳을 정해지자 마음이 여유로워지고 자신감도 느껴졌다. 이제부터는 일을 차근히 진행하면 될 것 같았다.

다이아몬드를 수입하고 판매할 매장과 사무실도 열어야 했다. 전화와 팩스를 설치하고 상호와 명함을 갖고 있어야 누구라도 만나며 활동할 수 있는 여건이 될 것이었다. 거래 실적은 아직 상관없고 앞으로 만들 일이었다. 벨기에에서 가공한 다이아몬드와 스위스제 시계와 보드카는 한국내의 누구보다 좋은 가격으로 수입할 수 있으니 회사를 시작만 하면 될 것 같았다.

1986년 2월 중순에는 세종대로의 빌딩에다 점포를 정하고 공사를 시켰다. 다이아몬드와 고급시계를 보관할 육중한 대형특수금고를 두 개나 설치했다. 어른도 몇 명이나 들어갈 크기였다. 전화와 팩스와 TV를 설치하고 명함을 찍었다. 관공서에 회사등록도 마쳤다. 서울에 잠입하고 두 달이 된 때였다. 회사명은「유한회사〈안트베르펜〉」이었다.

사무실의 주소와 전화번호와 팩스번호, 다이아몬드와 시계 제품사진들, 매장과 사무실 사진을 넣은 팜플렛을 영문과 한글 겸용으로 만들었고 안트베르펜의 거래처들로 보냈다. 유리가 실무연수를 받았던 KGB 제1총국 산하 흑색공작실의 위장업체 이오시프 무역사의 이바노브에게도 보냈고 또 마피아들의 밀수업체들에도 보냈다. 또한 한국의 주간지들과 여성잡지들에 광고를 올리기 시작했고 안트베르펜 소개서와 광고물을 돌렸다.

전화를 받으며 상담하고 수입무역을 담당할 직원으로 종합무역상사와 건설회사에서 근무했고 경력과 미모를 갖춘 우경희를, 고객접대와 안전경비를 담당할 직원으로 젊은 미남 강용기를 채용했다. 강용기는 합기도와 유도 선수로 활동하기도 했던 만능 스포츠맨으로 성실하고 예의바른 사람이었다. 수입 업무를 맡을 우경희는 유리보다 열 살이나 많았고 노련했다. 그녀에게 일을 맡기고 유리는 주로 외부활동을 할 작정이었다.

안트베르펜이 가동되자 유리는 시장조사와 세일즈를 구실로 관공서와 대형회사들도 드나들며 정보수집활동을 위한 여건을 살피고 있었다. 자리가 잡히자 고향에 가서 부모님을 한번 보고 싶은 마음이 맴돌고 있었다. 주말이나 하룻밤 사이로 자동차로 달려가서 고향집을 둘러보고 아버님 어머님을 멀찍이서 좀 바라보고 싶었다. 그러나 고향에 가더라도 부모님을 직접 만날 수는 없는 일이었다. 부모님이나 다른 누구라도 만나고 나면 그동안의 과정과 내막과 정체가 즉시 탄로 나고 세상에 알려지면서 유리가 지금까지 쌓아 온 경력과 위치가 한순간에 무너질 것이었다. 그러니 이미 연로하실 부모님께서 건강하게 잘 계시리라 기대하면서 언제라도 찾아가서 멀찍이서라도 바라보고 올 수 있겠다며 참았다.

유리는 자신이 〈서울에 침투한 KGB의 간첩〉이라는 사실을 잠시라도 잊으면 큰일이 난다고 재삼 다짐했다. 정체가 탄로 난다면 KGB로부터도 버림받고 한국사회에서도 이중으로 버림을 받아 아무 일도 할 수 없는 존재가 되고 말 것이었다. 그동안 유리를 잊고 지내오신 부모님은 또 다시 깊은 아픔을 겪으실 것이며, 잊힌 옛 실종사건이 전모가 밝혀지면서 소련과 문제가 제기되면서 시끄러워질 것이 뻔했다. 그런 모스크바의 야센바 KGB 흑색공작실에서는 유리가 한국으로 출발할 때 보안서약서를 작성시키면서 이 문제를 강력히 리마인드 시켜 주었다.
또 유리가 한국에 도착하자마자 보낸 첫 암호통신 전문에서도 『보안유지와 처신에 주의할 것!』이라고 강조하면서 신변안전에 대한 경각심을 높여 주기도 했다.

5월 말부터는 벨기에 안트베르펜 가공 다이아몬드들과, 또 외국인등록서류에 유리의 고향으로 기록된 스위스 콘스탄츠 아래의 라인강변 도시 샤프하우젠에서 제조한 고급 시계들을 서울의 대형백화점과 최고급호텔 면세점에 납품하며 직접 소매판매도 시작했다. 안트베르펜의 가격이 다른 공급사들에 비해 가장 낮았던 것이다. 개업 두 달 만에 획기적인 성공이었다. 무역업체로서 최소한 외형만 보여도 스파이로서 가림막이 될 터인데 조기에 가시적인 성과를 만들고 있었다.

흑색공작실에서는 일찍 위장업체를 정착시킨 것에 만족했다. 비즈니스가 돌아가면서 실적이 쌓일수록 스파이업체로 의심받을 위험성이 줄어들고 정보수집공작의 여건과 역량이 좋아지기 때문이었다.

1986년 6월 중순이었다.

『로라. 서울의 안트베르펜에 동업자로 파견함.』모스크바 KGB 본부는 예고도 없이 인사명령을 하달해 왔다. 그때 로라는 스위스에서 7년째 활동하며 스위스국적을 합법적으로 취득해 놓고 있었다. 전문에는 인사명령을 보조하는 행정적 부수지시사항도 추가되어 있었다.

『로라와 유리는 부부로 활동하든가 친구관계의 동업자가 되든가는 현지 상황에 맞추어 자율적으로 선택할 것. KGB에서는 요원들의 사생활에 대해서는 〈무간섭 원칙〉임을 유념할 것!』라는 언급까지 있었던 것이다. KGB의 공작원들 간에 부부가 되는 사례도 있는 것을 이미 알고 있는 유리에게 부부로 활동하라고 적극 권유하는 것처럼 느껴졌다. 웃음이 나왔다. 반갑기도 했고 기대도 되며 가슴이 두근두근해지는 지시였다. 로라와 어떻게 지낼까 고민했다. 도착날짜가 가까워오자 밤이면 몸이 뜨거워지고 근질거려지는 것이었다. 로라와는 잠자리를 며칠 같이한 관계였으므로 그동안 가끔 전화통화만 나누며 서로를 그리워했던 사랑하는 사이였는데 너무나 뜻밖이었다. 본부에서 두 사람의 관계를 알고 부부조로 만들기 위해 붙여 주는 것 같았다.

모국인 한국에 왔지만 자신의 신원이 간첩인 처지라 한국여성을 사귀어 볼 수도 없었고 터놓고 얘기할 사람도 없어 외롭기만 했던 유리로서는 이렇게 돌아가는 것이 싫지가 않았고 기대가 되기도 했다. 외로웠던 상황에서 앞으로 스파이활동을 하는 데에도 또 정서적으로도 큰 힘이 되고 날개가 될 것 같았다.

인사명령 한 달 후 7월 초에 로라가 서울에 들어왔다. 유리는 자동차로 김포국제공항에 마중을 나갔고 공항로비에서 만난 로라와 한동안 뜨겁게 포옹을 했다. 그리고 로라를 태우고 시내로 와서 지난 12월에 묵었던 을지로의 호텔에 투숙시켰다. 사무실로 가서 안트베르펜으로 안착을 보고했다. 그러고 나니 퇴근시간이 기다려졌다. 퇴근 후에는 로라의 방으로 갔고 두 사람은 5년 만에 다시 사랑을 나누었다. 사랑과 외로움으로 목말랐던 로라도 유리도 갈증이 풀리며 상쾌하고 경쾌해졌고 행복했다. 세상이 행복하고 기쁘고 즐겁게 느껴졌다.

둘은 직장동료이고 친구로서 동업자가 되었지만 무엇보다도 서로를 사랑하고 있었다. 그러나 로라의 숙소는 따로 구했다. KGB 본부로부터 아파트 렌트 비용을 각각 지급받을 수 있기 때문이기도 했지만, 둘이 합치게 되면 월급 외 수당과 행정적 지원에서도 못 받는 돈이 적지 않기 때문이었다. 대신 로라의 아파트는 용산에서 가까운 한강 건너편 반포로 정했다. 출퇴근하는 길이 같아서 언제든지 서로의 자동차를 이용할 수 있기 때문이었다.

이제는 사무실 직원이 로라까지 네 명이었다. 로라는 제네바에서 활동하면서 스위스 정보에 밝았으므로 스위스제 시계 수입이 유리했다. 유리는 안트베르펜의 다이아몬드 회사들과 거래하는 데 누구보다도 유리했으므로 일단 일을 전담했다. 서로의 전문성을 살리는 결정이었다. 그렇게 분리하자 일이 단순해지고 훨씬 쉬워졌다.

한편 담배와 양주는 다이아몬드나 고급시계와는 달리 여러모로 번거로운 물품이었다. 시계나 다이아몬드는 사무실 안에 설치한 특수금고만으로도 충분했지만 담배나 양주는 가격에 비해 부피가 크고 보관과 운송에도 문제도 있었으며 창고까지 필요했다. 또한 마진도 적고 밀수나 여행객들의 반입과 주한미군PX나 외국인들이 들여오는 비공식적 공급량이 많아 기존의 수요공급체계가 이미 레드오션이었다. 신속히 결정하여 이 두 품목은 취급을 포기하고 다이아몬드와 고급시계만으로 한정해야 했다. 모스크바의 KGB 흑색공작실에도 이런 사유를 보고했더니 즉시 승낙했다.
그 대신 두 사람은 다이아몬드와 스위스 시계를 최고가격부터 중저가 가격까지 다양하게 취급하기로 했다. 가격대의 폭을 확대하고 다양화하여 재벌급 인사들과 고액 뇌물이 오가는 정치인들, 군 장성들, 중소규모 사업가들, 최고위직 공직자들, 결혼예물을 찾는 젊은 직장인들까지도 고객으로 삼는 전략이었다.
이 전략은 효과가 있었다. 특히 자식들의 결혼예물을 준비하는 부모들을 통하여 소문이 빨리 퍼지면서 찾아오는 사람들이 점점 더 다양해지며 많아졌다. 고객들을 잘 알아보는, 눈치 빠른 우경희가 어느 날 말했다.

「유리 사장님, 여기 오시는 사모님들은 남편이 최고위층의 측근 실세이거나 권력기관의 핵심요직이거나 각 분야의 요직인 분들입니다. 또 그런 사모님들과 밀접한 분들이 많습니다.」

「그렇습니까?」

「그분들은 공천이나 보직인사나 관급공사수주나 정책적 인허가에서 결정적 역할을 할 수 있는 사모님들입니다.

그런 사모님들에게는 한국의 내로라하는 부인들이 눈도장을 찍고 안면을 트고 좋은 관계를 맺어 청탁을 하겠다고 줄을 서 있습니다. 그런 부인의 남편은 대기업 회장이나 임원이나 중견기업 대표, 진급을 바라는 대령 준장 소장 경찰간부나 검사, 또 해외공관장 장차관 국영업체사장 공공단체 대표로 보직을 바라는 공직자, 국회의원 공천을 바라는 정치인 등 다양합니다.

그런 목적의 뇌물은 주로 현금이나 수표를 바쳤지만 요즘은 부피가 작고 전해 드리기도 간편하고 모두 가지고 싶어 하는 최고급 다이아몬드와 스위스 시계를 선호하는 것 같습니다.

받는 사람도 좋아하는 데다 주는 사람도 편리하기 때문인 것 같습니다.」

「아, 그렇군요!」

유리는 우경희의 설명을 듣고부터 찾아오는 고객들을 새삼 유심히 살펴보게 되었다.

「고위층 사모님들이 우리 안트베르펜을 이렇게 많이 찾아오게 된 계기는 〈빨간 바지 사모님〉으로 소문난 실세의 사모님 장 여사님이 왔다가고부

터입니다. 그 일이 알려지면서 한국사회 상위층의 사모님들에게 소문이
신속히 퍼져 나간 것입니다.」

한편, 유리는 고위층 사모님들이 물건을 직접 사가거나 소개를 해 준 사람
이 와서 사 가면 판매대금에서 소개료나 할인금액을 사모님에게 되돌려
주고 있었다. 리베이트였다. 이 전략은 아주 주효했다. 소문이 은밀히 퍼
지면서 고위층들도 로비하는 부인들도 찾아왔다. 고위층사모님들은 자기
가 원하는 물건을 유리나 로라나 우경희에게 「이것이 참 예쁘군요!」라는
한마디만 하면 충분했다.
그런 다음에 로비를 하려는 부인이 찾아오면 눈치를 봐 가며 「이게 ○○
사모님께서 〈아! 예쁘구나!〉고 하신, 이건 ○○사모님께서 〈너무 좋다!〉
고 하신 것입니다.」라고 귀띔해 주면 물어보지도 않고 얼른 샀다. 또 고위
층사모님을 몇 발짝 뒤따르며 로비하는 부인이 들어오기도 했는데, 그때
는 사모님은 직접 그 부인이 보는 앞에서 들으라고 말했다.
「아! 이 시계 참 예쁘군요!」
그러면 따라온 부인이 알아서 계산하기도 또는 나중에 혼자 조용히 와서
산 다음 종이 백에 담아서 별 것 아닌 것처럼 전해 주는 것이었다. 그러니
고위층사모님들로서는 탐나는 물건을 직접 지정해 주고 받아 챙기는 이
익에다 할인가와 차액을 유리로부터 나중에 리베이트로 받는 이중의 이
익이 있었던 것이다.
「비밀 보상은 유리 사장님만 하시는 게 아닙니다. 최근 우리 한국에서는
리베이트가 없으면 일이 성사될 수가 없습니다. 숨겨진 일도 아닌 관행입
니다.」

「이것을 남들보다 잘해야만 사업이 유지되고 더 발전합니다. 그렇게 못하면 괴씸죄에 걸려서 세무조사도 받고 기업 문을 닫고 형사처벌 당하는 일까지 생깁니다.」

우경희는 유리에게 이런 상황을 알려 주었고 리베이트를 전달하는 일도 맡아 해내고 있었다. 리베이트가 많은 종합무역사와 건설사에서 재무업무를 하면서 다양한 경험을 했던 것이다.

29.

『이익에 집착하지 말 것! 공작사업임을 유념할 것!』

『회사를 폐업하지 않을 정도로만 운영하고 결정적 임무부여에 대비하며 잠재역량을 최고도로 구축해 나갈 것!』

『실무급의 유력 협조자를 더 확보하는 데 목표를 둘 것!』

야센바 KGB 제1총국의 흑색공작실에서 안트베르펜에 강조하는 지침이었다. 또 이 지침에 따른 경영실태를 매달 암호채널을 통해 흑색공작실로 보고하고 있었다.

「새로 만난 중요인물들의 사진, 이름, 나이, 직책, 영향력, 유력인물관계, 활용방안, 기대성과, 포섭진행 상황, 제공해 준 접대향응과 보석가격할인 내역」이 그 보고 내용이었다.

『활동여건 조성과 확고한 정착이 최우선이므로 기본지침을 명심할 것!』

『수입원가 이하로도 제공하여 유력인물들과 좋은 관계를 맺는 데만 주력할 것!』 흑색공작실에서 지시전문을 하달할 때마다 더 보기도 싫을 만큼 반복 강조하는 말이었다.

한편 점차, 사모님들뿐 아니라 일반인들도 고급품을 싸게 사고 리베이트를 챙기려고 동료나 친구들을 안트베르펜에 데려오고 있었다. 똑같이 그런 리베이트를 주니 모두 재미를 느끼고 있었다. 또 그들이 가지고 있는 보석들을 좋은 값으로 계산해 주면서 고급품으로 교환해 주기도 했다. 그러자 알이 작거나 낮은 등급의 보석을 갖고 있는 사람들은 돈을 더 보태면서 새 보석으로 교체하는 일이 나타났다.

이렇게 비즈니스가 활발하게 돌아가면서 로라와 유리는 한국의 정계, 군부, 국가기관, 재계의 유력인사들을 더 폭넓게 사귀게 되었다. 또 젊은 직원들도 찾아오고 있었다. 우선 포섭대상인 그들이 제 발로 서로 찾아오고 있었던 것이다. 그들 중에서 골라 포섭해야 했다. 로라와 유리는 그들에게 주말과 공휴일이면 골프와 술을 접대하고 평일에도 점심 식사나 퇴근 후 모임에 가서 밥값 술값을 내주며 어울렸다. 인물들을 선별하고 포섭하려는 것이었다.

로라는 한국생활에 빠르게 적응하고 있었다. 사모님들로부터 한국어 개인강습을 받고 그들에게 영어 불어를 가르쳤다. 사우나 마사지에도 따라다니고 골프도 하고 사모님들의 집이나 모임에도 초대받아 가고, 서울주재 외교관부인들과 국내유력인사 사모님들의 〈외교크럽〉 모임에도 가입하여 집에서나 호텔에서 벌이는 파티에 정기적으로 참석하고 있었다.

「한국에서는 영어와 불어를 잘하며 미모에다 사업체까지 운영하는 유럽 출신 백인 여자가 유력 사모님들의 모임에 진입하는 것은 아주 쉽구나!」

유리가 말했다.

「그래! 더구나 우리 안트베르펜이 사업실적이 좋으니 한국의 정보방첩기관들도 의심하지 않는 것 같지?」

「나는 활동을 하는 데 아무런 제약도 못 느끼겠어! 오히려 많은 사람들이 서로가 경쟁적으로 먼저 나한테 접근해 오고 친해지려고들 하니까 내가 골라서 사람을 만날 수도 있고 초대받는 모임도 골라서 선택할 수가 있는 거야!」

「한국 사람들은 서구백인들을 선호하면서 우호적으로 친절하게 대해 주고 있어!」

「그래! 우리가 KGB의 스파이인 것을 드러내지만 않으면 순조롭게 돌아갈 것 같아.」

「포섭하려고 애써 노력할 필요도 없어!」

「맞아! 굳이 기만술로 속이고 이용해서 정보를 얻어내는 무리수를 쓸 필요도 없지?」

「애써 물어볼 필요도 없어! 그들이 자기네끼리 다 떠들며 자랑삼아 다 얘기하고 있으니까!」

「잘 새겨듣고 기억해서 정리만 잘하면 되는 거야!」

「그래! 성의껏 고객으로 대하면서 싼 가격에 상품을 주고 술과 밥과 골프로 접대하는 것으로 충분해!」

「앞으로도 그들이 원하는 것을 눈치껏 잘 파악해서 성의껏 맞추어 주기만 하면 될 거야!」

「참 좋은 활동여건이야! 그만큼 우리는 스트레스가 적잖아?」

로라와 유리는 주기적으로 공작활동의 진행상황과 여건을 점검하고 있었다.

안트베르펜에 오는 남자들 중에는 투명한 백옥 피부에 파란하늘색 눈동자와 매혹적인 금발을 한 미녀 로라를 보려는 이들도 많았다. 그런 남자들은 로라의 용모를 넋을 잃고 쳐다보기도 하고 몸매를 훔쳐보며 손이라도 잡아보려고 했다. 몸을 숙일 때는 드러나는 크고 깊고 탄력 넘치는 가슴을 훔쳐보느라 눈을 번뜩였다. 특히 권력기관의 힘 있는 남성들은 모두 로라를 여왕처럼 대했다. 기분에 따라 유리를 로라의 고용원쯤으로 대하기도 했다. 그러다가 값을 깎자고 흥정할 때에는 태도가 달라지며 한국말이 통하는 유리에게 진지해지기도 했다.

또 유리를 술이나 밥 접대를 담당하는 존재로 여기면서 〈술상무〉라고도 불렀다. 유리가 점심이나 저녁 식사를 제의하면 그들은 단 한 번도 거절하지 않았으며 선약이 있거나 사무실 일이 바쁠 때에는 자기들에게 편한 때로 날짜를 변경해서 일방적으로 정하기도 했다. 그렇게 약속한 밤에는 일차로 소주를 겸하여 저녁 식사를 하고 나서 또 이차로 룸살롱에 가서 술을 마셨다. 술을 마시는 중도에나 술이 끝나면 아가씨를 데리고 객실로 가는 성접대를 요구하는 사람도 있었다. 주말 골프모임에 불러서 접대를 요구하기도 했다. 그렇게 원하는 대로 해 주고 나면 그들은 극히 우호적으로 변하고 있었다.

「애로사항이 뭔지, 뭐든지 말씀해 주세요! 우리가 어떻게든 다 해결해 줄 힘이 있는 사람들입니다!」

「도움이 되실 겁니다!」라며 자신의 아이디어를 제공해 주거나 보석에 구매력이 있는 재력가를 소개시켜 주거나 무엇이든 도와주려고 했다.

1986년 7월의 무더운 오후. 사십대 초반의 남자가 안트베르펜으로 불쑥 들어왔다. 다짜고짜 유리의 팔을 잡고 의자로 가 마주 앉더니 명함을 내놓으며 일방적으로 말하기 시작했다.

「나는 사정비서실 감찰팀에서 근무하는 최광입니다.

나는 국가기관들의 주요 고위직 인물들을 모두 다 꿰고 있는 사람입니다. 정보기관 수사기관의 부장님 총장님도 잘 알지만 차장 국장들과는 모두 〈형님, 아우〉하며 지내는 사람입니다!」

유리는 그를 유심히 살펴야 했다. 유리가 KGB에서 실천해 온몸에 배인 원칙으로도 또 그동안 평양에서 겪어 본 북한요원들조차도 모두 자신의 신분을 감추고 이름도 가명을 사용하였는데 이 남자는 느닷없이 자기 발로 찾아와서 처음 만난 유리에게 자신을 드러냈기 때문이었다.

사투리 억양이 강한 그는 젊은 나이임에도 자못 여유가 있었고 근엄한 태도까지 보여 주려는 거드름도 있었다. 그런 그는 로라의 미모를 힐끗 힐끗 쳐다보며 눈을 번뜩였지만 영어를 전혀 못하는 탓인지 로라와 얼굴이 마주칠 때는 입까지 벌려 가며 환하게 미소를 지으면서도 말을 걸지는 못했다. 그는 실로 자기과시가 심하고 말이 많은 특이한 사람이었다.

「그러니 내가 국가기관들이나 정부부처의 누구보다도 정보가 빠를 수밖에요!

내가 누구보다도 먼저 여기를 찾아온 것만을 봐도 그건 잘 아실 게 아닙니까? 나보다 먼저 여기를 찾아온 기관 사람이 있었습니까?」그는 자신 있게 말했다.

「나를 통하면 안 되는 일이 없어요! 뭐든지 다 해결합니다. 정말입니다! 그래서 모두가 나를 마당발해결사라고도 합니다. 하! 하! 하!

유리 사장님, 필요한 게 뭐라도 있으면 언제든지 나한테 전화를 하시고 아무 때나 만나자고 하십시오!

애로사항이든지 뭐든지 간에 내가 화끈하게 다 도와주겠습니다! 언제든지 말씀만 하십시오!」라고도 했다. 유리가 보기에 이 〈최광〉은 눈치가 빠르고 싹싹하고 붙임성이 좋아서 누구에게나 착 밀착하며 마음을 끄는 감각과 재능이 좋았다.

이렇게 느닷없이 찾아와서 자기과시를 하는 목적이 무엇일까? 돈을 얻어 쓰려 하거나 보석을 거저로 빼앗아 가려는 것인가?

대한민국 국가기관들에 이미 갖고 있을 유리의 신원자료를 보면 〈대한민국에 아무 연고자도 없는 굴러들어온 스위스 출생의 교포 3세〉일 터인데, 이런 존재에게 제 발로 찾아와서 이렇게 하는 이유가 뭘까? 유리는 그의 속내를 파악하려고 했다.

「나는 발이 워낙 넓어서 국군보안사령부 국가안전기획부 검찰청 경찰청 관세청 국세청 감사원까지도 핵심 고위인사들과 아주 가깝게 지내고 있어요! 내 별명이, 모두가 나를 마당발이라고 부른다니까요!

공항세관에도 국세청에도 아는 사람들이 깔려 있으니까 앞으로 얼마든지 보여 드릴 겁니다! 증명해 보여 준다니까요! 하! 하! 참!

나는 장인어른께서 홍콩이나 마카오를 가끔 드나드시는데 그때마다 다이아몬드는 얼마든지 아무 문제없이 갖고 들어오시게 해 드리고 있습니다! 아주 쉽고 간단합니다. 공항에는 아는 사람들이 그만큼 많다는 거지요! 하, 하…….

두고 보시면 알게 됩니다!」

그는 눈빛을 번득이기까지 하면서 이 말을 몇 번이나 강조하며 반복하고 있었다.

「앞으로 내가 그런 힘쓰는 사람들을 많이 데리고 올 테니까 유리 사장님은 기다려 보시요!

내가 도와준다니까요!」괄괄한 목소리인데다 힘까지 주면서 언성을 높였다. 〈내가 어떤 사람인지를 빨리 잘 알아보고 알아서 잘 모셔 달라!〉라고 위협하며 으름장을 놓는 투였다.

「예! 하찮은 저에게 아주 중요하신 분께서 찾아오셔서 도와주시겠다고 하시니 저가 큰 행운을 만난 것이 분명합니다!」

「맞아요! 그렇습니다! 기다려 보시오! 아시게 될 테니까요!

나한테 엎드리며 감사합니다! 라고 말하게 될 겁니다!」

「예! 저에게도 이제는 좋은 행운이 찾아오는가 봅니다! 너무 감사합니다!」

「앞으로 내가 안트베르펜을, 유리 사장님을 확실하게 밀어주기로 약속할 테니까 우리 잘 지내 봅시다!」

최광은 정보가 빨랐는지 안트베르펜을 어떻게 알았는지 느닷없이 스스로 찾아와서 생면부지의 유리에게 처음부터 자기 위세를 과시하듯 거드름을 피우며 한참 동안 떠들었다. 돈을 뜯어가고 보석도 공짜로 얻어 가려는 속내인 것 같기도 했다. 어쨌든 유리가 찾아서 만나고 포섭을 해야 할 바로 그런 사람이었고 제 발로 굴러들어온 것이었다. 그의 명함에는 사무실의 전화번호와 주소와 페이지보이(호출기)번호와 집 전화번호까지 인쇄되어 있었다.

그 며칠 후에 최광은 두 남자를 데리고 함께 왔다.

「유리 사장은 내가 말하는 것은 뭐라도 다 합니다!」 최광이 그들에게 말하고 있었다.

「차츰 보시면 아시게 되겠지만 나하고는 좀 특별한, 아주 각별한 사이입니다!」

「필요한 게, 부탁할 게 있으시면, 직접 말하기는 어려울 테니까 나를 통해서 얘기를 하세요!」

「나하고는 아주 친밀하고 특별한 사이라서 내 말을 꼼짝없이 다 따라준다니까요!」

두 번째로 자기 발로 유리를 찾아왔으면서도 절친한 사이라고 그들에게 자랑하고 있었다. 낯이 두꺼웠다. 사투리 억양이 강했으나 목소리가 맑고 굵직해서 솔깃하게 들리고 호감도가 좋은 말투였다. 내용을 아는 사람은 거짓임을 눈치채지만 반복 듣다보면 자신도 모르게 현혹되고 마는 효과가 있었다. 상대방의 내심 변화를 읽으면서 호감을 친밀감으로 착각시켜서 밀착하는 것이었다.

최광이 누구에게 이렇게 파고들면 이미 서로 친했던 다른 사람은 밀려나며 소외되고 말았다. 기존의 친구를 제치고 더 가까워져 있었다. 친화력이라기보다는 뛰어난 감으로 남의 약점과 심리를 파악하며 장악하는 재능이었다. 남의 이목을 자기에게 끌면서 자신을 돋보이게 만들었다. 사소한 것도 과장하며 남의 관심을 집중시키는 기술이 있었다. 나중에 보니 그의 친구들이나 그와 힘든 일을 함께 해 본 사람들은 그를 배척하고 있었다. 그럼에도 그가 견제 받지 않았던 것은 사정실 감찰팀이라는 특수권력기관의 대외활동에 그런 사람이 필요했기 때문이었다. 또 그와 어울리는 타 기관요원이나 민간업자들은 이러한 그를 역이용하고도 있었다.

최광은 그때 국군보안사령부, 국가안전기획부, 검찰, 총리공직윤리실 소속 경찰 등이 참여하는 〈정보회의〉라는 사적 모임을 만들고 있었다. 핵심 기관의 엘리트를 모아서 조종하며 운영하는 것이었다. 과연 그는 마당발이었다. 어느 날 이 멤버들은 세종대로의 코리아나호텔 일식당에서 정식 발족모임을 가졌고 모임 후에 안트베르펜으로 함께 왔다. 멤버들은 진열장에 펼쳐진 화려한 고급시계와 보석들을 끼어 보고 만져도 보며 값을 알려고 했는데 「오늘 처음으로 이렇게 멋있는 고급시계들 예쁜 보석들이 있다는 것을 알게 되었습니다. 정말 비싸군요! 난생 처음으로 구경했습니다! 견물생심이라고 눈으로 보고 만져 보니까 정말 좋고 욕심까지 생깁니다! 이런 물건들을 보니 세상 눈이 확 뜨입니다!
세상이 다르게 보입니다! 내 인생과는 다른 세상을 본 것 같습니다!
집을 팔고 줄여 가야 한 번 사 볼 수가 있겠습니다!」
최광과는 달리 그들은 모두가 솔직한 마음과 평범한 태도로 얘기하고 있었다.

1986년 가을의 추석명절 가까워지고 있었다. 안트베르펜 매장에는 이 경장, 박 세무서기, 신 소방교, 조 시청서기, 구 관세서기가 담당관이라며 기웃대고 있었다. 사무실에 들어와서 앉았다가 나가고 또 다음 날도 그러기를 했다. 매장 유리케이스의 고급시계와 다이아몬드를 꺼내 끼워 보거나 들고 세세히 살피기도 했다.

「이 시계는 정말 가져 보고 싶습니다!

이 반지는 참 눈이 부십니다! 어떤 분들이 이걸 사갑니까?」

좋다는 건지 시비하는 건지 의미를 알 수 없는 말들이었다.

「예, 스위스 샤프하우젠의 최고급 시계이고 벨기에 안트베르펜의 최고급 다이아몬드입니다.

재벌회장님 사모님들께서도, 또 다 아실 만한 고위층의 사모님들께서도, 정치인 사모님들도, 유명 영화배우들도 고객이십니다!」 영문을 알지 못하는 유리는 진지하게 대답하고 있었다.

「값은 얼마입니까?」

「이것은 중간 수준인데 미 달러로 69,900불입니다.

최고급품은 더 비쌉니다.」

「와! 저의 공무원월급으로는 꿈도 못 꾸겠습니다! 죽었다 깨어나도 못 사겠습니다! 한 개만 팔아도 큰돈이 남겠지요?」

「전혀 그렇지 않습니다, 그 문제는 사모님과 고객님들께서 아주 잘 아십니다. 안트베르펜은 한국시장을 확대해야 하므로 거의 수입가 수준으로 판매합니다. 말하자면 원가 개념으로 파는 것입니다.」

「예? 이렇게 비싼 가격인데 그걸 무슨 말이라고……?」 그들은 반색하며 불쾌해하기도 했다.

「저희 회사의 기본정신이 그렇습니다.」

「…….」

이 사람들이 나의 정체를 파악하기 위해서 이러는 것인가? 유리는 그들을 내심 경계하면서 조심스럽게 대하고 있었다.

「아, 그래요……? 하, 하!」

빈정대는 것인지 알겠다는 것인지 꺼림칙한 반응을 보이더니 「매장이 화재 예방과 대피에 문제가 있군요! 출입문도 소화설비도 규정에 맞지 않아요!」

「규정대로 고치고 합격검사를 받을 때까지 영업을 정지시킬 수도 있어요!」

「초소형 크기인 다이아몬드는 수입관세신고에서 누락이 있는지, 제품 품질과 가격이 일치하는지를 대조해 볼 필요가 있겠는데요!」

「고가의 귀중품들을 다량 보유한 업체라서 방범업무 부담이 커졌습니다.」

「수입가, 매출액, 지출경비, 소득액을, 세무신고가 적합한지를 조사해 봐야 되겠는데…….」

「수입신고서와 안 맞는 상품도 보이는데……. 조사를 해 봐야 될까……?」

「이런 것은 고발이 되면 타격이 심각할 텐데!」 저마다 위협적인 지적을 하고 있었다.

「출생지가 어디지요?」

「부모님과 조상들은 어떤 분들이셨나요?」

「조부모님은 한반도 출생이신가요? 증조부모님은 어디 출생이신가요?」

「집안의 족보를 본 적이 있나요?」

「증조부님은 원래 한국에서 살았던 게 아닙니까? 한국 어디서 살다가 언제 사할린이나 만주로 옮겨 간 것입니까?」

「소련과 한국에 가족이나 친척은 누가 있습니까? 어디서 뭘 합니까? 경력이 어떻게 됩니까?」

「북한에는 친척이 누가 있습니까?」

「외가는? 어디에서 삽니까? 무엇을 하시나요?」

「국내의 장기체류 외국인들에 대해서 정기적으로 체크하는 게 우리의 업무입니다!」

「고려인인 조부모님과 부모님이 언제 어떻게 스위스까지 옮겨가서 정착한 것입니까?」

「한민족, 고려인으로서는 너무 특이해서……. 그냥 넘어가기가 참 어렵군요!」

비슷한 질문을 반복하며 신문하듯 시비하듯 했다. 유리는 국가기관에 제출한 외국인등록서의 신원기록도 가짜인, KGB 스파이라는 사실이 생각나며 겁도 났다. 그러나 KGB에서 모진 조사를 받으며 이미 단련됐던 경험으로 버텨 내고 있었다.

「일찍 돌아가신 조부모님은 아주 어렸을 때에도 뵌 기억이 없습니다.
중조부모님과 조부모님과 부모님은 척박한 사할린으로부터 한겨울에 중앙아시아 동토의 초원으로 발트해 해안까지 몇 차례나 강제이주 당했다는 것, 생존하시느라 모질게 고생하셨다는 말씀만 들었습니다.
살림살이도 못 챙기고 맨몸으로 타민족들 속의 멀고 낯선 척박한 땅으로 몇 차례나 강제이주 당하면서 억척으로 생존에 매달리느라 조상 얘기도 고향 얘기도 못해 주신 것 같습니다.
먼 조상들 얘기는 아주 어렸을 때 들어 본 것 같기도 한데 기억에는 없습니다.
낯선 나라의 낯선 민족들 속으로 이리저리로 강제로 이주당하면서 생존하는 데 급급하다 보면 조상뿌리와 집안을 따지고 챙기지 못할 수도 있겠지요!
고려인들이 다 그렇습니다. 배고픔과 추위 속에서 몇 번이나 강제로 이주당하느라 억척으로 고생해야 살 수 있었습니다. 부끄럽지만 저는 집안내력을 모릅니다!」

유리는 조금도 흔들리지 않는 태도로 항상 똑같은 대답을 하고 있었다. 고려인들의 일반적인 스토리로만 대답했다. 어떤 구체적 세부적 언급을 했다가가는 꼬리를 잡힐 수 있기 때문이었다. 한편으로는 스위스국적이므로 스위스대사관의 도움을 받는 방안까지도 준비하고 있었다.

「이렇게 신원사항들을 질문하는 것은 외국인에 대한 정식업무입니다.」그들이 그때마다 둘러대는 변명이었다.

「너는 우리 기관의 손안에 있는 존재이므로 알아서 잘 처신하라!」는 위협이었다.

추석이 지난 후로도 그들은 간혹 들려서 인사를 하거나 커피를 마시고 갔지만 이전처럼 연속 찾아오거나 시비하지는 않았다. 그보다는 시끄러운 정치현안이나 사회적·경제적 사건들을 거론하면서 한국사회의 이슈들을 단편적으로 설명했는데 그때마다 결론은 「유리 씨는 우리 사회의 관행과 현실을 너무 몰라요!」, 「빨리 익혀야지요! 그래서 어떻게 한국에서 사업을 합니까?」, 「모르면 우리와 가까이 지내며 물어보기라도 해야지요!」, 「한국에서 사업을 하자면 눈치가 빨라야지요!」라고들 말했다.

「무슨 뜻일까? 왜 똑같이 이 말을 할까?」 유리는 그때마다 머리에 새기고만 있었다.

1987년 1월 말이었다. 한국에서의 첫해인 1986년이 지나간 후 1987년 구정이 가까울 때였다. 그들은 또 매장을 찾아오고 있었다. 지난해 추석 때처럼 다시 하고 있었다. 그러자 사무실의 우경희가 유리에게 조용히 말했다.

「작년 추석 때는 우리나라에 오신 지가, 사업을 시작하신 지가 얼마 되지 않아서 말씀드리지 않았었는데…….」

「예? 무엇을요?」

「일선의 담당관들이 명절 때에 찾아오는 것은 돈을 달라는 것입니다.」

「무슨 돈……을요?」

「명절인사, 떡값이라는 것입니다, 우리나라에서는 아주 오랜 관행입니다!」

「구정 추석 휴가철……. 특히 명절 때면 이럽니다.」

「떡값 돈을요? 얼마나요?」

「정해진 액수는 없습니다. 돈을 받는 그들의 표정을 봐 가면서 적절히 주시면 됩니다.」

「표정을 봐 가면서요?」

「명절이 아닌데도 매달 뜯어 가는 악질 공무원도 있습니다!」

「인사를 제대로 안 해 주면 해코지를 하는 수도 있어서……. 적절히 조금씩 하시는 게 보험을 드는 것과도 같습니다.」

「…….」

「그렇게 하시면 나중에 무슨 잘못된 일이 생긴다면 못 본 척하고 넘어가기도 하고 범칙금을 물게 될 경우에는 좀 싸게 부과해 주기도 합니다……. 완전히 뜯기기만 하는 일방적으로 억울하기만 한 일은 아니라고도 할 수 있습니다.」

「이제야 그들이 했던 말들이 이해가 되는군요!」

「일선 실무단계에서 서로가 부정과 편법행위를 함께 하면서 그 이익을 직접 나눠 먹는 편의적 공생이라고 할 수 있습니다.」

「일선 말단부터 최고 정책결정과 국책사업입찰까지 전반적으로 뿌리 깊고 암묵적 체계적으로 정착된 관행입니다.」

「뿌리, 관행이라고요?」

「예, 역사적으로도 유래가 있는 것입니다. 조선시대만 보아도 명백히 알 수 있습니다.」

「…….」

「관리들은 국세를 거두면서 자기 몫을 챙기느라 백성의 고혈을 가혹하게 짜냈습니다.」

「성경에서 보면 고대 이스라엘에서도 그랬지요!」 유리가 고개를 꺼덕이며 말했다.

「조선말에는 백성들이 곡식을 더 생산해 봤자 완전히 수탈당해서 똑같은 한계생활을 하니까, 아예 일을 안 하게 되었고, 그래서 온 나라가 다 게을러졌습니다.」

「임금이 백성의 고혈을 짜내며 자기 혼자의 안위와 이익만 추구했습니다.」

「임금이 자기보신만을 위해 이권을 외국에 팔아넘기다가 결국 통째로 식민지가 되었지요.」

「그 풍조가 그대로 살아 있습니다. 일선 공무원들부터 정권의 실세들까지….」

「고위층에서는 정치자금이라는 큰돈이 오가고요, 말단은 이렇게 떡값을 챙기는 겁니다.」

「아, 그렇군요!」

「지역에서 오래 터를 잡은 공무원들은 지역토호와 유착되어 서로가 상납과 이권제공으로 긴밀하게 얽혀 있기도 합니다.」

「사회가 빨리 투명해지고 공개되어야 되겠군요!」

「소용이 없을 것입니다. 더 새로운 고차원적인 수탈방법이 만들어지겠지요!」

「…….」

유리는 우경희로부터 설명을 듣고서야 이해되었다. 그 후 그들이 찾아오면

「어서 오십시오! 이리로 오셔서 차를 한 잔 드시지요!」

유리는 그들을 즉시 내실로 안내해서 준비해 둔 봉투를 주머니에 찔러주었다. 그러면 그들은 당연하다는 듯 잠시 딴청을 부리다가 금방 사라졌다.

1987년 봄이었다. 총선 결과 국회는 여소야대로 바뀌고 세 명의 김 씨는 오는 12월의 대선을 앞두고 투쟁에 앞장서면서 세종대로와 종로와 대학가들에서는 전두환 권위주의군사독재정권을 거부하며 대통령직선제 등 민주화를 요구하는 데모가 연일 벌어지고 있었다. 거리에는 데모를 진압하는 경찰버스들과 전투경찰병력들이 가득했고 메스꺼운 최루탄 가스가 빌딩 속까지 들어왔다. 안트베르펜에서도 눈이 따가워서 눈물 콧물을 흘리고 재채기를 했다. 지방 도시에서는 더 심한 곳도 있었다.

그때 유리의 매장으로 갑자기 한 남자가 뛰어 들어왔다.

「저 놈이 정보부 요원이다! 잡아라!」 세종대로의 데모 군중 속에서 누가 그를 가리키며 소리쳤다. 즉시 주변에 있던 수많은 시위대원들의 눈길이 그에게로 쏠렸다.

「저놈 잡아라!」

「저놈을 죽이자!」 하며 몰려들었다.

체력이 대단하고 몸이 빨랐던 그는 앞을 막는 시위자들을 때리고 헤치면서 필사적으로 도망쳐 달아났다. 시위대를 제치며 젖 먹던 힘까지 사력을 다해 도망쳤고 근처 빌딩으로 숨어 들어와 마침 눈앞에 사무실 문이 열려

있던 안트베르펜 매장으로 튀어 들어왔던 것이다.

「사장님, 제발 좀 숨겨 주십시오! 큰일 났습니다!

잡히면 나는 죽습니다!」 숨을 헐떡대며 다짜고짜로 구원 요청을 해 왔다.

처절한 표정이었다.

유리는 영문도 모른 채 그를 블라인드가 내려진 대형금고 뒤에다 숨겨 주었다. 그 일로 인해 그와는 친밀한 사이가 되었다. 그 후부터 그는 틈나면 안트베르펜을 들리고 있었다. 활달한 성격으로 좀 급했지만 시원시원하고 솔직한 편이었고 술과 여자와 슬롯머신과 고스톱을 좋아하면서 다른 기관의 공무원들처럼 뒷주머니에 돈을 얻어 챙기는 맛을 알고 있었다. 조기축구팀에서 대표선수로 뛰고 있는 만능운동가로 순발력이 좋았다. 몸 싸움으로 시위대들의 손길과 추격을 뿌리치고 헤치면서 도망쳐 나올 수 있었던 것이다.

어느 날 그는 저녁 식사 겸 술을 마시면서 유리에게 고백했다.

「저는 대한민국 정보기관인 국가안전기획부 요원입니다. 이름은 박필성입니다.

반정부 반체제 투쟁을 하는 대학생들, 노조들, 재야운동권과 싸우고 있습니다.

그들의 조직구성을 파악하고 투쟁계획을 미리 입수해서 대응해 나가는 것입니다.

그러자면 재야활동가나 노조나 운동권 학생들 속에서 협조할 만한 사람을 발굴해서 은밀하게 만나 돈도 주고 술도 마시면서 협력자로 키워야 됩니다.

그래야 반정부투쟁 시위계획이나 단체의 내부정보를 파악하고 대응할 수 있습니다.

언제 어디에서 데모를 계획하고 구호가 무엇인지를 사전에 파악해야 대처할 수 있습니다.

물론 경찰 검찰과 공조합니다.

그런 핵심 인물들을 소재를 파악 체포해서 조직을 와해하고 투쟁을 저지하자면 서로 협조가 필요합니다.

핵심주동자들이 숨은 위치를 알아내면 한밤중이나 새벽에 경찰과 합동으로 쳐 들어가서 체포하고 사법처리를 해서 단체를 와해시키는 것이 제가 하는 정보활동입니다.」

「아, 그런 일도 하시는군요!」

「위험한 일입니다!」

「지난번 사건은 제가 세종대로의 시위대들 속에 섞여서 그들의 데모구호와 체제를 비판하는 불법유인물을 수집하고 주동자들의 신원과 불법폭력행동의 증거를 확보하는 아주 위험한 채증 활동을 하던 중이었습니다.」

「그렇게 입수하는 증거자료들을 근거로 경찰과 검찰과 공조하면서 핵심주동자들을 체포하고 지명수배하고 구속하고 처벌해 나갑니다.」

유리는 박필성의 설명을 들으며 포츠담 KGB 감옥에서 본 모습들, 조선국가안전보위부 협조자 현무광이 생각났다.

아! 대한민국에서는 소련의 KGB에 비교한다면 형사법절차가 잘 지켜지는구나! 어디에서든 기관에 대한 협조자들이 생겨서 도와주게 마련이구나! 소련에서는 법도 절차도 없이 무조건 잔인한 고문으로 시작해서 죽게 만들거나 불구로 끝을 낼 뿐인데 한국은 인권이 보호되는구나! 유리는 놀라워하고 있었다.

30.

1987년 봄에는 서울의 세종로 시청광장 대학가에서 민주화와 대통령직선제를 요구하는 데모가 연일 벌어지고 있었다. 노란색 매운 최루탄가스가 하늘에 가득했다. 대학은 휴교되어 무장경찰이 교문을 막고 있었다. 대학 노동조합 재야반체제인사 등 시위대는 전투경찰기동대에 맞서 싸우며 화염병과 돌을 던지고 죽창 쇠파이프 각목을 휘둘렀고 경찰버스를 넘어뜨려 불태웠다. 경찰은 최루탄 물대포를 쏘고 곤봉을 휘두르며 저지하고 있었다. 매일 전쟁이었다.

전두환 대통령은 퇴임 후의 안전을 보장받기 위해 1987년 12월의 차기대통령선거에서 확실한 자기편에게 권력을 넘겨주어야 했으므로 사정이 급했다.

6월이 되자 대통령선거가 몇 달 앞이라 시위는 더 격렬해졌다. 전투경찰대원들은 아스팔트의 한여름 찜통열기 속에서 보호패드까지 넣은 두꺼운 바지와 웃옷을 입고 방패와 곤봉을 들고 철망을 두른 철모와 가스마스크를 쓴 채 늦은 밤까지 버티고 있었다.

정권말기에 전국적으로 혼란이 심해지자 공공기관들은 기강이 해이되고 부정부패가 확산되어 중앙의 영이 서지 않고 있었다. 기강을 다잡는 일이 절실했다. 기강단속활동을 맡아서 지휘하며 은밀히 해 나가는 조직은 바로 최광이 일하는 사정실의 감찰팀이었다.

사정실 감찰팀은 총리실과 국군보안사와 국가안전기획부와 경찰청의 사명감이 강하고 헌신적으로 일하는 우수 요원들을 차출하여 〈비밀특명 공직사회기강사찰 암행팀〉을 편성했고 암행감찰을 하도록 전국에 출장을 보냈다. 최광은 출장 암행팀이 보내오는 일일 보고서들을 취합하고 있었는데 온갖 비위사건들을 보며 재미있어 하였고, 안트베르펜으로 〈정보회의〉 멤버들을 불러서 각종 사건들을 자랑삼아 떠들어대고 있었다.

「하하, 나 참, 세상에! 별 미치고 자빠진 인간들이 다 있다니까요!」 추석이 지나간 후에 그는 멤버들과 함께 안트베르펜 내실의 소파에서 차를 마시며 떠들고 있었다.

「뭡니까?」 멤버들이 궁금해했다.

「별…… . 참, 해괴하고 망측해서…… . 입에 담기도 민망하다니까요!」

「궁금해지게 그러지 말고 빨리 좀 털어놔 보시라니까요!」

「글쎄…… . 남쪽 직할시의 어떤 기관에서는 사장하고 부사장하고 상무라는 사람이 돌아가면서 여비서 하나를…… . 대낮에 자기 사무실의 침대로 불러들여서 그 짓을 하며 데리고 놀다가 들통이 난 겁니다!」

「에이~! 무슨 그런…… . 말도 안 되는 삼류소설 같은 일이 있다는 겁니까?」

「에~이, 삼류 만화에서도 못 읽어 본 얘기를 하시네…… .」

「하! 하! 참! 그러니까 내가 얘기하는 게 아닙니까?」 최광은 정색하며 열을 냈다.

「입에 담기도 더러워요! 정말……!」

「진짜요? 그럴 수가요?」

「그걸 어떻게 알았나요?」

「아! 글쎄……. 참 기가 막혀서 말입니다!」

「빨리 좀 속 시원하게 다 얘기해 봐요!」

모두가 유리까지도 무슨 얘기일까 궁금해서 귀를 세웠다.

「빌딩 유리창 청소부가 대낮에 로프를 타고 매달려서 유리를 닦고 있는데 안쪽에서 좀 낌새가 이상하더랍니다.」

「……?」모두가 귀를 쫑긋하고 있었다.

「이상해서 창 블라인더 사이로 들여다보니 둘이 정신없이 창문에 누가 매달려 있는지 신경도 안 쓰고 그 짓을 하더라는 게 아닙니까?」

「이게, 나, 참, 말 같지도 않은 일이네!」

「완전 개판인 거지요……. 도대체 입에 담지도 못할 일이 아닙니까?」

「진짜입니까?」

「아니 그게 사실이란 말입니까?」모두가 믿을 수가 없다는 것이었다.

「청소부가 우리한테 진정서를 보내 왔던 겁니다! 이번에 비밀특명 공직사회기강사찰 암행팀이 가서 확인 차 불러서 조사를 했더니 글쎄 한두 사람이 아니라 거기 사장, 부사장, 상무까지 셋이서 벌써 전부터 그렇게 해 오고 있었다는 게 다 밝혀진 것입니다!」

「참, 기가 막힙니다!」

「웃을 일도 아닙니다! 정말!」

「맨 처음에는 이렇게 저렇게 했고, 언제부터였고, 누구와는 어떻게 또 누구와는 어떻게 어느 시간에 얼마 동안 몇 번 그래왔다는 것을 그 여비서가 미주알고주알 순진하게 다 털어 놓더라는 겁니다!」

「그렇게 되니 상대방들도 결국 시인을 해서 진술이 모두 일치하고요!」

「그렇다면 의심할 여지도 없겠네요!」

「그 건물이 구조가 좀 특이해서 옥탑처럼 아래층의 다른 사무실들과는 좀 차단되어 있었다고 합니다.」

「여건이 위험스럽게 좋았군요! 하! 하!…….」

「크~ 크~……!」 모두가 흥미진진해져 있었다.

「이런 짓은 어떻게 처벌하게 됩니까?」

「이제 보고가 되었으니 곧 위에서 결정을 내리시겠지요…….」

「난장판에서도 보지 못할……. 막가파들의 소돔 고모라식의 막장 연출이군요!」

「처벌이 어떻게 결정될지 참……. 위에서 보고를 받으시면 엄청 야단을 치시겠지요…….」

「미친 것들이라고 해야 되나, 뭐라고 해야 되나 이걸……?」

「요즈음 기강이 이렇게 엉망이라는 겁니다!」

「큰일이군요…….」

「이런 지경입니까? 정말 심각하군요…….」

최광은 이때 이밖에도 몇 가지 잡다한 사건들을 자랑하듯 얘기했다. 또 그들은 모일 때마다 늘 잡다한 비리사건들을 얘기하면서 재미있어 하다가 심각해지고 열을 내기도 했다.

대통령선거가 한 달쯤 남아 있었던 11월의 중순이었다. 〈정보회의〉 멤버들은 그날도 유리의 사무실에 모여서 차를 마시며 대화하고 있었는데 최광이 화제를 바꾸었다.

「공조직에서는 말단직원이 저지르는 잘못들은 아무리 악질적이라도 일이 클 수가 없고 지엽적이기 마련이지요.」

「그런가요?」

「간부가 저지르는 해악은 정말 엄청나다니까요!」

「왜요? 무슨 일인데 그럽니까?」

「또 어디서? 무슨 괴상한 사건이 있습니까?」

「수십 수백 명 직원들의 역량과 의욕을 죽이고 예산을 남용하고 유관기관들과 업체에 피해를 주고 부하직원을 희생시키며 불만을 고조시킵니다.」

「몇 명을 측근으로 부려 심부름을 시키며 타락시키고……. 이루 다 헤아려 낼 수 없는 폐단을 일으킨다니까요!」

「왜 그러십니까? 또 심각한 사건이 있는 겁니까?」

「여러분들도 아셔야 될 일입니다! 이런 간부들이 지금 우리나라 공공기관에는 적지 않다는 게 사실이라니까요!」

「흐, 흐, 흐, 참……!」

「무슨 내용인지 좀 시원하게 말해 보세요!」

「에, ……. 무슨 내용이냐 하면 말입니다…….」 최광은 또 멤버들의 관심을 고조시키면서 잔뜩 뜸을 들이고 있었다.

「예, 좀 들어 봅시다!」

「어서, 빨리 얘기 좀 해 보세요!」

「남쪽 도청소재지에 있는 어떤 공기업에서는 전무가 여직원을 자기 비서 겸 애인으로 몇 년째 공공연히 데리고 지냈다는 겁니다.」

「어떻게요?」

「여직원의 집을 자기 숙소와 가까운 곳으로 정해 놓고서 저녁에는 태우고 들어가고 아침에는 태우고 출근하면서 사무실에서는 비서인지 애인인지로 부리고, 숙소로 가서는 살림살이까지 시키면서 첩으로 거느린다고 소문과 비난이 났던 겁니다!」

「하! 그거 참, 아주 낭만적인 직장생활이군요!」

「철없이 어린 여직원이 문제이기도 하고 또 불쌍한 거지요.」

「왜요?」

「어린 부하여직원이 그렇게 다 응대해 주면서 입을 다물고 철저하게 비밀로 지켜 주니까 여러 해 동안 그렇게 하면서도 아무렇지도 않은 것처럼 당당하게 행동했다는 겁니다.」

「여직원이 그 상사를 사랑했나 보군요?」

「육십이 돼 가는 간부가 스물두세 살의 철없는 여직원이 자기를 설령 좋아한다고 해도 그렇게 이용한다는 것이 사회적으로나 도덕적으로나 공공기관 차원에서나 용납될 수 있겠습니까?」

「여직원이 둘 사이의 부정한 관계에 대해서 시인을 하지 않았다는 겁니까?」

「바로 그겁니다! 입을 꾹 다물고만 있더라는 겁니다. 일체 밝히지 않는다는 겁니다!」

「그러면 다른 증거는 일체 없는 겁니까?」

「직원들이 전무사무실에 갑자기 들어갔을 때 노크소리도 못 듣고 여직원을 붙들고 뭘 하다가 후닥닥 떨어지며 전무가 얼굴을 붉혔던 일이 여러 번 있었다는데, 그때 여직원은 오히려 더 태연했다는 진술들이 있는 겁니다.」

「어린 아가씨가 대단하군요!」

「어린 애가 좀 특이하지요?」

「그런 모습을 목격한 남자직원들이 여러 명이 있다는 증거를 제시하는데도 그런답니다.」

「참, 연구대상입니다!」

「어차피 비밀로 지켜야만 자기도 살고 전무도 산다는 것을 제대로 알고 있는 거로군요!」

「그렇게 봐야 되겠지요? 좀 영악한 겁니까?」

「여직원은 매일 아침 점심 식사 후마다 시간을 맞추어 정력강장제를 전무에게 챙겨 먹이기도 했답니다.」

「하! 하! 하! 말릴 수도 없는, 참 초현실적으로 로맨틱한 직장생활이군요!」

「이런 일을 두고서 웃으시다니요? 참, 나……!」

「이게 재미꺼리로 들립니까? 웃고 넘어갈 얘기입니까?」

「아~, 그런데 말입니다, 웃기는 게 더 있단 말입니다!」 최광은 멤버들의 반응이 못마땅하여 열을 내더니 화재를 바꾸려 했다.

「로맨스 사건이면 말해 주세요! 아주 재미있습니다!」

「예! 맞아요! 다른 내용들은 들으면 머리만 아파요!」

「하! 하! …….」

「국가와 민족을 위해 일하시는 분들이 사명감도 잊어버리고 흥미꺼리로 들으시면…….」

「저는 재미보다는 좀 심각하게 논의를 해 보자는 건데……. 말입니다!」

「아! 맞습니다! 그냥 농담을 재미로 좀 해 본 겁니다…….」

「예! 최광 씨는 진지하게 말씀하시는데……. 우리가 좀 성의가 없는 것 같습니다!」

「예! 충분히 이해합니다! 하려던 얘기를 마저 하겠습니다!」

최광은 분위기를 잡고 얘기를 다시 이어 갔다.

「그런데 그 전무가 부하여직원과의 문제 말고도 다른 문제들도 많아서 모두 엮어서 처벌해야 할 것 같습니다.」

「처벌방침은 정해진 것이네요?」

「위에서 보고를 받으시면……. 그때 가 봐야 결정되겠지요?」

「다른 문제들이라는 게 어떤 것인지요?」

「아, 얘기가 좀 빗나갔군요!」

「온갖 야비한 비위와 독직입니다!」

「자기의 지배적 지위를 이용하여 자기 이익을 온갖 방법으로 능수능란하게 챙기는 것입니다.」

「완전히 썩어서, 조직의 활력과 생명력을 마비시켜 가며 철저히 자기 이익을, 출세만을 위해 움직이는 부류라고 할 수 있겠지요?」

「그 정도입니까? 내용을 좀 말해 보세요!」

「수목의 줄기를 감아 햇빛을 가려 광합성과 호흡을 차단하고 영양분을 빨아먹어 결국 숙주인 수목을 질식시키고 올라가서 햇빛에 무성해지는……. 그런 기생식물이라고 하겠군요!」

「내용을 먼저 좀 들어 봅시다!」

「부하직원들을 일을 열심히 하는 그룹과 외부에서 돈을 뜯어와 잘 바치면서 저녁 식사와 술을 대접해 주는 두 그룹으로 나누어서 부려먹는 겁니다!」

「예? 그게 무슨 말인가요?」

「일을 잘하는 몇몇 직원들은 온갖 힘든 일들을 몰아서 주고 일을 안 하는 직원들의 업무까지 도맡아서 밤을 새워 가며 처리하도록 시키고 또 며칠씩 걸리는 전국 먼 곳으로 출장을 보내기까지 하며 부려먹고요…….」

「……?」

「사업가 친구가 많거나 업체대표를 많이 아는 직원은 일은 시키지도 않고 매일 점심이나 저녁마다 그들과 연결해서 술밥을 사게 하고 또 자기의 청탁을 처리하게 합니다!」

「전형적인 독직이군요!」

「아주 영악한……. 아니, 추악한 간부로군요!」

「그런 직원은 아예 일을 시키지도 않으니 간단한 보고서 하나 제대로 쓰는 일도 없고 쓸 줄도 모른다는 겁니다!」

「그렇게까지 할 수가 있는 겁니까?」

「그러면 근무평정이나 진급은 어떻게 해결하는 겁니까?」

「그건 또 일을 많이 맡아서 하는 일개미직원들의 실적점수를 잘라내고 모아서 그들에게 옮겨 주는 겁니다!」

「하! 하! 신출귀몰한 방법이라 해야 되겠군요!」

「조직운영을 그렇게까지 원칙도 없이 할 수가 있군요!」

「이런 지경에서 직원들이 저마다 분개하며 좌절하고 있다가 이번 비밀특명 공직사회기강사찰 암행팀이 나타나니 너도나도 나서서 제보한다는 겁니다!」

「…….」모두가 입을 못 다문 채 고개만 끄덕였다.

「그런 직원은 아침에는 출근하여 얼굴을 보였다가 슬그머니 밖으로 나가서 하루 종일 사우나에서나 친구들 사무실에서 시간을 때우다가 늦게야 사무실로 들어가서 퇴근하는 상무와 함께 시내로 나와서 또다시 술밥을 대접하는 일만 한다는 겁니다.」

「그래서 다른 직원들은 그들을 〈채홍사〉라고 부른답니다! 하! 하!…….」

「암행으로 하는 공직기강사찰팀을 일시적으로가 아니라 상시체제로 운영해야 하겠습니다!」

「맞아요! 이런 지경까지 있다는 것은 정말 상상을 넘어서는 것입니다!」

「이런 것뿐만이 아닙니다!」

「뭐가 또 있습니까? 저는 실로 경악할 뿐입니다!」

「도대체 믿어지지도 않아요!」

「진급을 시키는 것도 이런 직원들에게서 비밀리에 돈을 받고서 시켜 주고 일만 하는 직원은 자꾸 탈락시켜 버린다는 겁니다!」

「그런 간부는 어떻게든 모두 색출 제거해서 직원들이 열심히 일하며 투명하게 성과를 예측할 수 있게 분위기를 만들어야 되지 않겠습니까?」

「너무도 당연한 말씀이지만 현실은 거리가 먼 것 같습니다!」

「참, 그렇습니다!」

「우리나라가 모든 면에서, 정치도 공공기관도 일반사회도 투명하고 공정하면 좋겠습니다!」

「예, 우리가 작은 힘이라도 될 수 있도록 해 봅시다!」

그들은 모두 단호한 결의에 차 있었다.

1987년 11월 29일 일요일의 초저녁. 온 대한민국이 갑자기 날아든 비보로 대 충격에 빠져서 망연자실했다. 중동에서 일을 마치고 귀국하는 근로자들을 태운 대한항공 858기가 미얀마 서쪽 뱅골만 상공에서 폭파되어 사라져 버렸다. 근로자 93명과 외국인승객 2명과 승무원 20명 등 115명을 태우고 이라크 바그다드를 출발하여 아부다비에 들렀다가 뱅골만 상공을 비행하던 중이었다.

사건 며칠 후에 찾아온 최광은 기가 죽은 표정으로 말했다.

「이번 테러로 전국이 엄청 큰 슬픔에 빠져서 망연자실해 있습니다. 그래서 사정실에서는 비밀특명 공직사회기강사찰 암행팀들에게 즉시 활동을 중단토록 하였고, 급거 복귀시켰습니다!」

「국민들도 공직자들도 모두 대형 테러를 당한 충격으로 사기가 침체되며 안보불안을 느끼고 사회가 혼란스러운 상황입니다.」

「또 대통령선거도 열흘밖에 안 남아 민감한 때이기도 합니다.」

「이런 상황이라서 감찰활동을 중지하라.」라는 긴급지시를 사정실장님이 하달하셨습니다.」

떠벌이며 과시하기를 좋아하는 최광은 모두의 이목을 끌면서 해 오던 자랑을 할 수 없게 되는 것에 갑갑해하고 있었다. 그렇게 감찰활동이 중지되자 유리도 현장감이 살아 있는 생생하고도 기괴한 사건얘기를 더 들을 수가 없게 되었다.

사건에 대한 즉각적인 국제공조수사로 사건발생 이틀 후에 범인 두 명이 바레인공항에서 체포되었는데 일본인 아버지와 딸로 위장한 북조선 공작원들이었다. 남성범인 김승일(* 일본이름: 하치야 신이치)은 조사를 받던 중동에서 독약을 삼키고 자살했고 여성범인 김현희(* 일본 이름: 하치야 마유미)는 대통령선거일 하루 전날인 12월 16일에 자살을 저지하기 위해 재갈을 물리고 마스크를 써서 가린 채 김포국제공항으로 입국되었고 범인 김현희에 대한 조사결과도 발표되었다.

『이 테러사건은 북조선의 김정일이 〈대한항공 858편을 폭파시켜서 88서울올림픽이 개최되지 못하도록 저지하라!〉라고 친필로 지시한 것에 따라 여러 해 동안 치밀하게 준비하여 실행한 테러였다』라는 것이었다. 이 광경은 전 세계에 생중계되었고 바로 그다음 날 12월 17일에 있은 대통령선거에서 노태우 후보를 당선시키는 데 커다란 영향을 미치고 말았다.

이렇게 노태우는 다음 대통령으로 선출되었다. 12월 말일이 가까워지자 최광과 정보회의 멤버들은 송년인사를 나누겠다면서 안트베르펜으로 모였다. 소파에 모여 앉은 그들은 암행사찰이 이렇게 중단되고 항공기가 폭파된 것에 대해 아쉬워하며 분개하고 있었다.

「우리나라는 정말 북괴의 김일성 김정일 두 새끼한테 당하고 피해 보고 잘못되는 일들이 끝이 없습니다!」

「큰 일 작은 일 할 것 없이 한반도는 시작부터 지금까지 모든 것이 완전히 두 새끼의 농간으로 엉망이 되고 있습니다!」

「지난번 전두환 대통령 순방 때 테러참사도 미얀마였는데 이 사건도 미얀마로군요!」

「글쎄 우연이겠지만 묘한 느낌도 듭니다!」

「지난번에는 희생을 감수하고라도 평양을 타격, 보복했더라면 이런 테러사건은 안 벌어졌을 텐데…….」

「이번에는 아주……. 김일성 김정일 두 새끼의 목을 따버려야 되는 게 아닐까요?」

「내년의 올림픽이 문제이지요!」

「우리가 88올림픽 때문에 사건을 확대시키지 못할 것이라고 판단하고서 그 두 놈이 저지른 짓이겠지요?」

「왜 이렇게 당하고도 가만히 있어야만 하는지…….」

누가 가져왔는지 가방에서 고급 위스키 병을 꺼내 병뚜껑으로 서로 뒤질 새라 마셔가며 열을 내고 있었다.

「지금 상황에서는……. 새 대통령이 취임하고 새 참모들이 자리를 차고앉을 때까지는 당분간 모든 사찰업무가 휴면상태에 들어갈 수밖에 없겠지요?」

「기강사찰 암행팀은 이럴 때일수록 활동을 더 적극적으로 확대해 나가야 되는 게 아닐까요?」

「맞아요! 참, 아쉽습니다!」

「사정실장님이 유임되면 좋겠습니다……. 지금은 중단했지만 다시 추진 할 수 있을 테니까요.」

「글쎄요……. 어차피 새 정부가 들어서면 인적쇄신도 일어나고 고강도의 기강확립도 전개되지 않을까요?」

「새 정권이 들어설 때마다 반복되고 있는 일이라 통과절차처럼 돼서 늘 용두사미로 성과 없이 흐지부지되고 말 것입니다」

「그렇지요? 내년에도 노태우 대통령이 취임하면 처음에는 여러모로 좀 다 잡겠지만……. 잠시 하다가 말고 또 원상복귀 되고 말런지…….」

「그래도 이번에 문제가 적발됐고 감찰조사까지 받은 사람들은 응당한 조 치를 받지 않을까요?」

「아니! 그건 알 수가 없습니다! 그런 인물들은 재주가 워낙 좋아서 어떤 튼튼한 동아줄 백을 잡고 있어서 오히려 더 벌떡 일어설지도 모릅니다!」

「그렇지요!」

「정권이 바뀔 때마다 그렇게 되살아나는 사람들을 한두 명씩 봐 온 게 아 니니까 말입니다!」

「그래서 〈항상 꺼진 불도 다시 살펴보고 몸조심하라〉는 속담이 살아 있는 게 아니겠습니까?」

「하, 하, ……!」

「아무튼 우리도 내년 이월 말에 새 정부가 들어서면 신상에 어떤 변화가 생길지 모르니 서로 행운을 빌어 줍시다!」

「예! 그때까지 서로가 자주 만나지는 못할 것 같으니 연락이라도 취하기로 합시다!」

「서로 몸조심합시다!」

이렇게 인사를 나누며 모두가 술기가 오른 채 헤어졌다. 그리고 나서 그들은 노태우 대통령이 취임한 후 삼월이 되고 사월이 되어서도 안트베르펜에 나타나지 않았다.

31.

1988년 2월 중순 구정이 다가오자 유리는 고향에 가 보기로 결심했다. 고향집에 들어가지 못하지만 멀찍이서라도 부모님을 보고 싶은 마음을 더 누를 수가 없었다. 고향에서 부모님이 눈앞에 계시면 어떻게 할까를 생각했다. 차에서 안 내리고 안에서 지켜만 본다면 될 것 같았다. 비록 차 안에서는 소리쳐 부르고 눈물을 흘릴지라도 밖으로 노출시키지 않으면 될 것 같았다. 그런 상황을 생각하니, 부모님 앞에 숨어서 끙끙대는 비겁하고 허약한 자신의 꼴이 보였다. 눈이 뜨거워지며 울컥했다.

그렇더라도 이번 설에는 부모님을 꼭 보겠다는 계획하니 마음이 부풀고 의욕도 생겼다. 또한 이십 년 전 납치당할 때의 상황들이 떠오르며 쓴웃음도 났다.

유리는 혼자서 차를 몰고 경부고속도로에 올라섰다. 대구를 지나 경주로 가고 있었다. 산자락 밑에서 오른쪽으로 크게 휘어지는 커브에서 추월차선을 달리는데 커브 구석에 순찰차를 숨겨 놓고 서 있던 경찰관이 팔을 크게 휘둘렀다. 즉시 차를 길가로 꺾어 붙여 세우라는 신호였다.

순간 유리는 여러 복잡한 생각들이 동시에 떠오르며 아찔했다.

「자신이 KGB의 간첩인 것.」「자기의 신분증인 스위스 여권은 KGB가 어떻게 만들었다는 것.」「위장업체 안트베르펜이 지금 자리를 막 잡아가는 단계라는 것.」「취약한 신원에 그나마 도와줄 사람이 있는 서울을 벗어나서 혼자 너무 멀리 나왔다는 것.」을 알고 당황했다.

「서울을 벗어나지 말았어야 했다. 한국의 경찰과 정보방첩기관들을 경계하며 그들의 움직임과 태도를 살피고 신변안전에만 충실했어야 했다.」라고 후회하며 절망했다. 그러면서도 동시에 「무슨 일 때문일까?」하며 브레이크를 급히 밟으며 차를 갓길로 세웠다.

「끼~이~익~끽!」

그 순간, 뒤에서 바짝 붙어 달려오고 있던 버스와 승용차들이 요란한 브레이크 소리와 함께 타이어 타는 흰 연기와 냄새를 내며 아슬아슬하게 급정거하는 것이었다.

유리는 머릿속이 하얘졌다. 자기 몸이 멀쩡히 살아 있는 존재가 맞는지 놀라면서 얼굴과 팔을 꼬집고 흔들어 보기도 했다. 그때 그 경찰관은 눈앞에서 벌어진 상황이 무서웠는지 두 손으로 얼굴을 가리고 몸을 웅크리며 펄쩍 뛰는 것이었다. 다행히도 사고가 아니었지만 실로 저승에 들어갔다가 튀어나온 것만큼 무서웠다. 대형 참사가 될 뻔한 일이었다.

경찰관은 즉시 태연하게 유리를 가까이 오라고 손짓하더니 손을 들어 엄지와 검지로 동그란 원을 만들었다.

「예?」

「무슨⋯⋯?」 유리는 전혀 무슨 뜻인지를 몰라 그에게 물었다.

「돈!」 그는 다시 손을 들어 손바닥을 폈다가 내리면서 퉁명하게 딱 한 단음절을 내뱉었다. 아주 근엄하고 위압적이고 짜증스럽다는 태도였다. 돈을 달라는 것이었다.

「얼마를 드리면 됩니까?」

「다섯!」 그는 신경질적으로 얼굴을 찌푸리며 손을 들어 손가락 5개를 펴 보이며 딱 한마디를 내뱉었다. 아주 단호했다.

유리는 얼른 만 원짜리 다섯 장을 주었고 그는 돈을 점퍼 속주머니에 순식간에 쑤셔 넣었다. 바지주머니는 이미 불룩했고 가슴주머니를 채우고 있었다. 유리는 납치 후 20년 만에 고향을 찾아가면서 이런 경험을 했다. 그는 운전면허증이나 여권을 보려 하지도 않았다.

동해안 국도를 달려서 고향 근처에 도착했다. 그러나 도무지 어디가 어디인지 알 수가 없었다.

그토록 눈에 선하던 하얀 백사장도 해안바위벼랑도 사구들도 방풍림도 산도 들판도 없었다. 높고도 튼튼한 이중철조망이 먼 산중턱을 둘러서 바닷가까지 이어져 있었다. 그 속은 아득한 평원이었고, 평원에는 반구형지붕의 웅장한 사일로 시멘트구조물들이 시야를 가리고 있었다.

끝없이 길고 드넓던 흰모래해안은 거대한 방파제와 철조망으로 변해 있었다. 바다 위로 뻗어나간 방파제 끝까지도 철조망이라 눈 닿는 바다도 백사장도 산도 차단되어 있었다.

원자력발전소였다.

가난했던 고향은 흔적도 없고 사람도 없었다. 고개를 둘러보고 눈을 씻고 보아도 고향 모습은 없었다. 고향 집이었던 자리는 아무리 눈대중 해 봐도 어디쯤인지 짐작할 수도 없었다. 유리는 절망적으로 좌절하며 허탈해졌다. 승용차 문짝을 잡고서서 고개를 돌리며 둘러보다가 기운이 빠져 차 문틀에 털썩 주저앉았다. 지난 이십 년 동안 자신을 지탱시켜 주었고, 바로 몇 분 전까지도 눈에 그리며 기대에 부풀어 달려왔던, 자기 삶의 희망이고 의지하는 언덕이었고 마음의 기둥이고 안식처였는데 눈앞에서 지금 갑자기 없어진 것이다.

그간의 마음속 기둥은 허상이고 착각이었다. 절망적 허탈과 좌절의 심연으로 빠지고 있었다. 영원할 것으로 믿어 왔던 모습이 없었다. 가슴이 꺼지며 한없이 깊은 한숨이 나왔다. 온몸이 슬펐다. 서 있을 수도 없었다. 목이 메며 눈물은 목을 적셨다. 허무했다.

서산은 어디쯤이었는지 묘지는 어디였는지 흔적도 표시도 없었다. 마을 입구 팽나무도 유리네 집도 이웃마을도 수십 리나 길고 하얗게 눈부시던 해변도 모래에 누워 지평선까지 펼쳐 있었던 해송숲도 없었다. 그 자리가 어디쯤인지 짐작도 할 수 없었다. 높고 거친 벼랑이 기운차게 바다 위로 휘돌며 만든 항구만이 한쪽에 그대로 있었다.

이날 밤은 한국의 모든 시골처럼 유리도 흰 눈 속으로 먼 길을 운전해 와서 어둠 속으로 마을 앞 논가 길을 따라 들어가면, 헤드라이트 빛을 보신 어머님이 쫓아 나오시며 마중을 해 주셔야 할 바로 그날이었다. 유리는 여기 철조망 바깥이 아닌 자기 집 마당에 차를 세워야 했다.

나는 왜 여기서 숨 막혀 하고 있는가? 지난 이십 년 동안, 바로 조금 전까지도 얼마나 간절히 절박하게 고향을 그리워하며 부모님 모습을 생각하며 벅찬 가슴으로 달려왔던가? 명절마다 고향을 찾아가는 모습을 TV로 보며 나를 위로하느라 얼마나 절치부심해 왔던가?

그러나 이젠 아니었다. 세상이 무너지고 사라져서 무한 암흑공간으로 내던져지고 있었다.

바닷가로 나갔다. 끝없는 수평선은 옛 그대로였다. 아득한 수평선 양끝으로 내닿던 산줄기도, 백사장 언저리를 병풍처럼 두르던 야산들도, 야산바위 줄기가 점점이 바다로 뻗어가며 물속에 몸을 숨기던 갯바위들도, 해풍에 눌려 암벽에 들러붙었던 향나무들도 없었다. 거친 벼랑 사이 고기잡이 집들도 그 앞에 손바닥만 했던 눈부신 백사장도 없었다.

거친 철석벼랑과 갯바위에 늘 부딪치던 거센 해풍 포말도 없었다. 폭풍 속에 못 돌아온 어부 영혼들의 한 맺힌 절규도 들리지 않았다.

모든 형체는 예정된 시간 동안만 그 모습으로 머무는 것이었다. 무상無常이었다. 어릴 때 천만년 후에도 영원할 것이라고 믿었던 산들도 들판도 철석바위들도 없었다. 무참한 실상은 허무를 넘어 잔혹하고 적나라했다.

무서운 절망속의 소름끼치는 외로움이었다. 먹먹한 가슴이 숨을 조였다. 온 힘이 다 빠지며 백사장에 엎어지고 말았다.

고향도 잠시 인연의 구름 같은 것이구나. 허상이구나! 고향은 기억과 애착이 만들어 낸 몽환이고 착각이구나! 있기도 하고 없기도 한 것이구나! 바람이다가 구름이다가 형체도 없이 변화무쌍한 허공만이 그대로구나!

공허만이 실상이고 기억도 애착도 모두가 잠시의 착각이구나! 138억년 영겁 우주에서, 생성 소멸하는 무수한 은하들 속에서, 모든 형체는 찰나이구나!

혼란 속에서 유리는 자기 자신조차 존재도 실존도 관념도 아닌 무상임을 느꼈다. 살아남아 있는 사람은 지난 이십 년 사이에 늙어서 움직일 때마다 온몸 속에서 아이고……! 신음소리가 튀어나오고 있었다. 몸아 부서져라! 며 죽어라 일만 하던 사람, 날쌘 몸으로 세상을 펄펄 날던 사람, 노래 잘하던 할머니, 춤 잘 추던 할머니, 일은 안 하며 몸치장만 하고 예쁜 옷 입고 늘 돌아다니던 이웃 아주머니, 착한 사람을 속이고 흉보며 싸움질 하던 사람들, 술 취해 헤매며 욕정에 빠져 있던 사람들, 허구와 규범제도와 관습과 권력자를 위해 맹목적 충성하던 사람들, 다르마(Dharma)를 만들어 남들을 구속하고 착취하던 사람들, 가면을 쓰고 남의 우상이 되려던 사람들, 체력도 재산도 큰 목소리도 없이 착하게 순종만 하던 사람들, 모두 다 이미 흙으로 돌아가고 없었다.

남은 이들도 앞서간 그들을 따르려 서두르며 재촉하고 있었다! 모두가 함께 만든 허상에 매달리며 쫓아 경쟁하는, 자기기만을 집단 연출하는 것 같았다. 유리는 절망의 바다 속에 빠져 있었다. 하늘 아래 땅 위에서 유리는 이젠 진정 벌거벗은 외톨이 고아였다. 이젠 민들레 홀씨 한 개보다도 더 외롭고 하찮은 존재였다. 자신의 근원도 살아갈 근거도 의무도 없었다. 무서운 허탈감은 현실이었다. 외면할 수도 뿌리칠 수도 없었다.

어떻게든 부모님의 소식을 알아봐야 되겠다! 누구를 잡고 직접 물어볼 수는 없다. 국가기관도 친척도 그 누구도 모르게 해야 된다. 신원을 노출하지 않고 부모님을 찾아 내는 방법을 생각해 내자!

경찰이나 정보수사기관에 알려지면 이십 년 전에 실종된 아들이 나타났을 것이라며 서로 먼저 낚아채 가서 몇 달씩 가둬 놓고 더 이상 필요가 없어질 때까지 장기간 전략신문을 할 것이다! 신문이고 방송이고 잡지고 서로 경쟁적으로 떠들어대면서 자기네 입맛대로 보도할 것이다. 그 속에서 나는 그들의 요리재료가 되어 철저히 완전히 파헤쳐지고 파괴되고 말 것이다.

유리는 부모님을 찾을 방법이 무엇일까 생각하고 또 생각했다. 그렇지만 누군가의 도움이 꼭 필요했다. 부모님은 일흔 살도 더 넘으신 나이였다. 정년을 벌써 넘기셨으니 퇴직하신 것은 분명했다. 아버님 어머님이 어디에서 살고 계신지, 아직 건강하신지 우선 알아야 했다.

유리는 차로 어릴 때 다녔던 초등학교와 중학교의 주변들을 돌아보았다. 친구들의 집이 있던 항구의 선착장과 어판장과 골목들을 몇 번 돌아보았다. 배 사업을 하면서 대게를 잡을 때마다 솥 가득히 쪄서 큰 쟁반에 수북이 담아주시며 실컷 먹게 하시던 만수 아저씨 집 앞길도 오르내리고 수협 하나 숙모 가게 앞에서도 한동안 바라보았다. 그러면서 부모님이나 이웃 사람들이나 친구들이 보일까 살폈다. 구정 날에도 차속에서 그러고 있었다.

이십 년이 지나서 그런지 얼핏 비슷한 사람도 있었지만 확실하게 금방 알아볼 수 있는 얼굴은 없었다. 그러나 항구의 노래방 앞에는 술 취한 사람들 중에 진길 같은 남자가 있었고, 소방서 앞에는 하나네 숙모 같은 부인이 보였지만 알 수가 없었다.

농협 앞에는 명재 아저씨 같은 사람이 누구와 얘기하고 있었다. 차 안에서 선글라스를 낀 채 바라보기만 했다. 가슴이 먹먹했다. 작은 목소리로 불러도 보았다. 그렇다고 차문을 열고 나가 왜 대답도 안 하시냐며 만나 볼 수도 없었다. 이러고 있는 자신이 나쁜 놈, 비겁한 놈인 것을 알았다.

당장 쫓아나가서 껴안고 부모님 소식을 물어보고 안부도 물어보고 싶었지만 그럴 수 없는 KGB 공작원이었다. 자신이 간첩인 사실이 끔찍했고 무서워지며 부르르 떨렸다. 자신을 이런 사람으로 만든 소련과 KGB가 한없이 원망스러웠다.

「당장 정보수사기관에 자수를 해 버릴까?」라는 충동이 굴뚝같았다. 또 이제는 고향의 어느 누구도 다시 볼 수 없을 것만 같았다. 그렇게 혼자서 마음을 추스르며 돌아다녀 보다가 유리는 천천히 차를 몰아 서울로 돌아왔다. 서울로 운전해 오면서 생각이 떠올랐다. 유리가 납치되었을 때 아버님이 근무하셨던 학교로 전화를 걸어서 제자라고 거짓말하면서 옛날 유 교장님의 소식을 물어보는 것이었다. 「혹시 좀 어떻게 알아봐 주시면 감사하겠습니다.」라고 부탁하고 며칠 후에 다시 전화하기로 했다. 유리 자신의 전화번호를 알려 주지 않는다면 흔적을 남기지 않을 수 있을 것 같았다. 「외국에 나가서 살다가 국내에 잠시 다니러 온 제자입니다. 인사를 드릴 일이 좀 있어서 그럽니다.」라고 둘러대면 될 것 같았다. 생각해 보니 좋은 아이디어인 것 같았다. 혼자 무릎을 치며 좋아했다. 구정 연휴가 끝나면 즉시 전화를 걸기로 했다.

구정연휴가 지나간 2월 하순 월요일이었다. 연휴 직후이므로 오후에 전화하기로 했다. 오후를 기다리며 시계만 쳐다보니 일분이 한 시간보다 길었다. 유리는 납치당할 때 아버님이 계셨던 북초등학교로 교장선생님께 전화를 걸었다.
「교장선생님 안녕하십니까?」

「예! 그런데 누구십니까?」아직 젊은 목소리였다.

「교장선생님! 저는 졸업생인데요, 좀 여쭤볼 게 있어서 전화 드렸습니다.」

「…….」

「다름 아니라 저는 외국에 살고 있는데요, 구정에 잠시 한국에 와서 그럽니다.」

「아! 예.」

「혹시 옛날에 계셨던 유재 교장선생님을, 주소나 전화번호나 소식을 좀 아시는지요?」

「누구? 누구 교장선생님이시라고요?」

「예, 20년 전, 1968년도에 계셨던 유재 교장선생님의 소식을 좀 알려고 합니다.」

「아, 그렇습니까? 그런데 왜 그러시는 건가요?」

「예, 저가 좀 드리려는 선물이 있습니다. 또 좀 찾아뵙고 인사도 드릴 일이 있습니다.」

「아, 예! 고마운 일이군요! 고마운 제자분이십니다.」

「아닙니다, 뭐 별 대단한 것도 아닙니다!」

「유 교장님의 옛날 생각이 많이 나고 뵙고도 싶고 인사드릴 일이 있어서 그럽니다!」

「아, 예! 가끔 그러신 분들, 제자 분들이…… 좀 있으시지요.」

「선생질을 하면서 드물게 만날 수 있는 참 고마운 제자들이 좀 있으시지요!」

「내가 지금은 알지 못하는데요……. 좋은, 고마운 일이시니 내가 수소문을 해서라도 좀 적극 찾아보겠습니다.」

「아, 감사합니다.」

「며칠이 걸릴지 모르지만 주말쯤에 다시 연락을 주세요!」

「워낙 오래전에 계셨던 분이시라서 좀 아는 사람이 누가 있는지……. 쉽게 알아낼 수가 있을지는 모르겠습니다.」

「아, 예! 예! 고맙습니다!」

「수소문을 좀 해 보면 알 수 있을지, 어떻게 될지 모르겠지만 내가 최대한 알아보겠습니다!」

「예! 교장선생님 고맙습니다. 금요일 오후에 저가 다시 전화를 드리겠습니다.」

「예, 그렇게 하세요!」

「고맙습니다! 안녕히 계십시오, 교장선생님!」

이렇게 통화를 했고 또 적극 알아봐 주겠다고 약속을 받았으니 일단 반쯤 성공인 시작이었다. 그런데 다음 통화 때는 유리 자신이 「몇 년도 졸업생 누구」라고 거짓으로라도 신원을 말해야 될 것 같았다. 그러고 나면 교장선생님도 졸업생명부를 뒤져서 확인을 해 볼 것임이 분명했다. 그러나 이 문제는 생각나는 사람도 아는 사람도 아무도 없었고 또 졸업생 명부를 확인해 보면 금방 들통이 날 것 같았다.

「교장선생님, 좋은 일이니 익명으로 좀 넘어가 주십시오!」

「유 교장님께서 누가 찾아왔었다고 나중에 직접 밝히시면 소문이 나지 않겠습니까?」

라고 말해 보기로 했다. 먼저 첫 통화 때 그 교장선생님이 유리에 대해서 누구인지 이름이나 졸업한 기수를 구체적으로 물어보지 않는 것이 우선 천만다행이었다.

금요일 오후였다. 유리는 그때까지 인내심으로 기다렸다. 교장선생님은 첫 벨 신호가 채 끝나기도 전에 전화를 받았다.

「여보세요?」

「교장선생님 안녕하셨습니까?」

「예, 그런데 누구……?」

「예! 월요일에 전화를 드렸던 졸업생입니다.」

「예, 전화를 기다리고 있었습니다.」교장선생님은 좀 흥분된 목소리였다.

「소식을 좀 아실 수가 있었습니까?」

「아! 알고말고요!」

「예, 나도 기억이 납니다. 유 교장님은 참 좋은 분이셨지요……. 제자들이 모이면 아직도 추억을 얘기하는 참 좋은 분이셨는데요!」

「예, 맞습니다! 그러셨던…….」

「그런데……. 아주 가슴 아픈 일을 겪으시고 마음 고생을 한참 하시다가 학교도 그만 두시게 되었답니다……!」

「예?」

「미국으로 이민을 가신 지가 거의 이십 년이 된답니다.」

「예? 왜요? 무슨 일로요?」

「유 교장님은 외동아들이 있었는데요……. 그 외아들이 글쎄, 여름방학 중에 고향집에서 혼자 공부를 하고 있었는데 어느 날 갑자기 집에서 실종이 되었던 것입니다.」

「예? 집안에서요?」

「그런데 이상하게도 아무도 본 사람이 없었다는 거예요!」

「도대체 하늘로 올라갔는지 땅으로 꺼졌는지! 세상에 참……!」

「아! 예? 그럴 수가요?」

「누가 데리고 갔거나 납치를 해 갔다면 본 사람이 하나라도 나오거나 무슨 흔적이라도 있어야 될 텐데요……. 아무도 목격자가 없었고요. 또 어디에도 무슨 흔적조차도 아무 것도 없었다는 겁니다!」

「예? 아! 그럴 수가요?」

「예! 그러게 말입니다!」

「그래서 경찰에서는 물론이고요. 유 교장님도 부인이신 한 여사님도 온이웃 사람들과 친척들까지도 학교의 학생들까지도 동원을 시켜서 아들을……. 흔적을 찾아봤는데요…….」

「……!」

「수소문을 하고 몇 년 동안을 애만 쓰며 고생을 하시다가 두 분이 다 포기를 하시고서……. 마음의 상처가 너무 크셨던 때문에…….」

「……. 예!」

「학교도 그만 정년에 앞서서 일찍 퇴직을 해 버리시고 미국으로 이민을 떠나셨답니다!」

「미국으로 이민을요?」

「미국 동부에 있는 워싱턴인가 버지니아인가 어디로 가셨다는데요!」

「고향의 친척들과는 연락을 하신다는데요……. 우리는 통 소식을 못 나누고 지낸답니다.」

「아! 예!…….」

「우리 학교 선생님 중에 유 교장님의 제자가 있어요. 그 선생님은 내용을 잘 아시더군요.」

「예, 그렇습니까!」

「그때는 다들 그 아들이 아마도 북한으로 납치되어 가지 않았을까 추측을 했지요.」

「……. 예!」

「북한으로 납치되어 간 사람들이, 그때는 전국적으로 특히 해안에서 꽤, 가끔 있었거든요!」

「아, 그렇습니까? 참 가슴 아픈 일이 있었군요!」

「예, 끔찍한 일이지요! 그때는 시끄러웠던 유명한 사건이지요!

그 아들이 다니던 학교에서는 학생 전체가 다 나섰고 동네의 이웃사람들도 나서서 시신이나 버린 옷가지나 발자국 흔적이라도 찾겠다고 바닷가와 근처 산들을 온통 몇 번이나 다 뒤졌는데도……. 결국 아무 결과가 없었답니다.」

「아, 세상에 그런 일이 있었습니까?」

유리는 목이 메어 대답을 할 수도 없었다. 가슴이 막히고 찢기는 듯했다. 자기를 찾느라 애를 태우시는, 잠도 못 주무시며 걱정하시는 부모님의 얼굴이 눈에 선했다. 말을 제대로 할 수도 없어서 전화를 빨리 끊어야만 했다. 그럼에도 교장선생님께 한마디를 더 부탁했다.

「죄송하지만……. 어떻게든……. 가능한 대로 유 교장님의 미국주소를 좀 알아봐 주시면 너무 감사하겠습니다!」라고 간곡하게 부탁을 드렸다. 또 「한 달쯤 후에 저가 다시 전화를 드리겠습니다!」라며 통화를 약속하고 끊었다.

삼월하순. 유리는 다시 교장선생님과 통화했다. 교장선생님은 유리 아버지가 국내 친척에게 보냈던 편지봉투를 구해서 팩스로 보내 주었다. 팩스로 받은 편지봉투의 글씨는 분명 유리 아버지의 필체였다. 주소는 미국 북버지니아 패어팩스카운티 아난데일이었다. 유리는 부모님의 주소를 알고 나니 크게 기뻤다. 이제부터는 언제든지 부모님께 연락드리거나 직접 찾아가 뵐 수 있을 것 같았다. 일단 크게 안도했다. 희망과 기대에 찼고 새로운 의지가 생기며 콧노래가 나오기도 했다. 좋아진 기분으로 KGB 스파이 생활을 새롭게 해 나가게 되었다.

32.

1988년 2월 하순에는 노태우 정부가 출범하고 9월의 서울올림픽 개최를 위해 총동원체제로 돌아가고 있었다. 서울 북쪽 40킬로미터의 군사분계선에는 중무장한 남과 북이 일촉즉발의 전투태세로 대치해 있었다. 김일성 김정일은 수만 명의 테러요원들을 침투 대기시켜 놓고 있었다. 소규모 테러만 일어나도 올림픽은 참가포기 국가가 속출하며 무산될 상황이었다. 한국은 북한의 어떤 공격이라도 완벽 차단하며 올림픽을 성공 개최하여 국가를 한 단계 도약시키려 하고 있었다.

1988년 4월 하순. 새 정부가 출범하고 두 달이 지났고 퇴근시간이 가까울 때였다. 몇 달이나 발을 끊었던 최광과 정보회의 멤버들이 안트베르펜으로 하나씩 들어왔다. 오랜만에 다시 만나 서로 크게 반가워하더니 지난 몇 달 동안 세상이 돌아갔던 얘기들을 시작했다.

토요일 오후인데다 오랜만에 찾아온 그들인지라 유리는 고급 위스키 한

병을 내놓았다. 그들은 씨익 웃으며 아무렇지도 않게 뚜껑을 열었고 냄새를 훅 맡아 보더니 어느새 서로 권하기 시작했다. 사정실의 최광도 보안사령부의 조만호 중령도 총리실의 강상식 총경도 김석준 검사도 그새 몇 잔씩 마시더니 떠들썩해졌다. 잠시 진지하고 심각해졌다가 다시 웃고 떠들고 하느라 시간 가는 줄 몰랐다.

「꺼진 불도 다시 보자!'라는 말을 아십니까?」 어느새 최광이 큰 목소리로 분위기를 휘어잡고 있었다.

「불조심하라는 얘기지요.」 유리가 대답했다.

「그보다는 아주 깊은 뜻이 있지요! 이번에도 여러 곳에서 증명된 무서운 교훈입니다!」

「불조심은 아무리 강조해도 지나칠 수 없는 것이니까요!」

「아하~ 참! 유리 사장님은? 내가 그런 뻔한 소리를 하려고 말을 꺼냈겠습니까?」

「……?」

「아니, 글쎄 말입니다! 나, 참, 세상에……. 이럴 수가……. 밥맛도 없어지고 일할 의욕조차 싹 사라집니다!」

「무슨 일 때문에 또……? 빨리 속 시원하게 내뱉어 보시라니까요!」 다른 멤버들이 독촉했다.

「나 원 참! 전에 내가 지난번에 얘기했던, 남도에서 조사했던 그 사건이 말입니다!」

「아! 그 ……. 부하 여직원을 그렇게 몹쓸 짓으로 이용한다는, 술밥과 용돈을 조달시키는 전담부하직원들을 따로 둔다는 그 부패 독직……. 사건 말입니까?」

「글쎄, 그 인간이 사람 속마음과 약점을 파악하고 이용하면서 부하에게서는 금품을 뜯어내고 핵심 실세에게 상납을 잘해서, 생존력이 워낙 귀재라고 소문나 있었는데요!」

「이번에, 새 정부의 인사에서 안 잘렸습니까?」

「이 정권 모 인사와는 전부터 아는 사이라고 소문은 있었다는데요……. 이번에 아주 단단히 로비를 잘해서 살아남은 것뿐이 아니라 ……. 부사장으로 승진까지 했단 말입니다!」

「세상에……!」

「이러니 누가 열심히 일할 의욕이 나겠습니까?」

「옛날이나 지금이나 가렴주구 많이 하고 도둑질 아첨을 잘하는 사람들이 더 출세합니다!」

「이러니 누가 헌신해서 일할 마음이 나겠습니까? 어떻게든 권력에 줄이나 대고 몸보신하는 게 최고이지요!」 이구동성이었다.

「재주는 곰이 넘고 돈은 되놈이 챙긴다는 것은 세상 만고의 기본원리이지요!」 총리실사정담당 강상식 총경이었다.

「조사까지 받았던 그렇게 부패한 사람이 더 잘되는 현실에 특히 부하들이 분개하며 좌절하고 있습니다!」

「사실, 독재정권 아래서는 군에서 별 달기나 경찰에서 총경 달고 서장 되기나 어느 공공기관에서 간부 되는 것이나 다 똑같은 사정이지마는……요!」 최광은 얘기를 하면서 숨소리까지 씩씩대고 있었다.

혀를 끌끌 차는, 손바닥으로 테이블을 치는 사람도 있었다.

「매관매직의 뇌물사슬입니다. 뇌물이 맨 밑 직급에서부터 단계마다 모아지며 위 사슬로 올라가며 점점 커지는데 맨 꼭대기로 모아집니다.」

「뇌물은 원래 국민에게 가야 될 돈, 민초들의 몫을 빨아 낸 돈, 수탈한 돈입니다.」

공안통인 김석준 검사였다.

「지금 반정부반체제 조직들은 이런 부정부패와 착취, 부의 독점과 모순을 타파하기 위해 투쟁한다고 주장합니다.

민초들을 민중을 위해 투쟁해야 하는 이유라고 내세웁니다.

대모진압경찰은 부패 권력의 하수인이므로 화염병으로 경찰버스를 불태우고 죽창과 투석으로 부상을 가해도 정당행위라고, 악법체제에서 위법이라고 해도 책임성은 없다고 주장합니다.

민초해방을 위한 성전(聖戰)이라는 것입니다.」

「김석준 검사님 목소리가 아닌가요?」

우연히 안트베르펜에 들린 국가안전기획부의 박필성이 김 검사의 목소리를 알아보고 내실로 들어서고 있었다. 두 사람은 서로 잘 아는 사이였던 것이다.

「아! 이거 어쩐 일이십니까? 여기서 만나다니요!」 서로 반가워했다.

「이리 오세요! 지금 우리나라 반체제 운동권들의 문제를 얘기하는 중입니다!」

「아! 그거야 김 검사님이나 저나 전문분야 아닙니까? 저도 좀 들어볼까요?」

「어서 오십시요! 반갑습니다!」

「우선 한 잔 드십시오!」 다들 박필성을 환영했다.

「음,……. 아까 하던 얘기를 계속하겠습니다.」

「돈을 잘 벌거나 지위가 올라가서 중산층, 상류층으로 입신하는 사람들도 흔합니다마는 공단노동자 도시빈민 영세농민 등 절대다수는 한계생활을 합니다. 고혈을 바쳐도 희망이 없어요.」

「…….」

「북괴는 단파방송으로 대학생들에게 이런 불평등과 모순을 가르치며 의식화를 하고 혁명이론으로 세뇌하여 반정부반체제의 혁명투쟁으로 이끌고 있습니다.」

「남파된 북괴 사회문화부 엘리트요원 고정간첩도 이들을 은밀히 지도하고 있고요.」

「사회주의공산주의혁명, 민족해방민중민주주의혁명으로 나아가는 지하조직을 만드는 것입니다.」

박필성도 몇 잔 마시더니 김 검사와 교대로 말하고 있었다.

「문제는 이들이 북괴가 가르치고 지도하는 것을 100% 그대로 따라간다는 것입니다.」

「단파방송으로 하달해 주는 사상이론과 혁명투쟁이론과 김일성주체사상을 받아서 학습하고, 그 지령을 따라 데모를 혁명투쟁을 하는 것입니다.」

「의식화학습을 몇 년 하고 나면 김일성 김정일의 사진을 앞에 놓고 충성서약을 하고, 북괴의 노동당에 가입합니다.」

「그다음에는 중졸이나 고졸로 학력을 속여서 공장에 하급노동자로 위장취업합니다.」

「또는 국가기관이나 민간기관에도 정식으로 임용됩니다.」

「이들이 의식화교육을 하며 조직을 키웁니다. 처음에는 세포조직입니다.」

「이 세포가 커지고 조직화되면 진지가 됩니다.」

「언론 교육 법조 정치 종교 문화예술 사회단체 군까지 이런 조직이 커지고 있습니다.」

「이들이 마침내 장長 자리에 앉게 되면 그 조직 전체가 장악되는 겁니다.」

「전 분야에서 이런 진지들이 연합하면 〈대한민국은 저절로 사회주의 공산주의로 변한다.〉는 것이 김일성주체사상에서의 혁명이론입니다.」

「이 단계를 남조선혁명의 여건이 최고조기를 넘어서는 〈혁명 완성기〉라고 부릅니다!」

「이것이 북괴의 대남공작 장기목표입니다.」

「아! 그렇군요…….」

「공안검사님 다우시고 국가최고정보기관 요원다우십니다!」

「북괴의 〈사회문화부(* 대외연락부)〉가 단파방송으로 이들을 계속 지령하고 있습니다.」

「지령방송이 있은 며칠 후에는 거리의 데모도 공장의 노조투쟁들도 이런 지령을 그대로 따라 전개하게 됩니다!」

「대모대의 투쟁구호들, 뿌리는 유인물, 데모대의 시위 형태도 모두가 지령한 그대로입니다.」

「전적으로 동감입니다!」 국군보안사령부 조만호 중령도 나섰다.

「지역공단별로, 산업별로, 정치계 종교계 교육계 법조 등 분야별로, 국가기관별로 진지들이 더 커지고 있습니다.」

「세포가 커져서 그 조직을 장악하면 진지가 되고……. 진지들이 연대하면 결국 나라 전체가 적화된다……. 말씀이군요!」

「김일성주체사상은 빈부격차, 착취와 피착취, 모순 속에서 사는 〈내 자신의 주인은 나다!〉, 〈나의 의지와 생각과 선택에 따라 주체적으로 내 삶을 사는 것이 인간중심의 사상, 주체사상이다!〉라고 가르칩니다.」

「평등한, 정의로운 세상으로 변화시키는 것이 우리의 역사적 사명이다.」

「무엇을 위해 어떻게 살까를 스스로 선택하고 행동하는 것이 주체적 삶이다. 김일성 김정일의 주체에 대한 가르침을 따라 충성을 다짐하고 혁명에 앞장서는 것이 주체라고 합니다.」

「그런데, 북괴가 추구하는 〈제2차의 대남전략목표〉가 또 있습니다.」 김검사와 박필성의 말이었다.

「2차의 목표라고요?」

「예, 적화통일이 안 될 경우를 위한 차선의 목표입니다!」

「……?」

「우리 정치, 사회, 국민을 갈가리 찢어놓는 것입니다.」

「서로서로 반목하며 발목잡고 싸우도록 해서 국가체력을 소진시키는 것입니다.」

「자유민주주의 체제를 망가뜨리는 것이군요?」

「권력쟁취를 위해서는 대중기만과 거짓 선전선동을 기본전술로 삼아라, 대중심리전에 집중하라, 모든 수단방법을 동원하라고 김일성이 교시했습니다!」

「예, 체제싸움이군요!」

위스키 병은 벌써 비어 있었다. 그들은 식사 겸 한잔 더 하겠다며 함께 나갔다.

1988년 11월 중순이었다. 88서울올림픽을 잘 마치고 온 나라는 긴장이 풀려 가는 것 같았다. 경제는 활기가 넘치고 있었고 특히 부동산가격이 올라가고 있었다. 가을이 깊어 가던 11월의 주말이었다.

「여보세요? 유리 사장님, 골방에서 뭐하십니까? 오늘은 파란 하늘에다 가을 날씨가 완전 끝내줍니다. 아주 상쾌합니다. 요새 단풍도 너무 좋습니다!」 최광의 전화였다.

「맨날 건물 속에 들어박혀서 갑갑하지도 않습니까?」

「여기 우리 멤버들이 다 모입니다. 로라 씨한테 맡겨놓고 어서 튀어 나오세요! 남산 순환도로 단풍 길이나 걸어 봅시다!」

「로라 씨도 같이 나와 주시면 좋아서 까무러칠 사람도 여기 몇 명 있습니다마는요, 하, 하 하! 안 되시겠지요?」 로라도 나와 달라는 농담까지 하고 있었다.

유리가 달려가 보니 정보회의 멤버들이 모여 있었고, 함께 리라초등학교 뒷길로 붉고 노랗게 물든 단풍터널 속을 걸었다. 저마다 웃기는 얘기도 하고 혼자 생각에 빠지기도 하며 걷다보니 모두가 남산꼭대기의 전망대에 서 있었다.

「여기 서니 대학 때 세법 교수님이 생각납니다.」 김 검사였다.

「경제부처의 고위 간부출신이셨는데요, 자주 하셨던 말씀이 〈남산 위에서 서울을 내려다보면 수많은 빌딩들 자동차들이 눈에 들어오더라. 그런데 잠시 생각을 해 보니 내 것은 단 하나도 없더라!〉라는 탄식이었습니다.」

「그런데 그분이 부인과 함께 천억 원대의 부동산투기꾼이라고 나중에 사건이 터졌습니다.」

「참 알 수 없는 분이시군요?」 모두 고개를 절레절레 흔들었다.

「부정축재로 투기를 했다고 처벌을 받은 것입니다. 욕심인지 뭔지 안타까웠습니다.」

「대단하시군요!」

「재미있는 분이로군요!」

「그래도 부럽기만 합니다!」각기 다른 반응을 보이고 있었다.

「강남이나 서울 외곽의 신도시개발예정지나 공업단지나 도로개설예정지의 땅은 사 두면 앞으로 큰돈이 될 것입니다.」

「생각은 다들 있어도 그럴 돈이 없는 게 문제지요!」

「유리 사장님도 한국에 투자를 좀 해 놓으시지요! 강남 아파트를요!」이날 참석한 박필성이 말했다. 그러자 최광은 또 평소처럼 큰 목소리를 내기 시작했다.

「강남 아파트를 말하니 감사원 천성만이 생각납니다. 재건축 예정인 강남 소형아파트를 열일곱 채나 가지고 있었습니다.」

「그런데도 엉큼하게도 가장 가난하고 청렴결백한 척, 의리와 신뢰의 화신인 척, 누구보다 충성하는 척했습니다.」

「그래서 감사원으로 발탁까지 되었는데, 남의 비위를 조사 처벌하는 일을 하고 있었습니다.」

「그런데요……?」

「우리 사무실로 〈부동산투기꾼 천성만을 처벌하라!〉는 투서가 왔어요!」

「세상에서 영원히 숨길 수 있는 비밀은 없지요!」

「우리나라는 고도성장을 하며 급변하고 있지만 제도와 법규는 변화에 못 따라가고 있습니다. 개발도상국이라 법규와 제도가 허점투성이고 물신주의가 팽배합니다.」

「이럴 때 특혜로든 불법으로든 남보다 먼저 눈이 밝고 약게 자산을 확보해 놓는 것이 상류층으로 올라서는 지름길이지요!」

「경제가 성장할수록 자산소득이 더 불어날 것이고, 그건 결국 더 가진 사람들이 돈을 더 벌게 된다는 결론이니까요!」

「예! 맞아요!」

「없는 사람들은 맨땅에 헤딩하며 온몸이 부서져라 일해 봤자 월급으로는 살 집도 못 사고, 애들 학교 보내기도 부족해 빚까지 냅니다!」

「기본자산이 없는 밑바닥 삶은 그늘이 점점 짙어만져요!」

이미 해가 기울며 그늘 속이라 다들 우울해 보였다.

33.

오지랖이 넓은 안태영 약학박사가 있었다. 안트베르펜과 같은 빌딩에서 제약회사 겸 약국을 경영하고 있었는데, 가만히 있지 못하는 성격이라 한가할 때면 빌딩 안 위층 아래층 상가들과 사무실들을 기웃거리고 있었다. 그러던 어느 날 안트베르펜으로 보석을 구경하겠다며 불쑥 들어왔고 유리를 처음 만나서 한참 떠들다가 나갔다. 그다음부터는 하루가 멀다고 찾아왔는데 손님이 있으면 손짓인사를 하고 그냥 돌아갔지만 틈이 보이면 들어와서 차도 마시며 온갖 잡담을 늘어놓고 있었다.

안 박사는 남의 일이나 무슨 이야기에 끼어들면서 훈수를 놓거나 떠벌이면서 사람 사귀기를 좋아했다. 자기 실속은 못 챙기면서 온갖 남의 일이나 특히 어려운 사정에 대해 궁금해하며 문제에 끼어들고 또 몇 다리를 걸쳐서라도 전문가를 연결해서 개입시켜서 도움을 주려 했다. 잡다하게 일을 벌이거나 남의 일에 개입해 가며 바쁘게 사는 심성이 선한 사람이었는데, 그런 그를 이용해 먹으려는 사람들이 주변에 생기기 마련이었다.

1987년 9월의 토요일 오후에 안 박사는 진동수 검사라는 사람과 안트베르펜에 왔다. 진 검사에게 유리를 소개시켜 주고 고급 보석과 시계를 구경시키려는 것이었다. 두 사람은 국민학교 때 단짝이었고 둘 다 아버지가 육군 대령이고 이웃에 살며 친한 사이였다. 중학교부터는 서로 소식을 모르고 지내오다가 진 검사가 약을 사러 우연히 안 박사 약국에 들어가는 바람에 다시 만났다.

진 검사도 오지랖이 워낙 넓었다. 수산업자 건축업자 금융업자 등 업자부터 운동선수나 레저리조트 직원까지 사람을 가리지 않고 소탈하게 만나며 쉽게 도와주기도 하고 격의 없이 어울렸다. 그는 부탁을 받으면 마다않고 즉시 검찰이나 경찰에 전화를 한두 번 걸었다.

「진동수 검사입니다. 거기서 처리하시는 사건 중에 혹시 ○○○건이 있으시지요?」

「제가 지금 내용을 잘 모르면서 말씀드리기가 좀 그렇습니다마는……. 무리하지는 않으시면서 좀 잘 처리해 주시면 좋겠습니다!」라는 말이 전부였다. 그러고 나면 그 사건이 무난하게 잘 해결되고 있었다.

진 검사는 강압적으로나 지시하는 투로 말하지 않았지만 그의 말을 잘 들어주는 것이었는데, 덕을 많이 베푸는 것으로 알려져 있었고 인상도 좋은데다 또 전화 목소리가 호감이 있기 때문이기도 했다. 또 그가 그렇게 해주고 나면 신세진 사람이 그에게 답례하려고 했으므로, 그는 늘 거절했지만 때로 받게 되는 경우도 있었다.

「누가 돈 봉투를 내 자동차 속에다 슬쩍 놓고 갔어요!」 그런 후에는 그가 실토하기도 했다.

어느 날 안 박사는 자기 약국 담당관이라는 박기철 세무주사를 데리고 안 트베르펜으로 왔다. 안 박사는 그에게 늘 술밥을 대접하며 어울리고 있었 는데, 유리가 세금을 낮게 낼 수 있도록 도움을 주겠다는 것이었다.

「제가 이 친구한테 늘 술밥을 사 주고 용돈도 좀 줍니다.」 안 박사는 박 주 사에 대해 유리에게 슬쩍 귓속말을 했다.

박 주사는 이날 만나서 세금 얘기도 하면서 커피를 마시고 보석과 시계를 살펴보다가 돌아간 후로 나타나지 않았다. 안 박사도 늘 찾아오면서 박 주 사에 대하여 아무 말도 다시 하지 않고 있었다. 몇 달 후에야 안 박사는 박 주사를 데리고 왔다.

「함께 나가서 저녁이나 좀 먹읍시다!」 안 박사는 다짜고짜로 유리를 끌듯 이 데리고 나갔다.

「일이 잘못돼서 저는 불가피하게 직장에서 퇴직하고 말았습니다.」 북창동 의 식당에서 고기에 소주를 묵묵히 몇 잔 들이키던 박 주사가 입을 열었다.

「이 친구가 대민업무를 오래 해 오면서 담당업체들에서 돈을 뜯다가 문제 된 것입니다.」

「임용 초부터 해 온 오랜 버릇이라 조심성도 잃고 손도 커져서 문제된 거 지요!」

안 박사는 〈잘못된 일도 아니며 응당 그렇게 귀결될 일이었다.〉라는 듯 태연히 말했다.

「에이, 참! 저 인간! 저 입! ……. 못 말린다니까! 당신이 뭘 안다고 떠벌 려? 씨이!」 박 주사가 당황하며 화가 나서 벌게진 얼굴로 눈을 흘기고 번 뜩이며 인상을 찡그렸다.

「어차피 유리 사장님도 곧 다 아시게 될 텐데 뭘 그러서? 털어 놓아야 마음도 편하신 거지!」

「다 알게 될 일인데, 세상에 비밀이 있나! 감춘다고 덮어지나?」안 박사의 논리였다.

「다 죽어 가는 사람한테다 숨넘어갈 틈도 없이 마구 내질러대는구나! 에이, 염장할 인간아!」

「뭘 그래 이미 끝난 일을! 이런 게 당신뿐인 것도 아니잖아?」

「모두가 남에게 뒤질 새라 먼저 챙겨먹느라 급급한데……. 당신이 운이 나쁜 거지!」

「머리 아픈 일은 다 잊어버리고 술이나 퍼 마시서! 그래 봤자 소용도 없잖아?」안 박사는 아무런 일도 아니라며 위로하고 있었다.

「……」

박 주사는 민망한 듯 실룩거리며 가늘게 뜬 실눈을 좌로 우로 바삐 돌리고 있었다.

「유리 사장님한테야 쪽팔릴 일도 아니지! 아무 상관도 없는 외국인이신데?」

「에이 씨……!」

박 주사는 혼자 맥주잔에다 소주를 가득 따라 벌컥벌컥 마시더니 또 따라서 마시고 있었다.

「이 친구가 이래도 꽤나 긁어모았어요. 아버지와 누나 이름으로 주택도 아파트도 사 놓았답니다. 모은 재산이 상당해요.」

「아이고 이 염장아! 나는 턱도 없네! 딴 놈들은 얼마나 해먹는다고 좀 알고서나 염장을 질러!」

「나는 빌딩도 못 마련하고 이 나이에 이렇게 됐어! 빌딩까지 마련하고 사표를 내고 자격증도 받아들고 느긋하게 나와서 번듯한 사무실 열어 놓고 떵떵거리는 놈들이 얼마나 있는데?」

「이 꼴로 쫓겨나왔는데 겨우 그걸 가지고……. 내가 뭘 잘못했어? 뭘 해먹 었다는 거야?」

「좀 알 만한 인간이 왜 그래?」

「그렇기는……. 그렇기도 하지…….」

「그래서 이 친구가 큰돈을 벌겠다는 욕심이 대단합니다.」

안 박사는 박 주사의 비밀을 마구 까발리고 있었다.

「이 친구는 퇴직하자마자 전부터 아는 중부시장의 건어물도매상인, 부동 산업자, 한의사, 판사, 건축업자 등 돈 있는 사람들과 힘 있는 공무원들을 잘 엮어 가고 있습니다.」

「〈의정부에 곧 개발되어 값이 크게 뛸 좋은 땅이 있으니 공동으로 사서 아 파트를 지어 분양을 하자.〉는 사업도 있고요」

「〈강원도 용평에 좋은 땅이 있으니 공동투자해서 별장을 지어서 가족들이 함께 패밀리로 지내면서 골프도 치고 스키도 타고 주문진에 가서 회도 먹 고 놀자.〉는 사업도 있습니다.」

「직장에서 나오자마자 이런 사업을 내세우면서 투자를 끌어들이고 있습 니다.」

이야기가 이렇게 돌아가자 박 주사는 취한 척하며 눈을 크게 뜨지도 똑바 로 쳐다보지 않았고, 뱀눈처럼 가는 실눈으로 눈동자를 감추고 바쁘게 돌 리며 눈치를 살폈다. 술을 더 마시지 않고 취한 척하다가 헤어졌다.

그 후로 박 주사는 안트베르펜에 나타나지 않았다. 안 박사는 매일 오면서 그에 대한 언급도 없었다. 해가 바뀌고 나자 안 박사는 아주 멋쩍어하며 얘기를 다시 꺼냈다.

「그 친구는 전문사기꾼입니다.」

「예? 누구요? 무슨 일이 있었습니까?」

「박 주사 말고 누구겠습니까? 그 친구가 남의 돈을 끌어들이더니 결국 드러난 것은 공동으로 매입한 값싼 땅의 매입가를 속여서, 실제보다 몇 배나 비싸게 받아서 착복을 했고요」

「그것도 모자라 이런저런 비용이 들어갔다고 속여서 추가로 더 거둬먹기까지 했습니다. 보통 뻔뻔한 정도가 아닙니다.」

「어떻게 그럴 수가요?」

「그 자는 면직으로 잘린 후에 큰돈을 벌겠다며 목표로 정한 사람에게 극진히 호의를 베풀고 세무 심부름을 해 주며 치밀하게 접근했습니다.」

「목표 사냥감을 용의주도하게 엮은 것입니다. 내 형님도 내 친구들도 내가 인사시켜 준 바람에 걸려들어 당했습니다.」

「공무원인 친구 하나는 집을 팔고 정릉 비탈에 세를 들며 남은 돈을 박기철에게 다 맡겼는데, 사기당해서 엄청 고생합니다.」

「내가 사람관리를 못해서 친구들에게 큰 피해를 주었습니다! 정말 제가 큰 잘못을 저지르고 말았습니다.」

그는 괴로워하고 있었다.

1989년 6월, 초여름의 주말이었다. 안 박사는 진동수 검사와 함께 낯선 사람들을 데리고 안트베르펜으로 몰려왔다. 박 주사도 맨 뒤에서 큰 몸집으로 엉거주춤 따라왔다. 갑자기 몰려온 것이었다.

「이 분들은 우리 〈패밀리〉모임의 멤버들이십니다.」

「박 주사 이 사람은 몇 번 보셨으니 아시고, 이분은 신문사사회부 한준영 기자, 시청 이백석 과장, 경찰의 임광제 총경, 김팔용 KS건설 부장입니다.」

「원래 제가 각각 따로 알던 분들인데 워낙 좋은 분들이라서 ……. 나이 차이도, 직위 차이도 좀 있습니다만……. 엮어서 서로 친구로 만들게 되었습니다.」

「모임을, 〈패밀리〉모임을 만들려고 합니다.」

「이름 〈패밀리〉는 여기 박 주사가 작명가한테서 지어 온 것입니다.」

「……. 아, 예!」

「브레이크도 핸들도 없이 충동적이고 분주한 이 사람이 선의라고는 하지만 어쩌려고 이러나?」 유리는 근성으로 대답하면서 박 주사를 끼워 넣은 것에 의아해하고 있었다.

「제가 이번에 제 친구인 진 검사를 패밀리에 고문으로 초빙하는 겁니다.」

「앞으로 진 검사는 시간이 되면 우리 패밀리 모임에 적극 나올 겁니다.」

「오늘 멤버들이 진 검사 환영식을 합니다. 유리 사장님도 일단 한번 어울려 보시지요!」

「정말 아주 좋은 분들입니다!」

특유한 충동적 과잉화법으로 진지하게 "정말 아주 좋은 사람들"이라고 반복 강조했다. 사람을 긍정적으로 좋게 소개하는 이런 말버릇은 단순한 선의였다. 그러나 역으로 악용당하고 마는 피해자를 만들고 있었다. 그럼에도 못 고치고 있었다.

「유리 사장도 이들과 좀 만나면 앞으로 아시게 될 겁니다. 기왕에 우리 패밀리에 멤버로 가입하시면 좋겠습니다!」

「제가 자신 있게 말씀드립니다! 정말 후회 안 하실 겁니다! 아주 자신 있게 확실히 말씀드립니다!」

안 박사는 평소처럼 길게 떠벌이고 있었다. 유리를 끌어들이려고 작정한 것처럼 보였다. 그런 상황이라 유리는 일단 모임에 가서 식사를 함께 해야 했다.

모두가 무교동의 일식당으로 갔다. 기모노의 게이샤가 젖가슴과 허벅지를 드러낸 걸개그림이 걸려 있는 산뜻한 다다미방에 앉았다. 앉자마자 급하게 서로가 술잔을 돌렸고 술기운이 오르며 자기소개인지 신상변명인지 갖가지 얘기로 시끄러웠고 빈 술병들이 늘어나고 있었다.

시청 이 과장의 목소리가 높았다.

「월급봉투가 얇은 저는 온 집안의 가난을 극복해 보려고 동생을 공부시키려고 아파트를 사려고 독하게 노력했습니다.

중소기업이나 사업자에게 인허가를 해 줄 때, 불법을 봐주고 특혜를 줄 수 있는 보직일 때는 돈을 과감하게 챙겼습니다.

문제가 돼서 잘리고 감방 간 운 나쁜 동료도 있었지만요, 저는 운이 좋았습니다.」

「용기 있는 고백을 하십니다…….」진 검사가 눈을 둥그렇게 뜨며 반응했다.

「우리는 패밀리가 아닙니까? 가족끼리인데 말 못하고 감출 게 뭐가 있습니까? 하! 하! 하!」이 과장은 크게 웃으며 얼버무렸다. 그는 딸랑대는 가벼운 성격이었다.

「예! 문제가 있으면 덮어 주고 서로 도와야지요! 그게 우리가 패밀리가 된 이유 아닙니까?

우리가 각자 자기분야의 힘을 모두 합쳐서, 큰 건을 좀 만들어 해내야지요! 앞으로 퇴직하면 우리가 한 가족으로, 진짜 패밀리로 여유롭게 살아갈 기반을 미리 만들자는 것 아닙니까?」 박 주사가 목소리에 힘을 주며 말하고 있었다.

「그래서 제가 솔직히 이런 말까지 하겠습니다.」

이 과장은 모두의 얼굴을 찬찬히 둘러보며 한 번 씨익 웃더니 다시 말을 이어 갔다.

「저는 고시 출신도 아니고요 고등학교를 졸업하고 어린 나이에 말단으로 시작해서 야간대학을 다니며 졸업장을 땄습니다. 승진시험을 봐서 빨리 진급도 했습니다.」

그렇지만 워낙 박봉이라 아파트도 사고 애들을 학원에도 보내자니…….

무리하게 제가 돈을 요구하기도 했습니다만, 건수가 잡힐 때나 명절마다 업자들이 주는 것은 돈이든 선물이든 다 챙겨 왔습니다.」

「박봉생활에 큰 도움이 되겠습니다!」

모두 그럴 줄로 알고 있다며 부럽다는 투로 반응했다.

「제일 좋을 때는 하천에 염색폐수를 방류하는 염색공장을 담당했던 지난 이 년이었습니다. 저에게는 큰 힘이 되는 목돈을 만들었습니다. 윗분에게도 조금씩 드렸습니다. 절대로 혼자 다 먹지는 않습니다. 하! 하! 하!」 가볍고도 톤이 높은 웃음소리였다.

그 말에 한 기자가 나섰다.

「지난번 사건의 공무원은 승진은 포기하고 오랫동안 업자들로부터 돈을

뜯어 모아 부동산에 투기해서서 강남에 아파트 세 채에다 용산에 꼬마빌
딩 하나까지 갖고 있었습니다!」

「그 사람은 자기 배만 채우면서 부동산투기까지 잘해서 큰돈을 축재했지요.
그러니 질시를 받아, 동료들도 보호해 주지 않아 문제기 된 것입니다!」 이
과장이 말했다.

임 총경이 신상발언처럼 슬며시 말을 시작하고 있었다.

「저는 어려서부터 아주 가난하게 자랐습니다. 또 요새 형님이 사업에 실
패해서 형님에게 빌려준 돈도 다 날려 버리게 생겼습니다.」

「갖고 계신 땅이나 강남아파트에도 문제가 생겼나요? 부인께서 선생님으
로 맞벌이하시니 솟아날 구멍이 있는 셈이라 걱정은 덜 되시겠습니다!」

「돈을 빌려 주기도 하셨군요! 그럴 여웃돈이 있으셨군요!」

「아, 술밥을 그간 안 사신, 아니 못 사신 것도 다 이해합니다! 괜찮습니다.
개의치 마십시오!」

몇 사람이 위로의 말하고 있었다.

「저 친구는 재산이 제일 많은데도 10여 년째 이렇게 어울리면서 밥은커녕
커피 한 잔도 안 사는 생노랭이입니다! 조심하십시오!」 그때 안 박사가 유
리의 팔을 툭 건드리며 귀에다 대고 하는 말이었다.

박 주사가 또 시작했다.

「저는 말단직으로 자영업자들 중소업체들 상인들을 담당하면서 돈을 좀
챙겼습니다. 부모님과 누나와 가족들 명의로 아파트도 주택도 몇 채 사 놓
았습니다. 그러다보니 밤에 잠을 자다가도 깜짝깜짝 놀라기도 하고 식은땀
이 흘러 깨기도 했습니다. 잡혀서 끌려가는 꿈으로 자꾸 시달리는 겁니다.」

「……」 모두가 놀라 입을 벌린 채 쳐다보고 있었다.

「좀 외람되기도 하고 함부로 밝힐 수 없는 일들이지만 패밀리니까 제가 이런 말씀까지 드리는 겁니다!」

「아, 괜찮습니다! 말씀하세요!」

「저는 얼마 전에 사표를 냈습니다. 돈을 좀 모았으니 이제는 마음도 몸도 편하게 지내면서 좀 다른 새로운 일을 하면서 돈을 크게 벌어 보고 싶어졌습니다.」

「대단하시군요! ……. 잘한 결정이십니다.」 몇 사람이 잘했다고 칭찬했다.

「정년까지 버티면서 빌딩도 마련해 놓고 자격증까지 받아서 사무실을 열고 떵떵거리며 돈을 잘 버는 사람들도 있지만 저는 일찍 나왔습니다.」

「그렇지만 앞으로 큰돈을 본격적으로 좀 벌어 볼 작정입니다.」

「대단하시군요! …….」 모두가 부러워하고 있었다.

「저 인간이 면직된 사실을 뻔히 알고 있는 내가 앞에 있는데도 자기 발로 걸어 나온 것처럼 거짓말합니다!」 안 박사가 유리의 팔을 살짝 끌면서 귀에 대고 속삭였다.

「제가 돈도 있고 하니 부담을 하고요……. 우리 패밀리 멤버들도 조금씩 투자를 해서 우리의 가족들이 편하게 진짜 한 패밀리로 어울리면서 여유롭게 즐기며 행복하게 살 수 있는 여건을 제가 앞장서서 만들고 싶습니다.」 박 주사의 말은 그럴싸했다.

「…….」

「예? 멋있는 말씀입니다!」 모두가 솔깃해져서 귀를 기울이고 있었다.

「강원도 진부에다 콘도를 짓고 분양해서 돈도 벌고, 우리 패밀리의 별장으로도 사용합시다. 골프도 치고 스키도 타고 또 가까운 동해와 주문진으로 다니며 회도 드시고…….」

「아! 그 얘기는 나중에 별도로 합시다! 오늘 여기서는…….」안 박사가 말을 막았다. 그러자 다들 의아해하고 있었다.

안 박사는 유리에게 귀에다 바짝 대고 말했다.

「저 인간이, 자기가 어떤 인간인지를 내가 다 알고 있는데 여기서도 사기치려고 합니다!

여기서는 내가 막아야지요!

처벌로 잘렸으면서도 제 발로 나왔다고 거짓말하고 말입니다!

저 인간의 수법입니다. 술밥도 사고 친절을 베풀면서 저런 그럴 듯한 말로 사람을 끌고 치밀하게 행동하며 사기를 칩니다.

말할 때는 눈을 크게 떠 사람을 똑바로 쳐다보지 않고 뱀눈처럼 실눈으로 눈동자를 감춘 채 좌우로 히뜩히뜩 돌려서 눈치를 살핍니다. 결국 사기를 치기 위해 심리를 탐색하는 겁니다.」안 박사는 박 주사에 대한 경계심의 날이 돋아 있었다.

소주를 몇 병이나 비웠고 모두가 이미 얼큰하게 기분이 올랐다. 한 기자가 다시 입을 열었다.

「돈을 모으는 문제로 보자면……. 젊은 직장인들은 집보다 자동차를 먼저 삽니다.

주차장도 없는 골목집이나 좁은 아파트에 세 들어 살면서 할부로 삽니다. 자신이 사는 집은 안 드러나지만 자동차는 거리에서도 호텔에서도 대우 수준을 결정지어 주는 신분증이고, 사회적 계급장제복이기 때문입니다. 〈차격은 인격보다 앞선다〉라는 말은 사실입니다.」

「저도 그랬습니다…….」몇 명이 고개를 끄덕였다.

「집을 사려는 저축도 안 하고 미래가치가 높은 주식투자도 안 합니다. 당장의 편리와 만족과 과시가 급한 것입니다.」

「…….」모두 입을 다문 채로 조용했다.

「여기 속살을 드러낸 게이샤그림이 있습니다마는 홍등가는 인권사각지대입니다. 현재 전국의 홍등가, 술집 다방에서 성매매에 연관된 여성들이 수십만 명입니다.」한 기자였다.

「공장에서 일을 잘하다가 좀 반반한 용모와 가난 때문에 잘못 들어간 경우가 많습니다.

직업소개소 간판을 내걸고 〈월급을 많이 주고 편한 직장에 취직시켜 준다.〉는 사창가폭력조직들의 광고에 속거나 강제 납치되거나 인신매매조직에 잡혀 가서 건강까지 해치고 있습니다.

돈을 버는 것도 아닙니다.」

「…….」

임 총경이 말을 이었다.

「약취유인입니다. 성매매와 성적 착취를 목적으로 한 인신매매입니다. 형사 범죄입니다.

매춘업자들은 이들에게 몸을 팔게 하면서 빚을 뒤집어씌우고 고리로 착취를 합니다. 성노예 감옥입니다.

그러다 병들거나 나이가 들면 쫓아 내보냅니다.

그렇지만 저희도 경찰의 의지만으로는 단속에 한계가 있습니다. 국가 차원에서 합동으로 추진되어야만 가능한 일입니다.

여러 분야 공무원들이 업자들과 뇌물고리로 얽혀 있어요!」

「거기에도 복잡한 문제가 얽혀 있는 거군요!」

「지금 우리나라에서 법대로 원칙대로 되는 일이 뭐가 하나라도 있습니까? 작은 공장 하나를 지으려면 관공서는 당연히 즉시 해 주어야 할 인허가 건을 가지고 관련되는 부서들 곳곳이 저마다 뭐라도 티를 찾아 퇴짜를 놓거나 뭉그적거리며 서류를 서랍 속에 둔 채 뒷돈과 접대를 요구하며 몇 달을 넘기다가 해를 넘기지 않습니까?」

「예! 힘 있는 누구를 걸쳐서 백을 쓰고 압력을 넣거나 뇌물윤활유가 들어가지 않으면 일은 하세월로 흘러가지 않습니까?

〈민나 도로보데스!〉(모두 도둑놈이다: 당시의 TV 드라마 대사)입니다. 더 먼저 더 많이 도둑질 해먹는 사람이 임자입니다!」

「밑바닥부터 맨 꼭대기 놈들까지 모두가 뒷돈에 혈안이 되어 챙겨먹으며 뒷거래의 연결고리로 얽혀 있습니다!」

「맞습니다! 큰 사업은 말할 필요조차 없고요, 작고 간단하고 뻔한 일도 허가를 내고 운영하는 데 관공서 곳곳에서 뇌물 없이는 제동이 걸립니다!」

서로가 말이 많았다.

「이런 상황이니 우리는 패밀리로서 하나가 되어 서로 덮어 주고 밀어 주고 힘이 되어 함께 잘 살길을 찾아야만 되지 않겠습니까?」 박기철이 가늘게 뜬 눈을 번뜩이며 좌우를 살피더니 다시 목소리에 힘을 주고 있었다.

「극빈한 가정에서는 불쌍한 딸이 이렇게 보내 주는 돈으로 사정도 모른 채 살기도 하고요. 또 동생들을 학교에 보내기도 집안의 아들을 대학에 보내기도 합니다.」 한 기자였다.

「가난에 한이 맺혀서……. 자기를 희생시켜서라도 배고픈 집안을 돕고 동생을 공부시키겠다고 온몸을 던지는 것입니다.」

「정말 대단한 희생입니다! 사이공이 함락될 때 보았던 모습이 생각납니다. 처절하게 가난하고 배고프고 생존의 절체절명 위기에 처할수록 뜨겁고 애틋한 인정, 가족애와 희생적인 사랑이 살아납니다.」

대학들은 이런 돈까지 받아서 돌아가니 전답과 소를 판 돈을 먹던 우골탑은 옛말이고 이제는 인골탑인 것입니다.」

「…….」모두가 씁쓸한 표정으로 입을 꾹 다물고 있었다.

「그런데 대학을 졸업하고 돈벌이가 잘 되면, 고시를 합격해서 부잣집에 장가들면, 출세를 하면, 농토가 수용되는 큰 보상액이 걸리면 어느새 집안에는 갈등이 생깁니다.

큰돈이 눈앞에 있으면 순수하던 영혼도 양심도 인정도 황폐해지고 탐욕의 광기에 빠집니다.」

「돈 다툼이 생기면 가족 간의 희생정신과 사랑도 친구 간의 의리도 배신하고 사회적 비난도 무릅씁니다.

몇 년씩의 감옥살이라도 마다하지 않습니다.」

모두가 돈 원리주의자 극단주의자가 되고 돈을 위한 순교자가 되는 것 같습니다.」

「정말 그렇습니다!」

「뼈대도 없는 졸부 집에서 제대로 인성교육을 못 받고 자란 되먹지 못한 며느리, 몇 푼 있는 집 출신이라고 자만만 있고, 인성도 기본양식도 못 갖춘 며느리로부터 대우를 못 받고 노후를 슬프게 사는 시부모들이 흔해지고 있습니다!」

「공감이 갑니다! 남의 얘기도 아닙니다!」

모두 서로 말을 이어 가며 씁쓸해하기도 고개를 꺼덕이며 한숨을 내쉬기도 했다.

「특권층과 부잣집의 자식들은 공부를 애써 하지도 않습니다. 할 필요도 없으니까요! 가난한 자식들이 하는 게 공부이지요!」

「열심히 일한 사람이 돈을 더 벌고, 가난한 집안 출신이라도 고시에 합격해서 개천의 용이 되는 것이 정상 아닙니까?」

「이제는 새치기와 낙하산, 탈법과 특혜와 차단 장벽이 능력, 미덕, 정상으로 돼 가고 있습니다.」

「자, 자! 너무 심각한 얘기들만 하시는 것 같습니다! 술도 좀 마시면서 천천히 진행하실까요? 토요일이니 시간도 많습니다!」

「예! 모두 앞에 잔을 비우시고 새 폭탄주로 건배합시다!」

서로 불만을 토로하다가 분위기를 바꿔 보자며 차례로 폭탄주를 제조해서 돌리고 있었다. 각자 폭탄주 여덟 잔을 또 마신 것이었다.

「올림픽 후로 우리나라가 변하는 게 실감됩니다.」 술기운이 더 오르자 김팔용 부장과 한준영 기자가 또 시작했다.

「회사는 출근시간만 있지 퇴근시간도 주말도 없습니다.

우리는 불평이 없습니다. 조국과 민족을 먼저 생각합니다!」

「만원버스에 매달려 승객을 온몸으로 떠밀어 넣는 차순이도, 먼지와 어두운 불빛 속에서 밤을 새우는 공돌이 공순이도, 탄광막장에서 폐가 막혀 가는 광부도, 최전방 철책선 고지에서 고생하는 군바리도 사명감으로 차 있습니다.」

「그런데 탈세하고, 병역을 피하고, 동네 방바리로 병역을 때우고, 최고혜택을 챙기며 의무를 잘 피해 가는 사람들이 부러운 세상이 되고 있습니다.」

「힘과 돈과 백을 가진 자와 없는 자 간에 대립적 이해관계가 복잡해지고 계층계단이 성벽으로 변해 가고 있습니다.」

술기운에서의 얘기는 끝이 없었다. 어릴 때의 자랐던 가정환경, 결혼하려고 헤어진 옛 애인, 마누라 몰래 바람피운 일까지 다 떠들어대느라 밤이 깊었다. 식당사장이 문을 닫아야 할 시간이라고 사정하고서야 헤어졌다.

* * *

어느 날 〈일진 프로덕션〉의 장원수 사장이 출연배우와 제작진을 데리고 안트베르펜으로 와서 그들에게 보석과 시계를 선물했다. 장 사장은 제작한 영화가 히트를 치면 그렇게 선물을 하는 사람이었다. 그런 이후로 그들은 세종로에 나올 때마다 일도 없이 들러서 차도 마시며 시간을 보내곤 했다. 그들 중에 영화 시나리오 작가 고철봉과 백기영 감독이 있었다.

1989년 10월, 창밖은 하늘이 한없이 푸르던 날 오후였다. 고 작가와 백 감독은 안트베르펜에 들어와 소파에서 TV를 보며 빈둥대더니 저녁 식사를 함께 하자고 제안했다. 유리는 사무실을 로라에게 맡기고 일찍 그들과 가까운 북창동으로 갔다.
「저녁은 제가 내겠습니다. 유리 사장님은 2차를 내시지요!」
셋이 저녁 식사로 소주를 몇 잔 마시던 고 작가가 말했다.
「이왕이면 장 사장님도 나오라고 해서 같이 마실까요?」
「예! 좋은 생각이십니다!」 유리가 대답했다.

고 작가는 바로 장 사장에게 전화했다. 이차로 근처 룸살롱에 가서 고 작가가 폭탄주를 만들 때 장 사장이 들어와 합석했다.

「유리 사장님, 아직은 한국에 좀 생소하지요? 폭탄주가 몇 가지가 있는지 아세요?」고 작가의 말이었다.

「예? 회오리주 골프주는 여러 번 마셨는데요, 천정에다 술에 젖은 냅킨을 내던져서 붙이기도 하고요……. 이름도 하도 이상하고 복잡해서……. 글쎄요?」

「유두주, 계곡주, 신발주……. 이게 말입니다, 룸살롱마담들이 손님들 흥을 돋우어 술 매출을 올리려고 만들어 내는 재능 섞인 기교인데요, 손님들을 통해서 전파시키는 것입니다.」

「그런데 계속 새로운 것이 나오고 이미 있는 것도 수십 가지가 넘으니 다 아는 사람은 아무도 없을 겁니다. 그래도 가장 많이 알고 있는 사람은 룸살롱마담들이지요.」

「폭탄주 얘기야 다 그게 그거 아닙니까?」

「내가 부리나케 달려왔는데 오늘은 어떤 재밌는 얘기를 하실 겁니까? 기대가 큽니다. 언제 시작하시나……. 기다려 봅니다!」

장 사장이 백 감독과 고 작가를 쳐다보며 재밌는 얘기를 빨리 시작해 달라고 독촉했다.

「아, 사장님! 그래도 술이 들어가야지 얘기가 나옵니다! 정해진 순서가 그런 거니까……. 아직 좀 천천히 좀 마시다 보면 아마……. 하하, 나오기는 나올 겁니다. 주(酒)님의 섭리에 맡겨야지요!」

「두 분은 뜸을 잔뜩 들여야 발동이 걸리니까 기다려 봅시다!」

「안 마담! 그래도 자기가 설명을 좀 해라!」백 감독은 옆에 앉은 미모의 안 마담의 젖가슴을 만지더니 입을 또 맞추고 나서 말했다.

「이 사람은 제 여보인데요, 아주 고수 마담입니다!」 백 감독은 주제를 돌리고 있었다.

「새끼마담을 열 명이나 데리고 있습니다. 술집에 갖나온 생 초보 아가씨들을 관리하는 중간 스텝을 말입니다.

새끼마담들은 경험을 쌓고 자기고객들이 생기면 나가서 새로운 룸살롱을 개업합니다. 그때는 그동안 접대한 자기 고객들에게 전화하고 사무실까지 찾아가서 와 달라고 호객합니다.

사실은 접대가 워낙 많은 건설사 간부들이 이런 새끼마담을 내세워 개업하기도 하지만요.」

백 감독은 옆 아가씨의 허리에 한 팔을 두른 채 한 손으로는 자기 턱을 만지며 말했다.

「저를 만나자고 매달리는 여자들이 열 명도 넘습니다. 절륜한 것을 알아보는 겁니다. 이 각진 턱만 보고 여자들이 압니다.

매주 한 여자씩 만나줘도 두 석 달에 한 번밖에 못 만나 주는 사정입니다. 그러니 항상 새로운 여자만 상대한다고 남들이 말합니다!」 엄숙한 말투였다.

「……!」

그러자 백 감독도 장 사장도 희죽 웃었다. 유리는 진담인가 장난인가 하며 쳐다보고 있었다.

「그건 우리가 다 아는 거 아닙니까? 자, 이젠 본론을 시작하세요!」 장 사장은 유리가 놀라는 모습을 보고 슬며시 웃더니 다시 독촉했다.

「나를 원하는 여자들은 여배우들부터 사모님들 룸살롱마담들 아가씨들까지 아주 다양합니다. 다 기억할 수도 없어요!」

「진담인 거 다 압니다!」

「고 작가나 백 감독이 바람피는 자랑만 하면 마담도 아가씨들도 입을 못 다물고 절륜을 감탄합니다.」

「여자를 아주 다운시켜 버리니까요!」

「둘 다 그런 선수라고 소문났습니다!」 장 사장이 말했다.

「그래, 잘났다 이 개야! 네 사랑은 나뿐이라고 애걸해대면서도 여자가 그렇게 많이 있었구나! 야생 들개! 사기꾼!」 호방한 안 마담은 백 감독에게 화를 내며 컵 속의 물을 확 던졌다.

백 감독은 물을 맞더니 갑자기 심각해지며 진지하게 얘기를 시작하고 있었다.

「실은……. 들었던 소문도 확인해 볼 겸 영화소재도 발굴하려고 지난달에 텍사스에 고 작가와 카메라감독과 셋이서 한번 가 봤답니다.」

「예? 하, 하! 사창가에서 무슨 소문? 발굴……요!」

「우리 사이에 야단은 안 칠 테니까……. 바람피우러 갔다고 그냥 실토하시고 재미있는 얘기를 해 보시지요!」

장 사장이 능청떨지 말라며 핀잔을 주었다. 옆의 아가씨도 「킥, 킥!」 댔다.

「그게 아니라……. 사실 너무 충격을 받아서 그럽니다.」

「무슨 일인데요?」 장 사장이 뻔한 일인데 왜 능청부리냐는 듯이 말했다.

「소문 그대로 음부로 상상도 못할 기괴망측한 묘기 쑈를 하는 겁니다!」

「……예?!」

「역겨워서 바로 중단시키고 쫓아내 버렸습니다! 입에 담지도 못할 역겨운 얘기입니다!」

「그런데 옆에 참하게 예쁜 아가씨가 앉았는데요!」

「야! 감추지 말고 속 시원하게 좀 말해!」안 마담도 독촉했다.

「그 아가씨가요, 글쎄 몸에서 사타구니에서 이상한 냄새가 나는 것 같은 겁니다!」

「……?」

「그래서 이 냄새가 뭐냐? 물어봤어요.」

「……?」

「'저의 집은 은평구인데요, 아빠가 판사입니다'라면서 눈물을 주루룩 흘리는 겁니다.

그래서 아가씨의 얘기를 들어봤지요.」

「〈지금 저는 몸이 안 좋아요! 어떤 남자들한테 붙잡혀서 여길 왔어요.〉라며 한숨을 푹~ 내쉬는 겁니다!」

「세상에……. 그럴 수가!」모두 놀라고 있었다.

「내가 연락해 줄 테니 부모의 이름이나 전화번호를 알려 달라고 했습니다…….」

「〈아빠 엄마가 이 꼴을 아시면 얼마나 놀라실지……. 무서워서 말을 못하겠어요.〉라며 눈물을 흘리며 한숨만 쉬는 겁니다.

용기를 내서 집으로 가라고 설득했지요……. 계속 울기만 해서 결국 포기하고 말았습니다!」라며 씁쓸해했다.

「그렇다고 그냥 나오셨다는 건가요? 좀 불가사의한데…….」

고 작가는 믿기지 않는다며 반문했다. 장 사장도 고개를 갸웃했다.

* * *

1990년 11월. 공기가 차갑고 깔깔해진 날이었다. 장원수 사장은 충무로에서 일진프로덕션을 큰 사무실로 옮겨 오픈하게 되었다. 그는 안트베르펜에 들릴 때 정보회의 멤버들 패밀리 멤버들과도 마주치면 커피도 식사도하고 있었는데, 그래서 그들을 오프닝행사에 초청하였다.

「제가 프로덕션회사를 확장 오픈합니다. 시간이 되시면 오셔서 축하를 좀해 주십시오!」

「아무 부담 없이 빈손으로 와 주시기만 하면 감사하겠습니다!」 장 사장이정중하게 초청하자 그들은 기다렸다는 듯이 참석하겠다고 약속했다.

오픈행사에는 그들 몇 명이 참석했는데 미모의 여배우들과 사진을 찍기도 하느라 시간 가는 줄 모르고 있었다. 스탠딩 뷔페였고 좋은 안주와 와인 샴페인과 위스키까지 나왔으므로 다들 술기운이 올라 있었다. 그때 기분이 좋아진 장 사장이 강남의 술집으로 가자고 제안했다. 도착한 곳은 강남 역삼동의 신축 빌딩에 있는 룸살롱이었다.

「강 마담, 오랜만에 왔십니다. 자주 못 와서 미안합니데이! 오늘은 우리가사람이 많은데 싸게 좀 잘해 주이소!」

「저를 기억해 주시는 군요, 장 사장님!」

「여기로 이사 온 지가 벌써 몇 달인데…… . 이러시면 어떻게 벌어먹고 살라고요? 야속합니다! 이제야 찾아오시고요!」

「아, 아! 흐, 흐…… . 미안십니데이, 먼저 가게 때에는 좀 갔었는데…… .」

「그러고 보니 옮긴다는 얘기 들은 지가 좀 됐습니다. 앞으로는 좀 종종 오도록 하게십니다. 하, 하, 하.」

강 마담은 눈을 흘기며 장 사장의 팔을 잡아끌고 룸으로 안내했다.

「강 마담, 그런데 요즘 장사가 어떻습니까?」

「강남은 졸부들이 워낙 많으니까 건설공사도 많고요……. 그래도 장 사장님이 워낙 안 오셔서 겨우겨우 버티고 있습니다.」

「하, 하! 장사가 잘되고 있다는 말이군요! 우는 소리는 그냥 하는 말이네요!」

「요즘 신도시개발 공단건설 도로망건설에 따라 토지보상금을 수십 억 수백 억 받아든 졸부들이 넘칩니다. 그들이 밤에는 서울 외곽이나 지방에서도 강남까지 몰려옵니다.」강 마담이었다.

「거액보상금을 졸지에 손에 들게 되면 하늘에서 떨어진 돈다발이라 어떻게 해야 할지 몰라서 제정신이 아닙니다.」

「워낙 큰돈을 쥐면 즉시 정신이 황폐해지니까, 공허해집니다.」

「그러니 가진 돈을 과시해서 인정을 받아야 됩니다.」

「그래야 자기를 알아주는 것만 같아 자존감을 느낍니다.」

「사실이 그렇기도 합니다.」강 마담에게 누가 맞장구를 치고 있었다.

「예! 돈 자랑을 하자니 수표다발을 직접 보여 주어 자랑을 하게 됩니다.」

「그래야지 〈김 사장님!〉〈이 사장님!〉하고 높여 불러 주고 인정해 주니까 말입니다. 특히 이런 룸살롱에 있는 우리 아가씨들이 다들 좀 그렇지만 말입니다. 하! 하! 하!」

「강 마담도 그런 돈을 빼먹는 재미가 톡톡하시겠군요!」고철봉이었다.

「저야 그럴 처지가 못 되지요, 주인마담인데요. 잘 아시면서 그러시네…….」

「이렇게 술 팔아서 남는 게 술값 안주값 마진이 그까짓 얼마라고요!」

강 마담의 나긋나긋한 목소리가 끝에서는 단호하게 변하고 있었다.

「그런데 십 년 전부터 강남의 술집들을 훑고 다니면서 이 가게에도 오는 졸부 맹치한 사장이 있습니다.」

「그의 아버지가 영동과 잠실에서 부동산투기로 돈을 엄청 불렸는데 사망하자 외아들인 그가 모두 상속받았습니다. 강남의 소형아파트가 이천만원 정도인데 맹 씨는 일백만 원짜리 수표를 수십 장씩 지갑에 넣고 아가씨들한테 보여 주며 과시합니다.」

「……..」

모두가 강 마담의 얘기에 집중하고 있었다.

「룸살롱마다 예쁜 아가씨를 골라 지갑 속 수표 다발을 슬쩍 보이며 자랑하고 한 장씩 주면서 단골로 지정해 놓고서 아가씨를 바꿔 가며 데리고 놉니다.」

「한심한 쓰레기로군요!」

「독충 버러지새끼로군요!」

「정신병자입니다!」 모두가 욕을 했다.

「그런데 맹치한 씨가 아무에게나 다 자랑하며 떠벌이는 사건이 있는 데요…….」

「그게 뭡니까?」

「글쎄 그게……. 〈얼마 전에 단골 룸살롱에 갔는데 애인 아가씨가 안 보이기라. 그래서 마담 년-그는 모든 호칭에다 욕을 꼭 붙입니다-한테 물어봤더니 결혼을 한다고, 바로 이틀 후가 결혼식이라는 거라. 그래서 마담 년한테 시켜서 전화해서 겁을 주면서 잠깐만 나오라고 억지로 불러냈지. 마지막으로 실큰 좀 코피가 나도록 데리고 놀다가 일백만 원짜리 수표를 쥐어 주고 잘 살아라 라고 말하고 보내 주었어! 으~흠!〉이라는 겁니다.」

「……..」모두가 얼굴을 찌푸리고 있었다.

「〈그년이 낳는 애가 나를 닮았을지 자꾸만 궁금해지는 거야! 이거 참, 나! 꼭 좀 얼굴을 보고 싶다니까……. 흐, 흐, 흐, 참! 나를 닮았으면 아파트를 하나 주고 싶은데! 말씀이야!〉라면서 가는 룸살롱마다 떠들며 그 짓을 자랑하고 있습니다!」

「기가 막히는 군요! 정말 천벌을 받을 독충이로군요!」

「악마지요!」 모두가 이구동성으로 욕하고 있었다.

「저도 이 바닥에서 십여 년째 못할 짓까지 하며 벌어먹습니다마는 참 기가 막힙니다!」

「그러면서 그 독충이 마지막에 항상 하는 말은 〈내가 보기에는 키도 작고 다리도 벌어지고 좀 못생겼지요? 그래도 겉보기보다는 이렇게 전(錢)이 좀 꽤나 있는 사람입니다! 나를 무시하면 안 됩니다! 하, 하, 하!〉라는 겁니다.」

「돈이 뭐라고 이래도 됩니까? 정말 끔찍하고도 역겹습니다!」

강 마담은 얘기를 마치더니 손수건으로 입을 싹 싹 닦아 내기까지 하고 있었다.

「술집에서도 술집 바깥에서도 누구에게나 늘 이걸 자랑이라고 떠들고 다닌답니다.」

「강남 마담들도 맹치한 소문은 다 압니다. 우리 아가씨들은 겁먹고 아예 피합니다.」

「우리 가게에는 다시 안 오기를 바라고 있습니다!」

「정말 더러운 버러지 악마새끼입니다!」아가씨들이 말했다.

「자! 우리 폭탄주를 원 샷으로 비웁시다! 좀 얘기를, 분위기를 바꿉시다!」

「못 들을 얘기를 듣고 나니 술이 더 땅깁니다!」

「이게 술 매출을 올리는 강 마담의 전술이구나!」

「하! 하! 하!······.」 모두가 웃었다.

잠시 조용해지자 김팔용 부장이 나섰다. 그는 술이 취해야 말을 하는 사람이었다.

「이 빌딩은 준공을 받고서 영업하는 거야?! 준공 없이 하는 무단 영업이 아닌가요?

나는 쓱 살펴보면 건축의 내막을 한눈에 알아봅니다. 건설은 완전 복마전입니다.

건설자재의 규격품질과 수량, 설계변경, 인건비는 장부조작의 기본입니다. 아파트분양가는 건축비의 네다섯 배도 열 배까지도 됩니다. 땅 짚고 헤엄치는 일입니다. 그렇게 남긴 자금을 혼자 다 꿀꺽하라고 누가 그냥 놔두겠습니까?

회사 오너는 비자금으로 숨기고 권력자에게 상납도 합니다.

건설사들은 권력에게는 고양이 앞의 쥐입니다!

알아서 여기저기 잘 바쳐야 됩니다. 사건이 터지면 죽으니까, 죽는 것보다는 훨씬 낫지요!

비자금에 얽힌 건설사에서 승진과 보직은 사주와의 친소관계로 결정됩니다. 사주 가족 누가 사장이 되면 그 라인은 살고 다른 가족라인은 다 죽습니다. 줄서기로 대립하고 싸웁니다.

그러나 품질건설을 해야 회사가 산다고 대의를 주장하는 유아독존 원칙주의자도 있습니다.

때로는 바뀐 사장이 그런 사람을 발탁해 주는 경우도 없지는 않지요.」 김팔용 부장은 술이 올라 있었다.

「예! 거기도 치열하군요…….」

「예! 저의 이야기도 좀 말씀드리겠습니다.」

「…….」

「저가 지난 봄 주말에 북한산을 오르다가 앉아 쉴 때 하품을 하는데 날아온 벌레가 헛바닥을 쏘는 바람에 알러지로 호흡을 못해서 구급헬기로 응급실로 가 입원한 적이 있습니다.」

「큭! 큭! 큭……!」 모두가 웃느라 배를 잡고 있었고 어떤 사람은 기침까지 하고 있었다.

「에이, 농담도 잘하시네요!」

「아니, 진짜입니다!

그런데 그룹회장의 아들인 사장님은 내가 누구의 줄도 아니면서 그렇게 일하는 사람이라고 알고는 있었는데요, 입원했다고 병문안을 오셔서 입원비도 지원해 주고 격려를 했습니다.

그런데 사주가족의 계파싸움에서 그 사장이 밀려나고 다른 아들이 사장으로 온 겁니다. 오더니 독립군인 나를 먼저 사장의 라인으로 찍는 겁니다. 그래서 지금 어려운 처지입니다. 아마 퇴사를 해야 될 것 같습니다. 이미 먼저 사장 라인들은 거의가 잘렸으니까요!」

「……. 아! 저런……요!」

「어떻게 일이 그렇게 돌아갈 수가……!」 모두 안타까워했다.

「이것도 저의 운이라고 받아들여야 되겠지요!

우리나라는 지금 건설 붐으로 전국이 공사장입니다. 작은 건설사들도 일이 많습니다. 그런 만큼 일자리도 많습니다. 제가 처자식을 먹여 살릴 수 있는 일자리는 찾아보면 생기겠지요.」

「도급순위가 단기간에 점프하는 건설사 뒤에는 권력이 있지요?」박필성이었다.

「당연합니다. 그래서 새 정권은 지난 정권 때 급성장한 건설사들을 반드시 조지게 됩니다. 특혜비리를 받았기 때문입니다.」

「그러니 사주는 수사기관이나 권력자나 여야정치인에게 생명줄을 걸어 놓으려고 매달립니다. 정치자금을 여당 야당 모두 바쳐서 차기정권을 누가 잡든 국회의원이 정권실세가 누가 되든 연결고리를 만들어 대비합니다. 문제가 생기더라도 매를 덜 맞고 괴씸죄를 피하는 안전보험료입니다. 비자금 달러나 무기명수표나 고액권을 음료수 박스나 과일 상자에 넣어 보통 선물처럼 줍니다.」

김팔용은 떠들다가 물을 마시고 있었다.

그러자 박필성이 벌게진 얼굴로 목소리를 높이고 있었다.

「경제발전 초기에 부를 선점해 놓는 것이 최고입니다. 도둑놈이라고 욕해도 모든 법규가 아직 허술하고, 세상눈이 어두울 때 약게 먼저 최대한 챙겨먹는 것입니다.

욕은 한때만 좀 먹으면 잊혀 갑니다. 이런 맹점을 아니까 도둑질하는 겁니다. 쪽팔림은 순간이고 이익은 영원하다는 말이 있지 않습니까?」

듣고 있던 고 작가가 맞장구를 쳤다.

「맞아요! 그런 범죄형 졸부들이 앞으로 버젓한 상류층이 될 겁니다. 나중에 법제도가 정착되면 그렇게 모은 재산은 기득권 신흥자본이라 공인받을 것입니다.」

「불법의 도둑질이라도 일단 크게 벌어 놓으면 뒤에 처벌법이 완비되더라도 과거문제를 파헤칠 수가 없습니다.」

「예! 소급처벌금지는 헌법에서도 보장하는 기본원칙입니다.」

「사후적 입법들은 결국 면죄부이고 합법적 세탁조치가 될 뿐입니다.」

「이제는 돈이 권력이고 사회적 지위이고 상속되는 신분이고 인격이고 덕망입니다.」

「자본주의는 재산주의, 법은 재산을 지켜주는 울타리입니다.」

「월급쟁이가 평생 머슴으로 알뜰히 저축한 돈이나 마약카르텔 마피아들의 돈이나 과거 금주령 때에 밀주로 돈을 벌었던 미국 유명가문의 돈이나 모두 선악의 꼬리표는 없습니다.

돈 크기에 따라 기하급수적으로 커지는 힘의 차이만 있지요!」

백 감독과 고 작가였다. 그러자 최광이 위스키를 한 입에 털어 넣으며 소리를 높였다.

「대한민국의 이런 실태는 경제 분야만의 것은 아닙니다. 폭력조직들에게도 정치에도 마찬가지입니다.」

「한국정치는 이권 인사권 특혜에 대한 분배권 쟁탈싸움입니다. 미처벌의 정치적 범죄인 카르텔과 검은돈들 간의 야합입니다.」

「정말입니다. 아직 세상이 어수선할 때 먼저 해먹는 놈이 임자지요. 챙겨놓으면 결국 합법화되고 기득권이 될 것을 알고 앞서서 과감히 도둑질한 사람들이 나중에 보면 선견지명이 있고 훌륭한 성공한 사람으로 추앙받게 됩니다.」

「떵떵거리며 잘 살게 될 겁니다!」

박필성도 최광도 고철봉도 벌게진 얼굴에다 서로 맞장구치듯 말을 이어가고 있었다.

「윤리도덕과 법은 사회의 적자생존 체계를 지켜 주는, 승리자 지배자들의 그늘 밑에서 승자독식 체제 아래서 서식하는 음지 잡초와 관목들에 대한 지배체계입니다.」

「숲 그늘 밑에 자비처럼 잠깐 들어오는 한계 햇빛과 바람으로 살아가는 허약한 서식자들, 민초들을 다스려 가는 틀입니다.」

「큰 나무들을 위해서 바닥토양을 관리하는 방안일 뿐입니다!」

「상위계층에서는 울타리와 인맥연결고리가 점점 더 강해지고 있습니다. 기득권 수호, 신규 이권과 수혜와 편익을 독식하려는 파벌, 이너 서클, 비밀결사들이 새로이 만들어지고 있습니다.」

「사주들은 금융실명제, 부동산실명제, 해외송금에 대한 규제가 도입되기 이전에 서둘러 해외지사들이나 페이퍼컴퍼니를 통해 자금을 외국으로 빼돌리느라 바쁩니다.

해외의 부동산을 매입하고 비밀구좌에 돈을 숨깁니다.

이런 일을 맡아서 실행해 주는 사람이 해외지사장들입니다.

그런 지사장은 사주의 심복이기 마련인데 본사로 승진해 들어가기 전까지는 그 자리에 말뚝입니다.

또 이런 내막을 잘 알다 보니 자기도 본사를 속이면서 비자금을 몰래 쌓아 갑니다.

비자금을 축적해 놓고 본사 복귀인사명령을 받으면 현지에서 사표를 던집니다. 그 자금으로 새로운 사업을 시작하거나 아주 이민을 가 버리는 겁니다.」 김팔용 부장의 말이었다.

「고착되어 변하지 않는 것도 있습니다. 유교의 지배윤리로 만들어진 연장자 우대, 지연 학연 등 연고관계의 결정체인 파벌주의 지역주의입니다. 지역과 파벌의 보스를 만들고 키우고 추종하며 정치세력화 되어 타를 배

척하고 이전투구로 싸웁니다.」

듣고만 있던 김석준 검사가 차분히 말하고 있었다.

「그 본질은 급성장하는 정치 경제 사회적 이권파이를 더 차지하려는 파벌 간의 이권쟁탈투쟁, 권력투쟁입니다.

조선시대의 사색당파 싸움이 현대판으로 재현되고 있습니다.」

「부동산 졸부들, 정상적으로 또 도둑질로 돈을 모은 사람들, 군사정권의 특혜로 축재한 군부엘리트와 정치인들, 관료들은 그런 돈과 인맥으로 상류층이라며 울타리를 굳히고 있습니다.」

고 작가였다.

「부모의 회사나 빌딩을 물려받고, 부모의 인맥으로 좋은 직장에 들어가고, 부모의 인맥들이 비밀결사가 되어 끼리끼리 비밀리에 서로 자식들을 보호해 주고 밀어 주고 당겨 줍니다.」

「이젠 이런 금수저 흙수저가 신분계급이고 또한 능력입니다!」

「자! 자! 자! 너무 심각한 얘기는 여기까지만 하시고 이제부터는 즐겁게 술을 좀 드십시다!」

「강 마담, 밴드가 준비됐지요? 당장 넣어 주세요!」

「먼저 자기 앞의 잔들을 다 비웁시다! 자, 원 샷!」

장 사장의 제안으로 밴드가 들어왔고 서로가 뽐내는 유쾌한 노래자랑이 시작되었다.

34.

1982년 11월 10일 브레주네프 소련공산당서기장이 사망했고 그때까지 KGB 의장으로 15년째 활약하고 있던 안드로포프가 KGB 세력의 후원으로 공산당서기장 자리를 이어받았다. 그러나 이미 노령인 데다 고혈압에다 당뇨가 심해지면서 예상보다도 일찍 사망할 처지가 되자 고르바쵸프를 후계자로 후원하고 있었고 KGB도 함께 적극 후원했다.

그러나 1984년 2월 안드로포프가 취임 15개월 만에 사망하자 고르바쵸프를 제치고 체르넨코가 집권하고 말았다. 체르넨코도 폐기종으로 호흡조차 어려운 노인이었는데 취임 후 13개월 만인 1985년 3월 사망하게 되었다. 자기의 체제를 미처 다져 놓을 새도 없었던 죽음이었다.

그러자 이번에는 체르넨코에게 밀려났던 고르바초프가 다시 KGB의 후원을 받으면서 1985년 3월에 소련의 최고권좌인 공산당서기장이 되었다.

1980년대 말에는 동유럽 공산주의국가들에서 민주화가 진행되고 있었다. 1989년 11월 10일에는 베를린장벽이 붕괴되었고 이어서 소비에트연방(소련) 국가들도 독립을 요구하고 있었다.

이런 상황에 맞추어 개정된 소련헌법이 개정되었다.

1990년 3월. 개정 헌법에 따라 고르바초프는 소련의 초대대통령이 되었다. 그러나 소비에트연방이 곧 붕괴됨에 따라 1991년 12월 25일까지 2년도 못 채운 최초이자 마지막의 연방대통령이 되고 말았다.

대통령 고르바초프는 이런 와중에서 개혁파와 보수파 간의 대립으로 이리저리 밀리느라 애매한 노선을 취하면서 페레스트로이카(개혁, 재구성)와 글라스노스트(개방, 공개)를 추진해 나갔다. 이것은 KGB의 보수파들에게는 절박한 위기의식과 결사 저항의 결의를 조성시키는 것이었다. KGB가 저질러 왔던 과거의 악행들 죄과들을 KGB 내부에 소장된 기록들과 정보자료들과 함께, 감춰진 모든 진실을 소련 국민들과 전 세계에 낱낱이 공개할 것을 요구하는 것이기 때문이었다.

KGB의 지도자들과 수만 명의 요원들은 끔찍한 공격과 처벌이 다가오는 것을 느끼며 위기의식으로 다급해져 있었다. 그들은 앞서 붕괴된 동독 슈타지(Stasi) 요원들이 겪고 있는 처지를 잘 파악하고 있었다. KGB와 밀착된 무소불위인 공포의 대상이었지만 1990년 1월에는 시민들이 베를린의 슈타지 본부에 쳐들어가 기물을 부수며 비밀자료들을 꺼내들고 나왔으며 간부들을 잡아서 감옥에 처넣기도 했다. 1990년 10월에는 통일독일이 설치한 새로운 기구가 슈타지의 특급비밀까지 모든 기록들을 국민들에게 공개하는 절차에 돌입하기까지 하고 있었다.

KGB의 간부인 장군들은 안팎의 이런 상황에 신경을 곤두세운 채 안절부

절못하면서 이미 지쳐 있었다. 대통령궁인 크렘린에서는 고르바초프도 고위층들도 KGB가 더 이상 필요하지 않다고 생각하는 것 같았으며 보호해 줄 의지도 없는 것이 분명했다. KGB의 장군들도 중간간부들도 요원들도 모두가 절망에 빠지며 자포자기 심정이 되어 사무실에서도 숙소에서도 낮에도 밤에도 술에 취해 있었고 복도와 사무실에도 건물 바깥에도 여기저기 빈 술병들이 나뒹굴고 있었다.

간부들 간에도 요원들 간에도 서로 보수파와 개혁파에 줄을 대고 반목하며 긴장감이 높아지고 있었다. 요원들이 간부들 동료들을 모함고발하고 비난하는 익명의 투서들이 크렘린에 쌓이고 있었다.

KGB 의장 블라디미르 크루츠코프는 고르바초프가 추진하는 이런 개혁개방노선에 대하여 〈KGB 조직을 배신하는 행동〉이라고 단정하고 있었다. 그는 고르바초프가 안드로포프와 KGB의 지원을 받아 대통령이 되었고 또 과거 KGB 의장이던 안드로포프에게 충복이었던 점에서 이런 행동은 저지를 수 없는 배신이라며 분개하고 있었다. 비록 자신을 KGB 의장으로 임명해 준 고르바초프에게 역모하는 것이지만, 그렇더라도 KGB를 위해서도 또 대의적 차원에서도 좌시할 수 없다고 결심했다. 더구나 그때 금방 들어온 긴급보고는 고르바초프가 바로 조금 전에 크렘린에서 내뱉은 말이었다.

「나는 KGB를 마음으로는 지지한다. 그러나 직접 행동으로 지원하지는 못하겠다!」라고 입장을 표명을 했다는 사실이었다. 보고를 받은 크루츠코프는 그 즉시 고위 간부들을 긴급 소집하고

「우리는 더 이상 크렘린을 믿고 의지할 수 없게 되었습니다!」

「KGB를 지키는 길은 우리스스로가 살아남는 길을 선택하는 것 자체뿐입니다!」라고 천명했다.

이미 KGB의 장군들과 간부들도 많은 참모들까지도 그런 의지를 갖고 있는 것 같았다. 이런 분위기를 받아들이고 책임을 지는 것만이 크루츠코프 자신이 KGB 의장으로서 택할 운명이라고 여겨졌다. 크루츠코프 의장은 곧 공산당 보수파간부들과 교감하며 속뜻을 살피기 시작했다.

「고르바초프를 제거해야만 되겠다!」라는 것이 그들의 총론이었다. 또 그들은 즉시 「KGB가 주동으로 병력을 동원할 테니 함께 움직입시다!」라는 합의까지 해냈다.

배신과 충성의 두 극단 사이에는 아무런 벽도 없었다. 조국 소비에트연방이 무너지는 상황을 좌시하며 수용하는 것은 역사적 책임에 대한 배신이고, 자신의 안위만을 구걸하는 비열한 짓이라며 치를 떨었다. KGB가 일어서야만 할 사유(事由)였고 필연이었고 불가피한 선택이며 자율신경반응이었다. 말없이 복종하며 신경마비의 불구상태로 빠져 가며 술만 마시던 KGB의 간부들과 공산당보수파들이 바로 합세하여 상황을 뒤집을 기회를 찾기 시작했다.

1991년 여름, 고르바초프는 발트3국의 독립을 허용하는 신연방조약 체결을 추진하고 있었다. 이에 대해 소련공산당 보수파들과 KGB의 블라디미르 크류츠코프 의장과 간부들은 수용할 수 없었다.

「이것은 소비에트연방을 완전 붕괴시켜 버리려는 조약체결이다! 반드시 저지해야 된다!」면서 합세하기로 의연히 결의했다.

쿠데타의 기회와 명분이기도 했지만 그보다는 사명감을 실천할 숙명적

명령이라고 받아들였던 것이다.

1991년 8월 18일, 고르바초프는 크림반도의 〈포로스 별장〉에서 휴가의 마지막 날 아침 식사를 하고 있었다. 다음 날 모스크바로 복귀할 준비를 하고 있었다. 그때 별장경호를 담당하고 있는 KGB(9국) 소령 바체슬라프 게네랄로프가 국방위원회장성들과 들이닥치더니 즉각 하야할 것을 요구하며 고르바초프를 연금시켰다. KGB의 주도하에 보수파지도자들이 쿠데타를 일으킨 것이었다. 이미 새벽부터 모스크바의 붉은 광장과 방송국 등 주요 시설들과 시내 곳곳들, 대도시들을 탱크와 장갑차를 앞세운 병력들이 진주하며 장악하고 있었던 것이다.

그러나 이에 대항해 급진개혁파 옐친이 이끄는 수만 명 시민들이 총파업을 선언하며 거리로 쏟아져 나와 맨몸의 인간 띠를 만들어 맹렬하게 저항했다. 고르바쵸프가 연금되고서 행방이 묘연하자 저항은 소비에트연방 전역으로 확산되며 점점 드세졌다. 공수특전부대 등 일부 부대들은 옐친에게 충성을 맹세하며 상황이 뒤바뀌고 있었다. 서방국가들은 쿠데타를 강력히 비난하면서 제재를 선언했다. 하늘의 뜻이 개입하는 것 같았다. 「포르투갈 파티마 성모의 예고가 지금 실현되고 있다! 이것은 운명이다!」라는 소문이 크렘린에도 당에도 국민들 사이에도 돌았다. 쿠데타 세력 사이에도 균열이 생기기 시작했다.

쿠데타는 60시간 만인 8월 21일에 실패로 끝나고 주동자들은 모두 체포되었다. 이어서 8월 29일에는 소련공산당이 해체되고 말았다. 동시에 소련체제와 공산당정권의 유지보위기구로서 이번 쿠데타에도 앞장섰던 〈소련국가보안위원회 KGB〉를 근본적으로 손을 보지 않을 수 없게 되었다.

8월 21일 오후 쿠데타가 실패하자 가담하였던 KGB 크류츠코프 의장과 간부들은 체포되었다. 크렘린에 복귀한 고르바쵸프는 8월 22일 KGB 제1 총국장 세바르신을 KGB 의장에 임명했다. 그러나 실권을 장악한 엘친이 내무장관 출신인 바딤 바카틴을 KGB 위원장으로 8월 23일 다시 지명함으로써 세바르신은 자리에 앉자마자 단 하루 만에 쫓겨났다.

그러자 KGB에서 쿠데타에 무관한 간부들과 크류츠코프 의장에게 동조한 간부들 간에 싸움이 시작되었다. 게다가 크렘린은 공산당이 해체(8.29)되고 나자 KGB를 곧바로 해체해 버릴지 또는 그대로 놔둔 채로 개혁할지를 은밀히 논의하기 시작했다. 그러나 KGB는 해체의 운명을 실감하지 못하고 내부권력투쟁을 벌이고 있었다.

1991년 9월 하순, 모스크바의 로라 친구가 KGB 본부의 내부동향을 비밀로 보내왔다.

『지금 크렘린 개혁파에 줄을 댄 사람들이 KGB를 휘어잡고서 보수파를 비위인물로 찍어 제거하고 있어. 적과 동지로 분열되어 있는 거야.

동료의 비위를 들춰내서 고발 모함하는 살생부를 만들어 크렘린으로 보내고 있어!

살생부는 버전이 여러 가지인데, 제거할 요원들의 이름 비위사항 품평 처벌이유와 파면 면직 형사처리 등 처벌수준까지도 적혀 있다고 해.

이 살생작업을 주도하는 페떼르 쟝은 나와 옆 아파트에 사는데, 그의 살생부에는 퇴근 때 함께 술을 마시며 친했던 요원, 사무실 동료, 형 아우하며 가까웠던 요원들이 많다는 거야.

그는 눈에 독기가 번쩍이고 목에 힘을 주고 목소리도 근엄해졌어, 생사여

탈 칼자루를 쥔 것처럼 말이야.

이보로추크는 감사감찰실(Inspection Directorate) 간부가 돼서 숙청을 총지휘해. 자기 사무실로 수족들을 무시로 드나들게 하면서 직책도 아닌 형님 동생으로 서로 부르고 있어. 제거 대상과 처벌수준을 최종 결정하고 있는 거야.

대연킴모프는 제거하기로 찍은 요원에 대한 험담 모함을 자기 파벌로부터 수집해서 살생부에 비위사항, 품평으로 적고 있어.

그들은 이렇게 동료를 살생부에다 척결할 비위인물로 올려서 제거하고 자기 파벌은 선망되는 개혁 인물이라고 치장해서 예산 인사 감사감찰의 요직에 승진시키고 있어.

우리가 아끼고 충성하던 KGB 조직은 이렇게 돌아가고 있어.

한해 우리 KGB 예산은 83억 달러인데 CIA의 예산은 300억 달러라고 해. 이런 어마어마한 차이에도 불구하고 우리는 더 우수한 조직이었잖아?』

1991년 10월 11일, 크렘린의 과도통치기구인 〈국가평의회〉는 KGB 해체를 결정했다.

1991년 11월 중순, 로라에게로 또 소식이 왔다.

『개혁파들은 크렘린에 보고해서 관철시키겠다고 장담하면서 자체 개혁안을 만들고 있어.

KGB를 완전히 해체할 수는, 죽여 없앨 수는 없지 않겠는가? 합리적 구조조정으로 쪼개고 없앨 것은 없애더라도 살릴 것은 살리지 않겠는가? 불법성을 없애고 효율화하고 민주화 합법화하더라도 우리 오랜 전문조직을 활용해 나갈 수밖에 없다!라고 장담하는 거야.

업무기능이 국내와 해외에 걸쳐 있는 총국들, 비밀정찰국(7국), 암호통신국(8국), 실내도청국(12국), 전자정보 및 신호정보 검열국(16국), 분석국, 공작기술국과 또 방대한 규모인 지원부서를 쪼개 나누고 이리저리 갖다 붙이는 KGB 재편성 작업을 하고 있어.

크렘린이 안 받아줄지도 모르는, 우리끼리 하는 작업인데도 엄청난 혼란과 싸움이 벌어지고 있어!

자기네 파벌이 아닌 사람을 대거 제거하고 있기 때문이야!

헌신적으로 일하며 성과를 낸 많은 요원들이 억울하게 잘리고 좌천되고 사표를 냈어.

우리 소련의 경제가 패망지경의 도탄에 빠진 실정에서 이렇게 좌절과 실직에 처한 요원들은 생계 대책이 없는 거야.

택시 트럭운전, 경비, 밀수, 온갖 밀매조직, 마피아 등 가리지 않고 일을 찾고 있어.』

이미 이때 KGB 보안방첩 정치경제산업정보 통신기술 분야의 상황감각이 밝은 요원들은 자신들의 광범한 인맥과 전문성과 정보력은 얼마든지 활용할 수 있다고 생각했다. 그들은 스스로 정치적으로도 사업적으로도 생존할 수 있고 또는 지하에 깔려 있는 마피아들과 연계해서라도 활로를 만들 수 있다고 자신했던 것이다. 벌써 일부 요원들은 사표를 내고 경력을 이용하여 살길을 만들고 있었다. 마피아들과 제휴하여 석유 가스 어업자원 무기를 밀수출하고 마약거래에 개입하는 요원들도 많았다. 무질서와 혼란의 틈에서 남의 사업체를 강탈도 했다. 가장 성공적인 요원은 동독에서 근무했던 알렉세이 퍼탕 중령이었다. 유능한 엘리트였던 그는 KGB 국내안보방첩총국(제2총국) 소속이었는데 일자리를 찾느라 한때 고생했다. 그러나 나중에 FSB(연방보안부)가 설립되면서 중간간부직을 차지했고 승승장구하면서 최고의 직책까지 거침없이 올라가게 되었다.

1991년 12월 3일. KGB는 최종적으로 완전 해체되었다. 유리와 로라는 모스크바로부터 비밀리에 소식을 받아 보며 이런 마지막 사태는 일어나지 않기를 노심초사 바라며 그때까지도 희망을 버리지 않았다. 동유럽국가 KGB 지부의 소식에 귀 기울이고 지켜보면서 본부의 상황에 조마조마하고 있었다. 그러나 결국 염려하던 일이 닥쳐오고야 말았다. KGB를 생존시키려고 그간 크렘린에 줄을 대고 온갖 노력을 기울였지만 허사였다. 48만 명의 요원들이 가족과 함께 일시에 생계대책을 잃었다.

이미 예정된 일이었지만 그래도 청천벽력이었다. 당장 유리 본인과 애인이며 동료인 로라와 위장업체 안트베르펜까지 모두가 발판이 사라지면서 초대형 파도 속으로 휩쓸려 들어간 것이었다. 제1총국도 흑색공작실도 해체되어 지원도 없어지고 오고가던 암호통신조차도 두절되고 말았다.

분리 독립한 14개국에 있던 KGB 지부들 일부는 그 나라 정보기관에 흡수되었고 그런 지부 요원들 일부도 그랬다. 그러나 유리와 로라 같은 흑색요원들은 그렇지 못하고 연결고리가 끊어졌다. 통신이 단절되어 전문 송수신도 없었고 보고할 수도 없었다. 공작자금 지원도 끊어지고 신변보호도 받을 수 없었다. 내부동향을 알려 주던 친구의 소식도 끊겼다. 이제는 모든 것을 안트베르펜이 자체 해결해야 했다. 더 이상 KGB의 흑색요원도 아니었다.

이제 두 사람은 중대한 기로에 서 있었다. 유리도 로라도 자기 앞날을 생각하며 고민했다.

「로라! 지금까지 잘 돌아가고 있는 안트베르펜을 계속 경영해 나가는 방법도 있지만 문제는 안트베르펜에서 우리를 지원해 주던 KGB의 위장업체들도 활동이 중지된 것이잖아?」

「유리! 앞으로는 수입도 수입대금 결재도 특혜가 없는 거야! 안트베르펜 경영을 지금까지처럼 할 수가 없어!」

「그래! 빨리 사업을 정리하고 폐업해야만 해!」

「다행인 것은 지금까지 현금으로 거래했으니 외상대금을 받아내야 하거나 돈을 떼일 문제는 거의 없는 것이지?」

「그래, 서둘러서 폐업하자!」

1991년 12월 7일 토요일. 차가워진 하늘은 한없이 푸르고 끝없이 투명해 보였다. 장원수 사장과 고철봉 작가와 백기영 감독은 신통하다는 도승을 취재하려고 동해안으로 가고 있었다. 유리는 KGB가 해체된 상황이라 심경이 복잡했으므로 여행 삼아서 그들과 동행한 것이었다. 한계령 정상에서 차를 세우고 커피를 마시게 되었다.

「스님은 주역과 사주명리학, 풍수에도 통달한 도사입니다. 한국 최고 예언가입니다. 선거가 가까우면 정치인들이 줄을 섭니다. 몇 달 전에 예약을 해야 됩니다. 하루에 몇 사람밖에 안 만나 주기 때문입니다.」라고 고작 가가 말했다.

「기대가 큽니다.」

「인생사는 운칠기삼(運七技三)이 아니라 운구기일(運九技一)이니까 말입니다!」

「저는 풍수명당도 없고 사주팔자도 별로입니다. 신의 축복만 바라며 기도합니다!」

「지금까지 살아오신 것을 보면 적어도 논두렁 기운은 타고난 것 아닌가요?」

「맞아요! 일을 시작할 수 있는 것도, 버텨 나가는 것도, 끝까지 성공하는 것은 더구나 그만한 운복이 있기 때문이니까요!」

「운세 없는 사람은 아무리 용을 써봤자 준마를 위한 초원, 엑스트라 출연자, 전장의 총알받이, 영웅의 발판이 되는 무명용사 운명이지요!」

「맞아요! 아무리 빌고 정성껏 노력해도 덧없이 꺾어지는 게 복 없는 잡초 인생들의 운명이지요.」

「시대의 고금이나 동서양이나 다 그런 것 같습니다.」

「구약성경에서도 자손번성, 가축 농작물 풍작, 전투에서 승리는 신의 축복 사항이 아니었습니까?」

세 사람은 저마다 자기 삶을 생각하며 말하고 있었다.

「나야말로 참 기상천외하게 살고 있구나!」 유리도 생각했다.

「스님이 점을 치고 예언을 하신다고요?」

「글쎄요……. 종교는 원래 기복(祈福)이 그 바탕 아닌가요? 미신적 요소나 사이비성이 강한 게 아닙니까? 그럴수록 그 세가 빨리 불어나기도 하고요.」

「내가 먼저 살아야 종교도 믿을 수 있으니까요.」

「예, 원시 종교의 모습이 그 본질을 말해 주는 것 아닐까요?」

「더구나 요즘은 재벌화 권력화 되어 가족에게 돈을 빼돌리고 세습시키는 것은 비밀도 아니잖습니까?」

「그런 종교기관일 수록 지도자는 정부와 좋은 관계를 유지하고 권력의 눈치를 봅니다.」

「초기 종교의 금욕 고행, 봉사 희생, 겸손은 없고 웅장 화려하고 자만심만 가득합니다.」

「영혼구원 세상구제의 고민은 헌옷처럼 버렸어요. 거룩함을 흉내 낸 화려한 겉옷을 입고 종교 특권에 취해 있는 무소불위의 비즈니스단체들입니다.」

「종교 지도자들과 그 멤버들, 회원권보유자들의 이익추구 단체입니다. 멤버십 조직입니다!」

「예수님은 광야에서 고행하며 물리쳤던 것, 재물 권세 기적의 유혹에 빠져 있는 것입니다.」

「시험합격 치병 사업성공의 기적, 지옥과 천국만을 강조하며 신도를 기만합니다.」

「사이비들입니다.」

「절과 교회는 신도숫자에 따라, 아동원생들 수로 정해지는 태권도학원처럼 권리금이 정해지고 매매되고요. 대형 종교기관 지도자들은 자기에게 순종하는 성직자들만 채용합니다.」

「타 교파 타종교를 비판하고 적과 동지로 대립시키며 신도들을 결속합니다.」

고 작가와 백 감독은 종교기관과 지도자들에 대해 매우 비판적이었다.

「성직자는 인간적인 삶, 세상 행복 안락을 버린, 외롭고 고독한 분들이 아닙니까?」

「육신적 인성을 이기려고 광야의 수행처럼 사는데, 완벽을 요구하는 것은 지나치지 않은가요?」유리가 조심스럽게 말했다.

「유리 씨! 거룩한 척하면서 권위를 내세우고, 신도들과 사회로부터 대우 받으며 자신과 가족의 탐욕을 챙기고, 신을 우롱하는 사이비가 얼마나 많습니까?」

「……」

네 사람은 다시 차를 타고 사찰로 갔다. 호텔에 투숙하고 도사를 취재하면서 각자의 운세도 물어보았다. 능선과 계곡을 오르기도 했다.

* * *

1991년 12월 11일 수요일에는 안트베르펜을 폐업 신고했다. KGB가 해체되자 재빨리 폐업한 것이다. 두 아파트의 비싼 임대료도 당장 부담스러워 로라는 아파트를 반납하고 이촌동으로 합류했다.

「로라! 우리가 집을 합쳤고 서로 사랑하는 사이이니 결혼도 하고 살까?」

「그러자면 한국에서 둘 다 돈을 벌 수 있어야 되잖아? 한국에서 나 같은 백인 여자가 일할 수 있는 직장을 찾기가 쉽겠어? 한국남자들은 모두가 나한테 군침을 흘리기만 하는데?」

「우리는 서로 사랑하지만 나는 결국 모스크바로 돌아가야만 될 것 같아!」

「선택도 아닌 결론인 거야!」

두 사람은 심각히 고민했지만 이것은 결국 귀결이었다. 그래도 로라는 희망을 잃지 않았다.

「소련 연방은 붕괴되어 14개의 독립국가로 분리되어 버렸고, 방대하고 거

대했던 KGB 해외조직도 독립 국가별로 쪼개졌고, 모스크바 본부도 국내 지부도 다 해체되었어!」

「그렇지만 국가체제가 다시 정착되면 언젠가 어떻게든 다시 기능을 되살려서 공작활동을 수행해야 되지 않을까?」

「늦어도 그럴 때면 나도 직장을 다시 찾고 월급을 받게 될 수 있을 거야! 나는 희망을 버릴 수가 없어!」

로라는 유리와 동유럽과 모스크바의 사정을 파악하며 진지하게 고민하고 의논했다.

문제는 먼 이곳 서울에서는 모스크바의 정치적 상황이나 KGB가 해체되고 돌아가는 분위기를 전혀 더 이상 직접 전해들을 수가 없어서 어떤 판단도 결정도 모두가 뜬구름 잡는 식의 일일 뿐이었다. 두 사람은 밤낮 고민하면서 상황 변화를 이렇게 가정했다가 저렇게 뒤집어 보기를 수없이 하고 있었다. 그러나 로라는 백인 여자로서 한국에서보다는 모스크바로 돌아가면 꼭 KGB가 아니라도 다른 무엇에서든 기회가 있을 것이라며, 고생스럽더라도 그 길을 선택하겠다는 의지와 자신감으로 기울어지고 있었다.

유리도 함께 모스크바로 돌아갈까 하고 심각히 고민했다. 그러나 유리에게는 상황이 다를 것 같았다.

「KGB가 해체되거나 축소되고 업무기능도 없어지는 상황에서 어느 누가 나서서 순혈도 아니고 배경도 없는 나 같은 존재를 보호해 줄 이유가 있겠어?」

「쥬코프 장군도 쿠데타사건과 KGB 개혁으로 자리를 잃은 상황이잖아? 이제는 그렇게 도와줄 사람도 없고 내가 의지할 수 있는 인맥도 없어!」

「더구나 모스크바로 유리가 돌아오기를 바라는 사람도 없고 기억해 주는 사람도 없으니 당연히 유리가 모스크바의 사무실로 걸어 들어갈 만한 이유도 없는 거잖아?」

「이미 KGB가 해체되었고 요원들이 해고되었으니 돌아갈 본부도 없고 너도 나도 마찬가지로 소속도 없는 것이지!」

「인생은 우리가 의도하며 애써 노력하는 대로 되지는 않는 거구나! 우리가 그토록 쏟아 왔던 정성도 열정도 모든 것이 이렇게 좌절되는 구나!」

「희망을 어디서 찾아야 할까……」

「차라리 유리는 가족과 친구가 있는 한국에 남아서 어떻게든 생존해 나가는 게 답일 것 같아! 그러다 보면 우리는 언젠가 다시 만나게 되지 않을까?」

1991년 12월 18일 오전에 로라는 김포국제공항을 통해 출국하여 홍콩을 경유해서 모스크바로 돌아갔다. 이날 유리와 로라는 아쉬운 작별을 해야만 했다. 로라는 출국장 게이트로 들어가며 목이 메여 작별의 말을 제대로 못했다.

「유리, 너를 정말 사랑했어……. 행복했어! 고마워!」라고 되풀이하고 있었다. 그러면서 두 사람은 헤어졌다.

국가평의회는 1991년 10월 11일 KGB를 해체키로 결정하였고, 12월 3일 KGB를 최종 해체하였다. 그리고 1991년 12월 18일 밤에는 이렇게 죽여 놓은 KGB를 다시 4개의 기구로 분리해서 되살리기로 확정하였다. 그 시각은 모스크바에서는 아직 오후였지만 한국은 늦은 밤이었다. 로라가 그날 오전 이런 정보를 까맣게 모른 채 러시아에서 새로운 직업을 찾아보겠다며 유리와 작별하고 한국을 떠난 후였다.

야센바에 자리 잡은 제1총국과 흑색공작실 등 해외정보조직은 SVR(해외정보청: Sluzhba Vneshney Razvedki)로 살아났다. 대외적 위장명칭 Science Research Center는 그대로 사용키로 했다.

또 류반카의 국내방첩총국 군사방첩총국 지원부서와 미추린스키 프로스펙뜨의 KGB 학교 등은 FSB(러시아연방보안청: Federalinaya Sluzhba Bezopasnosti)가 되었다.

나머지 조직들은 EPS(연방국경경비청)와 FAPSI(정부통신정보국)로 살아났다.

모스크바는 서울보다 몇 시간이 늦기도 했지만 그 시차보다 유리도 이것을 알게 되기까지는 아직 며칠이 더 걸려야 했다.

35.

로라와 헤어지고나자 유리는 우주 속 성간의 무한암흑공간에 홀로 던져진 것 같았다. 무섭고 소름끼치며 외로웠다. 출국장으로 들어간 로라가 혹시 마음이 변해서 돌아 나올까 바라면서 출국장 입구를 멍하게 오래도록 바라보고 있었다.

「어디로든 나도 비행기를 타고 한국을 떠나 버리자!」라는 마음이 굴뚝같았다. 그러고 싶었다. 부모님이 계시는 미국으로 가고 싶었다. 자신의 스위스 여권으로 미국에 들어가는 데는 문제가 없을 것 같았다. 이런 저런 생각을 하다 보니 깊은 한숨만 나왔다.

그때에 젊은 백인 여자가 유리가 앉은 벤치의 옆자리에 앉는 것 같았다. 유리로서는 신경 쓸 필요도 여유도 없었다. 출국장입구만 멍하게 바라보며 시간 가는 줄 모르고 있었다. 얼마 후 유리에게 그녀가 말을 걸어 왔다.

「저를 좀 도와주실 수 있으신가요?」

「예?」

「저를 좀 도와주실 수 있으신가요?」

「말씀을 해 보세요!」

「서울 시내로 들어가는 방법을 좀 알려 주실 수 있나요?」

「예? ……. 어디로 가시는데요?」

「세종로라는……. 시내로 들어가는데요!」

「…….」

유리는 그 여자의 말을 놓치면서 듣지도 않고 있었다.

「혹시 저를 세종로 근처 시내 아무 데라도 좀 태워 주실 수 있으면 참 감사
하겠습니다!」

여자는 다시 또렷하게 말했다. 아주 정중했다. 목소리에 힘을 주고 있었다.

「태워달라고요? 세종로는 저가 가는 곳입니다마는!…….」

「아! 그럼 ……. 좀 부탁드리겠습니다! 정말 너무 감사합니다!」

여자는 유리가 승낙하지 않았는데도 감사해하고 있었다.

「아!……. 예……. 그러시지요!」 유리는 할 수 없이 태워 줘야 할 것 같았
다. 마음이 혼란스럽던 차라 이참에 그냥 시내로 들어가는 것도 괜찮을 것
같다는 생각도 들었다.

「예, 함께 타시지요!」

유리는 여자의 깔끔한 용모에다 예의바르고 정중한 태도에 떠밀려서 응
하고만 것이었다.

차에 함께 탄 유리는 자신이 그랬던 것을 느끼는 순간 그녀의 얼굴을 힐끗
보았다. 서울이 낯설어 어리둥절해하는 여행객이 아니었고 세련되고도
예리한 비즈니스우먼 같았다. 무슨 의도를 가지고 유리에게 접근한 것 같
기도 했다.

유리는 아무튼 신경 쓰지 않기로 했다. 그럴 여유도 없었다. 외롭고 누구라도 잠시 어울리고 싶은 지금 심정에서는 굳이 까다로워질 것도 없었다. 외롭게 혼자 시내로 들어가는 것보다는 나은 일이었다. 유리의 차를 몰면서 한강물을 바라보기도 하고 깊은 한숨을 내쉬기도 했다. 앞날을 생각하며 강변도로를 따라 천천히 운전하고 있었다.

「유리 씨!」 옆자리에 앉아 있는 그녀가 아주 차분한 목소리로 유리를 불렀다.
「예.」
「……?!」 아무 생각 없이 대답한 유리는 「앗차!」 하며 깜짝 놀라고 있었다.
「아니! 이 여성이 지금 내 이름을 불렀던 것인가? 지금 내가 〈예!〉 하고 대답한 것이 맞는가?」
「마음이 혼란스러워 생긴 착각인가? 환상인가?」 유리는 더 멍해질 뿐이었다. 그러나 자신이 놀라고 있는 것은 분명했다. 확인을 해 봐야만 했다.
「나를 아시나요?」
「예! 물론입니다!」 그녀의 목소리는 아주 부드럽고도 명쾌했다.

    .

    .

    .

    .

유리는 공작활동을 다시 시작하게 되었고 이십여 년 후에는 이스탄불에 도착해 있었다.